Harold Robbins

Adieu, Janette

Roman

GOLDMANN VERLAG

Aus dem Amerikanischen von Günter Panske
Titel der Originalausgabe: Goodbye, Janette
Originalverlag: Simon and Schuster, New York

Made in Germany · 9. Auflage · 9/87

Überarbeitete Ausgabe des unter dem Titel »Goodbye, Janette« erschienenen
Goldmann-Taschenbuchs 6756
Umschlagentwurf: Design Team München
Satz: Mohndruck Graphische Betriebe GmbH, Gütersloh
Druck: Elsnerdruck, Berlin
Verlagsnummer: 8400
MV · Herstellung: Sebastian Strohmaier/Voi
ISBN 3-442-08400-8

Tanya

Er war nervös, sie sah es ganz deutlich. Unruhig lief er im Zimmer hin und her, trat immer wieder ans Fenster, schob die Gardine beiseite und blickte hinaus auf die regennasse Straße im wolkenverhangenen Genf.

Fast abrupt fuhr er zu ihr herum. »Wo bleibt bloß der Franzose?« fragte er, und sein Deutsch hatte eine unverkennbare bayerische Färbung.

Sie hielt den Kopf gesenkt, ließ die Stricknadeln klappern. »Er wird schon kommen«, erwiderte sie.

Er ging zum Sideboard, schenkte sich einen Schnaps ein und kippte ihn auf einen Zug runter. »In Paris war das anders. Da brauchte ich nur mit den Fingern zu schnippen, und schon kam er gerannt.«

»Das ist drei Jahre her«, sagte sie ruhig. »Damals befanden sich die Deutschen auf dem Siegeszug.«

»Siegeszug? Aber kein Gedanke. Das haben wir uns nur eingebildet. Von dem Augenblick an, da Amerika in den Krieg eintrat, wußten wir im Grunde alle, was die Stunde geschlagen hatte.« Wie auf ein Stichwort erklang von unten das leise Läuten der Türglocke. »Das wird er wohl sein«, sagte er.

Sie erhob sich, legte das Strickzeug aus der Hand. »Ich werde ihn heraufführen.«

Während sie die Treppe hinabging, sah sie den Besucher in der Eingangsdiele, wo das Dienstmädchen seinen Mantel entgegennahm. Er hörte die Schritte auf der Treppe, drehte sich sofort um. Ihren Anblick quittierte er mit einem Lächeln, das seine kleinen, weißen, ebenmäßigen Zähne gut zur Geltung brachte. Dann trat er auf sie zu und nahm ihre Hand, hob sie an seine Lippen. Sie fühlte eine Art Prickeln auf ihrem Handrücken: sein dünner Schnurrbart. »Bon soir, Anna«, sagte er. »Du bist so schön wie immer.«

Sie erwiderte sein Lächeln und sagte, gleichfalls auf französisch: »Und du bist so galant wie stets, Maurice.«

Er lachte: »Wie geht's der Kleinen?«

»Janette ist inzwischen fünf. Und so groß, daß du sie kaum wiedererkennen würdest.«

»Und schön, zweifellos. Ganz die Mutter.«

»Sie wird ihre ganz persönliche Schönheit entfalten«, erklärte Anna.

»Auch gut«, sagte Maurice. »Und da ich dich nicht bekommen kann, werde ich eben auf sie warten.«

Anna lachte. »Die Warterei könnte dir ziemlich lang werden.«

Er musterte sie mit einem eigentümlichen Blick. »Bis dahin werde ich mich mit dem begnügen müssen, was verfügbar ist.«

»Wolfgang wartet in der Bibliothek«, sagte sie. »Komm.«

Er ließ sie ein paar Stufen vorausgehen und folgte ihr dann. Deutlich nahm er unter ihrem enganliegenden Seidenkleid jede Bewegung ihres Körpers wahr, so sinnlich, so aufreizend . . .

Die beiden Männer schüttelten sich die Hände, Wolfgang mit einem kurzen Nicken, Maurice mit einer Art urfranzösischen Verbeugung. Sie unterhielten sich auf englisch, in einem sozusagen neutralen Idiom, das jeder von beiden besser zu beherrschen glaubte als der andere. Und keiner mochte dem anderen den Vorteil einräumen, in seiner Muttersprache zu sprechen.

»Wie geht's denn so in Paris?« erkundigte sich Wolfgang.

»Ziemlich amerikanisch«, erwiderte Maurice. »Chocolate Bars, Cigarettes, Chewing Gum. Nicht mehr so, wie es war.«

Wolfgang schwieg einen Augenblick. »Nun, wenigstens sind die Russen nicht dort. Deutschland ist am Ende.«

Maurice nickte wortlos, mitfühlend.

Anna hatte alles genau verfolgt. Jetzt wandte sie sich zur Tür. »Ich werde mich um den Kaffee kümmern.«

Sie ging hinaus, und Wolfgang fragte: »Schnaps? Cognac?«

»Cognac.«

Wolfgang schenkte einen Courvoisier ein und reichte ihn seinem Gast; er selbst nahm noch einen Klaren. Und dann saßen sie einander gegenüber, zwischen sich eine Art niedriger Couchtisch.

»Du hast die Papiere mit?« fragte Wolfgang.

Maurice nickte und öffnete seine kleine lederne Aktentasche. »Alles komplett hier drin.« Er zog die bläulichen Dokumente mit dem amtlichen Notarssiegel hervor und legte sie in drei voneinander getrennten Häufchen auf den Tisch. »Du wirst sehen, daß damit alles in Ordnung ist. Deinem Wunsch entsprechend sind sämtliche Firmen auf Anna überschrieben worden.«

Wolfgang griff nach einem der Blätter. Das übliche Juristenkauderwelsch, kaum verständliches Zeug.

Maurice sah ihn an. »Willst du die Sache wirklich durchziehen? Ich meine – wir können die Papiere verbrennen, und alles bleibt wie bisher.«

Wolfgang sog seine Lunge voll Luft. »Ich habe keine Wahl«, sagte er. »Die Franzosen werden diese Firmen niemals in meinem Besitz lassen, auch wenn ich während der Besatzungszeit alles absolut legal erworben habe. Bestimmt kommen die Juden zurück und schreien, ich hätte sie zum Verkauf gezwungen.«

Maurice nickte zustimmend. »Undankbare Kerle. Du warst im Grunde zu anständig. Andere haben sich nicht nur Firmen unter den Nagel gerissen, sondern deren Inhaber auch gleich in Vernichtungslager geschickt. Du hast sie zumindest mit dem Leben davonkommen lassen.«

Sie schwiegen einen Augenblick. Maurice blickte ihn an. »Wie sehen deine weiteren Pläne aus?«

»Südamerika«, sagte Wolfgang. »Meine Frau und meine Kinder befinden sich bereits dort. Viel länger kann ich hier nicht mehr bleiben. Es ist nur eine Frage der Zeit, bis mein Name ›dran‹ ist. Dann wird man mich in Deutschland vor Gericht stellen wollen. Und die Schweizer werden mich urplötzlich zur Persona non grata erklären.«

»Ist Anna im Bilde?«

»Ich habe ihr alles erklärt, und sie hat Verständnis. Im übrigen empfindet sie mir gegenüber Dankbarkeit, weil ich schließlich ihr und ihrem Kind das Leben gerettet habe. Als ich ihr in Polen begegnete, befand sie sich auf dem Weg in eins dieser Lager. Ihr Mann, der junge Graf, war im Kampf gefallen, und die Familie hatte während des Blitzkriegs den Tod gefunden.«

Er brach ab und dachte an jenen Tag, als er ihr zum erstenmal begegnet war. Fast fünf Jahre war das jetzt her.

Es war ein relativ kleines Haus in einer vornehmen Gegend am Rande Warschaus: klein im Verhältnis zu jenen Häusern, welche hohe deutsche Offiziere in der Regel für sich bevorzugten.

Aber Wolfgang war da von anderem Schlag. Er hatte es nicht nötig, sich oder seine Position auf diese Weise zur Schau zu stellen. Schließlich stammte er aus einer alten aristokratischen Industriellenfamilie. Seine Aufgabe in Polen war nicht direkt militärischer oder politischer Natur, sondern bestand darin, die lokale Industrie in die Reichskriegsindustrie einzugliedern. Im großen und ganzen war die Sache schon mehr oder weniger über die Bühne gegangen. Nun galt es lediglich noch, die eine oder andere endgültige Entscheidung über die Verwendung und Eingliederung diverser Firmen zu treffen.

Die Abwicklung würde vermutlich noch ein bis eineinhalb Monate dauern. Danach ging's zurück nach Berlin, um den nächsten Auftrag entgegenzunehmen. Mit knapp vierunddreißig Jahren bekleidete er den Rang eines Generalmajors, wenn auch eher formalitätshalber, damit er mit seinen Partnern in der Wehrmacht sozusagen auf gleicher Ebene verkehren konnte. Entsprechend trug Johann Schwebel, seine rechte Hand, die Schulterstücke eines Feldwebels, damit er seinen Chef begleiten konnte.

Und es war Schwebel, der *sie* zum erstenmal sah. Er stand im Türeingang eines kleinen Hauses, als der Laster vorfuhr, von dem dann die Frauen herabkletterten. Er stand dort und staunte über die Tüchtigkeit der SS. Erst gestern hatte man eine Haushälterin angefordert, und zwar eine, die ebenso gut deutsch wie polnisch sprach, damit es bei der Haushaltsführung keine Schwierigkeiten gab.

Und jetzt standen also sechs Frauen dort, vor dem Laster. Sechs Frauen, unter denen er wählen konnte. Sie wirkten sehr nervös, während der Wachsoldat mit umgehängter Maschinenpistole auf Schwebel im Türeingang zuging.

Unmittelbar vor ihm blieb er stehen. »Die bestellten Weiber zur Auswahl«, meldete er mit ausdrucksloser Stimme.

»Haben Sie deren Papiere?« fragte Schwebel.

Der Wachsoldat nickte, holte die Papiere hervor. »Da sind sie.« Er bemerkte, daß Schwebel über seine Schulter blickte, und drehte sich um.

Sechs Frauen standen dort. Und jetzt kletterte eine siebte aus dem Wagen. Doch schon auf den ersten Blick wirkte sie anders als die anderen, was ganz gewiß nicht an der Kleidung lag, denn die war bei allen gleich. Trostloses, tristes Gefängnisgrau. Dennoch gelang es ihr auf irgendeine unerklärliche Weise, selbst diese unmöglichen Klamotten irgendwie zur Geltung kommen zu lassen. Vermutlich lag es an ihrer sehr geraden, aufrechten Körperhaltung. Und hinzu kam eine eigentümliche Ausstrahlung: Gelassenheit und Stolz. Ihr kastanienbraunes Haar, das bis über die Schultern fiel, war ordentlich gekämmt und wirkte geradezu gepflegt. Mit kühlem Blick schaute sie sich um, blieb dann beim Laster stehen. Sie machte nicht die leisesten Anstalten, zu den anderen Frauen zu treten, die aufgeregt miteinander schnatterten.

»Das ist die Prinzessin«, sagte der SS-Mann.

»Die Prinzessin?«

»So hat man sie im Lager genannt. Vor zehn Tagen lieferte man sie dort ein, und seither hat sie mit den anderen Frauen wohl kein einziges Wort gewechselt. Sie bleibt ganz für sich.«

»Wo sind ihre Papiere?« fragte Schwebel. »Die möchte ich mir als erstes ansehen.«

Der SS-Mann blätterte den kleinen Stapel durch und legte die entsprechende Begleitakte obenauf.

In der Hausdiele setzte Schwebel sich an den kleinen Tisch, der ihm als Schreibtisch diente. Er schlug die oberste Akte auf.

»Tanya Anna Pojarska, geb. Kosciusko, 7. Nov. '18, Warschau. Witwe, Ehemann tot. Graf Peter Pojarski, Hauptmann in der polnischen Armee, gefallen Jan. 1940. Ein Kind, Tochter, Janette Marie, geb. in Paris, Frankreich, 10. Sept. '39. Rel. katholisch. Vater, Professor für moderne Sprachen, Univ. Warschau, tot. Desgleichen sämtliche Familienmitglieder, soweit bekannt. Staatsexamen Univ. Warschau, mod. Sprachen, '37; Universitätsabschluß an der Sorbonne, Paris, mod. Sprachen, '39. Fließend polnisch, französisch, englisch, deutsch, russisch, italienisch, spanisch. Sämtliches Fami-

lieneigentum und -besitz an den Staat gefallen, 12. Okt. '39. Schuldig des Verrats, der Subversion. Gestapo-Akte Warschau-72943/029. Verurteilt zu Arbeitslager Nr. 12. Erlaubnis gewährt, kleine Tochter bei sich zu haben.«

Schwebel blätterte auch noch die Akten der anderen Frauen flüchtig durch, obwohl er inzwischen längst zu der Entscheidung gekommen war, daß diese Tanya die einzige war, die für diese Aufgabe in Frage kam. Die anderen waren allenfalls Durchschnitt. Es mochte ja sein, daß sie genügend Deutsch konnten, doch ansonsten – in puncto Bildung etwa – brachten sie wenig mit.

Er hob den Kopf und sah, daß sie unmittelbar vor seinem Schreibtisch stand.

»Nehmen Sie Platz, Frau Pojarska«, sagte er auf deutsch.

»Danke.« Ruhig folgte sie seiner Aufforderung.

Auf deutsch fuhr er fort: »Ihre künftigen Pflichten werden die einer Haushälterin sein. Außerdem sollen Sie bei der Übersetzung bestimmter Dokumente behilflich sein und als Schreibkraft tätig werden. Glauben Sie, daß Sie das können?«

»Ich nehme es an.« Sie nickte bekräftigend.

»Es ist nur für anderthalb Monate«, erklärte er.

»In diesen Zeiten«, sagte sie, »können anderthalb Monate so viel bedeuten wie ein ganzes Leben.« Sie schwieg, atmete tief durch. »Darf ich mein Töchterchen mitbringen?«

Schwebel zögerte.

»Mit ihr gibt's bestimmt keine Probleme«, versicherte sie hastig. »Sie ist wirklich ein ganz ruhiges Kind.«

»Eine solche Entscheidung kann ich nicht treffen«, meinte der Feldwebel. »Das ist Sache des Herrn Generalmajors.«

Über den Schreibtisch hinweg trafen sich ihre Blicke. »Ich würde sie niemals dort allein lassen«, erklärte sie ruhig.

Er schwieg.

»Es gibt immer Möglichkeiten, meine Dankbarkeit zu bezeugen«, fügte sie eilfertig hinzu.

Schwebel räusperte sich kurz. »Ich will sehen, was ich tun kann. Doch die Entscheidung liegt einzig und allein beim Herrn Generalmajor.« Er stand auf. »Warten Sie hier.«

Sie sah ihm nach, während er die Treppe zum Zimmer des Generalmajors hinaufstieg. Kurz darauf tauchte er erneut auf dem oberen Treppenpodest auf. »Kommen Sie mit.«

Er öffnete ihr die Tür und ließ ihr den Vortritt. Der Generalmajor stand beim Fenster und sah hinaus. Als er sich nun umdrehte, war sie überrascht, wie jung er noch war. Fünfunddreißig etwa. Nicht viel älter als Peter.

Hinter ihr ertönte Schwebels Stimme. »Herr Generalmajor von Brenner, Frau Pojarska.«

Wolfgang sah sie an. Und er spürte, wie seine Eingeweide sich plötzlich zusammenzogen und verkrampften. Unter der grauen Gefangenenkleidung dieser Frau witterte er förmlich das Weib. Seine Stimme klang plötzlich belegt. »Schwebel meint, Sie könnten die Sache übernehmen, aber es gibt da eine gewisse Komplikation.«

Ihre Stimme war sehr klar. »Es muß keine bedeuten.«

Stumm musterte er sie.

»Das verspreche ich«, erklärte sie. Und plötzlich klang ihre Stimme sehr stark. »Ich kann sie nicht allein lassen, sie stirbt sonst dort.«

Er mußte an seine eigenen zwei Kinder denken, die in Bayern die Schule besuchten, fernab vom Kriegsgeschehen und bisher davon völlig unberührt. Er wandte sich ein Stück zur Seite, so daß sie seine Augen nicht sehen konnte. Was war das noch gewesen, was Schwebel ihm berichtet hatte? Anderthalb Monate, so habe diese Frau gesagt, könnten in diesen Zeiten so viel bedeuten wie ein ganzes Leben. Anderthalb Monate, nicht mehr. Und es gab keinen Grund, ihr diese Frist nicht zu gewähren. Er drehte sich um, blickte sie an. »Sie haben meine Erlaubnis, das Kind mitzubringen.«

Ihre Augen schienen sich plötzlich zu verschleiern, doch ihre Stimme wirkte sehr beherrscht. »Danke, Herr Generalmajor.«

»Besitzen Sie irgendwelche andere Kleidung?«

Sie schüttelte den Kopf. »Als ich ins Lager kam, wurde mir alles abgenommen.«

»Dann werden wir Ihnen etwas besorgen müssen«, meinte er. »Schließlich wird es nicht zuletzt Ihre Aufgabe sein, Gäste zu empfangen, die sich möglichst wie daheim fühlen sollen. Im übrigen

brauchen wir noch zwei weitere Frauen. Eine Köchin und ein Mädchen zum Putzen und Wäschewaschen. Suchen Sie sie aus.«

»Jawohl, Herr Generalmajor.«

»Ich werde also veranlassen, daß Schwebel die erforderlichen Papiere für Sie, das Kind und die anderen zwei vorbereitet. Anschließend werden Sie in seiner Begleitung die notwendigen Einkäufe machen. Die Wahl Ihrer Garderobe bleibt Ihnen überlassen. Für die anderen zwei Frauen suchen Sie das Übliche aus. Im übrigen erwarte ich um acht Uhr das Abendessen. Bei der Zusammenstellung der Speisen haben Sie freie Hand.«

Er sah ihr nach, bis sich die Tür hinter ihr schloß. Dann ging er zu seinem Schreibtisch und nahm dahinter Platz.

Beim Abendessen kam er aus dem Staunen nicht heraus. Vichysoisse. Gedünstetes Kalbfleisch in Sahnemeerrettichsoße. Dazu Salzkartoffeln und frische grüne Bohnen sowie gemischten Salat mit Käse. Kaffee und Cognac bildeten den Abschluß.

Nach der Mahlzeit betrat Tanya das Eßzimmer. »Fiel das Abendessen zu Ihrer Zufriedenheit aus, Herr Generalmajor?«

»Ganz ausgezeichnet.«

Sie gestattete sich ein reserviertes Lächeln. »Das freut mich. Danke sehr. Haben Sie sonst noch einen Wunsch?«

»Ich glaube nicht, danke. Gute Nacht.«

»Gute Nacht, Herr Generalmajor.«

Es war fast schon Mitternacht, und noch immer wälzte Wolfgang sich schlaflos in seinem Bett. Schließlich stand er auf, zog seinen Hausmantel an und trat hinaus auf den Gang. Unter der Tür zu Schwebels Zimmer schimmerte noch Licht durch. Er öffnete sie.

Schwebel sprang aus dem Bett, in der Hand noch das Buch, in dem er gelesen hatte. »Herr von Brenner«, stotterte er. »Ich meine, Herr Generalmajor.«

»Ihr Zimmer?« fragte Wolfgang lediglich.

»Im oberen Stockwerk gleich neben dem Treppenpodest.«

Der Generalmajor zog die Tür hinter sich zu und stieg die Stufen hinauf. Vor ihrem Zimmer zögerte er einen Augenblick, da durch die Ritzen kein Licht fiel. Dann öffnete er die Tür dennoch und trat ein.

Vom Fenster her erhellte schwacher Mondschein den Raum. Wolfgang sah, wie sie sich abrupt in ihrem Bett aufrichtete. Gleich darauf ging die Nachttischlampe an.

Lang fiel ihr das dunkle Haar über die Schultern, ihre Augen waren geweitet. Sie blieb stumm.

Nicht weit von ihr stand eine Art Behelfsbettchen. Er trat darauf zu, blickte hinein. Das Kind schlief friedlich, den Daumen im Mund. Er beugte sich über das Bettchen und zog sacht den Finger des Kindes heraus. »Ist schlecht für ihre Zähne«, sagte er, sich wieder aufrichtend.

Sie schwieg noch immer.

»Wie heißt sie?«

»Janette.«

»Ein hübscher Name«, sagte er. Wieder senkte er den Blick. »Ein bildschönes Kind.«

»Danke, Herr Generalmajor.« Sie musterte ihn. »Sie haben selber Kinder?«

»Ja, zwei.«

»Muß schwer sein für Sie, die Trennung von ihnen.«

»Ja, stimmt.«

»Und Ihre Gattin?«

»Auch das«, sagte er. Plötzlich fühlte er sich irgendwie linkisch, verlegen. Er wandte sich zur Tür. »Nun, gute Nacht.«

Etwa zehn Minuten lag er bereits wieder in seinem Bett, als sie sein Zimmer betrat. Er setzte sich auf. »Ja?«

»Machen Sie das Licht an«, sagte sie. »Ich möchte, daß Sie mich sehen.«

Wolfgang knipste die Nachttischlampe an. Tanya trug ein langes weißes Nachtgewand. »Schau mich an«, sagte sie leise, während sie das Gewand über eine Schulter herabstreifte.

Er schluckte hart, und seine Kehle war wie zugeschnürt, als der volle Busen mit der großen Warze hervorquoll. Und gebannt blickte er dann zur anderen Brust, die nun gleichfalls entblößt war, während das Gewand langsam tiefer glitt. Ganz flach und straff war der Bauch, und die Hände zogen das Gewand noch weiter herunter über die Hüften. Dann fiel das Hemd vollends von selbst zu Boden,

und er sah das Schamdreieck, das pfeilgleich zwischen ihre Schenkel deutete.

Als er sechs Wochen später in den Zug nach Paris stieg, fuhren beide mit – sie und das Kind.

Wolfgang unterzeichnete das letzte Dokument, blickte dann zu Maurice. »Das dürfte doch wohl genügen.«

»Technisch gesehen schon, doch es gibt noch weitere Probleme.«

Wolfgang sah ihn fragend an.

»Die französische Aufenthaltsgenehmigung wurde ihr von der Pétain-Regierung erteilt. Und es ist durchaus möglich, daß das gegenwärtige Regime diese nicht gelten läßt.«

»Wieso nicht? Es handelt sich doch um eine Aufenthaltsbewilligung auf Dauer, die ihrem Status als Displaced Person Rechnung trägt. Im übrigen hat sie vor dem Krieg an der Sorbonne studiert, inklusive Abschlußexamen. Und was ihr Töchterchen betrifft – Janette kam vor der Besatzungszeit in Frankreich zur Welt.«

»Es hat viele Fälle gegeben, in denen die Aufenthaltsgenehmigung entzogen wurde, weil man die betreffende Person der Kollaboration verdächtigte. Und in Paris gibt es nicht wenige, die über euer Verhältnis im Bilde sind.«

Wolfgang überlegte einen Augenblick. »Was können wir in dieser Sache tun?«

»Ich habe darüber nachgedacht, bin aber noch zu keinem endgültigen Ergebnis gekommen. Das einzige, was Aussicht auf Erfolg verspräche, wäre der Besitz der französischen Staatsangehörigkeit für sie.«

»Scheiße.« Wolfgang erhob sich. »Was tun wir jetzt?« Er ging zum Sideboard und goß sich erneut einen kräftigen Schluck ein.

Maurice drehte sich um und blickte zu Anna, die die ganze Zeit über schweigend bei dem kleinen Tisch mit dem Kaffeeservice gesessen hatte. Anna sah von ihrem Strickzeug hoch, und ihre Blicke trafen sich. Für ein paar Sekunden schauten sie sich tief in die Augen. Dann wandte er seinen Blick ab, und sie widmete sich wieder ihrer Handarbeit.

Wolfgang kippte den Inhalt des Glases auf einen Zug hinunter

und schenkte sich sofort nach. Dann ging er zur Couch zurück und ließ sich schwerfällig darauf nieder. »Vielleicht lohnt sich die ganze Mühe nicht einmal. Womöglich wär's das Beste, die Firmen zu verkaufen und sie sich auf diese Weise vom Halse zu schaffen.«

»Momentan«, erklärte Maurice, »müßtest du sie praktisch verschenken. Die Franzosen sind bankrott. Aber in fünf Jahren, wenn alles wieder normal läuft, stellen die Firmen einen immensen Wert dar.«

»Fünf Jahre«, sagte Wolfgang. »Wer, zum Teufel, kann wissen, was in fünf Jahren sein wird.«

»Sollten wir bis dahin nicht mehr leben«, erwiderte Maurice, »spielt das ohnehin keine Rolle. Andernfalls jedoch wäre der Unterschied ganz gewaltig.«

»Wenn die ihr die Aufenthaltsbewilligung entziehen, verlieren wir sowieso alles. Dann holen die sich die Firmen zurück.«

»Damit müssen wir rechnen«, meinte Maurice.

Mit einem Male schaltete sich leise und ohne den Kopf zu heben Anna ein. »Wenn ich mit einem Franzosen verheiratet wäre, besäße ich automatisch die französische Staatsangehörigkeit.«

Wolfgang starrte sie einen Moment wortlos an. Dann blickte er zu Maurice. »Stimmt das?«

Maurice nickte.

»Dann finde jemanden, dem wir vertrauen können, und Anna wird ihn heiraten.«

Maurice deutete auf die Papiere. »Ich kenne niemanden, dem ich bei solchen Sachen vertrauen würde. Du vielleicht?«

Wolfgang schaute einen Moment auf die Dokumente und blickte dann wieder Maurice an. »Du bist nicht verheiratet.«

Maurice schüttelte den Kopf. »Das wäre zu gefährlich. Es gibt immer noch viele Gaullisten, die mir mißtrauen. Schließlich bin ich erst im allerletzten Augenblick über den Kanal nach England gehüpft.«

»Aber sie haben dir deine Geschichte doch abgekauft. Und die Informationen, die du mitbrachtest, waren doch wertvoll genug, um ihnen plausibel zu machen, daß du bis zum allerletzten Augenblick im Untergrund geblieben bist, gerade, um ihnen zu helfen.«

»Sicher. Aber das geschah, als die Schlacht noch im Gange war. Jetzt fängt man an, Fragen zu stellen.«

»So was sollte dein Onkel doch abfangen können«, meinte Wolfgang.

»Mein Onkel ist tot. Er starb vor vier Monaten.«

»Und wer ist der jetzige Marquis de la Beauville?«

»Es gibt keinen. Er starb ohne Nachkommenschaft.«

»Was wird mit seinem Besitz?«

»Der fällt an den Staat. Es sei denn, es findet sich jemand, der die entsprechende Erbschaftssteuer zahlt. Jemand aus der Familie natürlich.«

»Und – wird es da jemanden geben?«

Maurice schüttelte den Kopf. »Ich bin der einzige, der da in Frage käme. Würde mein Vater, sein Bruder, noch leben, so hätte er den Titel geerbt. Aber so ist alles futsch – Besitz und Titel.«

Wolfgang hakte nach. »Wenn du nun die Steuer bezahlen würdest, könntest du dann Anspruch auf den Titel erheben?«

Maurice überlegte einen Augenblick. »Sofern die Regierung meine Zahlung akzeptierte – ja, ich glaube schon.«

»Und in welcher Größenordnung würde die sich bewegen?«

»Die Summe dürfte gewaltig sein. Ich schätze, fünf Millionen Francs. Genau weiß das niemand zu sagen, und bei den Ämtern herrscht derzeit ein heilloses Durcheinander.«

Wolfgang war aufgestanden. Seine Erregung war unverkennbar. »Laß mich mal einen Augenblick nachdenken.«

Unruhig schritt er auf und ab, blieb schließlich vor Maurice stehen. »Wenn diese Firmen zum Besitz gehörten, wäre dann mit den Eigentumsrechten alles klar?«

»Absolut«, erklärte Maurice. »Niemand würde je an der Integrität und Loyalität meines Onkels zweifeln. Schließlich gehörte er zu den wenigen Franzosen, die sich trauten, in Frankreich zu bleiben, nachdem sie es gewagt hatten, Pétains Autorität zu trotzen. Und selbst diese Leute hüteten sich, ihm etwas anzutun, wenngleich er auf seinem Landsitz wie eine Art Gefangener gehalten wurde.«

Wolfgang lächelte zufrieden. »Das wär's dann wohl. Die Lösung all unserer Probleme. Du und Anna, ihr werdet heiraten. Ich sorge

dafür, daß du das Geld hast, um die Steuern zu bezahlen und Anspruch auf den Titel zu erheben. Die Firmen gehen in den Besitz über, und alles ist in bester Ordnung.« Er griff nach dem Glas, kippte das scharfe Zeug hinunter. »Ich ernenne dich – nein, schlage dich zum Marquis de la Beauville«, sagte er, während er Maurice leicht auf beide Schultern schlug.

Maurice blickte an ihm vorbei, zu Anna. Und ihm schien, daß ein leises Lächeln um ihre Mundwinkel spielte, während sie weiterhin emsig mit ihren Stricknadeln klapperte. Es war das gleiche rätselhafte Lächeln, das er bei ihr gewahrte, als sie einander zum erstenmal begegneten: in Paris, im Herbst 1940.

Er stieg die schmale Vortreppe zur Eingangstür des kleinen Hauses hinauf, das zwischen den großen Appartementgebäuden in der Avenue d'Iéna eingeklemmt war und irgendwie verloren wirkte. Er drückte auf die Klingel.

Ein Dienstmädchen öffnete. »Monsieur?«

Er zog eine Visitenkarte hervor und reichte sie ihr. »Herr Generalmajor von Brenner erwartet mich.«

Sie warf einen Blick auf die Karte. »Entrez, m'sieur.«

Er folgte ihr in die Eingangsdiele und mußte dann warten, während sie in einen anderen Teil des Hauses entschwand. Er sah sich um.

Die Wände wirkten kahl. Hellere Flecken verrieten die Stellen, an denen zuvor Bilder gehangen hatten. Wo mochten sich diese Gemälde jetzt befinden? Unwillkürlich ging ihm diese Frage durch den Kopf. War es den französischen Hausbewohnern noch gelungen, die Werke rechtzeitig in Sicherheit zu bringen? Oder hingen sie jetzt irgendwo in Deutschland im Haus des Herrn Generalmajors?

Als er das Geräusch von Schritten in seinem Rücken vernahm, drehte er sich um. Der Mann, ein Soldat in der Uniform eines Feldwebels der Wehrmacht, salutierte. »Heil Hitler!«

Maurice hob die Hand. »Heil Hitler!«

»Der Herr Generalmajor wird in wenigen Minuten hier sein.« Schwebel öffnete eine Tür. »Wenn Sie die Freundlichkeit hätten, im Salon zu warten?«

»Avec plaisir.« Maurice trat in den Raum, hinter ihm schloß sich die Tür. Im offenen Kamin brannte ein kleines Feuer.

Er wärmte sich daran die klammen Hände. Anfang Herbst war es in Paris normalerweise noch angenehm warm. An der jetzt herrschenden Kälte, da waren sich die Franzosen ganz sicher, waren einzig und allein die Deutschen schuld. Maurice hörte, wie jemand zur Tür hereinkam, und drehte sich in der Erwartung um, den Generalmajor zu sehen. Statt dessen sah er eine hochgewachsene junge Frau, die ihr langes braunes Haar zu einer Art Chignon nach hinten hochgesteckt hatte, was ihre hohen Backenknochen sowie die großen dunklen Augen stark betonte. Sie trug ein sehr elegantes, dunkles Nachmittagskleid, das zweierlei bewirkte: Es hob das Üppige ihrer Figur hervor, während es diese Üppigkeit gleichzeitig herunterspielte.

»Monsieur de la Beauville?« Sie sprach das akzentfreie Französisch der Pariser.

Er nickte.

Sie trat auf ihn zu. »Ich bin Madame Pojarska. Der Herr Generalmajor hat mich gebeten, mich um Sie zu kümmern. Es könnte sein, daß er ein wenig länger aufgehalten wird als erwartet. Darf ich einen Kaffee oder einen Drink für Sie kommen lassen?«

»Eine Tasse Kaffee wäre nicht schlecht.«

»Und vielleicht auch etwas Gebäck. Unser pâtissier ist einer der besten in Paris.«

Er lächelte. »Sie haben eine meiner schwachen Stellen entdeckt, Madame.« Das stimmte, denn seitdem die Deutschen sich in Paris breitgemacht hatten, war kaum noch irgendwo ein anständiges Stück Kuchen zu erhalten.

Kurze Zeit später saß er auf der Couch und hatte eine Tasse mit verlockend duftendem *echten* Bohnenkaffee vor sich, während er mit seiner Kuchengabel einer millefeuille aus köstlichem Blätterteig zu Leibe rückte. »Wirklich ein Gedicht«, lobte er.

Ein leises Lächeln spielte um ihre Mundwinkel. »Manche Dinge werden sich in Frankreich eben niemals ändern.«

Überrascht musterte er sie. Eine Bemerkung dieser Art hatte er im Hause eines deutschen Generalmajors nun wahrhaftig nicht erwartet. »Sie haben schon früher in Frankreich gelebt, Madame?«

»Ich habe hier an der Sorbonne studiert. Und in Paris kam auch meine Tochter zur Welt, kurz vor Kriegsausbruch.«

»Dann ist Ihre Tochter Französin«, sagte er.

»Polin. Mein verstorbener Mann und ich, wir waren – respektive sind – Polen.«

»Nach französischer Rechtsauffassung besitzt Ihr Kind aber ein Recht auf die französische Staatsangehörigkeit, es sei denn, Sie als Eltern hätten gegenüber den Behörden eine ausdrückliche Verzichtserklärung abgegeben.«

Sie überlegte einen Augenblick. »Demnach wäre sie allerdings Französin, denn bei Kriegsausbruch kehrte mein Mann nach Polen zurück, und irgendwelche Eingaben haben wir nie gemacht.«

Fragend zog er die Augenbrauen hoch. »Sie haben von Ihrem verstorbenen Gatten gesprochen?«

»Er fiel bei der Verteidigung seines Vaterlandes.«

»Tut mir leid«, sagte er.

Für einen Augenblick wirkte sie sehr nachdenklich. »Es war Schicksal«, sagte sie dann. »Ich bin nicht die einzige Witwe, die der Krieg ›hervorgebracht‹ hat, und ich werde auch nicht die letzte sein. Polen war nicht das einzige Land, das von den Deutschen erobert wurde, und Frankreich wird nicht das letzte sein.«

Er schwieg.

»Doch die Menschen überleben . . . selbst wenn das bedeutet, daß sie sich in eine neue Ordnung einfügen und sich ihr anpassen müssen«, fuhr sie fort.

Er nickte. »Das ist wahr. Die Kreise der Macht liegen jenseits unserer Möglichkeiten. Wir müssen lernen, mit ihnen zu leben, und nicht umgekehrt.«

Ein kurzes Klopfen an der Tür. Der Feldwebel trat ein. »Der Herr Generalmajor hat nun Zeit. Er bittet Sie, Monsieur de la Beauville zu seinem Arbeitszimmer zu führen.«

Maurice folgte ihr durch die kahle Diele zu einem anderen Raum. Sie verhielt einen Augenblick, klopfte dann – und öffnete die Tür, ohne auf eine Antwort zu warten.

Maurice war überrascht, denn der Generalmajor von Brenner war wesentlich jünger, als er erwartet hatte. Er konnte kaum älter

sein als Maurice mit seinen siebenunddreißig Jahren. Statt des üblichen militärischen Grußes streckte Brenner ihm die Hand entgegen. »Monsieur de la Beauville, ich habe mich auf die Begegnung mit Ihnen gefreut.« Er sprach Französisch mit starkem deutschen Akzent.

Maurice erwiderte auf deutsch, mit unverkennbar französischem Tonfall: »Es ist mir eine Ehre, Herr Generalmajor.«

Die beiden Männer musterten einander, und plötzlich grinste der deutsche General. »Mein Französisch ist so schlecht wie Ihr Deutsch.«

Maurice lachte. »Nicht ganz.«

»Sprechen Sie Englisch?«

»Ja.«

»Dann sollten wir uns vielleicht in der Sprache unterhalten. Schnitzer sind dann für keinen von uns peinlich. Und falls es irgendwelche Verständnisprobleme gibt, so kann Anna uns weiterhelfen.«

»Einverstanden«, erwiderte Maurice auf englisch.

»Nun zur Sache«, sagte der Generalmajor. »Der französische Industrieverband hat Sie beauftragt, mit mir zusammenzuarbeiten zwecks besserer Mobilisierung der Industrie für die Kriegsanstrengungen gegen unseren gemeinsamen Feind. Allererste Priorität kommt dabei naturgemäß der Schwerindustrie zu, welche Waffen und Ausrüstung produzieren kann.«

»Genauso verstehe auch ich den Auftrag, und Ihre Einwilligung voraussetzend, habe ich bereits eine Anzahl von Unterlagen vorbereitet, die sich in diesem Augenblick, per Sonderkurier, auf dem Weg hierher befinden. Ich stehe zu Ihrer Verfügung und bin bereit, unverzüglich mit der Arbeit zu beginnen.«

Im Laufe der drei Jahre, in denen sie während der Besatzungszeit miteinander arbeiteten, sahen beide, wie sich andere Möglichkeiten auftaten. Es gab genügend Wirtschaftszweige, die mit der Kriegsindustrie unmittelbar nichts zu tun hatten, und viele Firmeninhaber waren nach der »neuen Ordnung« nicht mehr »genehm«. Folglich versuchten sie, ihren Besitz loszuschlagen. So wurde etwa ein bekanntes Weingut zum Verkauf angeboten oder jene Firma, die na-

türliches Mineralwasser auf Flaschen zog; nicht zu vergessen auch jener Betrieb im Süden, der Grundstoffe für Parfums und Kosmetika herstellte. Sie alle waren fast buchstäblich für einen Apfel und ein Ei zu haben. Ein bißchen Bargeld auf die Hand und im übrigen Ausreisevisa für die ehemaligen Eigentümer, damit sie sich anderswo ihre Freiheit suchen konnten.

Ein glücklicher Umstand, die Gesetze über die französischen Aktiengesellschaften, brachte es mit sich, daß die Namen der eigentlichen Besitzer auf keinem Dokument unmißverständlich vermerkt werden mußten. Ging es um irgendwelche Entscheidungen in bezug auf eine Firma, so brauchte sich deren Inhaber nur »intern« zu erkennen zu geben.

Um etwaigen Problemen von vornherein aus dem Weg zu gehen, setzte Wolfgang in Fällen, in denen es sich nicht umgehen ließ, Anna namentlich als Geschäftsführerin ein. Keine dieser kleinen Firmen prosperierte jetzt im Krieg. Aber Wolfgang dachte bereits an die Nachkriegszeit: an eine Zeit, in der der Bedarf und die Nachfrage nach den Produkten dieser Firmen wieder ständig steigen würde.

An einem der heißen, schwülen Sommertage des Jahres 1943 kehrte Wolfgang von einer Besprechung im H.Q. West zurück. Anna spürte seine Erregung, fragte jedoch nicht. Sie wartete, bis er von sich aus bereit war zu sprechen.

Sie beendeten das Abendessen, saßen dann in seinem Arbeitszimmer, wo er wie gewohnt seine Zigarre rauchte und seinen Kaffee trank.

»Man hat mich nach Berlin zurückbeordert«, sagte er mit eigentümlich schwerem Tonfall.

Sie sah ihn an. »Für wie lange?«

»Für dauernd«, erwiderte er. »Mein Auftrag hier ist beendet. In der Heimat gibt's Probleme mit der Produktion, und ich soll mich darum kümmern.«

Sie schwieg einen Augenblick. »Ich werde gleich mit dem Packen beginnen.«

»Nein.« Seine Stimme klang schroff. »Du kommst nicht mit.«

Sie musterte ihn wortlos.

»Ich kann dich nicht nach Deutschland mitnehmen«, sagte er verlegen. »Meine Familie . . .«

»Ich verstehe«, erwiderte sie rasch. Sie atmete tief ein und zwang sich dann zu einem Lächeln. »Ich habe keinen Grund, mich zu beklagen. Ursprünglich sollte es ja nur für sechs Wochen sein, weißt du noch?«

»Es ist nicht aus und vorbei«, versicherte er. »Ich habe da Pläne.«

»Ich will nicht, daß du dich gefährdest«, entgegnete sie.

»Es ist keine Gefahr dabei«, lautete seine Antwort. »Ich habe Maurice gebeten, morgen mit uns zu frühstücken, und werde dann alles erklären.«

Sie schwieg sehr lange. »Wann reist du ab?«

»Freitag.«

Sie sah ihm tief in die Augen. »Heute haben wir Dienstag«, sagte sie und erhob sich. »Komm ins Bett. Viel Zeit bleibt uns nicht . . .«

Wolfgang wartete, bis das Dienstmädchen das Frühstücksgeschirr abgeräumt und das Zimmer verlassen hatte. Erst dann begann er zu sprechen. Bei ihm am kleinen Tisch saßen Maurice und Anna. »Deutschland hat den Krieg verloren«, sagte er knapp.

Da die anderen schwiegen, fuhr er fort: »Krieg ist wie ein Geschäftsunternehmen. In dem Augenblick, wo man nicht mehr expandiert, stagniert man. Und dann verliert man die Kontrolle. Der Führer hat einen entscheidenden Irrtum begangen. Statt über den Kanal nach England vorzustoßen, machte er kehrt und wandte sich gegen Rußland. Von diesem Augenblick an war alles verloren.«

Stumm hörten Anna und Maurice zu.

»Es ist nur noch eine Frage der Zeit, und wir müssen entsprechend vorausplanen. Nach dem Krieg werden sich viele Möglichkeiten bieten, und es ist an uns, sie zu unserem Vorteil zu nutzen.« Wolfgang blickte zu Maurice. »Beginnen wir mit dir. Wenn wir behalten wollen, was wir in Frankreich an Besitz erworben haben, mußt du die Seiten wechseln. Überquere den Kanal und schließe dich den Gaullisten an.«

»Ausgeschlossen!« protestierte Maurice. »Die knallen mich auf der Stelle ab.«

»Nicht, wenn du dich nach meinem Plan richtest. Ich gebe dir bestimmte Informationen mit, die für die Alliierten von unschätzbarem Wert sind. Informationen über unsere Produktion und unsere Produktionsanlagen – Dinge, von denen sie noch nicht wissen. Dann begibst du dich zu deinem Onkel, dem Marquis, dessen politische Integrität von niemandem bezweifelt wird. Ihm erklärst du, du hättest zwar mit uns zusammengearbeitet, aber nur, um in den Besitz dieser Informationen zu gelangen. Nun, wo du sie hast, seiest du auf seine Hilfe angewiesen, um nach England zu gelangen und sie zu übermitteln. Ich bin sicher, daß er mit drüben irgendwelche Kontakte hat. Was mich betrifft, so garantiere ich dir eine sichere Überquerung des Kanals innerhalb eines Monats.«

Maurice zögerte. »Das wird gefährlich sein.«

»Es wäre gefährlicher zu bleiben. Wenn deine Landsleute wieder die Macht übernehmen, wird man dich als Verräter und Kollaborateur an die Wand stellen.«

Maurice schwieg, und Wolfgang wandte sich nun an Anna. »In Genf gibt es ein kleines Haus, das sich seit Jahr und Tag in unserem Familienbesitz befindet. Ich habe bereits für Janette und dich die entsprechenden Aufenthaltsgenehmigungen besorgt, wobei ich dich als meine Haushälterin ausgegeben habe. Nach meiner Abreise wirst du noch etwa einen Monat hier bleiben und dann in die Schweiz fahren. Schwebel wird dir helfen, die notwendigen Papiere und Unterlagen, die ihr mitnehmen müßt, vorzubereiten. Anschließend spielt er Chauffeur und kutschiert dich nach Genf. Eine plausible Erklärung ist für den Fall eines Falles leicht gefunden. Janette kränkelt, und die Ärzte haben dringend zu einer Erholung in den Alpen geraten. Sobald du dein Ziel, das Haus in Genf, wohlbehalten erreicht hast, wird Schwebel zu mir nach Deutschland kommen.«

Anna sah ihn an. »Und was wirst du in der Zwischenzeit tun?«

»Alle Vorbereitungen treffen, um meine Familie aus Deutschland herauszubekommen. Aufgrund meiner Position dürften wir für die Rache der Alliierten sozusagen ein gefundenes Fressen abgeben.«

»Und wo willst du sie hinbringen?«

»In Südamerika gibt es eine ganze Reihe von Ländern, die bereit

sind, uns aufzunehmen. Natürlich nicht ganz gratis, aber solange es nichts weiter als Geld . . . «

»Und was wird mit dir?«

»Sobald ich sie in Sicherheit weiß, komme ich zu dir nach Genf.«

Sie schwieg einen Augenblick. »Andere Möglichkeiten gibt es nicht?«

Er schüttelte den Kopf. »Nein. Das Ende mag in einem Jahr kommen oder in zwei oder in drei. Aber es wird kommen, glaub mir.«

Sekundenlang blieben alle drei stumm, jeder in seine eigenen Gedanken vertieft.

»Merde!« fluchte Maurice plötzlich los. »Und da hatte ich immer so idiotische Träume. Glaubte, eines Tages würde ich ein reicher Mann sein.«

Wolfgang lächelte. »Kannst du immer noch werden. Sofern du befolgst, was ich dir sage.«

Nachdem Maurice gegangen war, stand Wolfgang auf. »Komm mit in mein privates Arbeitszimmer.«

Sie folgte ihm in den kleinen Raum, den er für diesen Zweck benutzte. Er schloß die Tür und sperrte sorgfältig ab. »Von dem, was ich dir jetzt zeigen werde, weiß niemand auf der Welt, weder Maurice noch Schwebel, auch niemand aus meiner Familie. Nur ich. Und jetzt du.«

Stumm beobachtete sie, wie er den Stuhl hinter seinem Schreibtisch zurückschob und den Teppich darunter beiseite zog. Seine Hand tastete über den Holzfußboden, bis er die gesuchte Stelle fand. Auf den Druck sprang, wie eine winzige Falltür, ein gut handbreites Dielenbrett auf. Er griff in die Vertiefung und zog eine Metallkassette heraus. Diese stellte er auf den Tisch, öffnet sie und winkte dann Anna herbei. »Schau.«

Sie trat zu ihm und sah, daß die Kassette bis zum Rand mit Goldmünzen gefüllt war. Anna verschlug es die Sprache.

Sein Gesicht wirkte sehr ernst. »Louisdors. Alles in allem gibt es hier insgesamt vierzig derartiger Kassetten mit summa summarum hunderttausend Münzen.«

Sie atmete schwer. »Guter Gott! Ich hatte ja keine Ahnung.« Sie blickte ihm ins Gesicht. »Woher . . .«

»Besser keine Fragen«, wehrte er ab. »Ich habe sie, und das ist das einzige, was zählt. Du wirst sie in die Schweiz bringen.«

»Wie stellst du dir das vor?« fragte sie. »Beim Grenzübertritt wird schließlich das gesamte Gepäck durchsucht.«

»Das ist mir durchaus klar«, versicherte er. Mit einem Lächeln winkte er sie zum Fenster und deutete dann auf die Mercedes-Limousine, die unten auf dem Hof stand. »Sieht aus wie jedes Auto vom selben Typ, nicht?«

Sie nickte.

»Ist es aber nicht«, sagte er. »Die Seitenwände sowie die Partien um die Türen sind hohl und mit schalldichtem Material ›gefüttert‹. Damit die Münzen darin möglichst nicht klappern und kein verdächtiges Geräusch verursachen. Eine Sonderanfertigung speziell nach meinen Wünschen.«

»Und was ist, wenn die Männer, die diese Einbauten vorgenommen haben, den Mund aufmachen?«

»Das werden sie nicht tun. Es handelte sich um Juden, die schon lange fort sind.«

»Tot?«

Ohne eine Antwort zu geben, ging er wieder zu seinem Schreibtisch. Er nahm die Kassette, packte sie wieder in das Versteck zurück, schloß das Dielenbrett. Dann zog er den Teppich wieder an Ort und Stelle und rückte den Schreibtischsessel zurecht.

Er setzte sich. »Es wird ganz und gar deine Aufgabe sein, die Münzen an den entsprechenden Stellen im Auto zu verstauen. Wie du das am besten anfängst, zeige ich dir noch. Aber niemand, absolut niemand, darf dich dabei beobachten. Davon hängt dein eigenes Leben ab. Und auch das Leben deiner Tochter. Wozu Menschen alles fähig sind, wenn es um ein derartiges Vermögen geht, brauche ich dir nicht erst lange zu erklären.«

Sie nickte. Für einen Bruchteil dieses Betrages war so mancher Mord verübt worden.

»Du wirst es so einrichten, daß du möglichst jede Nacht ein bis zwei Stunden allein im Haus bist. Das Ganze braucht ja nicht auf einmal bewerkstelligt zu werden. Du hast einen Monat Zeit, um bis zur Abreise alles zu verstauen.«

»Wird mich außer Schwebel noch jemand begleiten?«

»Noch ein weiterer Mann, ein ehemaliger Fallschirmjäger. Ein stahlharter Kerl, der notfalls kurzen Prozeß macht.«

»Und wenn ich in Genf bin, was dann?«

»Bei irgendeiner Schweizer Bank mietest du dir ein numeriertes Schließfach. Das Gold schaffst du auf die gleiche Weise hinein, wie du es zuvor ins Auto gebracht hast: sozusagen auf Raten. Wenn der Mercedes leer ist, schickst du Schwebel und den anderen mit dem Wagen nach Deutschland.«

Anna ließ sich auf einen Stuhl fallen. »Zum erstenmal habe ich Angst.«

Wolfgang musterte sie aufmerksam. »Mir geht es nicht viel anders«, versicherte er mit eigentümlich schwerer Stimme. »Doch uns bleibt keine Wahl. Wenn wir ein gemeinsames Leben führen wollen, wenn all dies vorüber ist, gibt es keinen anderen Weg.«

Seitdem sie zusammen waren, hatte er ihr noch kein einziges Mal gesagt, daß er sie liebe – selbst in den Augenblicken höchster Leidenschaft nicht. Gewiß, er stöhnte und keuchte dann vor Ekstase, so daß sie das Gefühl hatte, er verschmelze gleichsam mit ihrem Innersten. Aber selbst dann konnte sie sich nicht des Eindrucks erwehren, daß er nicht völlig offen und ehrlich ihr gegenüber war.

So wie auch jetzt, da sie im Türeingang des kleinen, französischen Hauses standen und graues Morgenlicht in den Flur fiel.

Er wirkte eigentümlich zurückhaltend. Galant beugte er sich vor und küßte sie auf beide Wangen. »Sei vorsichtig«, bat er.

»Natürlich.« Sie nickte.

Wolfgang blickte zu Janette, die mit großen Augen neben ihrer Mutter stand. Er hob das Mädchen hoch und küßte es auf Stirn und Mund. »Auf Wiedersehen, mein Augenstern.« Er fügte hinzu: »Sei brab und tu, was deine Mutter dir sagt.«

Das Kind nickte. »Ja, Papa General.«

Mit einem Lächeln drückte er Janette der Mutter in die Arme. »Auf ein baldiges Wiedersehen«, sagte er, drehte sich um und entschwand durch die Tür. Ohne noch einmal einen Blick zurückzuwerfen, stieg er in das Auto, das ihn zum Bahnhof fahren sollte.

Anna wartete, bis der Wagen verschwunden war. Dann schloß sie die Tür, ging ins Haus zurück und setzte ihre Tochter ab.

»Mama, kommt Papa General zurück?«

Überrascht musterte Anna die Kleine. »Warum fragst du?«

»Das Kindermädchen hat gesagt, daß er weggeht und Monsieur Maurice der neue Papa wird.«

»Das Kindermädchen weiß überhaupt nicht, wovon es redet.«

»Aber sie hat doch erklärt, daß Papa General nach Deutschland geht und wir nicht mit dürfen. Und daß jetzt Monsieur Maurice das Sagen hat.«

»Sie täuscht sich. Wenn Papa General nicht hier ist, habe ich das Heft in der Hand. Und nicht Monsieur Maurice oder irgendwer sonst.«

»Dann wird Papa General also zurückkommen?« fragte Janette.

Anna zögerte einen Augenblick, nickte dann. »Ja, das wird er. Und dem Kindermädchen kannst du das auch ruhig erzählen.«

Als Schwebel rund zwei Stunden später vom Bahnhof zurückkehrte, bat sie ihn nach oben ins Arbeitszimmer des Generals und schloß sorgfältig die Tür. Dann ließ sie sich hinter dem Schreibtisch nieder. »Ich glaube, wir haben da ein Problem.«

Er schwieg und wartete darauf, daß sie weitersprach.

»Das Kindermädchen redet ganz einfach zu viel. Sie hat Janette bereits erzählt, daß der General nicht zurückkommen wird. Und wenn sie dem Kind so was erzählt, wer weiß, mit wem sie sich sonst noch darüber unterhält!«

Schwebel nickte.

»Ein Wort zur unrechten Zeit könnte die Pläne des Generals gefährden«, sagte sie.

»Ich werde mich der Angelegenheit annehmen, Frau Gräfin«, versicherte er.

Sie musterte ihn überrascht. Es war das allererste Mal, daß er sie mit ihrem Titel anredete. Bislang hatte er sie stets Frau Pojarska genannt.

In seiner Miene zeigte sich nicht die leiseste Veränderung.

»Gibt es sonst noch etwas, Frau Gräfin?«

»Nicht, daß ich wüßte.« Sie schüttelte den Kopf. »Ich danke Ihnen, Hans.«

Er machte eine höfliche Verbeugung und verschwand. Zwei Tage später hatte das Kindermädchen seinen freien Tag. Es kehrte nicht zurück.

Am Telefon sprach Vorsicht aus Maurices Stimme. »Ich muß dich unbedingt sehen.«

Drei Wochen waren seit Wolfgangs Abreise aus Paris vergangen, und bisher hatte Maurice sich noch nicht bei Anna gemeldet. »Ich bin hier«, erwiderte sie einfach.

»Du verstehst nicht, was ich meine«, sagte er. »Es kann durchaus sein, daß ich unter Beobachtung stehe. Und nachdem ich jetzt bereits meine Fühler in ganz bestimmte Richtungen ausgestreckt habe, wage ich es einfach nicht, dich daheim noch aufzusuchen.«

»Läßt sich das Notwendige nicht telefonisch klären?«

»Da sind gewisse Papiere, die ich dir geben muß. Ausreisevisa für dich und für Janette, sowohl von den französischen als auch von den deutschen Behörden gebilligt. Und außerdem gibt es da noch so manches, das unsere gemeinsamen Interessen betrifft.«

»Tut mir leid«, sagte sie. »Aber ich kann unmöglich zu dir kommen. Schwebel hat den strikten Befehl, mich überallhin zu begleiten, wenn ich das Haus verlasse.«

»Merde!« Er verstummte.

Sie wartete darauf, daß er weitersprach.

»Viel Zeit bleibt nicht«, erklärte er. »Übermorgen verschwinde ich.«

Sie schwieg noch immer.

»Heute gleich nach Mitternacht«, sagte er. »Warte auf mich an der Hintertür deines Hauses. Sollte ich eine halbe Stunde nach zwölf noch nicht dort sein, so brauchst du nicht länger zu warten.«

Zehn Minuten nach Mitternacht hörte sie an der Dienstbotentür ein leises Klopfen.

Rasch huschte sie hin und machte auf.

Er trat ein, schloß die Tür sofort wieder.

»Schlafen alle?« fragte er im Flüsterton.

Sie nickte.

»Schwebel?«

»Seit der General fort ist, schläft er in dem kleinen Zimmer über der Garage.«

»Ich brauche einen Drink«, erklärte Maurice abrupt.

»Komm«, sagte sie und führte ihn durch das dunkle Haus zum kleinen Arbeitsraum in der oberen Etage. Dort holte sie aus einem Schränkchen eine Flasche Cognac und ein Glas. Fast bis zum Rand goß sie es voll und reichte es dann Maurice.

Er nahm einen kräftigen Schluck und gab anschließend einen tiefen Seufzer von sich.

So nach und nach schien die Spannung von ihm zu weichen.

»Das war der reinste Drahtseilakt«, erklärte er. »Fragen. Fragen über Fragen. Und an jeder Ecke Fallstricke.«

Sie schwieg.

Er nahm wieder einen Schluck. »Hast du inzwischen von Wolfgang gehört?«

»Nein. Sollte ich?«

Er musterte sie. »Ich weiß es nicht. Dennoch bin ich schon der Meinung, daß er dir irgendwie eine Nachricht hätte zukommen lassen können.«

Sie wechselte das Thema. »Du hast davon gesprochen, daß du irgendwelche Papiere für mich hättest.«

»Stimmt.« Er zog einen Umschlag aus der Innentasche seines Jacketts. »Die amtlichen und genehmigten Ausreisevisa für dich und für Janette.«

Sie öffnete den Umschlag und warf einen Blick auf die Papiere, die in Ordnung zu sein schienen. Anschließend legte sie die Dokumente auf den Schreibtisch. »Du hast gesagt, da gebe es noch andere Dinge?«

»Es handelt sich um Sachen, die man besser nur mündlich abhandelt«, erklärte er.

»Ich verstehe nicht.«

»Es geht um Gold«, sagte er.

»Gold?« Sie hoffte, daß die Überraschung in ihrer Stimme echt klang. »Was für Gold?«

»Ich habe verschiedentlich etwas davon läuten hören, daß Wolfgang laufend Louisdors aufkaufte.«

»Es ist das erste Mal, daß ich was davon höre«, sagte sie. »Und ich dachte, ich sei über alles im Bilde.«

»Er hat dir davon nie was gesagt?«

Sie schüttelte den Kopf.

»Merkwürdig«, betonte er. »Die Information stammt aus Quellen, die für gewöhnlich absolut zuverlässig sind.«

»Wird wohl das Beste sein, du prüfst da noch mal nach.« Sie machte eine kleine Pause und gab sich dann den Anschein, als käme ihr ein plötzlicher Einfall. »Könnte es nicht sein, daß dies nichts ist als eine raffinierte Falle, die man dir stellt? Um sozusagen auf den Busch zu klopfen? Um herauszufinden, wie eng deine Verbindung zum General war?«

»Auf den Gedanken bin ich noch nicht gekommen. Aber es ist durchaus möglich.« Er betrachtete sie mit unverhohlener Bewunderung. »Ich beginne zu begreifen, warum du mich von Anfang an so angezogen hast.«

Sie lächelte und versuchte, sich nichts anmerken zu lassen von der Erleichterung, die sie empfand. »Du bist ganz und gar Franzose. Und überaus galant.«

»Irrtum«, sagte er und griff nach ihrer Hand. »Ich bin sicher, daß du genau weißt, wie ich dir gegenüber empfinde.«

Sie überließ ihm ihre Hand. Auf gar keinen Fall wollte sie ihn durch eine schroffe Geste provozieren. »Es ist schon ziemlich spät. Und es könnte für dich gefährlich werden, wenn du noch länger bleibst.«

»Nein«, erwiderte er. Eine plötzliche Röte schoß ihm ins Gesicht. »Eine solche Gelegenheit mag sich vielleicht nie wieder ergeben. Ich will, daß du erfährst, was ich für dich empfinde.«

»Maurice«, sagte sie und versuchte, während sie ihm sacht ihre Hand entzog, ihrer Stimme einen möglichst unbeschwerten Klang zu geben. »Wir sind doch keine Kinder. Und dies ist weder die rechte Zeit noch der rechte Ort.«

Seine Stimme hatte etwas Forderndes. »Ich bin zwar kein Boche-General von einsachtzig Körpergröße, doch besitze ich eine Kraft wie keiner von denen, eine Stärke, um die die mich alle beneiden.« Flink knöpfte er sich den Hosenschlitz auf. »Schau her!« befahl er.

Sie starrte auf die Stelle – und war außerstande, ihre Verblüffung zu verbergen. Was immer die Natur ihm vorenthalten haben mochte in puncto Körpergröße und Statur, sie hatte augenscheinlich alles in seinen Phallus investiert, der dick wie sein Handgelenk und halb so lang wie sein Schenkel schien.

»Faß ihn an!« kommandierte er. »Deine zwei Hände werden nicht ausreichen, ihn zu umfassen.«

»Ich kann nicht«, sagte sie kopfschüttelnd und vermochte dennoch nicht, ihren Blick von Maurice' Riesenpenis zu lösen.

»Und warum nicht?« wollte er wissen.

Sie mußte sich zwingen, ihm ins Gesicht zu sehen. »Weil ich meine Periode habe. Und wenn ich ihn erst mal anfasse, so gibt's für mich, fürchte ich, kein Halten mehr.«

Durchdringend sah er sie an. »Du machst mir doch nichts vor?«

»Nein.« Sie zwang sich zu einem Lächeln. »Wie könnte ich auch, wo so ein Riesending lockt?«

Er holte tief Luft, drehte sich für einen Augenblick beiseite. Als er sich ihr wieder zuwandte, befand sich seine Kleidung wieder in tadelloser Ordnung. »Die Zeit dafür wird schon noch kommen«, meinte er. »Zumal du diesen Anblick niemals wirst vergessen können.«

Eine Woche später überquerte sie die Grenze zur Schweiz. Schwebel und der ehemalige Fallschirmjäger saßen vorn, während sie und Janette, in Decken gehüllt, auf dem Hintersitz Platz genommen hatten. Die Grenzwachen winkten sie lediglich durch, ohne auch nur das Gepäck sich oberflächlich anzusehen.

Und nun, fast zwei Jahre später, hörte sie sich den sonderbaren Heiratsvorschlag an, den Wolfgang ihr unterbreitete: eine Ehe mit Maurice. Dabei fielen ihr wieder die Worte ein, die Maurice in ihrer letzten Nacht in Paris gesprochen hatte. Zum erstenmal wurde ihr so richtig bewußt, daß er mit seiner Prophezeiung recht behalten hatte. Vergessen war unmöglich.

Wolfgang ließ die Kofferschlösser zuschnappen und richtete sich auf.

Dann blickte er zu ihr. »Das wär's wohl.«

»Ja.«

Sie standen einander an den Längsseiten des Bettes gegenüber. »Bestimmt wird viel Zeit vergehen«, sagte er. »Womöglich Jahre.«

»Ich weiß.«

Er zwang sich zu einem gequälten Lächeln. »Ich werde nicht einmal zu deiner Hochzeit hier sein.«

Sie schwieg.

Er machte keine Anstalten, um das Bett herumzugehen, zu ihr. »Ich habe dir noch nie gesagt, daß ich dich liebe – oder?«

Sie schüttelte den Kopf. »Nein, nie.«

»Aber du weißt, daß ich dich liebe, nicht wahr?«

»Ja.«

»Vielleicht nicht so, wie andere Menschen einander lieben. Aber doch auf meine eigene Art.«

»Ich weiß«, sagte sie. »So wie ich dich liebe, auf meine Weise.«

Er warf einen Blick auf seine Armbanduhr. »Ich fürchte, es wird Zeit.«

Sie öffnete die Tür und gab dem wartenden Schwebel ein Zeichen. Der nahm den Koffer und ging vor ihnen die Treppe hinab. Auf dem Zwischenpodest legte sie die Hand auf Wolfgangs Arm und wartete, bis Schwebel sich außer Hörweite befand, ehe sie sprach. »Das Gold? Was soll ich damit tun?«

»Laß es, wo es ist«, erwiderte er. »Sobald ich erst mal alles über die Bühne gebracht habe, schreibe ich dir und gebe dir Bescheid.«

Sie hielt seinen Arm fest. »Ich wünschte, du würdest von hier direkt nach Südamerika reisen. Und nicht zurück nach Deutschland.«

»Ich habe dort noch bestimmte Dinge zu erledigen«, erwiderte er. »Aber mach dir nur keine Sorgen, mir droht keine Gefahr. Ich werde mich in dem französischen Sektor aufhalten, wo Maurice alles für mich arrangiert hat.«

»Ich traue ihm nach wie vor nicht über den Weg«, erklärte sie.

Er versuchte es mit einem Scherz. »Das ist die wirklich feine Art für eine Frau, über ihren zukünftigen Mann zu sprechen.«

Sie lächelte nicht einmal. »Was macht das schon aus?«

»Ja, ich weiß, Maurice ist ebenso scharf auf den Titel wie auf das Geld. Und er weiß sehr genau, daß er nur durch uns zu dem einen wie dem anderen kommen kann. Es wird nichts weiter passieren, glaub mir.«

Sie blickte ihm in die Augen. »Ich möchte nicht, daß dir irgendwas widerfährt. Du bist so unglaublich gut zu mir gewesen.«

Er räusperte sich, da er anscheinend einen Knoten im Hals hatte. »Auch du warst es ebenso zu mir.«

»Und paß ja auf dich auf.«

Wolfgang überlegte einen Augenblick. »Und halte auch du die Ohren steif. Vergiß nicht, was ich dir gesagt habe. Selbst wenn Maurice nach der Heirat noch so sehr drauf drängt, laß niemals zu, daß die Firmen auf ihn überschrieben werden. Die jeweilige Geschäftsführung magst du ihm getrost übertragen. Und wenn er von dir wissen will, weshalb du nicht zu diesem Schritt bereit bist, so erkläre ihm ganz einfach, ich hätte dir die dafür erforderlichen Papiere nicht ausgehändigt.«

»Ich werde es mir merken.«

»Auf diese Weise bleibt er schön brav bei der Stange. Solange er nicht alles in der Hand hat, wird er sich nicht trauen, sich etwas herauszunehmen.«

»Ich verstehe«, versicherte sie.

Diesmal küßte er sie auf den Mund. Auf ihren Lippen spürte er einen leichten Salzgeschmack. Unwillkürlich beugte er sich ein Stück zurück und musterte sie. »Bitte keine Tränen«, sagte er.

Sie schüttelte den Kopf.

»Keine Tränen.«

»In einem Krieg geschehen die absonderlichsten Dinge«, sagte er. »Doch du hast es verstanden, so manches davon geradezu schön zu machen.« Er küßte sie erneut. »Dieser Kuß ist für die kleine Janette. Sage ihr, es tut mir sehr leid, daß ich nicht warten konnte, bis sie aus dem Kindergarten zurückkommt.«

»Ich werde es ihr sagen.«

Sie stiegen die Treppe hinab zur Haustür. Und noch einmal küßte er sie, diesmal ganz besonders zart. »Auf Wiedersehen, mein Schatz.«

Die Stimme von Maurice, der aus Paris anrief, klang freudig erregt. »Die de-Gaulle-Behörden haben meinen Vorschlag akzeptiert. Du sprichst jetzt mit dem Marquis de la Beauville.«

»Monsieur le Marquis«, sagte sie, »darf ich Ihnen meine allerbesten Grüße und Glückwünsche anbieten?«

»Madame la Marquise«, erwiderte er, »ich nehme an, daß Sie mir noch einiges darüber hinaus zu bieten haben.«

Sie lachte. »Eine gute Nachricht.«

»Es kommt noch besser. Die alten amtlichen Unterlagen über dich wurden aus dem Verkehr gezogen und durch neue ersetzt.«

»Wie hast du das geschafft?«

»Frag nicht weiter. Hat mich eine stattliche Summe gekostet, doch das war mir die Sache wert. Jetzt kann dir niemand etwas anhaben. Die neuen Papiere sind bereits per Post auf dem Weg zu dir. Du brauchst nur noch neue Fotos dranzuheften, zum französischen Konsul zu gehen und zu unterschreiben. Damit hat sich's.«

»Aber in Paris gibt es ein paar Leute, die mich vielleicht wiedererkennen.«

»Auch daran habe ich gedacht. Färb dir das Haar blond und leg dir eine neue Frisur zu. Schulterlang mit Wellen, das ist in Paris der letzte Schrei, und es würde ausgezeichnet zu dir passen. Im übrigen: gezupfte Augenbrauen, dunkles Augen-Make-up und rötlich akzentuierte Wangenknochen. Sorge dafür, bevor du die Fotos machen läßt. Noch etwas. Du wirst sehen, daß deine Aufenthaltsgenehmigung nun auf den Namen Gräfin Tanya Pojarska lautet. Ich habe meine Gründe dafür. Wolfgang wollte, daß du deinen zweiten Vornamen gebrauchtest, weil Tanya nicht deutsch genug klang. Jetzt ist es an der Zeit, daß du dich wieder Tanya nennst – damit möglichst niemand auf den Gedanken kommt, zwei und zwei zusammenzuzählen.«

»Gleich morgen früh gehe ich zum Schönheitssalon«, versicherte sie. Flüchtig ging ihr ein Gedanke durch den Kopf. »Du scheinst ja eine Menge über die allerneueste Mode zu wissen.«

Er lachte. »Vergiß nicht, daß wir eine Parfumessenz-Fabrik in Grasse besitzen. So gesehen ist der Schritt, auch Kosmetika zu produzieren, nur logisch. Ich habe den Markt studiert. Nach den tri-

sten Kriegsjahren mit all ihrem Grau in Grau wird es gerade auf diesem Sektor enorme Expansionsmöglichkeiten geben. Die Frauen haben es ganz einfach satt, auf die Erhöhung ihrer weiblichen Reize zu verzichten.«

»Ich glaube, da hast du recht.«

»Ich weiß, daß ich richtig liege«, erklärte er. »Deshalb bin ich auch dabei, alle auf diesem Gebiet nützlichen Kontakte zu knüpfen.«

»Es ist mir zwar unangenehm, aber dennoch muß ich es zur Sprache bringen«, flocht sie ein. »Du scheinst einen Punkt nämlich ganz vergessen zu haben.«

»Und der wäre?«

»Unsere Heirat.«

Er schwieg einen Augenblick. »Ich dachte, am besten heiraten wir, wenn du nach Paris kommst.«

»Nein«, sagte sie. »Ich kenne die Franzosen. Das gäbe zuviel Papierkram – und zu viele Fragen, die beantwortet werden müßten. Bis die alles vorschriftsmäßig überprüft haben, vergeht eine Ewigkeit. Und wer kann wissen, worauf die womöglich stoßen? Dann wären all unsere Pläne für die Katz. Wir werden hier heiraten, sobald ich alle nötigen Unterlagen habe. Das wird wesentlich einfacher sein.« Sie lachte. »Im übrigen gefällt mir der Gedanke, als Gattin des Marquis de la Beauville nach Frankreich zurückzukehren.«

Sie glaubte, ihn fast buchstäblich vor sich zu sehen, wie er sich stolz plusterte.

»Aber natürlich, meine Liebe«, versicherte er eilig. »Ganz wie du willst.«

»Übrigens«, fragte sie, »hast du von deinen Freunden in Berlin irgend etwas über Wolfgang gehört?«

»Nicht ein Wort«, erwiderte er.

»Ich mache mir seinetwegen Sorgen«, sagte sie. »Inzwischen sind über zwei Monate vergangen.«

»Es gibt bestimmt keinen Grund zur Beunruhigung. Wäre da irgend etwas schief gegangen, so hätte ich bestimmt davon gehört. Er wird inzwischen vermutlich außer Landes sein.«

»Hoffentlich.«

»Rufe mich an, sobald das mit den Papieren alles klar ist«, bat er.

»Mache ich«, versicherte sie und legte auf.

Die Tür öffnete sich, und Janette kam ins Zimmer. Sie schwenkte ein Blatt Papier. »Maman!« rief sie. »Guck mal, ich habe einen Vogel gezeichnet. Und der Lehrer hat mich dafür sehr gelobt. So einen seltenen Vogel, hat er gesagt, hätte er noch nie gesehen.«

Ihre Mutter nahm das Blatt, betrachtete es. Der Lehrer hatte recht. Solch einen Vogel hatte es auch noch nie gegeben. Außer vielleicht in Alpträumen. Er glich einer Kreuzung zwischen einem Flugsaurier, einem Adler und einer Fledermaus – das Ganze in geradezu erschreckend grellen Farben.

»Ist er nicht schön?« rief Janette.

Tanya nickte. »Sehr.« Sie gab das Blatt dem Kind zurück. »Verwahr's gut, damit du's nicht verlierst.«

»Ich möchte es einrahmen und über mein Bett an die Wand hängen.«

Tanya zwang sich zu einem Lächeln. »Na gut.«

»Du hast am Telefon französisch gesprochen«, sagte Janette. »Wer war denn dran?«

Tanya hob die Kleine hoch. Irgendwann mußte sie es ja doch erfahren. »Mama wird heiraten.«

Janette lächelte glücklich. »Papa General kommt zurück?«

»Nein«, erwiderte Tanya. »Wir werden nach Paris zurückkehren und dort wohnen. Ich heirate Maurice.«

Das Mädchen reagierte völlig bestürzt und begann zu weinen. »Nein, Maman, nein! Ich mag ihn nicht. Er ist ein böser Mann.«

»Maurice ist kein böser Mann«, sagte Tanya geduldig. »Er ist sehr nett. Du wirst schon sehen. Außerdem hat er dich sehr gern.«

»Nein, das stimmt nicht!« rief Janette. »Er haßt mich. Er kneift mich dauernd, wenn du nicht guckst, und er tut mir weh.«

»Er will dich bestimmt nicht quälen«, versicherte Tanya. »Im Gegenteil, das ist eben seine Art, dir zu zeigen, daß er dich mag.«

»Das ist nicht wahr, Maman!« erklärte Janette mit aller Entschiedenheit. »Ich sehe es ihm doch am Gesicht an. Er will mir weh tun, und wenn ich nicht aufschreie, dann kneift er noch fester.« Sie begann wieder zu weinen. »Ich will nicht, daß du ihn heiratest. Ich will, daß du Papa General heiratest.«

»Tut mir leid, Janette«, sagte Tanya mit fester Stimme und stellte das Kind wieder auf den Boden, »aber es gibt da Dinge, die du nicht verstehen kannst. Ich werde Maurice heiraten und will nichts weiter mehr darüber hören. Geh jetzt hinauf in dein Zimmer und beruhige dich.«

Schluchzend ging das Kind zur Tür. Dort drehte es sich um, wischte sich mit dem Unterarm über Nase und Gesicht. »Mir ganz egal«, sagte es trotzig. »Auch wenn du ihn heiratest, ich mag ihn nicht – nie.«

Als Tanya und Maurice dann drei Wochen später heirateten, weigerte sich Janette standhaft, das Paar zum Standesamt zu begleiten – trotz des weißen Kleides, das ihre Mutter ihr eigens für dieses Ereignis gekauft hatte.

Tanya musterte sich im Spiegel. Noch immer hatte sie sich nicht an das blonde Haar gewöhnt. Ihr eigenes Abbild war ihr fremd. Irgendwie hatte sie fast das Gefühl, eine andere geworden zu sein. Dieser eigentümliche Wandel in ihrer Sinnlichkeit. Was zuvor eher von Verhaltenheit geprägt gewesen war, von Zärtlichkeit jedenfalls, schien nun starker und ungehemmter Triebhaftigkeit zu weichen, einer Macht ganz eigener Art. Einer Kraft, die sie nicht kontrollieren konnte.

Mit langsamen Strichen bürstete sie sich das Haar, spürte dabei den eigentümlichen körperhaften Reiz der seidigen Strähnen. Erneut betrachtete sie sich kritisch im Spiegel. Irgend etwas stimmte nicht.

Und dann dämmerte es ihr. Das weiße Seidennachthemd, das sie für die Hochzeitsnacht ausgewählt hatte, war doch nicht so ganz das Wahre.

Sie kramte in dem kleinen Koffer, den sie ins Hotel mitgenommen hatte.

Wenig später stand sie wieder vor dem Spiegel, in einem schwarzen Spitzenhemd. Und jetzt wurde ihr auch klar, daß es eine Art Instinkt gewesen sein mußte, der sie auch dieses Gewand in den kleinen Koffer hatte packen lassen. Mit einem Male wirkte sie ganz anders. Nun war sie eine andere geworden.

Sorgfältig betrachtete sie sich. Nun war sie bereit. Unvermittelt spürte sie das Zittern in ihren Beinen. Sie stützte sich mit beiden Händen auf das Waschbecken. Im Spiegel sah sie, wie ihre Brustwarzen plötzlich steif wurden, als wollten sie sich durch den dünnen Stoff gewaltsam ihren Weg bahnen.

Fast heftig schüttelte sie den Kopf. Sie brauchte klare Gedanken. Was war denn nur mit ihr los? Fast hätte man meinen können, er sei der erste Mann für sie. Für einen Moment schloß sie die Augen. Die Erinnerung kam, das Begreifen. Vor ihren geschlossenen Lidern tanzte der Monsterphallus. Dieses höchste Zeichen der Kraft des Mannes. Der Mann selbst bedeutete nichts weiter.

Sie wartete, bis sie die Kontrolle über ihre Beine wiedergewonnen hatte. Dann knipste sie das Licht im Bad aus und öffnete die Tür zum Schlafzimmer. Es dauerte einige Sekunden, bis sich ihre Augen an den dämmerigen Schein gewöhnt hatten.

Er stand beim Bett, nackt, mit dem Rücken zu ihr. Langsam drehte er sich um.

Zunächst sah sie nur das harte Glitzern in seinen Augen und das schmale Lächeln, das seine kleinen, weißen Zähne enthüllte. Doch dann zog sein Glied ihren Blick geradezu magnetisch an. Erneut spürte sie das Zittern in den Beinen, und plötzlich war ihr Mund wie ausgedörrt, schien ihre Kehle zugeschnürt.

Mit der Hand bedeutete ihr Maurice näherzukommen.

Schweigend folgte sie dem stummen Befehl und hatte bei jedem Schritt das Gefühl, ins Stolpern zu geraten.

Plötzlich machte Maurice eine blitzschnelle Bewegung. Seine Hand griff in den Ausschnitt des schwarzen Spitzengewandes. Und mit einem einzigen Ruck zerriß er es von oben bis unten. Nackt stand sie vor ihm. Und noch immer sprach er nicht.

Tanya war überhaupt nicht mehr fähig, sich zu rühren. Sein Phallus schien Gewalt gewonnen zu haben über ihren ganzen Körper.

Sie wollte etwas sagen, doch er kam ihr zuvor. Mit rauher Stimme fuhr er sie an: »Glaubst du, ich werde wie die andern sein? Ein Sklave deines Körpers? Ich werde dein Herr sein!«

Sie konnte nur den Kopf schütteln. Sprechen war nicht drin.

Er packte ihre Haare und zerrte sie zu Boden. Eine Schmerzwelle

jagte durch ihren Körper. Tanya versuchte, ihr Gesicht mit den Händen zu bedecken, doch Maurice riß ihren Kopf zurück, daß sie zu ihm emporblicken mußte.

Tanya versuchte, mit Gewalt ihr Gesicht abzuwenden, doch Maurice ließ es nicht zu. Sein Riesenschwanz zuckte, einer gereizten Kobra gleich.

Dann war auch schon alles vorbei, und Maurice ließ sie los.

Tanya lag zu seinen Füßen, unfähig, sich zu bewegen. Keuchend stand Maurice da und betrachtete sie stumm. Dann rollte er sie mit dem Fuß auf den Rücken – bis ihr Gesicht ihm zugewandt war.

Der Klang seiner Stimme war jetzt wieder normal. »Geh ins Bad.«

Langsam rollte sie herum. Wankend ging sie in Richtung Bad. »Dafür werde ich dich umbringen!«

Maurice lachte geringschätzig auf. »Nein, das wirst du nicht tun«, sagte er verächtlich. »Denn wenn du es tust, bedeutet das für dich und dein Kind das Ende. Du hältst mich wohl für einen Idioten? Irrtum. Sämtliche dich betreffende Unterlagen befinden sich an einem sicheren Ort, und sofern mir irgendwas widerfährt, gelangen sie unverzüglich an die entsprechenden Behörden.«

Gemächlich ging Maurice zum Bett zurück und nahm Platz. Seine Stimme klang jetzt entspannt, fast freundlich. »Jetzt mach mal all dies hier wieder sauber. Danach kommst du dann ins Bett. Ich werde auf dich warten.« Er streckte sich lang aus, deckte sich zu. »Du brauchst dich nicht zu beeilen. Ich werde wohl erst ein Weilchen schlafen.«

Sie raffte sich auf, lehnte sich einen Augenblick gegen die Tür und öffnete sie dann.

Als sie das Bad wieder verließ, war es bereits Tag geworden, und Maurice schien noch immer zu schlafen. Leise ging Tanya auf einen Schrank zu, um sich ein Kleid herauszuholen.

»Komm her«, tönte mit einem Male seine Stimme.

Sie rührte sich nicht vom Fleck.

Er setzte sich auf. »Ich habe gesagt, du sollst herkommen.«

Unschlüssig näherte Tanya sich ihm.

»Los, leg dich hin.«

Tanya zögerte einen Moment, bevor sie wortlos ins Bett glitt.

Sogleich schleuderte Maurice die Bettdecke von sich und warf sich auf sie. Kurz darauf explodierte er in ihr.

Für einen Augenblick lag er keuchend an ihren Brüsten; dann stützte er sich auf seine Arme und blickte zu ihr mit einem Lächeln hinab. »Das war's doch, was du wirklich gewollt hast?«

»Bist du fertig?«

Er nickte.

»Dann scher dich von mir runter.«

Er sah ihr nach, als sie zur Badezimmertür ging. »Tanya.«

Sie drehte den Kopf, blickte zu ihm.

Er schien aufrichtig verwirrt. »Ich begreife dich nicht. Was willst du eigentlich?«

Sie holte tief Luft. »Einen Mann«, sagte sie und zog die Badezimmertür hinter sich zu.

Der Chauffeur hielt die Tür auf, und als erster stieg Maurice aus. Sofort drehte er sich herum, um ihr beim Aussteigen zu helfen. Doch irgendwie mied sie seine Hand.

Dann wartete sie, bis Janette neben ihr stand, bevor sie sich umsah. »Ein ganz schön großes Haus«, lautete ihr erster Kommentar.

»War eine einmalige Gelegenheit«, erklärte er. »Die Besitzer wollten es in aller Eile veräußern.«

Deutlich spürte Tanya, wie Janettes Finger ihre Hand umklammerten.

Das Gebäude war mehr als zwanzig Meter breit und durch einen schmiedeeisernen Zaun zur Straße hin abgegrenzt. Vom großen Haupttor aus führte ein Kiesweg zu der eigentlichen Eingangstür, die durch ein schmiedeeisernes Gitter gesichert war, an dem man bereits das Wappen derer von Beauville angebracht hatte.

Sie folgte ihm, während der Chauffeur ihr Gepäck aus dem Auto auszuladen begann. Noch bevor Maurice läuten konnte, ließ ein Butler in voller Livree das Portal aufschwingen.

»Soll ich die Braut über die Türschwelle tragen?« fragte Maurice sarkastisch.

Tanya ersparte sich die Antwort und trat ein. Der Sitte entspre-

chend war in der Eingangsdiele das gesamte Personal »angetreten«, um der neuen Herrin vorgestellt zu werden. Sechs waren es insgesamt, und alle in der entsprechenden Dienstbotenuniform. Henri, der Butler, mit seiner Frau Marguerite, der Köchin, des weiteren vier junge Dienstmädchen für die verschiedensten Aufgaben.

Tanya schüttelte allen die Hand, reagierte auf Diener oder Knickse jeweils mit einem leichten Nicken.

Kaum war diese Vorstellung beendet, als aus dem Inneren des Hauses ein junger Mann in die Eingangsdiele trat. In der Hand hielt er irgendwelche Papiere. Abrupt blieb er stehen. »Ich bitte um Entschuldigung«, sagte er auf englisch, »aber ich wußte nicht, daß Sie bereits eingetroffen sind.«

Nicht nur sein Akzent verriet Tanya, daß es sich um einen Amerikaner handelte. Der Schnitt seines Anzugs besagte eigentlich schon alles. Fragend blickte sie Maurice an.

»Meine Liebe«, sagte er, »darf ich dir meinen Assistenten und Sekretär vorstellen, Jerry Johnson? Jerry, Madame la Marquise und ihr Töchterchen Janette.«

Der Amerikaner vollführte eine linkische Verbeugung. »Ist mir ein Vernügen, Madame la Marquise.«

Tanya reichte ihm nicht die Hand.

»Möchtest du dir das Haus ansehen, meine Liebe?« fragte Maurice.

Tanya schüttelte den Kopf. »Ich bin ein bißchen müde von der Reise und würde mich zunächst gern ein wenig frisch machen und ausruhen.«

Maurice nickte. »Ganz wie du willst.« Dann wandte er sich an den Butler. »Geleiten Sie bitte Madame la Marquise in unsere Räumlichkeiten und sorgen Sie für ihr Wohl.« Seine Augen richteten sich wieder auf Tanya. »Es gibt da noch einige Dinge, die ich mit Jerry durchgehen muß. Ich komme etwas später nach.«

Tanya betrachtete den jungen Amerikaner. Urplötzlich fügten sich in ihrem Kopf viele Dinge zu einem Ganzen. Sie nickte langsam, ließ sich jedoch von ihren geheimen Gedanken nicht das Geringste anmerken. Dann nahm sie Janette bei der Hand und folgte mit ihr dem Butler die Treppen hinauf.

Langsam stieg Tanya aus der Wanne. Dann hüllte sie sich in das große Badetuch und rieb sich trocken. Sie schlüpfte in einen seidenen Morgenrock und ging ins Schlafzimmer. Dann drückte sie auf den Knopf für die Zofe und setzte sich an den Toilettentisch. Kurz darauf klopfte es leise an die Tür. »Entrez!«

Das Mädchen trat ein und knickste. »Madame?«

Tanya sah sie an. Ein noch sehr junges Ding mit dunklem Lokkenkopf und großen braunen Augen. »Wie heißt du, Kind?«

»Louise, Madame.«

»Louise, würdest du mir bitte etwas Tee bringen?«

»Mit Vergnügen, Madame.« Das Mädchen knickste wieder und verschwand.

Tanya blickte in den Spiegel. Sacht ließ sie ihr Haar durch die Finger gleiten. Blond sein – ein wenig mühselig war's schon, mußte sie doch alle paar Wochen nachfärben. Manchen Frauen schien es nichts auszumachen, wenn die dunklen Haarwurzeln durchschimmerten. Ihr war der Anblick verhaßt.

Wieder klopfte es an der Tür. Da sie annahm, es sei das Mädchen mit dem Tee, rief sie sofort: »Entrez!«

Im Spiegel sah sie, wie die Tür aufging. Jerry trat ein, ein Aktenstück in der Hand. Rasch straffte sie den Stoff über ihren Brüsten und sah ihn fragend an. »Ja?«

»Der Marquis möchte, daß Sie diese Papiere unterzeichnen«, sagte er.

Sie nickte. »Legen Sie sie dort auf den Tisch. Ich werde mich später damit beschäftigen.«

Zögernd und unschlüssig stand er im Raum.

»Was ist?« erkundigte sie sich.

»Der Marquis sagte, es sei wichtig, daß Sie diese Papiere sofort unterzeichnen.«

Tanya stand auf und sah ihm direkt ins Gesicht. »Sagen Sie dem Marquis, daß ich nichts unterzeichnen werde, ehe ich es nicht gelesen habe.« Sie streckte ihre Hand aus. »Sie können sie bei mir lassen.«

Gleichsam automatisch händigte Jerry ihr die Papiere aus und wandte sich dann zur Tür, bis er von Tanyas Stimme gestoppt wurde.

»Sagen Sie mal«, fragte sie wie beiläufig, »wie haben Sie den Marquis eigentlich kennengelernt?«

»Das war vor einigen Jahren in England«, erwiderte er. »Ich war als Verbindungsoffizier dem Nationalkomitee der freien Franzosen attachiert. Nach Kriegsende beschloß ich, in Europa zu bleiben, und der Marquis war so freundlich, mir diesen Posten anzubieten.«

»Verstehe.« Sie nickte nachdenklich, lächelte dann. »Das muß für euch beide eine wunderschöne Sache gewesen sein.«

»War's auch«, bestätigte er und lächelte auf einmal, irgendwie entspannt, nicht mehr so verkrampft. Dann streckte er die Hand nach dem Türknopf.

»Jerry.«

Er drehte den Kopf, blickte zu ihr zurück. »Ja, Ma'am?«

Sie machte keine Umschweife. »Wie lange seid ihr denn schon ein Pärchen, Maurice und Sie?«

Röte schoß ihm ins Gesicht, und die Farbe seiner Augen schien sich von Blau zu Grün zu wandeln vor Haß. Er wollte etwas sagen. Doch dann preßte er die Lippen aufeinander, ging hinaus und knallte fast die Tür hinter sich zu.

Als Tanya später an dem kleinen Frühstückstisch am Fenster saß und bei einer Tasse Tee die Papiere durchging, trat Maurice ein. Sie hob den Kopf. »Du hättest anklopfen können«, sagte sie ruhig. »Das tut man im allgemeinen als höflicher Mensch.«

Die Zornesröte auf seinem Gesicht war unverkennbar. »Jerry hat mir gesagt, daß du die Papiere nicht unterzeichnen willst.«

»Nicht, ehe ich sie gelesen habe«, sagte sie, und ihre Stimme klang genauso gelassen wie zuvor. Sie warf einen Blick auf das Aktenstück in ihrer Hand. »Und jetzt, nachdem ich alles durchgegangen bin, denke ich nicht im mindesten daran, sie zu unterzeichnen.«

»Nach unserer Heirat sollte doch alles in den Besitz eingebracht werden«, erklärte er. »Genau das hat Wolfgang gesagt.«

»Richtig, das hat er gesagt«, stimmte sie bereitwillig zu.

»Dann richte dich danach«, forderte er sie auf.

Sie schüttelte den Kopf. »Nein.«

»Du mußt«, sagte er. »Ich bin viele finanzielle Verpflichtungen eingegangen, die darauf basieren.«

»Das ist natürlich Pech«, sagte sie.

»Selbst dieses Haus wurde unter eben jener Voraussetzung gekauft«, erklärte er.

»Das ist mir nicht entgangen«, versicherte sie. »Gekauft hast du es auf deinen Namen, doch bezahlt werden soll es mit dem, was Wolfgangs Firmen abwerfen – mit seinem Geld. Und es dürfte kaum Wolfgangs Absicht gewesen sein, daß du dich auf seine Kosten bereicherst.«

»Du willst also alles behalten«, sagte er giftig.

»Ich glaube schon – sofern ich von Wolfgang keinen anderslautenden Bescheid erhalte.«

»Und wenn du nie wieder von ihm hörst?«

Tanya zuckte mit den Schultern.

»Nach französischem Gesetz bist du für das Geld ohnehin verantwortlich«, sagte er.

»Das ist mir bekannt«, stellte sie in aller Ruhe fest. »Gleich morgen werde ich mich mit dem notaire in Verbindung setzen, und wenn er die Papiere dann entsprechend geändert hat, bin ich bereit, die Zahlung zu leisten.«

»Und was habe ich zu tun?«

»Genau das, worüber wir uns doch einig waren. Du wirst der Generaldirektor der Firmen sein. Beweise deine Fähigkeiten im Management, und du hast alle Aussicht, reich zu werden.«

»Damit kommst du nicht durch«, sagte er, wieder Gift in der Stimme. »Du kannst ausgewiesen werden. Noch besitzt du nicht die französische Staatsangehörigkeit.«

»Und was wird mit dir, wenn du in dieser Suppe rührst?« fragte sie mit leisem Lächeln. »Zumal, wenn ich denen erzähle, was für Umstände zu unserer Eheschließung führten?«

Er starrte sie wortlos an.

»Du kannst jetzt gehen«, sagte sie ruhig, und doch klang es fast wie ein Befehl. »Richte dem Butler unten aus, daß ich bereit bin, mir in wenigen Minuten den Rest des Hauses anzusehen.«

»Haben die Gnädigste vielleicht noch einen weiteren Auftrag für mich?« erkundigte er sich sarkastisch.

»Ja«, sagte sie. »Dein Freund soll seine Sachen noch vor dem

Abendessen aus dem Haus schaffen. Das Personal, du weißt es, klatscht für sein Leben gern. Und ich glaube kaum, daß es besonders angenehm wäre, wenn es sich wie ein Lauffeuer durch ganz Paris verbreitet, daß du mit deinem Personal befreundet bist.«

Tanya wartete, bis er das Zimmer verlassen hatte. Dann ging sie ins Bad und öffnete ihren Kosmetikkoffer. Sie hob den obersten Einsatz heraus und stellte ihn auf die Marmorplatte neben dem Waschbecken. Zügig räumte sie sämtliche Tübchen, Cremedosen und Flakons aus dem Koffer heraus. Ganz unten am Boden lag ein kleines Lederetui, das sie herausnahm. In Goldbuchstaben war eingeprägt: W v B Scheringen.

Tanya ließ den Verschluß aufschnappen. Sieben Rasiermesser glänzten ihr silbern entgegen. Für jeden Wochentag ein anderes. Entsprechend waren die Griffe markiert, dunkle Schrift auf Elfenbein. Montag bis Sonntag. Tanya hatte sie in dem Haus in Genf gefunden, im Badezimmer, und, einer Eingebung folgend, in ihren Kosmetikkoffer gesteckt. Nur begriff sie jetzt, daß es mehr gewesen war als ein bloßer Reflex.

Plötzlich zuckte ihr der Gedanke durchs Hirn, daß Wolfgang die Rasiermesser keineswegs vergessen haben mochte, sondern sie vielmehr absichtlich zurückgelassen hatte, damit sie sie fand.

Rasch ging Tanya ins Schlafzimmer zurück. Einen Moment dachte sie nach, dann wußte sie, was sie zu tun hatte. Sorgfältig verteilte und versteckte sie die Rasiermesser: zu beiden Seiten der Matratze, am Kopfende hinter den Kissen; eines am Fußende; eines unter das Kissen auf der kleinen Couch vor dem Kaffeetisch, ein weiteres unter das Kissen auf der Chaiselongue und das letzte hinter dem Fenstervorhang, in dessen unmittelbarer Nähe der Frühstückstisch stand.

Prüfend blickte sie sich noch einmal um und brachte dann das leere Lederetui ins Badezimmer zurück. An der Tür klopfte bereits der Butler.

Gut zwei Stunden brauchte der Butler, um sie im Haus herumzuführen, und als sie schließlich in Tanyas Zimmer zurückkehrten, machte sie ihm ein Kompliment: »Das haben Sie ganz ausgezeichnet gemacht, Henri. Ich bin mehr als zufrieden mit Ihnen.«

Er machte eine Verbeugung. »Danke, Madame. Wünschen die gnädige Frau jetzt, das Auspacken des Gepäcks fortzusetzen?«

»Ja, das wäre mir recht.«

»Ich werde Louise herschicken, damit Sie Ihnen hilft. Das Mädchen müßte inzwischen mit dem Zimmer Ihrer Tochter fertig sein.« Er zögerte einen Augenblick. »Und um welche Zeit wünschen Madame das Abendessen einzunehmen?«

»Um acht.«

»Im Speisezimmer?«

Sie musterte ihn aufmerksam. »Warum fragen Sie?«

Die Sache war ihm offenbar peinlich. »Monsieur le Marquis hat mich dahingehend unterrichtet, daß er heute abend nicht zu Hause speisen wird.«

Sie schwieg.

»Vielleicht würden Sie und das junge Fräulein sich im Frühstückszimmer wohler fühlen. Es ist sehr gemütlich dort, und man hat einen herrlichen Blick auf den Garten.«

Sie nickte.

»Eine gute Idee, Henri. Danke.«

»Ich danke Ihnen, Madame.« Wieder verbeugte er sich, ging dann zur Tür.

»Henri.«

Er blieb stehen. »Ja, Madame.«

»Sie haben mir sämtliche Räume gezeigt. Nur das Zimmer meines Mannes fehlte. Das möchte ich mir jetzt ansehen.«

»Verzeihen Sie, Madame«, sagte er verlegen. »Ich dachte, wir hätten . . .«

»Nein, wir haben es bei unserem Rundgang ausgelassen. Ich weiß noch nicht einmal, wo es sich befindet.«

Der Butler deutete zu der schmalen Tür am anderen Ende des Raumes. »Wenn Madame mir folgen wollen . . .«

Die Tür war zweifellos weit schmaler als normale Türen und machte den Eindruck, als gehöre sie zu einer Art Einbauschrank. Durch sie gelangte man in einen winzigen quadratischen Raum, von dem eine weitere Tür abging.

Der Butler öffnete sie, und Tanya trat ein. Dies also war Mauri-

ces Zimmer. Einen Augenblick stand sie still. Eigentlich hätte sie sich denken können, daß Maurice das beste Zimmer sich selbst vorbehalten hatte.

Von allen vier Fenstern aus hatte man einen herrlichen Ausblick auf den Park jenseits der Straße. Und die unverkennbar neue Innenausstattung wirkte irgendwie femininer als selbst die Einrichtung in Tanyas Zimmer. Sie warf einen Blick ins Badezimmer. Es war mehr als doppelt so groß wie ihr eigenes.

Der Butler beobachtete sie aufmerksam.

»Sehr hübsch, Henri.«

Seine Stimme klang eher ausdruckslos. »Ja, Madame.«

»Ich habe mir's überlegt. Sie brauchen mir Louise nicht zu schikken. Mit dem Auspacken hat es auch noch bis morgen Zeit.«

»Ja, Madame.«

»Im übrigen werden wir morgen die Zimmerverteilung neu regeln«, sagte sie. »Ich werde diese Suite hier bewohnen, meine Tochter bezieht meine, und die Sachen des Marquis werden Sie in die Räumlichkeiten meiner Tochter schaffen.«

»Aber, Madame . . .« Er schien schockiert.

»Ja, Henri?« fragte sie kühl.

»Monsieur le Marquis. Le patron.« Er stammelte. »Es wird ihm nicht gefallen.«

Tanya musterte ihn mit ruhigem Blick. »Wenn ich mich nicht irre, so ist le patron Ihr Arbeitgeber, Ihr Dienstherr. Die Person, die Ihnen den Lohn zahlt. N'est-ce pas?«

»Das ist richtig, Madame.«

»Dann brauchen Sie sich weiter keine Gedanken zu machen«, erklärte sie, kühl wie zuvor. »Denn die Person, die Ihren Lohn zahlt, ist nicht le Marquis – ich bin la patronne. Und mithin der einzige Mensch, den Sie zufriedenzustellen haben.«

Henri verbeugte sich. »Jawohl, Madame la Marquise.«

»Noch etwas, Henri«, fügte sie hinzu. »Wenn wir morgen die Räume tauschen, möchte ich, daß Sie von einem Fachmann die Türschlösser auswechseln lassen.«

»Jawohl, Madame. Gibt es sonst noch etwas, worum ich mich kümmern soll, Madame?«

Sie gingen durch den winzigen Flur zurück. »Geben Sie mir Bescheid, sobald Mr. Johnson seine Sachen entfernt hat.«

»Er hat bereits das Haus verlassen, Madame. Vor ungefähr einer Stunde, während wir uns oben in der dritten Etage befanden.«

»Ausgezeichnet«, sagte sie und wußte, daß der Butler sehr genau begriffen hatte, woran er war. »Danke, Henri.«

»Ißt Monsieur Maurice nicht mit uns zu Abend?«

Über den kleinen Tisch hinweg blickte Tanya zu ihrer Tochter. »Nein, Liebling. Er ist ausgegangen.«

»Mit dem Mädchen?« fragte Janette neugierig.

Tanya sah sie überrascht an. »Mit was für einem Mädchen?«

»Du weißt schon.« Janettes Stimme klang arglos, fast naiv. »Na die, welche sich wie ein Mann anzieht.«

Verdutzt sah Tanya Janette an. »Es handelt sich nicht um ein Mädchen, sondern um einen Mann.«

»Wenn sie aber ein Mann ist, warum hast du sie dann aus dem Haus geschickt?« fragte Janette sehr bestimmt.

Tanya war verblüfft. Das Kind registrierte wahrhaftig weit mehr, als man glauben mochte. »Wir brauchen Platz für jemand anders«, behauptete sie und spürte selbst, wie lahm ihre Erklärung klang.

Schweigend löffelte Janette ihre Suppe. Nachdem Henri ihren Teller fortgeräumt hatte, hob sie den Kopf. »Ich glaube trotzdem, daß sie ein Mädchen ist.«

»Aber wieso denn nur?«

»Ich war unten in der Küche, als Monsieur Maurice herunterkam und ihm sagte, du hättest befohlen, daß er das Haus verläßt.«

»Das bedeutet doch noch nicht, daß er ein Mädchen ist.«

»Als ich dann wieder nach oben ging, kam ich an ihrem Zimmer vorbei. Sie weinte, und Monsieur Maurice sagte zu ihr, es würde schon alles gut werden. Er benahm sich genauso, als ob sie ein Mädchen wäre.«

Tanya schwieg. »Nun ja, er war halt traurig«, sagte sie.

Janette schüttelte den Kopf. »Er nahm *Kleider* aus dem Schrank und packte sie in seinen Koffer. Und dann bemerkten sie mich, und Monsieur Maurice stieß die Tür mit dem Fuß zu.«

»Das spielt jetzt alles keine Rolle mehr«, erklärte Tanya mit Nachdruck. »Er ist jedenfalls fort und wird nicht mehr ins Haus zurückkehren.«

Daraufhin schwiegen sie, bis das Entrée serviert war. Janette schnitt das Fleisch. »Ist gut, nicht? Die französische Küche ist besser als die Schweizer.«

Tanya lächelte.

»Ja, Liebling.«

Janette steckte sich einen weiteren Bissen in den Mund. »Hm, wie das schmeckt.« Und ohne daß sich der Klang ihrer Stimme auch nur im mindesten wandelte, fragte sie: »Tut es weh, wenn Monsieur Maurice sein großes Ding in dich reinsteckt?«

»Janette!« Tanya war schockiert. »Woher weißt du von solchen Dingen?«

»Aus der Schule«, erwiderte Janette beiläufig. »Alle Kinder reden über so was. Manche haben gesehen, wie ihre Eltern es miteinander gemacht haben. Könntest du mich nicht mal zusehen lassen, wenn Monsieur Maurice es mit dir macht?«

»Nein«, erwiderte Tanya scharf. »Und es ist gar nicht fein, darüber zu reden. Nette Mädchen tun so was nicht.«

»Eines Nachts bin ich in dein Zimmer gekommen, als du und Papa General es machten. Ihr habt mich nicht bemerkt, und ich bin dann wieder hinaus.« Mit der Gabel steckte sie sich einen weiteren Bissen in den Mund. »Aber das Ding von Monsieur Maurice ist doppelt so groß wie das von Papa General. Und darum habe ich gedacht, es könnte weh tun.«

»Woher weißt du das – ich meine, was Maurice betrifft.«

»Wenn er mal mußte, ließ er immer die Badezimmertür auf. Da *mußte* ich's natürlich sehen.«

Tanya wußte nicht, was sie sagen sollte. Nach der Hochzeit war Maurice nur eine Woche in Genf geblieben. Anschließend kehrte er nach Hause zurück, um im Haus alles vorzubereiten; und sie hatte ihn erst heute wiedergesehen, auf dem Bahnhof.

»Nun, das wird nicht mehr vorkommen«, sagte sie schließlich. »Morgen wechseln wir die Zimmer, und du kommst in das Zimmer neben meinem.«

»Wo wird Monsieur Maurice schlafen?«

»Er zieht in dein Zimmer.«

»Dann wird er dir mit seinem Ding auch kein Kind machen können?« fragte Janette.

»Nein«, erklärte Tanya mit aller Entschiedenheit.

»Warum nicht?«

Tanya blickte zu ihrer Tochter. Ihre Stimme klang plötzlich sehr zärtlich. »Weil du das einzige Kind bist, das ich haben möchte. Ich will kein weiteres – nur dich.«

Auf Janettes Gesicht erschien unvermittelt ein Lächeln. Sie sprang von ihrem Stuhl, lief zu ihrer Mutter, umarmte sie. »Wirklich?« rief sie.

Tanya zog sie an sich. »Aber ja. Du bist all die Kinder, die ich brauche.«

»Ich bin ja so froh, Maman«, sagte Janette. »Ich will nicht, daß du außer mir noch ein Kind hast.«

Kurz vor Mitternacht knipste sie die Nachttischlampe aus. Ihre Lider waren schwer wie Blei. Ein langer, schwerer Tag lag hinter ihr, der früh um sechs mit der Abreise von Genf begonnen hatte. Dann war die neunstündige Zugfahrt gefolgt – auch nicht gerade erholsam mit den vielen Zwischenaufenthalten. Bis zu Maurices Rückkehr hatte sie unbedingt wach bleiben wollen. Doch sie brauchte Schlaf.

Irgendwann drang schwach der Klang von Stimmen und Gelächter in ihr wie schlaftrunkenes Gehirn. Unruhig wälzte sie sich, öffnete dann die Augen und warf einen Blick auf die Leuchtziffern des Weckers. Zehn vor drei. Sie drehte sich auf den Rücken und lauschte den Geräuschen.

Sie schienen von dem winzigen Korridor zu kommen, der die Räume miteinander verband. Maurice, kein Zweifel, doch er war nicht allein. Schwer zu sagen, wie viele Personen außer ihm noch dort waren. Dafür klangen die Geräusche zu verschwommen. Schließlich war kaum noch etwas zu hören. Tanya schloß die Augen und schlief wieder ein.

Irgendwann später wurde sie abrupt wach. Das Klicken des

Schalters und das grell aufflammende Licht schreckten sie hoch. Mit aufgerichtetem Oberkörper blinzelte sie gegen die blendende Helle. Doch nach Sekundenbruchteilen sah sie alles ganz deutlich.

Die Verbindungstür war halb geöffnet. Dahinter stand Maurice, den Blick auf Tanya gerichtet.

»Raus mit dir!« sagte sie kalt.

Doch er stieß die Tür ganz auf und trat ins Zimmer. Er war splitternackt. Mitten im Zimmer blieb er stehen und starrte Tanya an.

»Mach, daß du rauskommst«, sagte sie, und ihre Stimme klang genauso kalt wie zuvor.

Maurice lachte lediglich, drehte den Kopf und rief: »Komm herein, Liebling.«

Im Türrahmen erschien Jerry. Er war gleichfalls nackt. In der Hand hielt er eine Flasche Cognac. Er starrte Tanya an und ließ ein betrunkenes Kichern vernehmen.

»Raus aus dem Bett mit dir!« fauchte Maurice.

Sie wußte, sie würde gegen Maurices Brutalität nicht ankommen können. Ohne ihn eines Wortes zu würdigen, stand sie auf. Ihr langes, weißes Baumwollnachthemd fiel bis auf den Boden herab. Gerade aufgerichtet stand sie Maurice gegenüber und sah ihn an.

»Jerry, reiß ihr diesen Fetzen vom Leib!« befahl Maurice.

Schwankend trat der junge Amerikaner auf sie zu, kicherte. »Möchtest 'nen Drink, Darling?« fragte er und schwenkte die Cognacflasche.

Sie musterte ihn wortlos.

»Na, los doch!« zischte Maurice. »Reiß ihr den Fummel runter! Ich hab' genau das, was sie braucht.«

Tanya schwieg, als Jerry versuchte, ihr das Nachthemd vom Leib zu reißen. Doch der Baumwollstoff war recht stabil und widerstand diesen Attacken. Daher streifte Jerry ihr das Nachthemd schließlich über die Schultern. Irgendwie fasziniert starrte er sie an. Dann grapschte er nach ihren Brüsten.

Angewidert schüttelte sie ihn ab.

Er kicherte. »Keine Sorge, Darling. Noch ein Jahr, und die Dinger fangen an, dir auf den Bauch zu sacken. Ist immer so bei großen Brüsten. Dann wirst du nicht mehr so stolz auf sie sein.«

Maurice hatte einen eigentümlichen Glanz in den Augen, als er Tanya bei den Haaren packte und sie zwang, sein Glied zu betrachten. »Schau es dir an«, befahl er.

Scheinbar zögernd griff sie mit einer Hand nach seinem Glied, während sie sich gleichzeitig unauffällig näher an die kleine Couch heranarbeitete, an der er stand. Mit der Linken umklammerte sie sein Glied, während sie mit der Rechten zwischen den Kissen nach dem dort verborgenen Rasiermesser tastete. Sie zog es hervor, und einen Moment lang blitzte die Klinge im Licht.

Der Franzose schrie vor Schmerz und starrte fassungslos auf den blutigen Schnitt, der vom Bauchnabel bis zum Schamhaar reichte. »Du hast mich umgebracht, du Hexe!« kreischte er und kippte bewußtlos zu Boden.

Tanya erhob sich. Mit dem Rasiermesser in der Hand blickte sie zuerst Maurice an und sah dann zu Jerry.

Der wirkte plötzlich stocknüchtern. Sein Gesicht war so weiß, daß es schien, als müsse er sich übergeben. Er starrte auf das Rasiermesser in ihrer Hand und wollte etwas sagen, doch brachte er kein Wort heraus. Voller Entsetzen blickte er Tanya in die Augen.

»Ich hätte ihn töten können, aber ich hab's nicht getan«, sagte sie ruhig. Tanya stieg über Maurice hinweg, als sie zum Badezimmer ging. In der Tür drehte sie sich zu Jerry um. »Sie sollten besser einen Arzt verständigen. Vermutlich muß er genäht werden, damit er nicht ganz verblutet.«

»Und was werden Sie jetzt unternehmen?« fragte er mit heiserer Stimme.

»Ich gehe jetzt ins Zimmer meiner Tochter, um dort zu schlafen«, erwiderte sie. »Schließlich bin ich nicht für das verantwortlich, was ihr beide euch gegenseitig in betrunkenem Zustand antut.«

Als sie gegen zehn Uhr am nächsten Vormittag, nachdem sie Janette an ihrer neuen Schule abgeliefert hatte, bei einer Tasse Kaffee am Frühstückstisch saß, trat Maurice ins Zimmer. Sie musterte ihn kurz. »Setz dich lieber«, sagte sie so ruhig, als sei in der vergangenen Nacht nicht das Geringste vorgefallen. »Du siehst ganz und gar nicht gut aus.«

Er ließ sich auf einen Stuhl sinken. »Der Doktor meint, ich würde wohl für den Rest meines Lebens eine Narbe behalten.«

»Schlimm«, sagte sie gleichgültig.

Er griff zur Kaffeekanne und schenkte sich eine Tasse voll ein. »Was soll jetzt werden?«

Gelassen sah sie ihn an. »Ganz einfach. Wir hören auf, Spielchen zu spielen, und machen uns an die Arbeit. Das ist doch wohl der eigentliche Grund für dieses ganze Arrangement, oder?«

Er nickte mürrisch.

»Du bist ein guter Geschäftsmann«, erklärte sie. »Das hat zumindest Wolfgang schon vor längerer Zeit behauptet. Ich respektiere das, und ich respektiere deine Fähigkeiten. In diesem Punkt hat sich meine Meinung nicht geändert.«

Er hob den Kopf. In seinen Augen spiegelte sich so etwas wie wachsende Achtung. »Du bist eine sonderbare Frau, Tanya.«

»Vielleicht«, sagte sie. »Doch es gibt eine Sache, die wir beide miteinander gemein haben.«

»Und das wäre?«

»Wir besitzen beide Überlebensinstinkt«, erwiderte sie langsam. »Bis jetzt haben wir's geschafft, und eine momentane – nun ja – Verirrung sollte uns nicht daran hindern, gemeinsam einen gewinnbringenden Weg fortzusetzen, für geraume Zeit.«

Maurice trank einen Schluck Kaffee, der bereits kalt war. Er setzte die Tasse ab. »Du bist über das Vorgefallene nicht zornig?«

»Sollte ich's sein?« fragte sie. »Soweit's mich betrifft, ist das vorbei. Bist du zornig?«

Er überlegte einen Augenblick. »Ja. Und nein. Aber du hast schon recht. Es ist vorbei.«

»Wir können uns noch immer ein gutes Leben machen, Monsieur le Marquis«, erklärte sie lächelnd. »Beide Seiten.«

Er hob den Kopf, sah sie zum erstenmal an diesem Morgen richtig an. Dann nickte er langsam. »Madame la Marquise, mir scheint, Sie haben recht.«

»Natürlich habe ich recht, Maurice«, sagte sie lächelnd. Ihre Hand griff nach der Tischglocke. »Jetzt werde ich Henri herbeizitieren, damit du warmen Kaffee und ein ordentliches Frühstück bekommst.«

Zehn Jahre lang hatte er diese Stimme nicht gehört, die sich jetzt durchs Telefon meldete: »Hier spricht Johann Schwebel.«

Maurice spürte, wie sich sein Magen verkrampfte. Mochte alles inzwischen ein Jahrzehnt zurückliegen – er empfand dennoch Furcht.

»Erinnern Sie sich an mich?« Nur schwach klang der deutsche Akzent durch. »Schließlich ist das schon ein Weilchen her.«

»Ja«, erwiderte Maurice. »Eine Menge Zeit ist seitdem vergangen.«

»Ich habe leider vergeblich versucht, Madame la Marquise telefonisch zu erreichen. Und so hat man mich mit Ihnen verbunden.«

»Tanya hat eine Verabredung zum Mittagessen.«

»Wir sollten ein Treffen vereinbaren«, meinte Schwebel.

»Selbstverständlich«, erwiderte Maurice. »Wo befinden Sie sich momentan?«

»In Paris.«

»Dann werde ich mit Tanya sprechen und Sie anrufen«, erklärte Maurice.

»Nein, ich bin ständig unterwegs. Ich werde Sie morgen vormittag gegen elf Uhr anrufen.«

»Ausgezeichnet«, versicherte Maurice. Und dann klickte es im Hörer, sein Gesprächspartner hatte aufgelegt.

Sekundenlang starrte Maurice auf den Telefonapparat. Dann griff er sich eine Zigarette und versuchte, sie anzuzünden. Leicht fiel ihm das nicht, denn seine Hände zitterten fürchterlich.

Der Arzt schwieg, als er ihre Beine von den Stützen auf dem Untersuchungstisch hob. Während sie herumschwang, trat er einen Schritt zurück.

»Sie können sich wieder anziehen«, sagte er. »In zehn Minuten stehe ich Ihnen in meinem Privatbüro zur Verfügung.«

Er verschwand, ehe sie eine Frage stellen konnte. Die Sprechstundenhilfe holte Tanyas Sachen, und sie saß bereits in dem bequemen Ledersessel vor seinem Schreibtisch, als er den kleinen Raum betrat. Sorgfältig schloß er die Tür hinter sich, dann nahm er hinter seinem Schreibtisch Platz und sah sie an.

»Sie schauen so ernst, Doktor Pierre«, meinte sie.

Er nickte. »Sie sind schwanger.«

Sie reagierte mit einem Lächeln. »Ist das alles? Ich fühlte mich für einen Augenblick wirklich beunruhigt. Aber das läßt sich nun wirklich lösen.«

Der Arzt schüttelte den Kopf.

»Ja, wieso denn nicht?« Der Schrecken in ihrer Stimme war nicht zu überhören.

»Sie haben zu lange gewartet. Der Fötus ist voll entwickelt und dürfte jetzt etwa fünfzehn Wochen alt sein.«

»Ich habe von Abtreibungen gehört, die selbst noch im vierten, fünften Monat vorgenommen wurden«, sagte sie.

»Gewiß, aber dergleichen ist sehr gefährlich. Außerdem sind Sie ja nicht mehr ganz jung. Sie sind achtunddreißig, und physiologisch gesehen ist Ihr Körper nicht mehr so widerstandsfähig. Ihre Unterleibsorgane besitzen nicht mehr die erforderliche Elastizität für eine solche Belastung. Es könnte zu Blutungen kommen, und womöglich würden Sie verbluten, bevor wir wissen, wie wir das verhindern könnten.«

Sie atmete tief ein. »Könnte ich bitte eine Zigarette haben?«

Er schob ihr ein Päckchen zu, gab ihr Feuer und wartete dann einen kurzen Augenblick. »Der Marquis müßte sich freuen.«

Sie lachte kurz auf. »Guter Gott, Doktor Pierre, Sie wissen doch, zu welcher Fakultät er gehört.«

»Ihnen bleibt keine Wahl«, versicherte er. »Es sei denn, Sie ziehen es vor zu sterben.«

Im Zeitlupentempo schüttelte sie den Kopf.

»Sie könnten für eine Weile verreisen«, sagte er, »das Kind zur Welt bringen, und niemand müßte etwas davon erfahren.«

»Wie lange müßte ich fortbleiben?« fragte sie.

Er betrachtete sie nachdenklich. »Bisher ist Ihnen nichts anzusehen. Und wenn Sie die entsprechende Diät befolgen und sich außerdem entsprechend kleiden, würde vor dem sechsten, siebten Monat niemand etwas bemerken.«

Nachdrücklich schüttelte sie den Kopf. »Trotzdem ist es ausgeschlossen, daß ich so lange den Geschäften fernbleiben kann. Es würde zu viele Probleme geben.«

»Dann schlage ich vor, daß Sie sich mit dem Marquis aussprechen und gemeinsam nach einer Lösung suchen. Ich bin sicher, daß Sie zusammen eine für die Öffentlichkeit plausible Erklärung finden werden.«

Sie lachte. »Für die Öffentlichkeit schon, aber nicht für die Welt, in der wir leben.«

»Nun, Ihr Leben ist jedenfalls wichtiger als das, was die Leute sich denken.«

Sie nickte. »Das ist allerdings wahr.«

»Kennen Sie den Vater?«

Sie sah ihn an. »Warum fragen Sie?«

»Nun, es wäre von Nutzen, seine Blutgruppe zu wissen, wegen des Rhesusfaktors. Immerhin ist es fast siebzehn Jahre her, daß Sie Ihre Tochter zur Welt brachten, und seither kann es auch in Ihrem Körper so manche Veränderung gegeben haben.«

Sie überlegte kurz. Im vergangenen Monat hatte sie mit zwei Männern geschlafen. Doch im Grunde kam nur der Amerikaner in Frage. Mit ihm war sie ständig zusammengewesen während der letzten drei Wochen des Monats, in dem ihre Periode zum erstenmal ausgeblieben war. »Ja«, erwiderte sie daher.

»Würde er Ihnen seine Blutgruppe nennen?«

Sie zuckte die Achseln. »Was weiß ich. Er ist inzwischen wieder in Amerika bei seiner Frau und seinen Kindern. Schreiben kann ich ihm nicht, das könnte zu Peinlichkeiten führen. Ich müßte mit ihm telefonieren.«

»Das wäre den Anruf schon wert«, erklärte Doktor Pierre.

Sie nickte langsam, erhob sich dann. »Ich werd's tun.«

Er stand gleichfalls auf. »Die Sprechstundenhilfe wird Ihnen ein Merkblatt zu der Diät geben, die Sie sorgfältig befolgen sollten, damit Sie Ihr Gewicht möglichst niedrig halten. Ferner werden Sie eine Liste all jener Vitamine und Mineralien mitbekommen, die Sie unbedingt zu sich nehmen sollten. Und dann wäre es mir lieb, wenn Sie sich in etwa einem Monat wieder bei mir sehen ließen.«

Sie blickte ihn an. »Eine Abtreibung ist ausgeschlossen?«

»Ich kann nur davon abraten«, erklärte er und sah ihr dann direkt in die Augen.

»Und lassen Sie sich zu keiner Torheit hinreißen. Denn die Chancen stehen bei einem Eingriff eins zu zehn gegen Sie – Sie würden sterben.«

»Ich werde mich zu keiner Torheit hinreißen lassen, Doktor Pierre«, sagte sie. »Das verspreche ich Ihnen.«

»Gut.« Er lächelte. »Und informieren Sie mich über die Blutgruppe, sofern Sie sie erfahren.« Er ging um seinen Schreibtisch herum, küßte sie auf die Wange. »Und keine Sorge, Tanya. Wir haben schon Schlimmeres überstanden.«

Sie nickte. Während des Krieges hatte er sich in einem Konzentrationslager befunden. Die eintätowierte Nummer befand sich noch immer auf seinem Arm. Wenn ihn etwas vor der Gaskammer bewahrt hatte, dann diese Tatsache: daß er Arzt war. Impulsiv küßte sie ihn auf die Wange.

»Das ist allerdings wahr, Doktor Pierre«, sagte sie. »Ich danke Ihnen.«

Sorgfältig faltete Janette ihre Bluse zusammen und legte sie in den Koffer. Dann trat sie einen Schritt zurück. Das Packen schien endgültig beendet. Aufmerksam blickte sie sich im Zimmer um. Nein, offenbar hatte sie nichts vergessen. Jetzt erst schloß sie den Koffer, stellte ihn neben dem anderen Koffer auf den Boden. Am nächsten Morgen um sieben Uhr dreißig würde sie in dem Zug sitzen, der sie in die Schweiz brachte – und in das Pensionat.

Sie ging zum Telefon auf ihrem Schreibtisch und rief ihre Freundin an, Marie-Thérèse. Es klingelte mehrmals, dann wurde auf der anderen Seite abgehoben. Marie-Thérèse war am Apparat, und wie gewöhnlich klang ihre Stimme atemlos. »Hallo!«

»Ich wollte nur verkünden, daß ich mit dem Packen fertig bin«, sagte Janette.

»Guter Gott!« rief Marie-Thérèse, »ich hab' damit noch nicht mal angefangen.«

»Soll ich rüberkommen und dir helfen?« fragte Janette.

»Sicher könntest du mir helfen.« Marie-Thérèse kicherte. »Allerdings würden wir niemals damit fertig werden. Genauso wenig wie in der letzten Nacht.«

Janette erinnerte sich. Am Nachmittag waren sie auf den Champs-Elysées ins Kino gegangen und hatten sich den Film »Denn sie wissen nicht, was sie tun« mit dem neuen amerikanischen Star James Dean angesehen, diesen Film, der von amerikanischen Jugendlichen handelte, von jungen Menschen wie sie selbst, deren Eltern kein Verständnis für sie zeigten. Und von James Dean ging etwas aus, das sie tief innen anrührte. Sie brauchten nur die Augen zu schließen, und schon verwandelten sie sich, die eine wie die andere, in Natalie Wood, von James Dean ungestüm umarmt.

Nach der Vorstellung hatte Marie-Thérèse ein Poster von James Dean gekauft. Da stand er in engen, abgewetzten Jeans, die Hüften schmal, die Beine leicht gebeugt, mürrische, abweisende Miene und mit Augen, die trotzig hervorblickten unter dem in die Stirn fallenden dunkelblonden Haar. Das Mädchen wollte das Poster im Pensionat über ihr Bett hängen. Als sie wieder zu Hause waren, holte Marie-Thérèse einen Koffer von ihrem Schrank herunter. Sie legte ihn aufs Bett, öffnete ihn und steckte das gefaltete Poster hinein. »Wird langsam Zeit, daß ich mit dem Packen beginne«, sagte sie.

Janette nickte. »Ich hab' damit schon angefangen. Ein Koffer ist fertig, bleibt nur noch einer.«

Marie-Thérèse warf ihr einen Blick zu. »Ich wünschte, ich wär' wie du. So ordentlich. Ich werde immer erst im allerletzten Augenblick fertig.«

Janette lachte. »Aber geschafft hast du es noch immer.«

»Ja«, stimmte Marie-Thérèse kichernd zu. »Wie, weiß ich allerdings selbst nicht.« Sie zog eine Schublade auf, holte einen Armvoll Unterwäsche hervor, warf die Sachen neben dem Koffer aufs Bett. Dann begann sie zu notieren: Büstenhalter, Hemdchen, Höschen. Angewidert starrte sie darauf. »Gräßlich, dieses graue und braune Baumwollzeug.«

Janette zuckte mit den Achseln. »Ist im Pensionat nun mal Vorschrift. Da kann man nichts machen.«

»Häßlich, einfach häßlich«, sagte Marie-Thérèse. »Du glaubst doch wohl nicht, daß James Dean so was gefallen würde, oder?«

Janette lachte. »Woher soll ich das wissen?«

»Na, führen wir ihm dieses Zeug doch vor. Mal sehen, was er davon hält.« Mit einem Kichern entfaltete Marie-Thérèse das Poster und befestigte es mit zwei Reißnägeln an der Wand. Mit zornigem Blick starrte er auf die beiden Mädchen herab. Marie-Thérèse nahm einen BH und ein Höschen und hielt sie vor ihr Kleid. »Na, was meinst du, James?« fragte sie.

Gleich darauf blickte sie zu Janette. »Siehst du, ich hab' es doch gewußt, daß er solches Zeug nicht ausstehen kann. Aber versuch's selbst. Vielleicht hast du mehr Glück.«

Janette nahm einen BH und ein Höschen und tat es ihrer Freundin nach. Marie-Thérèse blickte von Janette zum Poster, schüttelte dann den Kopf. »Auch nicht besser.« Sie schleuderte ihre Sachen aufs Bett. »Blödes Pensionat.«

Janette legte BH und Höschen sorgfältig zurück. Dann drehte sie sich um, wollte das Poster von der Wand nehmen.

»Warte«, sagte Marie-Thérèse hastig. »Könnte doch sein, daß er's nicht mag, weil wir's uns bloß so vorhalten.« Im Nu war sie aus ihrem Kleid geschlüpft und stand lediglich in BH und Unterrock da – gleich darauf glitt auch dieser zu Boden. Die vollen Brüste prall im bräunlichen Baumwoll-BH, baute sie sich vor dem Poster auf. »Ist es so besser, James?«

Sie blickte zu Janette. »Zieh dir's Kleid aus.«

Janette spürte den Wärmeschwall, der vom Körper her in ihr Gesicht flutete. »Ist doch albern.«

»Nein, ist es nicht«, behauptete Marie-Thérèse. »Wie soll er sich sonst ein faires Urteil bilden? Außerdem habe ich in den Ferien keine Gelegenheit gehabt, dich richtig anzusehen – ich möchte gern wissen, ob deine inzwischen größer geworden sind.«

Janette betrachtete ihre Freundin. Deren Brüste waren unverkennbar gewachsen, mindestens um eine BH-Größe. Während ihr Blick noch auf Marie-Thérèse geheftet war, fühlte sie, wie die Wärme in ihr immer intensiver wurde. Langsam zog sie sich das Kleid aus.

»Was!?« rief Marie-Thérèse überrascht. »Seide! Schwarze Seide! Davon hast du mir nie einen Ton gesagt, du gemeines Stück! Los, zieh dir auch den Unterrock aus, ich will deine Höschen sehen.«

Janette ließ ihren Unterrock zu Boden gleiten und stand, den

Blick fast starr geradeaus gerichtet, vor dem Poster. Auch in ihren Schenkeln, in ihrem Schoß machte sich die Wärme nun bemerkbar.

»Auch noch schwarze Seidenhöschen!« rief Marie-Thérèse. »Wo hast du die Sachen bloß her? Sie sind einfach himmlisch – und so sexy.«

Noch immer vermied Janette, ihrer Freundin in die Augen zu sehen. »Hat mir mein Stiefvater geschenkt. Baumwollzeug könnte er nicht ausstehen, hat er gesagt.«

»Ja, wann hat er dich denn jemals darin gesehen?«

»Im Sommer ist es so heiß, daß ich meine Tür auflasse, damit ein bißchen frische Luft hereinkommt. Und da muß er mich so beim Vorbeigehen gesehen haben. Eines Tages kam er in mein Zimmer und warf eine Schachtel mit Unterwäsche auf meinen Schreibtisch. ›Von jetzt an trägst du zu Hause diese Sachen. Das andere Zeug ist ja grauenvoll.‹ Und schon war er wieder hinaus.«

»Allmächtiger Himmel!« schnaufte Marie-Thérèse. »Hat er irgendwann sonst noch was getan?«

Janette blickte noch immer zum Poster. Sie spürte, wie sich die Wärme in ihrem Schoß gleichsam in Feuchtigkeit verwandelte. »Danach kam er, wenn meine Mutter nicht daheim war, manchmal in mein Zimmer, und während er sich in den Sessel setzte, ließ er mich in diesen Sachen im Zimmer hin und her gehen.« Janette drehte den Kopf und blickte zu Marie-Thérèse. Sie stand mit offenem Mund und geweiteten Augen da.

»Ist das alles, was er getan hat?« fragte Marie-Thérèse.

Janette lachte. »Was erwartest du?«

Marie-Thérèses Stimme klang heiser: »Sag mal, stimmt das, was ich gehört habe? Ich meine, daß er so ein riesiges Ding hat?«

Janette nickte. »Ist schon wirklich groß.«

»Größer als das von Donald, dem Geck?«

Donald, der Geck, war ein junger Engländer, der in der Schweiz, nicht weit weg von der Mädchenschule, auf einem Internat war. Bei den allwöchentlichen Tanzveranstaltungen führte er stets irgendwelche Mädchen ins Freie, um ihnen dort zu beweisen, was für ein Mann er war. Janette lachte: »Na, dagegen ist das, was der hat, ein Spielzeug.«

»Mein Gott!« keuchte Marie-Thérèse. Sie begann, an sich herumzufingern. »Ich glaube, bei mir passiert's bald. Komm, legen wir uns aufs Bett, dann haben wir mehr davon.«

Sie taten es und brachten sich gegenseitig bis zum Orgasmus. Es war nicht das erste Mal, daß sie das machten. Doch diesmal – unter den Augen von James Dean – schien es erregender denn je.

Und jetzt sagte Janette ins Telefon: »Sieh zu, daß du mit dem Packen fertig wirst. Nach dem Abendessen komme ich dann rüber, und wir gehen ins Kino.«

»Daraus wird nichts«, erklärte Marie-Thérèse. »Den letzten Abend vor der Abreise ins Pensionat muß ich immer daheim mit meinen Eltern verbringen.«

»Na gut«, sagte Janette. »Dann treffen wir uns morgen früh kurz vor halb acht am Bahnsteig.«

Sie legte den Hörer auf. Als sie sich umdrehte, sah sie Maurice in der offenen Tür stehen. Sie warf einen Blick auf ihre Armbanduhr. Erst fünf. Noch ziemlich früh, vor sieben kam er für gewöhnlich nie nach Hause.

»Mit wem hast du gesprochen?« fragte er mißtrauisch und trat ein.

»Mit Marie-Thérèse«, sagte sie mit unwillkürlich gesenktem Blick.

»Ich kapier' nicht, was du mit einer so blöden Kuh so lange zu beschwatzen hast.«

Janette schwieg und blickte noch immer zu Boden.

»Wo ist deine Mutter?« wollte er wissen.

»Weiß ich nicht.«

»Ist sie noch nicht nach Hause gekommen?«

Sie zuckte mit den Schultern.

»Warum siehst du mich nicht an?« fragte Maurice scharf.

Sie tat es und spürte gleichzeitig, wie ihr das Blut ins Gesicht schoß.

»Hat sie angerufen?«

»Ich habe nicht mit ihr gesprochen.«

Maurice preßte seine Lippen zu einem schmalen Spalt zusammen. »Verbringt wahrscheinlich den ganzen Nachmittag mit einem ihrer

Gigolos«, fauchte er. »Wenn was Wichtiges passiert, ist sie ja nie da.«

Erneut starrte Janette auf den Boden, ohne ein Wort hervorzubringen.

»Wenn sie anruft, sag ihr, daß ich sie unbedingt sehen muß.«

Janette nickte.

»Ist sehr wichtig, klar? Ich muß unbedingt mit ihr reden.«

Sie nickte, ohne ihn anzusehen.

»Sieh mich an, wenn du mir antwortest!«

Sie tat es.

»Es ist wichtig. Hast du verstanden?«

»Ja«, wiederholte sie tonlos. »Ich habe kapiert.«

Böse starrte er sie an. »Eines Tages werdet ihr mir alle für das büßen, was diese Hure mir angetan hat.« Er machte kehrt, ging hinaus und knallte die Tür hinter sich zu.

Jacques Charelle sah sie sofort, als sie das Relais Plaza betrat. Zur Zeit der Cocktailstunde war dieser Raum hoffnungslos überfüllt, und das Stimmengewirr glich dem Summen eines Bienenschwarms. Er stand auf und winkte ihr zu.

Tanya näherte sich seinem Tisch, während sie hier und dort irgendwelchen Bekannten zunickte. Höflich küßte Jacques ihr die Hand, rückte dann den Tisch ein wenig beiseite, damit sie bequem auf der Sitzbank Platz nehmen konnte, mit dem Rücken zum Fenster, den Raum im Blick, während Jacques ihr gegenüber saß.

»Sie sehen einfach hinreißend aus, meine Liebe«, sagte er. »Sie werden von Tag zu Tag schöner.«

Tanya mußte innerlich lächeln. Hieß es nicht, daß Frauen nie schöner aussahen als im Anfangsstadium der Schwangerschaft? »Merci, Monsieur«, erwiderte sie. »Leichter wird das nicht, wenn man älter wird.«

Er lachte. »Manche Frauen altern nie, und Sie gehören dazu. Doch wie ist es Ihnen heute ergangen?«

Sie zuckte die Achseln. »Comme ci, comme ça.« Ein Kellner tauchte auf, und sie hob den Kopf. »Einen Martini, bitte.« Sie blickte wieder zu Jacques. »Und was haben Sie herausgefunden?«

Mit fast unmerklicher Geste wies er zum Nachbartisch. Dort saß einer der Direktoren von Balmain mit drei weiteren Personen. »Nicht hier«, flüsterte er.

Sie nickte. Seine Vorsicht war verständlich. Offiziell war Jacques Modereporter, doch das meiste Geld machte er mit Hilfe seiner »Privatbeschäftigung« als eine Art Modespion. Irgendwie gelang es ihm, vor allen anderen herauszufinden, was die verschiedenen Modeschöpfer für die kommende Saison planten, und instinktiv zu wittern, welche Erfolg haben würden und welche nicht. Seit drei Jahren schlug er bei Tanya »zu Buche«, doch waren die von ihm gelieferten Informationen von geradezu unschätzbarem Wert. »Wir werden ein ruhiges Dinner haben«, sagte sie.

»Heute abend in meinem Appartement«, erklärte er. »Ich kann mit vorzüglichem côte d'agneau aufwarten, mit herbes de Provence, die mir gerade heute morgen von meiner Mutter geschickt worden sind.«

Schon wollte sie zustimmen, als ihr einfiel, daß dies Janettes letzter Abend vor der Rückkehr ins Pensionat war. »Bei mir geht es heute abend leider nicht«, sagte sie. Der Kellner servierte ihr einen Martini. »Doch wie wär's mit morgen abend?«

»Morgen abend ist mein Chef in der Stadt«, erwiderte Jacques bedauernd.

Tanya nippte an ihrem Glas, als ihr plötzlich der Rat des Arztes wieder einfiel, keinen Alkohol zu sich zu nehmen. Sie stellte das Glas ab. »Verdammt!«

Aus seinem Schweigen sprach so etwas wie Mitgefühl.

»Dann muß es wohl heute abend sein«, sagte sie und musterte ihn. »Aber lange kann ich nicht bleiben. Meine Tochter reist morgen früh ab, zurück zum Pensionat, und ich möchte noch ein wenig Zeit für sie haben.«

»Um zehn Uhr sind Sie wieder zu Hause«, versprach er.

Der Kellner kam an ihren Tisch und legte vor Tanya eine Visitenkarte hin. Sie sah die altdeutschen Druckbuchstaben, und plötzlich schlug ihr Herz rasend schnell. »Der Herr, der Ihnen diese Karte gegeben hat – wo ist er?« fragte sie den Kellner.

»Er ist bereits wieder gegangen«, erwiderte dieser. »Er sagte, er wolle Sie nicht stören.«

Die Visitenkarte noch in der Hand, sprang sie auf und rannte fast zum Ausgang. Im selben Augenblick fuhr in unmittelbarer Nähe ein Taxi los, doch konnte sie nicht erkennen, wer darin saß. Ansonsten war die Straße fast leer. Nirgendwo ein bekanntes Gesicht. Sie blickte wieder auf die Karte. »Johann Schwebel, Finanzdirektor von Brenner GmbH, Montevideo und München.«

Sie drehte die Karte um. Eine Telefonnummer war darauf. Und dann stand noch in Johanns unverwechselbar säuberlicher Handschrift: »Um neun Uhr morgen früh bin ich unter dieser Nummer zu erreichen. Erbitte Anruf, J.«

Langsam ging sie ins Relais Plaza zurück. Jacques erwartete sie am Tisch, stehend. »Irgendwas nicht in Ordnung?« fragte er besorgt.

»Ganz und gar nicht«, erwiderte sie und setzte sich wieder. »Soweit ist alles in Ordnung. Es handelt sich nur um jemanden, den ich seit einer Ewigkeit nicht gesehen habe und gern wiedergesehen hätte.«

»Ein ehemaliger Liebhaber?« Jacques lächelte.

Sie schüttelte den Kopf. »Eigentlich nicht.«

»Wenn ich Ihnen einen Rat geben darf«, verkündete er mit typisch französischer Lebensweisheit, »jagen Sie nie alten Lieben nach. Denn falls Sie sie erwischen, halten sie niemals, was sie zu versprechen scheinen.«

Sie sah ihn an. Und plötzlich waren die Informationen, die sie sich von ihm erhoffte, gar nicht mehr so wichtig. »Hören Sie«, sagte sie, »ich hab' mir's überlegt. Vergessen wir das mit heute abend. Ich glaube, es ist wichtiger, daß ich die Stunden mit meiner Tochter verbringe.«

Kurz nach sieben kam sie zu Hause an. Henri öffnete die Tür. »Bon soir, Madame.«

»Bon soir, Henri«, sagte sie. »Irgendeine Nachricht für mich?«

»Nein, Madame«, erwiderte er. »Aber Monsieur le Marquis ist bereits daheim.«

Sie nickte. »Und Janette?«

»Befindet sich auf ihrem Zimmer.« Er schwieg einen Augenblick.

»Um welche Zeit möchten Madame das Abendessen serviert haben?«

»Um halb neun«, antwortete sie und begann die Treppe emporzusteigen. Sie schritt den Korridor entlang, stand dann vor Janettes Zimmer. Leise klopfte sie an die Tür.

Janette öffnete. Auf ihrem Gesicht erschien ein Lächeln. »Maman!«

Tanya beugte sich vor, küßte ihre Tochter und folgte ihr dann ins Zimmer. Auf den ersten Blick registrierte sie die Koffer, die bei der Tür standen. »Bereits alles gepackt, wie?«

»Zur Abreise bereit«, versicherte Janette. »Morgen früh um sieben.«

Tanya lächelte. »Kannst es wohl gar nicht abwarten, wieder ins Pensionat zu kommen, wie?«

»In gewisser Weise schon«, erklärte Janette. »Um ehrlich zu sein – die Ferien öden mich ziemlich an. Im Sommer ist in Paris kaum was los. Die meisten Mädchen waren weg.«

»Vielleicht bin ich im nächsten Sommer hier nicht mehr so festgenagelt. Dann können auch wir verreisen.«

»Vielleicht«, sagte Janette. »Übrigens, daß ich's nicht vergesse, Maurice kam heute frühzeitig – das heißt, gegen fünf – nach Hause. Und er hat nach dir gesucht. Will dich unbedingt sprechen. Sei sehr wichtig, hat er mir eingeschärft.«

»Okay«, erklärte Tanya. »Ich habe Henri gesagt, daß ich das Abendessen um halb neun haben möchte. Ist dir das recht?«

»Sicher.« Janette sah ihre Mutter an. »Nur wir beide? Oder wird auch Maurice dabei sein?«

»Nur wir zwei, wenn du's so willst«, erwiderte Tanya.

»Das wäre schön.«

»Also gut, nur wir beide«, sagte Tanya. Sie schickte sich an, das Zimmer zu verlassen. »Ich werde dich rufen, wenn's soweit ist.«

Sie ging den Korridor entlang und blieb dann vor Maurices Zimmer stehen. Auf ihr Klopfen ertönte eine Art gedämpftes Murmeln. Sie trat ein.

Maurice hockte in einem Sessel, in der Hand ein halbleeres Cognacglas. Giftig starrte er sie an. »Wo, zum Teufel, hast du den ganzen Nachmittag gesteckt?«

Sie ignorierte seine Frage. »Du wolltest mich sprechen?«

Zornig sagte er: »Du hast ja nicht die geringste Ahnung, wer heute angerufen hat.«

Plötzlich war sie im Bilde, noch ehe er den Namen überhaupt nannte.

»Johann Schwebel!« donnerte er los und beobachtete ihr Gesicht. Doch keinerlei Reaktion war darin abzulesen. »Bist du nicht überrascht?«

»Sollte ich's sein?« fragte sie scheinbar arglos.

»Vielleicht ist das nicht das richtige Wort. Besorgt trifft's wohl genauer.«

»Auch dafür sehe ich keinen Grund«, erklärte sie. »Wir haben über alles ehrlich Buch geführt. Mit Wolfgangs Anteilen ist alles in Ordnung.«

»Wie dumm du bist!« Es klang wie ein Fauchen. »Was ist, wenn die alles wiederhaben wollen? Um's in die eigene Regie zu übernehmen? Was wird dann mit uns?«

»Hat er so etwas gesagt?« wollte sie wissen.

»Nein. Er wollte nur ein Treffen mit uns beiden arrangieren. Ich habe ihm gesagt, er soll morgen vormittag um elf wieder anrufen.«

Sie musterte ihn. Sein Gesicht war gerötet. Augenscheinlich hatte er eine Menge Alkohol zu sich genommen. Und das tat er tagsüber nie, wenn er nicht sehr erregt war. »Du hättest bei ihm zurückrufen können, um etwas zu vereinbaren.«

»Er hat gesagt, er sei ständig unterwegs. Er will uns wieder anrufen.«

Sie nickte. »Schon möglich. Schließlich wissen wir ja nicht, was er sonst noch in Paris geschäftlich zu tun hat.« Gar kein Zweifel: Johann wußte genau, was er tat. Zu Maurice hatte er von einem Anruf um elf Uhr gesprochen. Sie, Tanya, hatte er gebeten, sich bei ihm um neun zu melden. »Morgen werden wir mehr wissen«, sagte sie und wandte sich zur Tür.

Er erhob sich. »Ich habe nur gewartet, um dich ins Bild zu setzen. Zum Abendessen geh' ich aus. Brauchst du den Wagen?«

»Nein, nimm ihn nur«, erwiderte sie. »Ich diniere heute abend daheim. Mit Janette.«

Johann kam aus dem Georges Cinq und wartete auf ein Taxi. Paris. Die Stadt schien sich nie zu verändern. Nicht um ein Jota in all den Jahren seit dem Krieg. Genau wie die Franzosen selbst.

Der Portier öffnete die Tür des Taxis, während er gleichzeitig die fünf Francs Trinkgeld in Empfang nahm und gegen seine Mütze tippte. Johann nannte dem Fahrer eine Adresse. Dann lehnte er sich in die Polster zurück, holte eine Akte aus seiner Ledertasche und schlug sie auf.

Sie enthielt Dossiers, welche seine Bank über bestimmte Firmen geliefert hatte. Er begann sie zu studieren:

»Eau de la Vie Minérale S.A.; Geschäftsführer: Marquis de la Beauville; Produkt: in 1-Liter-Flaschen abgefülltes Mineralwasser; wird hauptsächlich an kleinere Hotels und Restaurants, in Ausnahmefällen auch an den Einzelhandel verkauft; die Geschäftsleitung vermeidet jeden Wettbewerb und jede Werbestrategie, die auf Preisvergleiche aufbaut (30 bis 40 % Preisvorteil zu Evian, Vittel usw.); Umsatz im 3-Jahres-Schnitt: Ff 10 Mio brutto, Ff 1,5 Mio Jahresüberschuß; Bilanzsumme Ff 45 Mio; jeweils korrekte Jahresabschlüsse; Eigenkapital ca. Ff 40 Mio; Zahlungsverhalten ist durchgehend korrekt bei einem durchschnittlichen Zahlungsziel von 10–30 Tagen; uneingeschränkt kreditwürdig bis Ff 25 Mio.«

Als Johann die Lektüre beendet hatte, nahm er sich sogleich das nächste Dossier vor.

»Domaine Marquis de la Beauville S.A.; Geschäftsführer: Marquis de la Beauville; Produkte: Wein, Champagner, Cognac jeweils mittlerer Qualitätsstufe; der Vertrieb erfolgt faßweise an andere Winzereien und Abfüller; der Einzelhandel wird nicht beliefert; Markennamen sind nicht eingeführt; Umsatz im 3-Jahres-Schnitt: Ff 125 Mio; Jahresüberschuß Ff 25 Mio; Bilanzsumme Ff 400 Mio; jeweils korrekte Jahresabschlüsse; Eigenkapital ca. Ff 300 Mio; Zahlungsverhalten ist durchgehend korrekt bei einem durchschnittlichen Zahlungsziel von 10–30 Tagen; uneingeschränkt kreditwürdig bis Ff 200 Mio.«

Johann verspürte das Bedürfnis zu rauchen. Als er sich eine Zigarette angesteckt hatte, griff er zum dritten Dossier.

»Parfum Tanya S.A.; Geschäftsführer: Marquis de la Beauville;

Produkte: Parfum, Eau de Cologne, Parfumbasen, Duftstoffe; der Vertrieb erfolgt in großen Partien an verschiedene internationale Kosmetikfirmen unter deren Markennamen; der Einzelhandel wird nicht beliefert; eigene Markennamen sind nicht eingeführt; Umsatz im 3-Jahres-Schnitt: Ff 100 Mio; Jahresüberschuß Ff 45 Mio; Bilanzsumme Ff 110 Mio; jeweils korrekte Jahresabschlüsse; Eigenkapital ca. Ff 40 Mio; Zahlungsverhalten ist durchgehend korrekt bei einem durchschnittlichen Zahlungsziel von 10–30 Tagen; uneingeschränkt kreditwürdig bis Ff 25 Mio.«

Er klappte die Akte wieder zu und blickte nachdenklich durchs Fenster auf das Verkehrsgeschehen. Keine dieser Firmen wurde auf typisch französische Weise betrieben. Welcher französische Betrieb, mochte er winzig sein oder riesig, dachte auch nur im Traum daran, termingerechte Zahlungen zu leisten?

Auch gab es wohl kaum eine typisch französische Firma, die darauf Wert legte, über die alljährlichen Bedürfnisse hinaus derartig viel Bargeld verfügbar zu haben. Dafür hatte Tanya gesorgt. Maurice würde dergleichen niemals tun. Ja, Tanya. Sie sorgte dafür, daß die Profitanteile vereinbarungsgemäß erhalten blieben.

Das Taxi hielt, und er stieg aus. Ein rascher Blick auf die Armbanduhr. Fünf vor neun. Er bezahlte den Fahrer, eilte dann die Treppe hinauf zum Büro des Rechtsanwalts. Seine Ahnung hatte ihn nicht getrogen. Es war gut, daß er sie gebeten hatte, ihn dort anzurufen. Sein Instinkt sagte ihm, daß er sie sehen mußte, bevor er mit Maurice zusammentraf.

Leise klopfte es an die Tür der Hotelsuite. Er öffnete und trat einen Schritt zurück, um sie hereinzulassen. Dann drückte er die Tür ins Schloß und drehte sich um. Sekundenlang sahen sie einander stumm an. Dann räusperte er sich. »Alte Freunde sollten einander nicht in Restaurants oder Anwaltskanzleien wiederbegegnen.«

Sie nickte stumm. Er sah bei ihr die aufsteigenden Tränen und spürte, wie es in seinem Hals würgte. Seine Hand streckte sich ihr entgegen. Doch sie ignorierte sie. Ihre Stimme klang eigentümlich belegt. »Alte Freunde sollten sich nicht nur die Hand reichen.«

Er breitete die Arme, und sie schien sich fast hineinzuflüchten.

Dann küßte er sie auf die Wange, schmeckte das Salz ihrer Tränen. Sie lehnte ihren Kopf gegen seine Brust. »Lieber Johann«, sagte sie leise. »Liebster, liebster guter Freund.«

Er hob ihr Kinn zu sich empor, blickte ihr in die Augen. »Anna . . .« Er zögerte. »Tanya . . .«

»Tanya.«

Sie lächelte.

»Schön, daß wir uns wiedersehen«, sagte er und nickte.

»Es ist eine Ewigkeit her«, erklärte sie. »Zehn Jahre, in denen ich nichts mehr gehört habe. Ich hatte angenommen, wir würden schon viel früher wieder Verbindung aufnehmen.«

Er musterte sie verwundert. Augenscheinlich begriff er nicht, wieso sie damit gerechnet hatte. »Nehmen Sie . . .« Er verbesserte sich. »Nimm Platz, Tanya. Ich werde etwas zu trinken kommen lassen.«

Sie folgte ihm zur Couch, setzte sich. »Ich möchte eigentlich gar nichts, danke.«

»Nur etwas Kaffee«, sagte er und drückte auf den Knopf für den Zimmerservice. Wenige Minuten später hielt er eine Tasse Kaffee in der Hand und nickte zufrieden. »Erzähl mir von Janette. Sie muß inzwischen ein großes Mädchen sein.«

Tanya lächelte. »Sechzehn. Heute früh ist sie wieder zu ihrem Pensionat in der Schweiz abgereist. Ich habe dich vom Bahnhof angerufen.«

»Tut mir wirklich leid, daß ich sie nicht mehr gesehen habe. Bin doch neugierig. Wenn sie ihrer Mutter nachschlägt, muß sie eine Schönheit sein.«

»Ist sie auch«, versicherte Tanya. »Aber auf ihre ganz eigene Weise, nicht als Kopie von mir.«

»Vermutlich fragst du dich, weshalb ich hier bin?« sagte er.

»Ich frage mich eigentlich nur, warum es so lange gedauert hat.« Sie sah ihn an. »Die Geschäftsbücher sind in Ordnung, und das Geld befindet sich auf einem speziellen Konto.«

»Wieso denn das? Der Brenner-Gesellschaft schuldest du doch kein Geld.« Plötzlich begriff er. »Wolfgang . . .«, murmelte er. Dann versagte ihm die Stimme.

»Ja, natürlich«, bestätigte sie mit einem Lächeln. »Die Hälfte der Profite habe ich für Wolfgang auf ein besonderes Konto gezahlt, genau wie zwischen uns abgemacht.«

Johanns Stimme klang eigentümlich verzerrt. »Du hast nicht gewußt – weißt immer noch nicht ...« Er brach ab.

»Gewußt – was denn?« In seinen Augen lag ein Ausdruck, der sie bis ins Mark der Seele erschütterte. Plötzlich dämmerte ihr die furchtbare Wahrheit, und sie preßte die geballten Fäuste vor den Mund, um nicht laut aufzuschreien. »Wolfgang ist tot. Seit wann denn bloß?«

Mit zitternden Fingern stellte er die Kaffeetasse zurück. »Zehn Jahre ist das her. Ich nahm an, du wüßtest davon.«

»Nein, ich wußte nichts.« Mit Mühe hielt sie ihre Stimme unter Kontrolle. »Wie ist es passiert?«

»Er wurde von den Russen getötet, als sie ihn festnehmen wollten. Er hat ja immer gesagt, er werde sich nicht lebend gefangennehmen lassen, um dann als Kriegsverbrecher angeklagt zu werden. Er war niemals Mitglied der NSDAP.«

»Aber er schien im französischen Sektor doch sicher zu sein. Wie konnten die Russen überhaupt an ihn heran?«

»Das weiß niemand genau«, erwiderte er. »Offenbar fuhr er zu irgendeinem Treffen in den sowjetischen Sektor.«

Sie schwieg einen Augenblick.

»Maurice hat's gewußt«, sagte sie dann. »Er hat's die ganze Zeit gewußt.«

»Da bin ich mir nicht sicher«, sagte er.

Sie blickte ihm in die Augen. »Aber ich. Er wußte genau, daß ich die Ehe mit ihm sofort gelöst hätte, falls ich von Wolfgangs Tod erfahren hätte.«

»Und jetzt?«

»Es ist aus und vorbei. Ich werde mich von ihm scheiden lassen.«

»Aber die Firmen? Sind sie nicht in den Beauville-Besitz eingegangen?«

Sie schüttelte den Kopf. »Nein. Die laufen nach wie vor auf meinen Namen. Hätte ich sie je aus der Hand gegeben – Wolfgang wäre als erster hereingelegt worden, da war ich ganz sicher.«

»Ein guter Instinkt«, sagte er und lächelte plötzlich. »Du bist jetzt eine reiche Frau, schließlich gehört alles dir. Alles. Du bist niemandem etwas schuldig. Und ich glaube, das war genau das, was Wolfgang eigentlich wollte.«

»Ja.« Sie erinnerte sich an die Louisdor im Banktresor in der Schweiz. Aus der ganzen Art und Weise, wie Wolfgang sie die Sache hatte abwickeln lassen, sprach eindeutig, daß es von vornherein seine Absicht gewesen war, alles ihr zu überlassen. Sie spürte, wie ihr die Augen feucht wurden. Armer Wolfgang.

»Alles in Ordnung?« fragte Johann besorgt.

Sie hob den Kopf. »Ja, schon gut.« Kein Wunder, daß Maurice über Johanns Anruf so verstört war. Es schien, als sei der Tag der Abrechnung gekommen. »Wolltest du mir nicht sagen, weshalb du mich jetzt sprechen möchtest?«

Er nickte. »Ich weiß von einer Gesellschaft, die daran interessiert ist, die Weinfirma für einen Haufen Geld zu kaufen. Die wollen damit in den Einzelhandel einsteigen.«

»Und – soll ich verkaufen?«

»Es ist natürlich absolut deine Sache. Aber ich würde es nicht tun.«

»Sondern? Ich meine, was würdest du an meiner Stelle unternehmen?«

»Ich würde genau das tun, was die ihrerseits vorhaben. Und zehnmal so viel Geld scheffeln, wie die Firma jetzt abwirft.«

»Aber wir haben doch bisher absichtlich unsere geschäftlichen Aktivitäten so unauffällig wie möglich abgewickelt. Auf gar keinen Fall wollten wir die Aufmerksamkeit der Öffentlichkeit auf uns lenken. Das schien uns sehr angeraten.«

»Inzwischen sind zehn Jahre vergangen. Und inzwischen kümmert das keinen mehr.«

Sie sah ihn an. »Ich bin schwanger. Anfang März ist es soweit.«

Aus seiner Stimme klang Überraschung. »Vorher kannst du dich unmöglich scheiden lassen.«

Mit aller Entschlossenheit erwiderte sie: »Ich werde mich sofort scheiden lassen. Auf gar keinen Fall soll mein Kind seinen Namen tragen. Nach der Scheidung werde ich nach Amerika reisen, und dort werde ich mein Kind zur Welt bringen. Der Vater ist Amerikaner.«

»Wirst du ihn heiraten?.«

»Das spielt überhaupt keine Rolle«, sagte sie. »Allerdings – um geschäftliche Dinge werde ich mir hier nicht kümmern können. Ich brauche jemanden, der mich vertritt.«

Er schwieg.

»Wie wär's mit dir, Johann?« fragte sie. »Dergleichen hast du doch auch für Wolfgang getan. Und es wäre nicht einfach ein Job oder so was – du würdest ein Partner sein.«

»Ich weiß nicht so recht«, erwiderte er zögernd. »Könnte durchaus sein, daß ich ganz und gar nicht der richtige Mann für dich bin. Denn im Grunde bin ich Buchhalter. Und du brauchst jemanden, der sich auf mehr versteht als nur das.«

»Leute mit Spezialkenntnissen können wir engagieren«, sagte sie. »Bloß Vertrauen kann man nicht kaufen. Das kommt erst mit der Zeit.«

»Nein!« rief Maurice schrill. Er wirkte nahezu hysterisch. »Nie und nimmer werde ich in eine Scheidung einwilligen! Ich habe genauso hart gearbeitet, um die Firmen zum Erfolg zu führen, wie du. Glaubst du im Ernst, daß ich mich von dir auszahlen und beiseite stoßen lasse!? Bloß weil du weißt, daß du alles für dich haben kannst?«

»Du widerst mich an«, sagte sie verachtungsvoll. Sie stand von ihrem Stuhl auf. »Scheidung oder nicht – aus den Firmen bist du draußen.«

Hinter seinem Schreibtisch sitzend, hob er den Kopf. Seine Stimme klang jetzt ruhiger. »Gar so leicht wirst du's nicht haben. Das französische Recht ist ziemlich kompliziert, was ehelichen Zugewinn betrifft. Es wird mir ein leichtes sein, wegen der Firmen gegen dich zu prozessieren.«

»Zum Teufel damit! Ich bin nicht auf sie angewiesen.«

»Vergiß nicht, daß du dich an einen bestimmten Lebensstandard gewöhnt hast«, argumentierte er listig. »Den würdest du dir dann nicht mehr leisten können. Und du bist zudem nicht mehr ganz jung. Es gibt genügend attraktive Frauen, die jünger sind. Sicher wirst du noch immer Männer finden, die mit dir ins Bett gehen, aber daß einer zu dir hält, dich gar aushält, damit kannst du nicht rechnen. Der Zug dürfte für dich bereits abgefahren sein, Tanya.«

Sie musterte ihn. »Worauf willst du hinaus?«

»Ganz einfach. Wir sollten die Sache vernünftig angehen, persönliche Gefühle außer acht lassen und uns nicht gegenseitig durch endlose Gerichtsverfahren kaputt machen.«

»Und hast du praktikable Vorschläge?«

Er atmete tief ein. »Zunächst einmal: keine Scheidung. Unsere Ehe bleibt bestehen. Warum auch nicht? Schließlich ist das für uns beide von Nutzen. Mit Geld allein kannst du dich nicht in den Kreisen halten, in denen du jetzt verkehrst, Tanya. Marquise de la Beauville, das ist ein Name voller Klang. Wie weit würdest du wohl als Tanya Pojarska kommen, selbst wenn du auf das Adelsprädikat deines verstorbenen Mannes zurückgreifst, das im übrigen mindestens von drei weiteren Personen benutzt wird. Polnischer Adel, der ist in Paris nicht einen Sou wert. Und glaubst du etwa, das Pensionat in der Schweiz hätte Janette aufgenommen, wenn nicht der Name Beauville dahinterstünde?«

Sie schwieg, und Maurice machte weiter. »Du warst bereit, mir vom gesamten Nettowert der Firmen fünfundzwanzig Prozent in bar auszuzahlen. Das wäre eine Summe, die sich vermutlich irgendwo zwischen einhundert und einhundertzwanzig Millionen Francs bewegen dürfte. Ich schlage eine andere Lösung vor. Du überläßt mir eine der drei Firmen ganz und ich dir – im Gegenzug – die beiden anderen. Damit wären die jeweiligen Besitzrechte geklärt und unanfechtbar. Und um dir zu beweisen, daß ich nicht raffgierig bin, will ich mich mit der kleinsten der Firmen begnügen. Mit der Mineralwasser-Gesellschaft. Ihr Wert liegt weit unter dem Betrag, den du mir in bar auszahlen würdest.«

Sie musterte ihn. »Weshalb so großzügig?« fragte sie mißtrauisch.

»Das ist nicht großzügig, sondern ganz einfach praktisch. Ich schlage so zwei Fliegen mit einer Klappe. Habe weiter eine Aufgabe und kann mein Gesicht wahren. Von dem, was die Firma abwirft, kann ich ausgezeichnet leben. Und sobald alles geregelt ist, geht jeder von uns seine Wege. Unsere Ehe bleibt, was sie ohnehin immer war – eine Vernunftehe.«

»Laß mich darüber nachdenken«, sagte sie.

»Was gibt's da groß drüber nachzudenken?« Seine Stimme klang zuversichtlicher. »Momentan bist du erregt. Über so manches. Wolfgang. Dann deine ärgerliche Schwangerschaft.«

»Du weißt davon?« fragte sie überrascht.

»In Paris läßt sich kein Geheimnis länger als vierundzwanzig Stunden hüten«, erklärte er. »Ja, du bist erregt und möchtest deinen Zorn am liebsten an dem auslassen, der so bequem verfügbar erscheint. An mir. Nur siehst du offenbar nicht, daß du dabei auch deinen Kindern schaden würdest. Janette ebenso wie dem Ungeborenen.«

Wieder blieb sie stumm. Er erhob sich. »Tanya«, sagte er mit ruhiger Stimme, »wäre es für das Kind nicht besser, als de la Beauville zur Welt zu kommen denn als Bankert?«

Noch immer schwieg sie. Ein flüchtiges Lächeln glitt über sein Gesicht, er zuckte die Schultern. »Wer weiß? Wenn du einen Sohn bekommst, wird er der nächste Marquis de la Beauville.«

Zum erstenmal, seit sie das Schweizer Pensionat besuchte, wurde Janette bei ihrer Ankunft in Paris nicht von ihrer Mutter vom Bahnhof abgeholt. Statt dessen wartete René, der Chauffeur, auf dem Bahnsteig. Zum Schutz gegen die weihnachtliche Kälte hatte er den Jackenkragen hochgeschlagen.

»Wo ist Mutter?« fragte sie, noch während sie ausstieg.

Er griff nach ihrem Koffer.

»Sie ist unpäßlich, Mademoiselle Janette«, erwiderte er. »Sie wartet daheim auf Sie.«

»Was fehlt ihr denn?« wollte sie wissen, während sie neben ihm herging.

Er warf ihr einen merkwürdigen Blick zu. »Nichts Ernstes«, sagte er ausweichend.

Sie verließen den Bahnhof und gingen zu dem schwarzen Rolls-Royce, den René im Halteverbot geparkt hatte, im Vertrauen darauf, daß Gendarmen dieses Gefährt nicht mit einem Strafzettel verunzieren würden.

Er öffnete die Tür, und sie stieg ein. Den Koffer legte er vorn auf den Sitz neben sich. Sie fuhren los.

Es herrschte dickster Berufsverkehr, und in den Straßen wimmelte es von Menschen und Autos. Oft kamen sie nur schrittweise voran. Im Rückspiegel sah der Chauffeur, wie Janette sich vorbeugte und die vorübergleitenden Schaufenster betrachtete. »Das übliche Einkaufsgedränge vor Weihnachten«, meinte er.

»Ja«, bestätigte sie.

»Laut Wettervorhersage soll es schneien.«

»In der Schweiz hatten wir schon Ende Oktober den ersten Schnee.«

»Sind Sie Ski gelaufen?« fragte er.

»Natürlich«, erwiderte sie. »Was anderes kann man dort ja kaum unternehmen.«

Damit war sein Gesprächsstoff erschöpft, und sie schwiegen, bis das Auto vor dem Haus hielt. Ehe René dazu kam, die Tür zu öffnen, hatte Janette sich bereits hinausgeschwungen. Schon lief sie die Stufen hinauf, drückte auf die Klingel. Als Henri öffnete, lief sie mit einem hastigen »Bon jour« an ihm vorbei und die Treppe hinauf zum Zimmer ihrer Mutter. Vor der geschlossenen Tür blieb sie stehen und klopfte.

Die Stimme ihrer Mutter erklang. »Entrez!«

Im Nu war Janette im Zimmer. »Maman!« rief sie und schien dann zu erstarren, den Mund vor Verblüffung halb geöffnet.

Tanya registrierte alles sehr genau. Mit einer beiläufigen, wie scherzhaften Bemerkung versuchte sie, Janettes Reaktion zu mildern. »So unförmig bin ich doch noch gar nicht. Erst im sechsten Monat.«

Der Schock in Janettes Stimme war unüberhörbar. »Aber du hast mir ja nie etwas gesagt.«

»Was gibt's da schon zu sagen?« erklärte Tanya. »Solche Dinge passieren nun mal.«

Aus Janettes Stimme klang plötzlich Zorn. »Ich bin kein Kind. Du hättest es mir sagen können.«

Tanya schwieg. Der Wutausbruch ihrer Tochter traf sie unvorbereitet.

Janettes Blick forschte in den Augen ihrer Mutter. »Er hat dich vergewaltigt. Darum hast du's mir nicht gesagt. Du hast dich geschämt.«

»Nein, Janette«, versicherte Tanya. »So war es nicht.«

Aus Janettes Stimme klang ein Hauch von Ekel. »Du meinst, du hast es ihn tun lassen?«

Tanya gab keine Antwort. Sie wußte einfach nicht, was sie zu ihrer Tochter sagen sollte. Schließlich gab sie sich einen Ruck. »Vielleicht ist es das Beste, du gehst erst mal auf dein Zimmer und nimmst ein entspannendes Bad. Danach werden wir uns dann weiter unterhalten.«

Janettes Lippen bildeten einen schmalen Strich. »Du hast mir einmal versichert, du wolltest außer mir kein weiteres Kind.«

»Janette«, sagte Tanya jetzt schärfer, »geh auf dein Zimmer. Wir werden miteinander reden, wenn du dich beruhigt hast.«

Das Mädchen drehte sich zur Seite und wollte zu dem Korridor, der ihre beiden Zimmer miteinander verband.

»Nicht dorthin«, sagte Tanya. »Du hast jetzt Maurices Suite – sie wurde für dich ganz neu eingerichtet.«

»Und wer bewohnt mein Zimmer?« fragte Janette zornig. »Maurice?«

»Nein«, erwiderte Tanya. »Er wohnt nicht mehr bei uns. Der Raum soll ein Kinderzimmer werden.«

Janette starrte sie an, Tränen schossen ihr in die Augen. »Frohe Weihnachten, Mutter!« schrie sie und lief dann laut schluchzend hinaus.

Einen Augenblick spielte Tanya mit dem Gedanken, ihr zu folgen. Dann ließ sie sich erschöpft in einen Sessel sacken. Janette würde schon darüber hinwegkommen. Wenn sie sich erst einmal beruhigt hatte, konnte man miteinander reden, und Tanya würde Gelegenheit haben, ihrer Tochter alles zu erklären.

Doch Tanya irrte sich. Janette dachte nicht daran, auf eine Erklärung zu warten. Und sie ging auch nicht auf ihr Zimmer. Vielmehr rannte sie aus dem Haus, fuhr in einem Taxi zum Bahnhof und kehrte mit dem Nachtzug nach Lugano in ihr Pensionat zurück.

»Zwei Jahre wird's noch dauern«, sagte Johann. »Im nächsten Jahr geht's noch nicht. Unsere gesamte Produktion wird vertragsgemäß an unsere Stammkunden geliefert.«

Sie warf einen Blick auf den Geschäftsbericht und nickte dann. »Ist vielleicht sogar von Vorteil. So bleibt uns mehr Zeit, diese Marke noch bekannter zu machen.«

»Ich habe noch etwas Interessantes«, fuhr er fort. »Im Augenblick sind zwei Kellereien auf dem Markt, die sich aufs Abfüllen spezialisieren. Wenn der Preis stimmt, können wir sie womöglich beide haben.«

»Kümmere dich drum«, sagte sie. »Und gib mir dann Bescheid.«

»Noch eins«, fügte er hinzu. »Ich glaube, wir sollten den einheimischen Markt aus dem Spiel lassen. Hier müßten wir gegen die altetablierten Weingüter und -kellereien ankämpfen, und du kennst die Franzosen ja – Snobismus und Tradition, bloß keine Veränderungen. Mein Gefühl sagt mir, daß wir Amerika anpeilen sollten. Dort entsteht jetzt ja erst ein Markt für Wein. In den mittleren Preislagen sind wir absolut konkurrenzfähig, und – nun, ein französisches Etikett garantiert einem dort prompt den entsprechenden Status.«

»Ja, das scheint Hand und Fuß zu haben.«

»Eine Reihe von amerikanischen Großabnehmern zeigt sich bereits interessiert. Schieffelin, Bronfman, sogar Twenty-One-Brands. Die sprechen von Riesensummen – und von Riesenwerbung. Ich bin sicher, daß die im voraus so viel ausspucken würden, daß wir mit dem Geld die Erwerbung der Abfüllkellereien finanzieren könnten.«

»An sich brauchen wir deren Geld aber nicht«, meinte sie.

»Sicher«, stimmte er zu. »Aber es ist immer günstiger, mit Fremdanstelle von Eigenkapital zu arbeiten. Im übrigen wäre dann mehr von unserem Geld liquide, um ein maison de couture zu erwerben und zu betreiben. Ich kenne kein einziges Modehaus, das Geld abwirft. Die sind dauernd in den roten Zahlen. Selbst die Chanel.«

»Aber mit ihrem Parfum holt sie alles wieder rein. Macht Gewinn. Das wissen wir. Schließlich können wir ihr gar nicht genügend von den Grundstoffen liefern, die sie braucht. Früher oder später werden sämtliche Couturiers in dieses Geschäft einsteigen wollen. Ich möchte vor ihnen am Ziel sein.«

»Ich mache mir da Sorgen«, gestand er. »Die Verluste, die ein solches Modehaus mit sich bringt, könnten einen katastrophalen Aderlaß bedeuten. Alle Couturiers, mit denen ich da gesprochen habe, stellen unverschämte Forderungen – für nichts als den Namen.«

»Ich glaube, es gibt einen, den wir zu einem vernünftigen Preis haben könnten«, erklärte sie. »Shiki.«

Unwillkürlich weiteten sich seine Augen. »Der Japaner? Seine Shows mit der neuen Kollektion waren der größte Hit. Vogue und L'Officiel sind voll davon. Selbst die Tageszeitungen überschlagen sich.«

Sie lachte. »Typisch Presse. Seine Sachen sind – also, ausgefallen ist schon gar kein Ausdruck mehr. Aber darauf fliegen die. Ist bloß ein kleiner Haken dabei: Niemand kann seine Kleider tragen. Sie sind einfach nicht praktisch und verkaufen sich dementsprechend schlecht. Jacques Charelle meint, Shiki sei bereits bis über beide Ohren verschuldet.«

»Wenn das stimmt, weshalb willst du ihn dann haben?«

Sie lächelte. »Wegen des Namens. Hauptsache, er macht Schlagzeilen, und wir können das nützen. Wo er mit seinen Kreationen allzu wild ins Kraut zu schießen droht, werden wir ihn ein bißchen bremsen. Im übrigen – vergiß nicht, wo das Geld zu holen ist: beim Parfum. Coco Chanel weiß das sehr genau. Wenn wir nur fünfundzwanzig Prozent des Umsatzes von Chanel Nr. 5 erreichen, scheffeln wir bereits jede Menge Geld. Und dann – nun, wer weiß. Vielleicht steigen wir dann voll ins Kosmetikgeschäft ein.« Sie holte tief Luft und sah ihn an. »Zu dumm, daß ich eine Frau bin. Es gibt so viel zu tun, und ich sitze herum mit meiner Schwangerschaft.«

Er nickte mitfühlend. »Es sind nur noch zwei Monate.«

»Sie kommen mir aber vor wie eine Ewigkeit.«

»Die gehen ganz schnell vorüber.«

Sie schwieg nachdenklich. Schließlich holte sie tief Luft. »Ich mache mir Sorgen.«

»Aber dafür gibt's doch gar keinen Grund«, versicherte er ihr. »Du befindest dich in ausgezeichneter körperlicher Verfassung.«

»Man kann nie wissen«, meinte sie. »Ich bin nun mal nicht mehr so jung wie bei Janettes Geburt. Es könnten Komplikationen auftreten.«

Johann schwieg dazu.

»Ich habe bisher kein Testament gemacht«, fuhr sie fort. »Falls mir etwas widerfährt, was wird dann mit Janette? Oder mit dem Kleinen? Schließlich bin ich noch immer mit Maurice verheiratet. Vielleicht fällt dann alles an ihn.«

»Das nun gerade nicht«, beruhigte er sie. »Die Regelungen des französischen Erbrechts sehen da etwas anderes vor.«

»Dennoch würden die Kinder bis zu ihrer Großjährigkeit einen Vormund oder Vermögensverwalter brauchen«, sagte sie. »Und Maurice hat Janette adoptiert und wird der gesetzliche Vater des anderen Kindes sein. Womit sich automatisch ergibt, daß er im Fall des Falles die Kontrolle auch über das Vermögen der Kinder hätte. Und das will ich nicht.«

Er hüllte sich in Schweigen.

»Du bist der einzige, dem ich den Schutz der Kinder anvertrauen kann«, meinte sie. »Wärst du bereit, die Verwaltung des Vermögens zu übernehmen, falls ich nicht mehr sein sollte?«

»Natürlich«, versicherte er. »Aber wir wissen ja beide, daß bei dir alles gut gehen wird.«

»Es steht zuviel auf dem Spiel«, sagte sie. »Ich möchte keinerlei Risiko eingehen. Laß den Anwalt morgen früh hierherkommen. Ich möchte – wie sagt man – mein Haus bestellen.«

»Wird erledigt.« Er sah sie fragend an. »Über einen Punkt bin ich mir noch völlig im unklaren. Was ist aus deiner Idee geworden, diesen jungen Mann bei Christian Dior unter deine Fittiche zu nehmen und mit ihm ein neues Modehaus zu starten?«

»Du meinst Yves St. Laurent?«

»Ja, richtig, so heißt er.«

»Ich habe den Gedanken fallen lassen, und zwar aus zwei Gründen. Erstens lassen ihn Dior und Bousac nicht gehen. Zweitens hat er sich noch keinen eigenen Namen gemacht, und es könnte ein Vermögen kosten, ihm so viel Reputation zu verschaffen, wie das in unserem Interesse nötig wäre. Ich habe mit Jacques darüber gesprochen. Ganz zweifellos hat der Junge Talent. Doch sofern Dior ihn nicht aus seinem Schatten treten läßt, nützt das alles nichts. Was Shiki betrifft – ob er nun was taugt oder nicht, sein Name ist jedenfalls in aller Munde.«

»Wie du meinst«, sagte er skeptisch. »Hoffentlich weißt du, was du tust.«

Sie lächelte ihn an. »Ja, hoffentlich. Immerhin habe ich mir seit Jahr und Tag Jacques Charelle warmgehalten – und von ihm gelernt. Mag er auch geldgierig sein: Modesaison um Modesaison hat er die Renner richtig getippt.«

»Und was ist hierbei für ihn drin?«

»Der Direktorenposten für Public Relations, mit dem fünffachen Gehalt dessen, was er jetzt verdient.«

Johann lachte. »Du hast dir aber alles genau überlegt.«

»Das war nicht schwer.« Mit einemmal trat ein besorgter Ausdruck in ihr Gesicht. »Ich wünschte, es wäre genauso leicht, Janette zu verstehen.«

»Du hast mit ihr noch nicht gesprochen?«

Sie schüttelte den Kopf. »Wenn ich dort anrufe, weigert sie sich, an den Apparat zu gehen.«

»Das gibt sich. Du wirst sehen – wenn das Kind erst mal da ist, kommt sie drüber weg.«

»Na, ich weiß nicht«, sagte sie grübelnd. »Janette ist ein sonderbares Mädchen. Irgendwie scheint sie niemanden an sich heranzulassen. Ich habe das Gefühl, daß ich sie überhaupt nicht kenne.«

Der kleine Japaner war ganz schön aufgekratzt. In der einen Hand hielt er ein Glas Wein, in der anderen eine Zigarette. »Schiaparelli, Balmain, Maggy Rouff, die kann man doch alle vergessen. Was für Plunder kreieren die denn? Ballkleider für die Matrosen von gestern, die inzwischen zu alt sind, um selbst in Leichengewänder zu schlüpfen. Sogar Dior weiß, daß er nicht mehr mithalten kann. Er hat zugegeben, daß mehr als die Hälfte seiner letzten Kollektion auf Yves' Konto kommt. Die Frauen von heute wollen, daß ihre Kleider aufregender wirken. Eine neue Welt zieht herauf, und sie wollen dort die ersten sein.«

Juan Delgado, der Gastgeber, trug eine Art Festtagsrobe. Sein langes Schiaparelli-Gewand schleifte über den Fußboden hinter ihm her. »Und wenn ich recht vermute, so wollen Sie es wohl sein, der sie ans Ziel ihrer Träume führt, wie?« fragte er sarkastisch.

»Allerdings«, erwiderte Shiki.

»Daß ich nicht lache!« fauchte Juan ihn an. »Sie besitzen ja nicht mal genug Geld für eine Métrofahrkarte.«

»Da sieht man wieder, wie hervorragend Sie informiert sind«, erwiderte Shiki hochnäsig. »Gerade heute morgen habe ich jene Schriftstücke unterzeichnet, die mich für den Rest meines Lebens finanziell unabhängig machen werden.«

»Sie wollen mir wohl einen Bären aufbinden?«

»Ich kann's beweisen.« Shiki blickte sich um. An der Bar sah er Maurice und Jerry Johnson. »Kommen Sie mit.«

Juan folgte ihm quer durch den Raum. Shiki blieb vor Maurice stehen. »Juanita will nicht glauben, daß wir einen Handel geschlossen haben. Sagen Sie's ihm.«

Maurice musterte ihn verwirrt. »Was für einen Handel?«

Delgado kicherte. »Ich hab' doch gleich gesagt, daß Sie einen Scheiß zusammenreden. Maurice weiß nicht mal, wovon Sie überhaupt reden. Der Alkohol ist Ihnen zu Kopf gestiegen.«

»So benebelt bin ich nie«, behauptete Shiki stolz und richtete sich zu seiner vollen Größe auf – rund einsfünfzig. Er blickte wieder zu Maurice. »Ich habe die Papiere heute morgen unterzeichnet. Im Beisein von Schwebel, Ihrem Mann. Hängt mit einer Ihrer Gesellschaften zusammen. Tanya Parfums oder so.«

»Das ist eine der Firmen meiner Frau«, erwiderte Maurice. »Ich habe nichts damit zu schaffen. Das ist ganz und gar ihre Sache.« Er musterte Shiki neugierig. »Sie sagen, Schwebel hat die Papiere unterzeichnet? Wo war denn Tanya?«

Shiki zeigte sich überrascht. »Ich nahm an, das wüßten Sie. Bei Ihrer Gattin war es gestern abend soweit, sie ist in die Klinik gebracht worden.«

»Gestern abend?« fragte Maurice ungläubig. »Sie sollte doch erst in zwei Wochen niederkommen.«

Delgado konnte nicht länger an sich halten. Er drehte sich um und rief laut in den Raum: »Unser guter Freund, der Marquis, ist im Begriff, ein Kind zu bekommen, und seine Gemahlin hat sich nicht einmal die Mühe gemacht, ihn ins Bild zu setzen.« Er schwieg einen kurzen Augenblick. »Aber weshalb sollte sie auch? Hat sie sich etwa die Zeit genommen, ihm Bescheid zu sagen, als sie das Kind machte – mit dem Amerikaner?«

»Du Scheißkerl!« fauchte Maurice voll Wut. Er versetzte Juan einen Stoß, und lachend rollte dieser rücklings auf den Boden, während Maurice, von Jerry gefolgt, wütend die Party verließ.

Es war bereits zwei Uhr früh, als sie vor der kleinen Privatklinik hielten und aus dem Auto stiegen. Sie überquerten den Gehsteig und drückten auf die Nachtklingel. Ungeduldig versuchte Maurice, die Tür zu öffnen, doch sie war verschlossen. Wieder drückte er auf den Klingelknopf und ließ seinen Finger gleich darauf.

Wenig später öffnete ein verschlafener Pförtner. »Monsieur, Monsieur«, protestierte er, »Geduld! Unsere Patienten brauchen dringend ihre Nachtruhe.« Er blickte an den beiden Männern vorbei. »Wo ist sie?«

»Sie?« fragte Maurice. »Wer?«

»Die Schwangere«, erwiderte der Pförtner. »Dies ist eine Entbindungsklinik. Und so läuten hier nur werdende Väter.«

»Meine Frau befindet sich bereits hier«, fuhr Maurice ihn an. »Ich will sie sehen.«

Der Pförtner begann die Tür zu schließen. »Unmöglich, Monsieur. Die Besuchszeit endet um zehn Uhr. Kommen Sie am Morgen wieder.«

Maurice stellte einen Fuß in die Tür. »Ich will sie jetzt sehen. Ich bestehe darauf. Ich bin der Marquis de la Beauville.«

»Und wenn Sie Charles de Gaulle wären – schert mich nicht weiter«, sagte der Pförtner. »Kommen Sie am Morgen wieder.«

Plötzlich hielt Maurice einen Geldschein in der Hand. »Wenn Sie die Freundlichkeit hätten, mit der Oberschwester zu sprechen«, sagte er ruhiger. »Ich würde das zu schätzen wissen.«

Schon hatte der Pförtner den Geldschein eingesteckt. »Wenn Monsieur liebenswürdigerweise einen Augenblick warten wollen. Ich bin gleich wieder da.«

Die Tür klappte zu. Maurice und Jerry blickten einander an. »Vielleicht ist es das Beste, wir kommen früh wieder«, meinte Jerry.

»Nein. Wir sehen sie noch heute nacht!« sagte Maurice mit harter Stimme.

Die Tür schwang wieder auf. Diesmal stand neben dem Pförtner eine grauhaarige Schwester in panzergleich gestärkter Tracht. »Tut mir leid, Monsieur«, begann sie, »aber laut Vorschrift . . .«

»Ich bin über die Vorschriften im Bilde«, fiel Maurice ihr ins Wort. »Aber bitte, Schwester, haben Sie Mitleid mit einem Mann, der soeben wieder in Paris eingetroffen ist und den es nach einem kurzen Blick auf sein Weib und sein Kind verlangt.«

Ein zweiter Geldschein wechselte den Besitzer. »Nun gut, Monsieur«, sagte die Schwester, während sie die Besucher einließ. »Aber wir müssen uns ganz ruhig verhalten.«

Sie folgten ihr durch den langen Korridor mit dem typischen Krankenhausgeruch. Vor einer Tür blieben sie stehen. Die Schwester blickte sich zu den Männern um. »Madame la Marquise hatte schlimme Wehen. Wir haben ihr ein starkes Beruhigungsmittel gegeben, und sie schläft nun. Sie dürfen vom Eingang zu ihr blicken, jedoch nicht eintreten.«

Maurice nickte. Die Schwester öffnete die Tür. Trübes Licht erhellte den Raum. Maurice spähte an der Schwester vorbei. Dort auf dem Bett lag Tanya, mit geschlossenen Augen. Und trotz des hier herrschenden Halbdunkels ließ sich erkennen, wie blutleer ihr Gesicht war, wie erschöpft.

Er blickte zur Schwester.

»Und das Kind?« fragte er.

Leise zog sie die Tür zu. »Folgen Sie mir, Monsieur.«

Sie gingen bis zum Ende des Korridors und wandten sich dann nach rechts. Vor einem großen Fenster mit Doppelscheibe blieben sie stehen. Durch das Glas sahen sie sieben oder acht winzige Bettchen auf kleinen Rädern; in jedem lag ein Neugeborenes.

»Welches ist meins?« fragte Maurice.

»Augenblick, Monsieur«, sagte die Schwester. »Ich werde hineingehen und sie hochhalten, damit Sie sie sehen können.«

»Sie!?« Maurice blickte fassungslos. »Es ist also ein Mädchen?«

Die Schwester lächelte. »Ja, Monsieur, das schönste Mädchen, das Sie je gesehen haben. Blonde Löckchen und blaue Augen. Nur eine Sekunde, dann können Sie es selber sehen.«

Sie betrat den Raum. Doch als sie sich, das Kind in den Armen, von innen dem Fenster näherte, waren die beiden Männer bereits verschwunden.

Wie ein Wilder fuhr Maurice durch die menschenleeren Straßen. »Dieses Luder!« fluchte er wütend. »Nicht mal das hat sie richtig hingekriegt!«

»Beruhige dich doch«, sagte Jerry. »Sonst bringst du uns noch beide um.«

»Wär' doch wohl das Mindeste gewesen, daß sie einen Sohn zur Welt bringt. Einen Jungen, der meinen Namen am Leben erhält. Aber nein. Statt dessen ein Mädchen. Zu allem auch noch blond und blauäugig. Paris wird sich vor Gelächter schütteln. In der siebenhundertjährigen Geschichte meiner Familie hat's noch nie was Blondes und Blauäugiges gegeben.«

»Was macht das schon für einen Unterschied?« fragte Jerry. »Weiß doch sowieso jeder, daß es nicht dein Kind ist.«

»Das macht alles nur noch schlimmer«, erklärte Maurice. »Schließlich sind alle davon überzeugt, daß ich mich nur aus einem Grund nicht von ihr habe scheiden lassen – weil ich mir von ihr einen Stammhalter erhoffte.«

Sie gelangten zu der kleinen Brücke, die über die Seine zur Ile Saint-Louis führte. Weiter ging's zu einer schmalen Straße. Maurice hielt vor dem Haus, in dem sie wohnten. Er stieg aus, knallte wütend die Autotür zu. »Dieses Luder!« fluchte er wieder. »Aber das soll sie mir büßen. Du wirst schon sehen.«

Dr. Pierre trat ins Zimmer. Neben Tanyas Bett blieb er stehen und blickte zu ihr hinab. »Wie fühlen Sie sich?« fragte er lächelnd.

»Müde«, erwiderte sie.

Er hob die Schultern. »Das ist normal.« Rasch prüfte er Puls und Blutdruck. »Alles bestens.«

»Und das Kind?« fragte sie.

»Einfach großartig«, lautete seine Antwort. »Mehr läßt sich

wahrhaftig nicht erwarten. Sie haben die Kleine heute früh gestillt?«

»Ja.«

»Gut. Bei der nächsten Mahlzeit bekommt sie ein Fläschchen. Ein paar Tage lang lassen wir beides parallel laufen. Wenn sie sich dann an die Flasche gewöhnt hat, hören wir mit dem Bruststillen auf.«

»Wie lange wird das dauern?« fragte sie.

»Drei, vier Tage.«

»Ich möchte nicht, daß meine Brüste zu groß werden«, erklärte sie.

»Keine Sorge.« Er lächelte. »Ich gebe Ihnen ein paar Spritzen, die die Milchbildung beenden. In null Komma nichts haben Ihre Brüste wieder ihre normale Größe.«

»Wie lange werde ich hier bleiben müssen?«

»Ungefähr eine Woche. Dann können Sie wieder nach Hause.«

»Ich habe viel zu tun«, sagte sie.

»Das muß warten. Ihre Gesundheit geht vor. Aber Sie können bereits heute nachmittag einen kleinen Spaziergang machen. Hauptsache, Sie überanstrengen sich nicht dabei.« Er ließ seinen kleinen Arztkoffer zuschnappen. »Heute abend seh' ich noch mal bei Ihnen vorbei.«

»Danke, Doktor Pierre.«

Kaum war er verschwunden, trat die Nachtschwester ein. »Bon jour, Madame la Marquise«, sagte sie mit einem Lächeln.

»Bon jour, Sœur.«

»Ich wollte nur schauen, wie's Ihnen geht.«

»Soweit recht gut, danke.«

»Übrigens – hat Ihnen jemand gesagt, daß Ihr Herr Gemahl hier war?«

Tanya musterte die Schwester überrascht. »Nein. Niemand. Wann denn?«

»Vor zwei Tagen. So gegen zwei Uhr früh. Da ich gestern meinen freien Tag hatte, konnte ich's Ihnen nicht eher sagen.«

»Hat er das Kind gesehen?«

»Nein. War irgendwie komisch. Denn als ich's ihm zeigen wollte, war er bereits wieder verschwunden.«

Tanya schwieg.

»Machen Sie sich da weiter keine Sorgen«, sagte die Schwester in einem Ton, den sie für trostvoll hielt. »Hab' so was schon oft erlebt bei Ehemännern. Franzosen geraten immer erst aus der Fassung, wenn es statt eines Sohns eine Tochter geworden ist. Aber Sie werden sehen, bald fängt er sich.«

Tanya zwang sich zu einem Lächeln und nickte.

Die Schwester warf einen Blick auf ihre Armbanduhr. »Ich muß jetzt gehen und mich ein bißchen aufs Ohr legen. Heute abend sehen wir uns wieder.«

»Ich danke Ihnen, Sœur.«

Die Schwester verschwand. Tanya blickte zur anderen Seite des Zimmers. Die Blumen dort auf dem Tisch, die waren von Johann. Und jene Rosen in der Vase, sie stammten von Jacques. Maurice war also hiergewesen. Merkwürdig, daß er überhaupt nichts von sich hatte hören lassen, auch wenn es ihr nicht im entferntesten eingefallen wäre, von ihm Blumen zu erwarten.

Wieder klopfte es an der Tür. »Entrez!«

Johann trat ein. Hinter ihm kam Jacques. Beide brachten noch mehr Blumen. Lächelnd näherten sie sich Tanyas Bett. »Großartig siehst du aus«, versicherte Jacques.

»Hör schon auf«, sagte sie. »Ich sehe furchtbar aus, und das weiß ich auch.«

»Nicht die Spur«, erklärte Johann. »Du siehst wunderbar aus.«

»Also wirklich, ihr beide – ihr scheint sogar zu glauben, was ihr sagt.« Sie lachte. »Was führt euch denn schon so früh zu mir?«

»Wir haben zwei Probleme«, sagte Johann. »Und wir brauchen deine Entscheidung, bevor wir irgendwas unternehmen können.«

»Bien. Was ist das erste?«

Es war Jacques, der sprach. »Wir müssen über unsere Vereinbarung mit Shiki eine Presseerklärung abgeben. Er dringt darauf, das sofort zu tun. Ich bin dafür, wenigstens einen Monat zu warten, aus verschiedenen Gründen. Bis dahin befindest du dich wieder in der entsprechenden Verfassung, um zusammen mit ihm bei der Pressekonferenz anwesend zu sein. Ich halte das für überaus wichtig, weil damit auch deine Position im Konzern nach außen dokumentiert wird. Zweitens – zeitlich bringt uns das ein ganzes Stück näher an die Shows im Herbst, so daß wir mit entsprechender Publicity und öffentlichem Interesse rechnen können.«

Tanyas Stimme klang sehr entscheidend. »Ich bin mit eurem Plan einverstanden. Sagt Shiki, daß wir die Erklärung zu einem späteren Zeitpunkt abgeben werden. Und das andere Problem, was ist damit?«

Die beiden Männer wechselten einen kurzen Blick, dann sprach Johann. »Es handelt sich um Maurice. Jacques hat mir erzählt, daß der in ganz Paris verbreitet, er wolle sich von dir wegen Ehebruchs scheiden lassen.«

Sie blickte zu Jacques.

Er nickte. »Genau das hab' ich auch gehört, und nicht nur einmal.«

Sie überlegte kurz. »Ich begreife nicht recht, inwiefern das von Wichtigkeit ist. Ich wollte die Scheidung doch sowieso. Und wenn er sie haben will, so mag er sie getrost einreichen.«

»Das könnte zu allerlei Komplikationen führen«, sagte Johann. »Er behauptet nämlich, daß du den Wert der verschiedenen Firmen seinerzeit falsch angegeben hast, und zwar in betrügerischer Absicht – damit er die Mineralwasserfirma akzeptierte.«

»Habt ihr mit den Anwälten gesprochen?« wollte sie wissen.

Johann nickte. »Durchkommen tut er damit nicht, aber er kann uns Schwierigkeiten machen, indem er genügend Staub aufwirbelt. Nicht unbedingt günstig in puncto Publicity.«

Sie blickte zu Jacques. »Meinst du, daß ihr das in Grenzen halten könnt?«

»Na, keinesfalls kann ich das aus der Presse heraushalten«, erwiderte Jacques. »Aber ich glaube, daß ich dir genügend Zeilen garantieren kann, um seine Geschichten und Geschichtchen entsprechend zu kontern. Schließlich ist er ja kein unbeschriebenes Blatt. Und wenn wir ihn wissen lassen, daß wir keinesfalls davor zurückscheuen, ihn gegebenenfalls bloßzustellen, so könnte es durchaus sein, daß er sich die Sache noch einmal reiflich überlegt.«

Sie nickte. »Also gut. Sorgt dafür, daß er erfährt, wozu wir entschlossen sind. Inzwischen könnt ihr meine Anwälte damit beauftragen, eine Gegenklage auszuarbeiten – Scheidung wegen seiner Homosexualität. Das muß bereitliegen für den Fall und genau den Augenblick, wo er gegen mich die Klage einreicht.«

Johann betrachtete sie. »Das brauchst du gar nicht. Du hast genug zu tun.«

»Wir können's doch nicht ändern«, erklärte sie. »Ist nun mal so eine Sache, mit der man zurechtkommen muß.«

»Ist wohl so«, stimmte er zu. »Hast du inzwischen mit Janette gesprochen?«

Sie schüttelte den Kopf. »Sie geht noch immer nicht an den Apparat, wenn ich dort anrufe. Ihrer Freundin Marie-Thérèse habe ich gesagt, sie solle ihr ausrichten, daß sie ein Schwesterchen hat.«

»Einen Namen für das Kind, hast du den schon?«

»Ja.« Sie nickte. »Sie soll Lauren heißen.«

»Lauren? Ein ungewöhnlicher Name.«

»Nach meiner Großmutter. Der Mutter meines Vaters. Sie war Amerikanerin, und ihr Name hat mir immer sehr gefallen. Als ich noch klein war, tat ich immer so, als sei es mein Name.«

Marie-Thérèse trat ein. »Du sollst zur Direktorin kommen.«

Janette blickte von ihrem Buch auf. »Was will sie denn?«

»Hat sie nicht gesagt. Nur, daß du sofort kommen sollst.«

Janette klappte ihr Buch zu. »Mal sehen, was die alte Schachtel will. Bin bald wieder zurück.«

Nach kurzem Klopfen öffnete das Mädchen die Tür zum Zimmer der Direktorin, die hinter ihrem Schreibtisch saß. Ihr gegenüber hatte ein Mann Platz genommen. Jetzt erhob er sich und blickte zu Janette.

»Bon jour, Janette«, sagte er.

Das Mädchen starrte ihn an und machte dann einen Knicks. So wurde es im Pensionat verlangt. »Bon jour, Papa.«

Die Direktorin lächelte. Wenn Eltern zu Besuch kamen, wirkte sie immer eigentümlich nervös. »Dein Vater ist hier, um mit dir nach Paris zu fahren, damit du deine Mutter und dein neues Schwesterchen sehen kannst. Findest du das nicht reizend?«

Janettes Blick wanderte zwischen den beiden Erwachsenen hin und her. »Ich will nicht mit. Mein Lernpensum ist einfach zu groß.«

»Aber deine Mutter möchte dich sehen«, sagte Maurice. »Sie befindet sich noch in der Klinik.«

»Ich will sie nicht sehen«, erwiderte Janette trotzig.

»So spricht man doch nicht mit seinem Vater«, sagte die Direktorin streng.

»Ich komm' nicht mit«, wiederholte Janette halsstarrig.

Blitzschnell ließ Maurice seine Hand hervorzucken. Das Mädchen spürte den Schlag, fühlte das Brennen auf der Wange. Kurz sah sie Maurice in die Augen und senkte dann den Blick.

»Und jetzt scher dich auf dein Zimmer und pack ein paar Sachen ein. In zehn Minuten bist du wieder hier«, befahl Maurice.

Nach wie vor hielt sie den Blick gesenkt. »Ja«, murmelte sie und verließ das Zimmer.

Maurice drehte sich zu der Direktorin herum. Er lächelte entschuldigend. »Ich bedaure die kleine Szene, Madame, aber Kinder brauchen gerade heutzutage eine feste Hand. Sie sind anders, als wir es in unserer Jugend waren.«

»Ich verstehe, Monsieur le Marquis«, beteuerte die Direktorin. »Sie glauben ja gar nicht, was wir mit denen hier alles durchmachen.«

Der Schaffner kontrollierte ihre Fahrkarten und gab sie dann Maurice zurück. »Alles in Ordnung, Monsieur le Marquis«, sagte er. »Der Speisewagen ist ab sechs Uhr zum Abendessen geöffnet. Wenn ich irgend etwas tun kann, um Ihnen die Reise angenehmer zu machen, so rufen Sie mich bitte.«

»Merci, Monsieur«, erwiderte Maurice, während er ihm einen Geldschein zuschob.

Geschickt ließ der Schaffner die Banknote verschwinden und verließ dann das Privatabteil, wobei er sorgsam die Tür hinter sich schloß. Maurice und Janette saßen einander am Fenster gegenüber. Er griff nach einer Zeitung, blickte dann zu dem Mädchen. »Mach's dir nur richtig bequem. Vor Mitternacht sind wir nicht in Paris.«

Janette schaute durch das Fenster. Der Zug nahm seinen gewundenen Weg durchs Gebirge. Wolkenverhangener Himmel, gelegentliche Regenschauer – und entsprechend trübes Licht, obgleich es erst drei Uhr nachmittags war. Janette schlug ein Buch auf und begann zu lesen, doch brachte sie einfach nicht die nötige Konzentration auf. Die Wörter wollten keinen rechten Sinn ergeben. Und so las sie nicht. Sie tat nur so.

Schweigend saßen sie einander gegenüber. Nach etwa einer Stunde legte Maurice die Zeitung aus der Hand und stand auf. Er ging zum kleinen Toilettenraum, öffnete die Tür und ließ sie offen, während er die Klosettbrille hochhob.

Janette blickte von ihrem Buch auf. Im Toilettenraum befand sich ein mannshoher Spiegel, und das Mädchen konnte von ihrem Sitz aus alles genau beobachten. Als er den Kopf wandte, trafen sich ihrer beider Blicke im Spiegel. Sofort senkte sie die Augen, und Röte kroch über ihre Wangen. Das Buch in der Hand, saß sie leicht vorgebeugt, als Maurice zurückkam und wieder ihr gegenüber Platz nahm.

Er klappte sein goldenes Etui auf und zündete sich eine Zigarette an. Dann betrachtete er das Mädchen schweigend. Janette hatte noch jene im Pensionat übliche Kleidung an, eine Art weißer Matrosenbluse zu einem blauen Rock, außerdem weiße Kniestrümpfe und schwarze Schuhe. Irgendwie wirkte das alles unpassend, zumindest hier in diesem Eisenbahnabteil an diesem trüben Nachmittag. Zudem besaß Janette bereits die Formen einer vollentwickelten Frau, und man konnte fast meinen, daß sie dies unter der kindlichen Kleidung zu verbergen trachte.

»Janette.« Seine Stimme klang scharf. »Trägst du eigentlich die Unterwäsche, die ich dir geschenkt habe?«

»Nein«, erwiderte sie ohne ihn anzusehen.

»Warum nicht?« wollte er wissen. »Habe ich dir nicht gesagt, daß du sie immer tragen sollst, wenn ich in der Nähe bin?«

»Es verstößt gegen die Pensionatsordnung.«

»Du bist jetzt nicht im Pensionat«, erklärte er. »Also solltest du sie anhaben.«

Sie hob den Blick. »Du hast mir ja keine Zeit gelassen. Ich mußte in zehn Minuten fertig sein.«

»Hast du die Sachen mit?«

Sie nickte. »Ja. Im Koffer.«

»Zieh sie an.«

»Jetzt?« fragte sie.

»Jetzt!«

Sie stand auf, holte den Koffer vom Gepäcknetz und machte ihn auf. Rasch holte sie die schwarze Unterwäsche heraus, wandte sich dann in Richtung Toilettenraum.

»Halt!« sagte er. »Ich will, daß du die Sachen hier vor meinen Augen anziehst.«

Schweigend sah sie ihn an, blickte dann zu den Fensterscheiben.

Er verstand. »Von mir aus kannst du die Vorhänge vorziehen und die Tür absperren.«

Es geschah. Sie drehte sich zu ihm herum. »Jetzt«, sagte er.

Langsam knöpfte sie ihre Bluse auf und ließ sie von den Schultern gleiten. Dann waren die seitlichen Knöpfe ihres Rocks an der Reihe. Er fiel um ihre Füße, sie trat darüber hinweg, hob ihre Sachen auf, legte sie säuberlich zusammen und tat sie in ihren Koffer. Maurice den Rücken zukehrend, begann sie sich ihres BHs zu entledigen.

»Dreh dich um und sieh mich an!« befahl er schroff.

Sie tat es, senkte jedoch sofort wieder den Blick, während sie aus BH und Höschen schlüpfte. Wortlos tauschte sie beides gegen die schwarze Spitzenunterwäsche aus. Dann streckte sie die Hand nach ihrer Bluse aus.

»Du bist noch nicht fertig«, tadelte Maurice. »Wo sind Strumpfhalter und Seidenstrümpfe?«

Schweigend holte sie die Sachen aus dem Koffer, befestigte dann den Strumpfhalter um die Hüften und setzte sich, um sich die Strümpfe überzustreifen. Gleich darauf stand sie wieder auf, um sie zu befestigen. Wieder griff sie nach ihrer Bluse.

»Nein«, sagte er. »Zurück auf deinen Platz.«

»So wie ich bin?« fragte sie.

»Ja, so«, beschied er sie kurz. »Ich sag' dir schon, wenn du dich anziehen sollst.«

»Aber es ist kalt«, meinte sie.

»Daran gewöhnst du dich.«

Stumm ließ sie sich auf den Sitz sinken. Maurice, ihr direkt gegenüber, zog an seiner Zigarette und blies den Rauch durch die Nase, während er sie betrachtete. »Dein Busen ist für den BH bereits zu groß«, sagte er im Gesprächston.

Janette streckte eine Hand nach unten, um sich zu bedecken.

Er nahm ihre Hand weg. »Nichts da.«

Tränen traten ihr in die Augen und liefen über ihre Wangen, während sie die Lippen fest aufeinanderpreßte.

»Tränen?« fragte er sarkastisch.

Sie blieb stumm.

Lachend lehnte Maurice sich auf seinem Sitz zurück. »Du bist genau wie deine Mutter, Janette.«

Im Gang draußen ertönte das Signal, das zum Abendessen rief. Maurice ging in die kleine Toilette, wo er sich die Hände wusch.

Über die Schulter blickte er via Spiegel zu dem Mädchen. »Du kannst dich jetzt anziehen, Janette«, sagte er wie nebenbei. »Ich habe Hunger, und nach meinen Erfahrungen ist es das Beste, wenn man sich in diesen verdammten Zügen bei den Mahlzeiten dranhält. Sonst sind die akzeptablen Gerichte weg.«

Wegen des starken Regens trafen sie mit anderthalbstündiger Verspätung in Paris ein. Auf dem Bahnsteig wartete Jerry auf sie, und als er das kleine Auto auf der Ile Saint-Louis vor dem Wohnhaus zum Halten brachte, war es bereits zwei Uhr früh.

»Kalter Aufschnitt steht bereit, falls einer von euch Hunger hat«, sagte er, während sie im Fahrstuhl zum Appartement im vierten Stock hinauffuhren.

»Ich habe keinen Hunger«, erklärte Janette. Sie blickte Maurice an. »Warum hast du mich nicht nach Hause gebracht?«

»Niemand hat zu dir gesprochen«, sagte er. »Du sprichst nur, wenn ich's dir erlaube.«

Stumm starrte sie ihn an.

Dann hielt der Fahrstuhl, und sie stiegen aus. Jerry schloß die Wohnungstür auf. Janette war überrascht, wie luxuriös und komfortabel das Appartement eingerichtet war. Von außen sah das Wohnhaus nach gar nichts aus, doch hier drin schien es an nichts zu fehlen. Mobiliar, Teppiche – das Beste vom Allerfeinsten.

Maurice ging voran, erst durchs Wohn- und dann durchs Speisezimmer. Dann ging es durch sein Schlafzimmer zu einem Raum zwischen den Schlafzimmern der beiden Männer. Es handelte sich eher um eine Art Korridor. Eine eigentliche Tür schien es nicht zu geben. Die Einrichtung war mehr als kärglich: ein Bett, ein Stuhl und eine Waschmöglichkeit in einer Ecke. Augenscheinlich handelte es sich um einen Raum fürs Personal. »Stell dein Zeug hier ab«, sagte Maurice.

»Wann werde ich meine Mutter sehen?« fragte sie.

Er sah sie an. »Das werde ich dir schon rechtzeitig sagen.« Er blickte zu Jerry. »Ich habe Hunger.«

»Hol' gleich was aus dem Kühlschrank«, erklärte der Amerikaner.

»Nein«, sagte Maurice. »Zeig ihr, wo das ist. Sie wird's tun. Ich werde mich jetzt duschen. Bin froh, wenn ich diese Sachen ausziehen kann, denen noch der Mief vom Zug anhaftet.« Er ging hinaus.

Janette folgte Jerry in die Küche. Kaum hatten sie im Speisezimmer den Tisch gedeckt, als auch schon Maurice den Raum betrat. Er trug eine schwarze Seidenrobe und Samtpantoffeln.

»Wo sind die Kerzen?« fragte er mit einem Blick auf den Tisch.

»Habe ich vergessen«, erwiderte Jerry hastig. »Ich hol' sie.« Er trat zum Sideboard, und wenig später brannten die Kerzen auf dem Tisch. Dann knipste er das elektrische Licht aus.

Maurice griff nach einer Flasche. »Wir werden uns ein Gläschen Wein zu Gemüte führen, während du dich umziehst«, sagte er zu Jerry. Der Amerikaner ging hinaus, und Maurice schenkte zwei Gläser voll, reichte eines dem Mädchen. »Da.«

Sie schüttelte den Kopf. »Ich möchte keinen Wein.«

»Ich habe dich nicht gefragt«, sagte Maurice. »Trink.«

Sie nahm das Glas, hielt es an die Lippen und nippte ein wenig, wollte es dann absetzen.

»Trink aus!« fuhr Maurice sie an.

Sie gehorchte und trank den schweren Rotwein auf einen Zug aus.

Maurice goß ihr leeres Glas gleich wieder voll. »Schon besser«, versicherte er. »Tu, was ich dir sage, und wir werden keine Probleme miteinander haben.« Er häufte Schinken und Käse auf seinen Teller. Dann brach er ein Stück Brot ab und begann zu essen. »Schmeckt gut«, sagte er. »Warum nimmst du nicht auch was?«

»Ich habe keinen Hunger«, erklärte sie. »Bin bloß müde.«

»Iß was, und du fühlst dich gleich besser«, versicherte er, während Jerry wieder in den Raum trat.

Janette starrte ihn an. Er trug ein langes, völlig durchsichtiges Gewand, gerippter Chiffon, und hatte ein Make-up mit allem Drum und Dran aufgelegt: Lippenstift, Wimperntusche, Augenschatten, Wangenrot.

Maurice lachte, als er ihren Gesichtsausdruck sah. »Was ist? Gibt er nicht ein hübsches Mädchen ab?«

Janette antwortete nicht. Nun lachte auch Jerry hoch und schrill und ließ sich mit gespreizten Schenkeln in einen Sessel fallen.

Maurice lächelte, während er emsig kaute.

»Du kannst mich hier nicht festhalten!« schrie Janette und wollte aus dem Zimmer laufen.

Mit einem Satz war Maurice bei ihr, packte ihren Arm, noch ehe sie die Tür erreichte, und zerrte sie zurück. »Wie ein kleines Kind führst du dich auf, Janette. Und du weißt doch, was man mit Kindern tut, wenn sie sich nicht zu benehmen wissen. Man legt sie übers Knie!« Und genau das tat er.

Mit einem Mal erhob sich Maurice, und von seinem Schoß glitt sie zu Boden. Dort lag sie jetzt, außerstande, sich zu bewegen. Lächelnd stand er über ihr. »Dies war Lektion Nummer eins, liebes Kind«, erklärte er. »Es werden noch viele Lektionen folgen.« Er blickte zu Jerry. »Schaff sie ins Bett.«

Jerry hob sie hoch und trug sie in das Schlafzimmer, wo er sie aufs Bett fallen ließ. Hinter ihm tauchte Maurice auf, packte sie beim Arm. Sie hörte ein Klicken und war mit Handschellen ans Messinggestänge des Bettes gefesselt. Sie blickte zu Maurice empor.

»Damit du nachts nicht auf irgendwelche komischen Ideen kommst«, erklärte er. »Wegzulaufen, beispielsweise.«

Abrupt drehte er sich um und verließ, von Jerry gefolgt, den Raum. Im selben Augenblick erlosch das Licht, und Janette blieb in der Dunkelheit zurück.

Nie wußte sie, ob es Tag war oder Nacht. Wenn die Männer kamen, um sie aus dem Bett zu holen, so waren in sämtlichen Zimmern die dichten Vorhänge zugezogen, selbst im Bad. Und was die Mahlzeiten betraf, so blieben sie stets gleich. Weder vom Frühstück noch von Mittag- oder Abendessen konnte die Rede sein. Kalter Aufschnitt in reicher Auswahl, dazu Brot und Wein. Was Janette anging, so ereigneten sich in ihrem Kopf die absonderlichsten Dinge. Inzwischen gab es nur eines, das ihr mißfiel: allein im Dunkeln mit Handschellen ans Bett gefesselt dazuliegen.

Als sie eines Morgens aufwachte, strömte Tageslicht ins Zimmer. Sie zwinkerte heftig.

Maurice stand bereits angekleidet neben dem Bett. »Deine Mutter ist gestern abend aus der Klinik nach Hause gekommen. Ich werde dich von Jerry hinfahren lassen«, sagte er.

»Ich will sie nicht sehen«, protestierte Janette.

Noch am selben Nachmittag stieg sie in den Zug, der sie zum Pensionat zurückbrachte.

Während hinter den Fenstern die späte Aprilsonne verblaßte, ließ sich Jacques in dem großen, reich mit Blumen geschmückten Wohnzimmer in einen Sessel fallen. Er blickte zu Tanya und Johann, die ganz in seiner Nähe standen.

»Mein Gott, fühle ich mich geschlaucht. Aber wir haben's überstanden.«

Johann nickte. »Ich finde, daß die Pressekonferenz ganz ausgezeichnet gelaufen ist.«

»War eine Prachtidee von mir, sie hier in deinem Haus abzuhalten«, sagte Jacques zu Tanya.

»Die persönliche Note – ich glaube, das ist bei allen angekommen. Salons und irgendwelche Konferenzräume, das haben die bis obenhin satt.«

»Und Shikis Entwürfe – ich meine, die Skizzen, auf die wir sie schon mal einen Blick werfen ließen –, glaubst du, daß ihnen da was gefallen wird?« wollte Tanya wissen.

»Nach allem, was ich hörte«, erwiderte Jacques, »waren sie davon begeistert. Und wenn's mit der Vorführung soweit ist, werden sie sämtlich zur Stelle sein. Sie wissen jetzt, daß du voll dahinterstehst.«

»Ist Shiki bereits fort?« fragte sie.

»Ja. Er verschwand gleich nach dem letzten Reporter.« Jacques erhob sich. »Und das sollte ich jetzt auch tun. Damit du deine Ruhe hast. Der morgige Tag im Büro wird bestimmt hektisch werden.«

»Auch ich möchte mich empfehlen«, meinte Johann. »Und wie gesagt, herzliche Gratulation.«

Tanya lächelte. »Dafür ist es noch zu früh. Damit sollten wir lieber bis nach den Präsentationen warten.«

»Was mich betrifft, so mache ich mir da keine Sorgen mehr«, versicherte Johann. »Das geht alles gut.«

Sie brachte die Männer zur Tür. Beide verabschiedeten sich von ihr mit einem Kuß auf die Wange. Als Tanya dann zur Treppe ging, trat Henri auf sie zu. »Madame«, sagte er und zögerte.

»Ja?«

»Mademoiselle Janette befindet sich auf ihrem Zimmer.«

»Janette ist hier?« fragte sie ungläubig. »Warum haben Sie mir das nicht schon eher gemeldet?«

»Sie traf während der Pressekonferenz ein, Madame. Und sie trug mir auf, Sie keinesfalls zu stören.«

Tanya hastete die Treppe hinauf. Vor Janettes Zimmer blieb sie stehen, klopfte höflich, trat dann ein. Das Mädchen stand am Fenster und starrte durch die Scheibe. »Janette!« rief Tanya.

Das Mädchen drehte sich zu ihr um. Ihre Augen wirkten völlig ausdruckslos. »Hallo, Mutter«, sagte sie mit dumpfer Stimme.

Tanya starrte sie an. Janettes junges Gesicht war sehr schmal geworden, und unter den Augen hatte sie tiefe dunkle Ringe.

»Janette«, rief Tanya, »was ist denn mit dir?«

Das Mädchen rührte sich nicht von der Stelle. Trotzig begegnete sie dem Blick ihrer Mutter. »Ich bin schwanger.«

»Nein«, sagte Tanya. »Nein.«

»Doch, Mutter.«

Tanya trat auf sie zu. »Mein armes Kind.«

Janette wich der Umarmung aus. »Ich bin nicht dein armes Kind, Mutter. Nicht mehr.«

»Warum hast du mich nicht angerufen? Oder dich nicht wenigstens bei meinen Anrufen gemeldet?«

»Was für einen Unterschied hätte das schon gemacht?« Janette zuckte die Achseln. »Das Kind hättest du ja doch gekriegt.«

»Du hast eine Schwester, Janette.«

»Und meine Schwester wird eine Schwester haben«, sagte Janette.

Tanya starrte ihrer Tochter in die Augen. »Ich verstehe nicht.«

»Sei nicht so begriffsstutzig, Mutter«, sagte Janette. »Der Mann, der dich geschwängert hat, hat auch mich geschwängert.«

»Das ist ausgeschlossen«, erklärte Tanya.

»Wirklich, Mutter? In der Woche, die du in der Klinik verbrachtest, holte Maurice mich vom Pensionat nach Paris, wo ich dich besuchen sollte. Allerdings brachte er mich dann gar nicht zur Klinik. Statt dessen verbrachte ich die Woche in seinem Appartement. Und an dem Tag, an dem du entlassen wurdest, fuhr ich zum Pensionat zurück.«

»Maurice?« Aus Tanyas Stimme klang Fassungslosigkeit. »Ich kann mir nicht vorstellen, daß er so etwas tun würde.«

»Glaubst du, Mutter?« Janette zog einen Schlüsselbund aus ihrer kleinen Handtasche und warf ihn auf einen Tisch. »Die hat er mir gegeben, damit ich auch über Ostern auf jeden Fall ins Appartement hineinkann.«

Tanya starrte auf die Schlüssel. Als sie den Kopf hob, waren ihre Augen voll Tränen. »Warum hast du mich nicht mit dir sprechen lassen? Warum nur? Denn ich wollte es dir ja sagen. Maurice ist nicht Laurens Vater. Seit unserem Hochzeitstag durfte er mir nie mehr nahekommen.«

»Du lügst, Mutter«, sagte Janette.

»Ich lüge nicht. Ein einziger Blick auf deine Schwester würde dich davon überzeugen. Lauren ist blond und blauäugig. Weshalb wohl, glaubst du, klagt Maurice gegen mich auf Scheidung wegen Ehebruchs? Seit unzähligen Generationen hat es in seiner Familie kein blondes und blauäugiges Kind gegeben.«

Fassungslos musterte Janette ihre Mutter. »Das wußte ich nicht. Davon hat mir nie jemand etwas gesagt.«

Tanya spürte, wie ihr das Atmen schwer wurde. Ihr Inneres

schien in Stein verwandelt. »Es spielt jetzt keine Rolle mehr«, sagte sie. »Es ist geschehen und läßt sich nicht ungeschehen machen. Wir müssen überlegen, was getan werden muß. Gleich morgen früh wirst du Doktor Pierre aufsuchen.«

Plötzlich standen Janettes Augen voll Tränen. »O Mutter«, rief sie, »es tut mir leid.«

Sie lagen einander in den Armen, und ihre Tränen schienen sich zu vermischen.

Lange verharrten sie so, in völligem Schweigen, bis es draußen bereits zu dunkeln begann.

Zwei Tage später wartete Tanya nervös in Dr. Pierres kleinem Büro. Jeden Augenblick mußte er aus dem Operationssaal seiner Klinik zurückkommen. Als er eintrat, erhob sie sich. »Wie geht es ihr, Doktor Pierre?«

»Sie wird wieder in Ordnung kommen«, erklärte er. »Da ist für alles gesorgt. Jetzt schläft sie erst einmal.«

»Gott sei Dank.«

»Ja, Gott sei Dank«, bestätigte er ernst. »Hätte sie das Kind bekommen, wäre sie dabei gestorben.«

Tanya starrte ihn an.

Der Arzt schüttelte den Kopf. »Ich weiß nicht, mit wem sie es zu tun hatte, aber sie war geradezu zerfetzt.« Er sah Tanya in die Augen. »Ich habe alles getan, was in meiner ärztlichen Macht steht. Zurückbleiben wird aller Voraussicht nach nichts weiter.« Er verstummte, mit einem kaum merklichen Seufzer.

»Sie verschweigen mir doch irgendwas«, sagte sie mit angespannter Stimme.

Er zögerte eine Sekunde. »Janette wird nie ein Kind bekommen können«, erklärte er dann. »Es war unvermeidlich, die Gebärmutter und die Eierstöcke zu entfernen.«

Genau zehn Tage später, nachdem Janette bereits am Vortag zum Pensionat zurückgekehrt war, parkte Tanya um zwei Uhr früh das kleine Auto vor dem Appartementhaus auf der Ile Saint-Louis. Sie stieg aus, schloß den Wagen ab, steckte die Autoschlüssel dann in ihre Handtasche und holte die Schlüssel zum Appartement hervor. Ihr Blick glitt über die Hausfassade. Hinter keinem einzigen Fenster schimmerte Licht. Langsam näherte sie sich der Haustür.

Der große Schlüssel – natürlich, das mußte der richtige sein. Mühelos ließ sich die große Tür öffnen. Sie schwang zurück, und Tanya trat in den dunklen Hausflur. Unwillkürlich tastete sie nach dem Lichtschalter, besann sich dann aber eines anderen. Ruhig wartete sie, bis ihre Augen sich an die Dunkelheit gewöhnt hatten. Nun erst bewegte sie sich in Richtung Fahrstuhl.

Unverkennbar handelte es sich um ein uraltes Modell, und während es sich in langsamer Fahrt nach oben bewegte, begann es, in einer Lautstärke zu klappern, die zweifellos ganz Paris wecken würde. Unwillkürlich hielt Tanya den Atem an. Endlich hielt der Fahrstuhl. Mit einem Gefühl der Erleichterung trat sie hinaus. Auf jeder Etage schien es zwei Appartements zu geben. Sie zögerte kurz, riß dann ein Streichholz an. Ja, dort war es. Auf einem kleinen Messingschild über einer Türklingel stand: Le Marquis de la Beauville.

Sie schloß die Augen und dachte einen Moment nach. Hatte sie auch ja nichts vergessen? Nein, nein, nicht das Geringste. Ihr Haus, so hatte sie es ja vor nicht allzu langer Zeit genannt, war wirklich bestellt. An ihrem Testament gab es nichts zu deuteln. Und was die Anweisungen an jene Schweizer Bank betraf, in deren Tresorgewölbe sich das Gold befand, so hatte man den Empfang ausdrücklich bestätigt. Sollte ihr also irgend etwas zustoßen, so würde Johann sich um alles kümmern. Tanya konnte fest darauf bauen, daß er sich der Kinder annehmen würde.

Geräuschlos drehte sich der erste Schlüssel im Schloß. Dann klickte es leise. Ausgezeichnet. Nun der zweite Schlüssel. Diesmal gab es ein schwaches Quietschen. Unwillkürlich hielt sie inne. Alles blieb still. Langsam drehte sie den Schlüssel weiter herum. Abermals ein Klicken. Sacht schwang die Tür auf.

Sie setzte einen Fuß in das Appartement und verhielt erneut, um zu lauschen. Nichts war zu hören. Noch ein tastender Schritt, und sie konnte die Tür leise hinter sich wieder zuziehen. Tanya ließ sich Zeit, um sich möglichst genau zu orientieren.

Sie versuchte, sich ins Gedächtnis zu rufen, was Janette ihr über das Appartement gesagt hatte. Direkt voraus, durch den großen, torbogenartigen Zugang, gelangte man ins Wohnzimmer. Auf der rechten Seite führte eine kleine Tür zum Dienstboteneingang und zur Küche. Auf der anderen Seite des Wohnzimmers ging es zum Speisezimmer. Und von dort erreichte man die Tür zu Maurices Schlafzimmer.

Vorsichtig bewegte sie sich voran, um nicht unversehens über irgendein Möbelstück zu stolpern. Als Tanya schließlich vor der Tür zum Schlafzimmer stand, griff sie erneut in ihre Handtasche, holte das Rasiermesser hervor. Daß es von Wolfgang stammte, schien nur recht und billig. Denn inzwischen gab es für sie nicht mehr den leisesten Zweifel, daß es Maurice gewesen war, der Wolfgang an die Russen verraten hatte.

Sie ließ das Rasiermesser so aufklappen, daß die scharfe Schneide nach vorn gerichtet war. Behutsam drehte sie den Türknopf. Die Tür schwang auf, und Tanya trat ins Zimmer. Lautlos bewegte sie sich über den teppichbedeckten Fußboden. Sie machte sich gar nicht erst die Mühe, die Tür hinter sich ins Schloß zu ziehen.

Durch die nicht ganz geschlossenen Vorhänge drang ein bißchen Licht der Straßenlaternen in den Raum, so daß Tanya sich leidlich zurechtfinden konnte. Sie trat auf das Bett zu. Undeutlich erkannte sie unter der Zudecke einen zusammengerollten Körper. Für einen Augenblick verharrte sie gebeugt, starrte auf ihn nieder und versuchte, ihn noch deutlicher auszumachen. Das Geräusch tiefer, schwerer Atemzüge drang an ihr Ohr, doch sie wußte nicht, ob es die seinen oder ihre eigenen waren. »Maurice«, sagte sie leise.

Er wälzte sich herum und richtete sich auf. Da hieb sie zu. Mit aller Kraft riß sie die Klinge von oben nach unten. Ein erstickter Schrei kam aus seiner Kehle. Verzweifelt versuchte er, von ihr wegzurollen und mit der Hand in die Nachttischschublade zu greifen. Erneut verpaßte sie ihm eine Schnittwunde. Für einen Moment sah Tanya einen metallischen Gegenstand in seiner Hand blinken, doch sie achtete nicht weiter darauf und setzte ihre Attacken fort.

Dann krachte es ohrenbetäubend, während gleichzeitig ein greller Feuerstrahl ihre Augen blendete. Sie spürte einen gewaltigen

Schlag, der ihren Brustkorb mit der Wucht eines Vorschlaghammers traf. Fast hätte er sie umgeworfen, doch sie fing sich gerade noch und fuhrwerkte wie besessen mit dem Rasiermesser weiter.

Und dann war es endlich soweit. Leblos sackte er auf dem Bett zusammen.

Schwer nach Luft japsend streckte sie ihre Hand aus, um ihn zu berühren. Das Rasiermesser entfiel ihr. Die Schmerzen in ihrer Brust wurden immer schlimmer. Erst jetzt wurde ihr bewußt, daß auf sie geschossen worden war.

Langsam drehte sie sich um und ging den Weg, den sie gekommen war, zurück. Mit jedem Schritt nahmen die Schmerzen zu. Eine Ewigkeit schien zu vergehen, bis sie sich der Tür des Appartements genähert hatte. In Wellen jagten die Schmerzen nun durch ihren Körper, und sie schwankte benommen. Im gleichen Maße, wie sie Blut verlor, schien ihr Bewußtsein zu entschwinden.

Endlich war sie an der Tür. Plötzlich ging gleißend das elektrische Licht an, und die Tür sprang vor Tanya auf. Mit aufgerissenem Mund stand Maurice im Türrahmen.

Voll Entsetzen starrte Tanya ihn an. »O nein, Maurice!« schrie sie. »Du bist doch tot! Ich habe dich gerade umgebracht.«

Dann fiel sie. Fiel, während ihr Bewußtsein schwand, um niemals wiederzukehren.

Janette

Kritisch betrachtete Shiki die Entwürfe, die er gezeichnet hatte. Hinter ihm ging die Tür, und er hörte die sich nahenden Schritte des Mädchens. »Zieh dich ganz aus«, sagte er, ohne sich umzudrehen. »Und laß es mich wissen, wenn du nackt bist.«

Wenig später vernahm er die leise Stimme. »Es ist soweit.«

Shiki nahm an einer Zeichnung noch eine kleine Änderung vor und drehte sich dann um. »Merde«, sagte er, während seine Kinnlade ein Stück herabsackte.

Janette lachte über seine Verblüffung.

»Warum hast du mir nicht gesagt, daß du es bist?« fragte er.

»Ich dachte, du hättest womöglich Lust, die Fakultät zu wechseln«, lächelte sie. »Und da wäre es mir eine Wonne, die erste zu sein.«

Er griff nach irgendeiner Art Umhang, der auf einem Stuhl lag. »Zieh dir das über«, sagte er unbehaglich.

Sie ignorierte das Kleidungsstück. »Komm schon, Shiki, ich könnte mir denken, daß es dir echt Spaß macht.«

»Hör schon auf«, sagte er ärgerlich. »Ich bin bei der Arbeit.«

»Ich sag' auch keinem was davon«, versicherte sie.

»Ich dachte, du seist das Modell, das man mir schicken wollte, damit ich an ihm einen neuen Entwurf erprobe«, erklärte er.

»Kann ich nicht einspringen?«

Er schüttelte den Kopf. »Das haut nicht hin.«

»Wieso nicht?«

Er musterte sie eingehend. »Du bist viel zu sehr – Frau. Zu großer Busen, zu viel Hintern. Du hast zu sehr das gewisse Etwas. Bist eben nun mal kein Modelltyp, das ist alles.«

»Was für ein Typ bin ich dann?« fragte sie.

»Du bist wie deine Mutter«, erklärte er. »Groß und stark, irgendwie erdhaft und voller Sex. Wenn du dich auf einem Laufsteg bewegen würdest, hättest du sofort den Haß sämtlicher anwesender Weiber am Hals. Und das bedeutet: Ums Verrecken würden sie nichts von dem kaufen, was du vorführst. Du bist viel zu viel von dem, was jede einzelne von ihnen sein möchte.«

»Mann, o Mann, das ist vielleicht das doppeldeutigste Kompliment, das ich bisher zu hören bekam«, sagte sie und griff nach ihren Jeans, die über einem Stuhl hingen. Sie schlüpfte hinein, zog sich dann das große Herrenhemd über, das sie um ihre Taille zusammenraffte.

»Was führt dich eigentlich hierher?« erkundigte sich Shiki.

»Ich habe eine Verabredung mit Johann«, erwiderte sie. »Doch er steckt noch in einer anderen Besprechung. Und so dachte ich, ich würde mal kurz bei dir hereinschauen.«

»Ich freue mich immer, dich zu sehen.«

Sie lächelte. »Auch wenn ich kein Modelltyp bin?«

»Ja«, lachte er, »trotzdem.«

»Vielleicht solltest du deine Modelle wechseln«, meinte sie. »Denn die stehen für eine Minderheit. Es gibt viel mehr Mädchen von meiner Art.«

»Bloß, daß sie sich kaum die Kleider leisten können, die wir zu bieten haben«, erklärte er.

»Könnte sein, daß genau das die Crux unserer Branche ist«, sagte sie. »Allzu viele Modemacher tummeln sich auf dem kleinen und darum heißumkämpften Markt der Haute Couture.«

»Wir sind recht erfolgreich«, behauptete er, doch es klang, als müsse er sich verteidigen.

»Sicher«, stimmte sie rasch zu. »Ich habe nur laut gedacht.«

Auf seinem Schreibtisch läutete das Telefon. Er hob ab, blickte dann zu ihr. »Johanns Besprechung ist vorbei. Du kannst ihn jetzt sehen.«

»Danke.« Sie warf ihm eine Kußhand zu und ging hinaus.

»Vom Pensionat habe ich genug«, erklärte sie. »Ich fahre nicht zurück.«

Johanns Gesicht wirkte ausdruckslos. Über seinen Schreibtisch hinweg blickte er sie an. Besonders überrascht war er nicht gerade. Schließlich war Janette inzwischen neunzehn Jahre alt und kein kleines Mädchen mehr. Von Tag zu Tag erinnerte sie ihn mehr an ihre Mutter. Als er Tanya das erste Mal begegnet war, war sie kaum älter gewesen; und auch äußerlich glichen Mutter und Tochter einander sehr stark: langes, rötlich-braunes Haar, das leicht ins Gesicht fiel und die hohen Wangenknochen teilweise verdeckte. Dann die dunklen großen Augen, mit dem der jeweiligen Mode gemäßen Lidschatten. »Was möchtest du denn statt dessen tun?« erkundigte er sich vorsichtig.

»Ich finde, es ist allmählich an der Zeit, daß ich mit der Branche vertraut werde«, erwiderte sie. »Schließlich werde ich in nur zwei Jahren für alles verantwortlich sein. Da scheint es mir doch recht dringlich, daß ich was vom Metier lerne, oder findest du das nicht?«

Sie war genau wie ihre Mutter. Johann nickte. »Da bin ich ganz deiner Meinung. Die Frage ist nur – wo möchtest du anfangen?«

»Maurice sagt, daß über fünfundsechzig Prozent unserer Bruttoeinnahmen aus den Vereinigten Staaten kämen«, sagte sie. »Doch ich bin noch nie dort gewesen.«

»Stimmt«, räumte er ein.

»Maurice will nächsten Monat rüberfahren und hat mir angeboten, mich mitzunehmen und sozusagen herumzuführen.«

Johann ließ sich von seiner Überraschung, daß Janette Kontakt mit Maurice hatte, nichts anmerken. »Ist ja nett von ihm«, sagte er vorsichtig. »Aber was versprichst du dir davon? Schließlich hat Maurice mit unseren Firmen nichts zu tun. Die Geschäfte seines Betriebes laufen völlig separat.«

»Richtig«, stimmte sie zu. »Doch Maurice kennt Gott und die Welt.«

Johann schwieg einen Augenblick. »Ich habe keinerlei Einwände«, sagte er dann. »Überdies brauchst du ja nicht meine Erlaubnis, um auf Reisen zu gehen. Allerdings – meinst du nicht, es wäre besser, zunächst für ein paar Monate ins Büro zu kommen, um sozusagen ein bißchen Fundament zu legen? Wenn du dann reist, besitzt du das nötige Rüstzeug, um einigermaßen sachkundig aufzutreten.«

»Ich möchte lieber jetzt schon reisen«, erwiderte sie. »Diese Herumhockerei würde mir ganz einfach auf den Wecker fallen. Erinnert mich an die blöde Paukerei auf dem Pensionat.«

»Ob früher oder später – die Schularbeiten bleiben dir bestimmt nicht erspart«, sagte er. »Ist wirklich nicht nur Spaß und Spiel, so eine Firma zu leiten.«

»Ist mir klar«, versicherte sie. »Aber es ist doch genau das, was du tust, oder? Was mich betrifft, so würde ich mich gern mit der kreativen sowie der geschäftlichen Seite – sprich: Marketing – befassen. Hier in Frankreich bedienen wir uns noch immer altmodischer Methoden. Amerika ist uns in vielerlei Hinsicht weit voraus. Und mein Instinkt sagt mir, daß wir von denen eine Menge lernen können.«

»Trotzdem wär's mir lieb, wenn du vor der Abreise eine Zeitlang im Büro verbringen würdest«, erklärte er.

»Nun, Maurice will erst Ende nächsten Monats reisen«, sagte sie. »Somit bleiben mir noch sechs Wochen. Ist das nach deiner Meinung genug?«

»Es ist besser als nichts«, erklärte er. »Ich kann nur hoffen, daß es für dich genug ist.«

»Ich habe immerhin eine rasche Auffassungsgabe. Und ich werde dafür sorgen, daß einiges hängen bleiben wird«, versicherte sie ernst. »Wann soll ich morgen früh erscheinen?«

»Um neun«, erwiderte er. »Und am besten fängst du bei der Kontrolle an.«

»Ich werde pünktlich zur Stelle sein.« Sie lächelte. »Danke, Johann.«

Er kam hinter seinem Schreibtisch hervor. Irgendwie fühlte er sich erleichtert, daß dieses Mädchen bereit war, sich für die Firma zu engagieren. Vielleicht würde sie schon bald die Lücke ausfüllen können, die seit Tanyas Tod allzu deutlich fühlbar war. Nun würde – möglicherweise – sich alles wieder zum Besseren wenden. »Wie geht's deinem Schwesterchen?« fragte er.

Sie sah ihn an. »Bestens. Wächst und gedeiht. Habe sie allerdings kaum gesehen, seit ich aus der Schweiz gekommen bin. Die Kinderschwester hat sie komplett unter ihre Fittiche genommen.«

»Wäre vielleicht nicht die schlechteste Idee, wenn du dich stärker um sie kümmertest«, meinte er. »Damit sie wenigstens das Gefühl hat, daß sie so was wie eine Familie besitzt.«

»Ich fürchte nur, daß es mit meinem Mutterinstinkt nicht weit her ist«, erklärte sie. »Für mich ist sie ein Kind wie jedes andere.«

»Schade«, sagte er.

»Ja«, stimmte sie zu. »Die Armen können ihre Kinder zur Adoption weggeben, wenn es ihnen an der Möglichkeit fehlt, sie großzuziehen – ganz egal, was der eigentliche Grund sein mag. Aber die Reichen, was tun die?«

Er schwieg einen Augenblick. »Genau das, was wir tun, nehme ich an. Engagieren Kinderschwestern und hoffen, für eine Art Liebesersatz zu sorgen.«

»Maurice ließ durchblicken, daß wir vielleicht zu einer Übereinstimmung gelangen könnten, die es ihm ermöglicht, wieder ins Haus zu ziehen. Das würde für die Kleine in stärkerem Maße so etwas wie ein normales Familienleben bieten. Schließlich ist er ja nach den Buchstaben des Gesetzes noch immer ihr Vater.«

»Und deiner auch.«

»Stimmt«, sagte sie. »Aber in zwei Jahren bin ich großjährig. Lauren hingegen . . .«

Er schwieg.

»Falls uns beiden – dir und mir – etwas zustößt, wer würde sie dann bekommen?« fragte Janette.

»Maurice, nehme ich an. Ist ja sonst niemand da.«

»Merde«, sagte sie und dachte einen Moment lang nach. »Ich möchte wissen, was Maurice im Schilde führt. Weshalb ist er wohl auf einmal zu uns allen so nett?«

»Keine Ahnung«, erwiderte Johann.

»Ich trau' ihm nicht über den Weg«, meinte sie.

»Im Lauf der Zeit wird sich das ja herausstellen«, sagte er. »Bis dahin mußt du halt doppelt auf der Hut sein. Bloß nicht irgendwelche Papiere unterzeichnen, darauf kommt's an.«

Sie lachte. »Keine Sorge. So viel weiß ich selbst.« Sie wollte zur Tür, blieb dann jedoch stehen und drehte sich wieder zu ihm um. »Johann, du bist ein so netter Mann – wieso hast du niemals geheiratet?«

Er musterte sie nur stumm.

Plötzlich begriff sie. »Mutter. Du hast sie geliebt, ja?«

Noch immer gab er keine Antwort.

»Sie ist jetzt tot«, sagte sie. »Das ist vorbei. Such dir eine gute Frau und heirate sie. Dann könntest du Lauren das geben, was sie braucht – eine Art Familie.«

Er lächelte unvermittelt. »Könnte sein, daß ich dir da eine Überraschung bereite.«

Impulsiv trat sie zu ihm und küßte ihn auf die Wange. »Das wäre eine ganz reizende Überraschung«, versicherte sie und verließ dann das Zimmer. Von der Türöffnung winkte sie zurück. »Morgen früh. Punkt neun Uhr.«

Er ging zu seinem Schreibtisch, setzte sich schwerfällig. Dann streckte er die Hand zum Telefon aus und wählte eine Nummer. Eine Frauenstimme erklang. Er sprach deutsch. »Heidi? Paßt dir acht Uhr fürs Abendessen? Ich hole dich ab.«

»Er ist zu konservativ«, sagte Jacques, während er das eiskalte Glas mit Kir vor ihr auf den Cocktailtisch stellte. »Als deine Mutter noch lebte, war das anders. Sie hatte Ideen, und alles vibrierte nur so. Wir hatten den nötigen Elan, um voranzukommen. Damit ist es vorbei. Johann will nur das Erreichte bewahren. Expandieren kostet Geld, und Risiken will er nicht eingehen.«

»Aber wir machen doch Geld, oder?«

»Sicher«, erwiderte er. »Aber wir sollten viel mehr machen. Im Vergleich zu einem guten Teil der Konkurrenz befinden wir uns im Stillstand.« Er sah sie an. »Ist es eigentlich dein Ernst, wirklich mitzuarbeiten?«

Sie nickte.

»Wenn du da bist, haben wir vielleicht die Chance, daß Johann ein bißchen auftaut«, sagte er und lächelte dabei.

Sie blickte ihm in die Augen. »Ich bin nicht heraufgekommen, um über Geschäftliches zu reden.«

Er zog an der Schleife, die ihre Bluse vorn zusammenhielt. Sie klaffte auf, und Jacques konnte ihre Brustwarzen bewundern, die bereits steif waren. »Himmel!« sagte er und beugte sich vor, um eine in den Mund zu nehmen.

Sie hob sein Gesicht zu sich empor. »Shiki hat gesagt, mein Busen sei zu groß.«

»Teufel, der hat doch keine Ahnung!« Jacques vergrub sein Gesicht zwischen den beiden herrlichen Brüsten, die er mit den Händen gegen seine Wangen preßte.

»Ich habe Shiki aufgefordert, es zur Abwechslung mal mit mir zu probieren, aber er wollte nicht.«

»Mich brauchst du nicht erst zu bitten. Zieh die verdammten Jeans aus.«

Sie stand auf, hatte die Jeans im Nu über die Hüften herabgestreift. »Er fand auch meinen Hintern zu groß«, sagte sie, während sie sich umdrehte und leicht vorbeugte, so daß ihre rückwärtigen Rundungen fast sein Gesicht berührten. Dann begann sie ihm die Hose aufzuknöpfen.

Hinterher betrachtete er sie nachdenklich, während sich sein Atem allmählich wieder beruhigte. »Du bist verrückt«, sagte er.

Plötzlich strahlte aus ihren Augen Kälte. »Ich bin nicht wie meine Mutter«, rief sie zornig. »Sage so etwas niemals wieder.«

Sie wollte sich erheben, doch er hielt sie zurück. »Die Art von Verrücktheit meine ich doch gar nicht«, versicherte er hastig. »Ich meine, hinreißend verrückt.«

Er spürte, wie die Anspannung aus ihrem Körper wich. »Du hast es mit meiner Mutter getrieben, nicht?«

Er nickte.

»War sie gut?«

Er sah sie an. »Ja. Aber nicht so wie du. Du bist phantastisch.«

»Sie war nicht wirklich verrückt«, erklärte sie. »Sie hatte einen Nervenzusammenbruch. Weil sie zu viel arbeitete und tausend Sachen im Kopf haben mußte.«

Vor ihrem Appartementhaus brachte Johann das Auto zum Halten. Einen Augenblick verharrte er still, den Motor ließ er laufen. Dann streckte er die Hand aus, um die Tür für sie zu öffnen.

»Es ist noch früh. Du könntest noch mit hinaufkommen, auf einen kleinen Schlummertrunk.«

Er lächelte unwillkürlich, wie stets, wenn sie deutsch sprach.

Durch ihren leichten amerikanischen Akzent klangen die Wörter eigentümlich weich, fast musikalisch. »Danke«, erwiderte er auf englisch, während er den Motor abstellte.

Als sie im winzigen Fahrstuhl zu ihrem Appartement in der zweiten Etage emporfuhren, nahm er den Duft ihres Parfums wahr, spürte förmlich die Wärme, die von ihrem Körper ausstrahlte. Als sie dann ausstiegen, war er irgendwie erleichtert. Sie schloß die Tür auf, und er folgte ihr ins Appartement. Es war ziemlich klein und von jener Art, welche die Franzosen »Studio« nennen: ein Zimmer mit einem Bett, das sich tagsüber in eine Couch verwandeln ließ; dazu eine Kochnische sowie ein Bad. In einer Ecke des Zimmers brannte eine Lampe, und da kein Franzose, überhaupt kein Europäer, während seiner Abwesenheit ein Licht angelassen hätte, demonstrierte dies besser als irgend etwas sonst, daß die Bewohnerin eine waschechte Amerikanerin war.

Sie deutete auf einen Sessel. »Ich habe Whisky, Gin, Wodka und Cognac.«

»Cognac, bitte.« Er sah ihr zu, wie sie die Flasche und zwei Gläser holte. Sie schenkte ein und reichte ihm den Cognacschwenker.

»Danke.«

Sie lächelte. »Bist du immer so formell, wenn du bei einem weiblichen Wesen zu Besuch bist?« fragte sie, jetzt auf englisch.

»Reine Gewohnheit«, erwiderte er und hob sein Glas. »Santé.«

Sie stießen an, tranken. »Nimm doch endlich Platz«, sagte sie und ging zur Couch, saß dann ihm gegenüber.

Trotz der bequemen Sessel fühlte er sich irgendwie unbehaglich. Ständig schwenkte er das Cognacglas und nippte gelegentlich daran.

»Das Dinner war wunderbar«, versicherte sie. »Ich hab's wirklich genossen.«

»Viel gegessen hast du aber nicht.«

Sie lachte. »Ich muß ein bißchen auf meine Figur achten.«

»Weshalb denn? Die ist doch perfekt.«

Sie lachte wieder. »Eben deshalb muß ich ja so aufpassen. Fast jedes Gramm, das ich zu mir nehme, scheint sich bei mir umgehend in ein Pfund zu verwandeln.«

Er schwieg sekundenlang. »Jedenfalls freue ich mich, daß es dir gefallen hat.«

»Hat's wirklich«, betonte sie und verstummte dann ihrerseits. Wieder nippte er an seinem Cognac. »Ich glaube, ich trinke jetzt aus und gehe«, meinte er. »Schließlich muß ich morgen in aller Frühe wieder arbeiten.«

»Johann«, begann sie, »in der kommenden Woche kehre ich in die Staaten zurück.«

Er nickte langsam. »So etwas habe ich mir schon gedacht. Und wann kommst du wieder her?«

Sie blickte ihn an. »Vermutlich überhaupt nicht mehr. Zumindest für lange Zeit nicht.«

Er fühlte den Schock. »Das tut mir aber leid, Heidi. Ich habe mich auf deine Besuche immer gefreut.«

»Geht mir nicht anders. Ich meine, du hast mir immer gefehlt.«

Er blieb stumm. Schwenkte das Glas mit der bernsteinfarbenen Flüssigkeit.

»Seit zwei Jahren komme ich alle Vierteljahre nach Paris«, sagte sie. »Und jedesmal sehen wir einander. Beim Lunch, beim Dinner. Wie oft wohl schon? Ich weiß es nicht. Wie du mir gegenüber empfindest, ist mir klar. Dennoch hast du nie auch nur ein Wort gesagt. Nein, niemals. Weshalb nicht, Johann? Das will mir einfach nicht in den Kopf.«

Tief sog er die Luft in die Lunge, blickte ihr dann in die blauen Augen, sah den Schmerz. »Ich bin sechsundvierzig, Heidi. Siebzehn Jahre älter als du.«

»Sechzehn«, korrigierte sie rasch. »Nächsten Monat werde ich dreißig.«

Sein Gesicht blieb ernst. »Ich bin nicht der Typ des Playboys, dem es Spaß machen würde, mit dir eine kleine Affäre zu haben. Dazu habe ich dich zu gern.«

»Ich bin kein Kind, Johann. Ich bin eine Frau, mehr noch: eine geschiedene Frau. Meinst du nicht, daß auch ich Gefühle habe? Und Wünsche, Erwartungen?« Sie drehte den Kopf hin und her. »Aber du hast dich nie geäußert. Und bis jetzt weiß ich nicht, weshalb.«

»Ich habe eine ganze Menge Verantwortung übernommen, an der ich schwer zu tragen habe«, erwiderte er.

»Das weiß ich«, erklärte sie. »Janette und Lauren. Schließlich bin ich nicht taub, und du hast ausführlich darüber gesprochen. Aber das bedeutet doch wohl nicht, daß du nicht dein eigenes Leben leben kannst, oder? Und daß du nicht eine eigene Familie haben könntest, sofern du das willst.«

»Außer mir haben sie niemanden, der sie beschützt. Ich habe mein Wort verpfändet. Zuerst Herrn von Brenner, dann Tanya. Da gibt es doch kein Zurück.«

»Sagt ja niemand, daß du dich nicht an dein Wort gebunden fühlen sollst«, versicherte sie. »Ich meine nur, daß du ein Recht auf ein eigenes Leben hast, weiter nichts.«

»Heidi«, sagte er.

Sie hörte den Schmerz in seiner Stimme und stand auf. Vor ihm sank sie auf die Knie, blickte zu ihm empor. »Ich liebe dich, Johann. Liebst du mich auch?«

»Ja.« Die Wörter drängten über seine Lippen. »Ja, ich liebe dich.«

»Dann küß mich doch endlich!« rief sie. »In den zwei Jahren hast du mich kein einziges Mal geküßt.«

Er beugte sich vor, und während sie die Arme um seinen Hals schlang, suchte sein Mund ihre weichen Lippen und schmeckte das Salz ihrer Tränen.

Sie fand einen Parkplatz für ihr Auto auf dem Trottoir. Das war einer der Vorteile eines Minis – man konnte ihn praktisch überall parken.

Knapp eine Stunde vor Mitternacht herrschte im La Coupole noch Hochbetrieb. Die Theater fingen gerade erst an, sich zu leeren, doch die Brasserie war bereits überfüllt. Janette drängte sich durch die Menge, die darauf wartete, daß irgendwo ein Tisch frei wurde, und gelangte zum hinteren Teil des Restaurants. In der Ecke dort stand jener Tisch, der für sie und ihre Freunde fast buchstäblich so etwas wie ein Stammtisch war: Von sieben Uhr abends an saß praktisch immer einer von ihnen dort. Es gab da so etwas wie ein ungeschriebenes Gesetz – wer von ihnen auch dort saß, er durfte nicht weichen – jedenfalls nicht vor zwei Uhr früh –, bevor ein anderer kam, der ihn ablöste und die Stellung hielt. Denn sonst war der Tisch im Handumdrehen von anderen besetzt, und sie hätten, genau wie die übrigen, Schlange stehen müssen.

Jetzt saßen, Coca-Colas vor sich, Marie-Thérèse und Françoise am Tisch, und ihre Augen waren auf Jean gerichtet, dessen Kopf auf seinen angewinkelten Armen ruhte. Dicht daneben stand ein Pastis, den er bislang nicht angerührt hatte.

Janette beugte sich vor, küßte beide Mädchen auf die Wangen. »Was ist mit ihm?« frage sie anschließend.

»Er ist vollkommen weggetreten«, erklärte Françoise ärgerlich. Sie war Jeans Freundin. »Irgend so ein Marokkaner hat ihm echten schwarzen Libanesen verkauft. Ich habe bloß zwei Züge gemacht. Aber Jean konnte ja nicht aufhören, kiffte unentwegt weiter. Es ist mir wirklich ein Rätsel, wie er's überhaupt bis zum Tisch geschafft hat.«

»Arschloch«, sagte Janette und nahm neben ihm Platz.

Wie aus dem Nichts tauchte der Kellner auf. »Bon soir, Janette«, strahlte er. »Was soll's denn heute abend sein?«

»Bon soir, Sami«, erwiderte sie und lächelte ihn an. »Ich bin hungrig wie ein Wolf. Hamburger au cheval, frites und ein Bier, das wär' mir gerade recht.«

»Bin gleich wieder da.« Sami verschwand genauso plötzlich, wie er erschienen war.

Janette blickte sich im Restaurant um. »Irgendwelche bekannten Gesichter?«

»Hab' keine gesehen.« Marie-Thérèse beugte sich über den Tisch zu Janette. »Wo bist du gewesen? Deine Augen sehen so komisch aus.«

Janette lachte. »Liegt an dem Licht hier drin. Es dauert immer einige Zeit, bis ich mich daran gewöhne.«

»Erzähl keinen Scheiß«, sagte Marie-Thérèse. »Ich kenn' dich doch, du hast irgendwas genommen.«

Wieder lachte Janette, klopfte dann mit der flachen Hand auf die Hemdtasche über ihrer Brust. »Koks«, sagte sie leise.

Sami tauchte wieder mit dem bestellten Hamburger und dem Bier auf. Gierig begann Janette zu essen. »Fühle mich ausgehungert«, erklärte sie kauend.

»Kapiere ich nicht«, sagte Françoise. »Ich denke, Koks nimmt einem völlig den Appetit.«

»Hätte mir irgendwer rechtzeitig sagen müssen«, befand Janette. Mit den Fingern nahm sie ein paar Pommes frites, stippte sie in Senf und steckte sie sich dann in den Mund. »Sobald ich fertig bin, schieben wir von hier ab und fahren zu mir.«

»Und was wird mit Jean?« fragte Françoise.

»Zum Teufel mit dem«, antwortete Janette. »Soll er sich doch auspennen. Morgen früh werfen sie ihn hier raus.«

Françoise zögerte. »Kann ich nicht zulassen. Er würde nie wieder ein Wort mit mir reden.«

»Da würde dir nichts weiter entgehen«, meinte Janette. »Der hat doch noch nie was Vernünftiges von sich gegeben.«

Françoise musterte sie wütend. »Du bist ja nur sauer, weil er nicht gleich springt, wenn du mit den Fingern schnippst.«

Janette starrte giftig zurück. »Ich mag ihn nicht, weil er ganz einfach blöd ist. Und mit blöden Leuten gebe ich mich nicht gern ab.« Mit zwei Frites wischte sie den Rest des Eigelbs auf, schob den Teller dann zurück und winkte dem Kellner. »Für mich einen Kaffee, bevor ich verschwinde. Möchte wer von euch noch irgendwas?«

»Nein, danke«, antwortete Françoise. Sie blickte zu Jean. »Was soll ich nur machen? Ich kann doch nicht die ganze Nacht hier bei ihm sitzen.«

Wieder tauchte Sami wie aus dem Nichts auf. Janette wischte ihre Finger an der Serviette ab und reichte sie ihm. »Zwei doppelte Espressos und bitte eine frische Serviette.«

»Sofort«, versicherte er, während er abräumte. Im Handumdrehen war er wieder da, mit den beiden doppelten Espressos. Einen stellte er vor Janette hin, dann blickte er sozusagen fragend in die Runde. »Der andere ist für den«, erklärte Janette und wies auf Jean.

Mit einem Achselzucken stellte Sami die zweite Tasse auf den Tisch, wandte sich zum Gehen.

»Die Rechnung, bitte«, sagte Janette.

Sami blätterte in seinem Bestellblock, kritzelte mit seinem Kugelschreiber und riß dann ein Blatt ab, das er ihr reichte. »Achtunddreißig Francs«, sagte er.

Sie reichte ihm einen Fünfzig-Francs-Schein. »Stimmt so.«

»Merci, Janette«, sagte er mit einem Lächeln. Und war verschwunden.

Janette leerte ihre Tasse, setzte sie ab.

»Und wie willst du ihn dazu bringen, den Kaffee zu trinken?« fragte Françoise.

»Kein Problem«, erwiderte Janette. Sie griff nach der Wasserkaraffe in der Mitte des Tisches, schüttete Jean den Inhalt über den Kopf.

Benommen richtete er sich auf, stieß seine Bücher vom Tisch, schüttelte sich. »Verdammt«, murmelte er.

Janette reichte Jean die Serviette und schob ihm den Kaffee hin. »Wisch dich ab und trink, du Dornröschenprinz.«

Er trocknete sein Gesicht mit der Serviette ab. »Warum hast du das getan?«

Janette lachte. »Deine Freundin hatte Angst, du könntest vielleicht die ganze Nacht hier pennen.« Sie stand auf. Auch Marie-Thérèse erhob sich. Janette blickte zu Françoise. »Er ist jetzt wach. Du kannst mitkommen, wenn du willst.«

Françoise sah zu Jean. »Ich glaube, ich bleibe besser.«

»Wie du meinst.« Janette drehte sich um. »Gehen wir, Marie-Thérèse.« Sie entfernten sich in solcher Eile, daß sie beinahe einen jungen Mann über den Haufen rannten, der sich ihrem Tisch näherte. Er blieb stehen, blickte hinter ihnen her und ließ sich dann auf einen Stuhl fallen. »Was ist denn mit Janette los?« fragte er. »Hätte mich ums Haar umgerannt und hat nicht mal ›Hallo‹ gesagt.«

»Ich glaube, die ist momentan ganz wild«, erklärte Françoise böse. »Konnte Marie-Thérèse gar nicht schnell genug vom Tisch hier loseisen.«

»Mein Pech«, befand der junge Mann. »Meint ihr, die lassen mich zusehen, wenn ich denen sofort nachsause? Wäre mir eine Wonne zuzuschauen, wie die's miteinander treiben.«

»Mich interessiert's auch, Michel«, verkündete Jean, plötzlich hellwach. »Schießen wir doch alle hinter ihnen her.«

»Du bleibst hier sitzen und trinkst erst mal deinen Kaffee«, befahl Françoise zornig.

»Wo hast du den ganzen Abend gesteckt?« fragte Marie-Thérèse vorwurfsvoll. »Du hattest mir doch versprochen, um neun Uhr zu kommen.«

Janette schaltete die Scheinwerfer an und drückte dann einfach in den vorüberflutenden Verkehrsstrom rein, ohne sich um das Getöse quietschender Bremsen und lauthallender Hupen zu kümmern. Dann manövrierte sie ihr Auto in die mittlere Fahrspur und bog, ohne zu blinken und ohne sich um die Verkehrsampel zu kümmern, die bereits umgesprungen war, unvermittelt links ab. Schon hatte sie den dritten Gang eingeschaltet und brauste dann im 80-Kilometer-Tempo den breiten Boulevard entlang.

»Ist ein echt tüchtiger Kerl, dieser Sami«, sagte Marie-Thérèse. »Ich habe so viele Colas in mich reingekippt, daß ich für den Rest der Woche genug habe.« Sie zog ein Päckchen Zigaretten hervor, zündete zwei an und reichte eine Janette. »Du hast mir immer noch nicht gesagt, wo du gewesen bist.«

»Ich habe dir doch von der anberaumten Besprechung im Büro erzählt.«

»Das Büro macht um sechs dicht. Du bist aber erst nach elf im Restaurant aufgekreuzt.«

»Du bist schlimmer als so ein Bulle«, sagte Janette. Sie bremste vor einer Ampel ab und blickte zu ihrer Freundin. Gar kein Zweifel, Marie-Thérèse fühlte sich tief gekränkt. Janette zog an ihrer Zigarette und fuhr dann bei Grün weiter. »Wenn du schon unbedingt die Wahrheit wissen mußt – als ich das Büro verließ, traf ich im Fahrstuhl Jacques Charelle, und wir landeten dann in seinem Appartement.«

Marie-Thérèse war schockiert. »Wie konntest du nur, Janette? War er nicht deiner Mutter . . .« Sie brach im Satz ab.

»Geliebter?« Janette lachte. »Natürlich war er das. Aber er war nicht der einzige. Sie hatte auch andere. Welchen Unterschied macht es also?«

»Du bist unmöglich«, empörte sich Marie-Thérèse. »Und Jacques hat dir den Koks gegeben?«

»Ja.«

»Wie ist so was?« fragte Marie-Thérèse. »Ich hab' noch nie welchen probiert.«

»War bei mir heute auch das erste Mal«, erwiderte Janette. »Du bist im Nu high.«

»Wußte er, daß du noch nie gekokst hattest?«

»Natürlich nicht. Und ich dachte auch nicht daran, ihm das auf die Nase zu binden. Ich beobachtete ihn ganz genau und tat's ihm dann nach. Daß er mir etwas Koks mitgegeben hat, dürfte einen sehr einfachen Grund haben. Er wollte mich loswerden, Jacques hatte Angst, ich würde sonst die ganze Nacht dort bleiben.« Janette blickte zu Marie-Thérèse hinüber. Über die Wangen ihrer Freundin liefen dicke Tränen. »Was, zum Teufel, hast du?«

»Ich verstehe dich nicht, Janette.« Marie-Thérèse schluchzte leise. »Ich liebe dich und kann nur dich lieben – mit dir zärtlich sein. Du sagst, daß du mich liebst, aber du kannst auch noch andere lieben.«

»Wie oft muß ich dir noch erklären, daß das zweierlei ist?« fragte Janette ärgerlich. »Ich meine: lieben, zärtlich sein – oder das andere.«

»Nicht für mich«, erklärte Marie-Thérèse.

»Kapier' ich einfach nicht«, sagte Janette. »Wir haben's doch oft zusammen mit anderen getrieben.«

»Genau das ist der Punkt. Wir waren zusammen. Konnten teilhaben an der Lust der anderen. Aber die Vorstellung, heute für dich die Nummer zwei zu sein, zu der du kommst, weil du nicht genug hattest und noch immer geil bist – nein, die gefällt mir nicht.«

Wütend sagte Janette: »In dem Fall ist es wohl das Beste, ich setze dich einfach bei dir ab, oder?«

»Ich glaub' schon«, erwiderte Marie-Thérèse mit gepreßter Stimme.

Sie wechselten kein Wort mehr, bis Janette vor dem betreffenden Haus hielt. Marie-Thérèse blickte zu Janette und brach das Schweigen. »Ich liebe dich«, sagte sie. »Aber du verstehst es immer aufs neue, mir weh zu tun.«

Janette starrte durch die Windschutzscheibe. »Mit mir hat das überhaupt nichts zu tun«, behauptete sie. »Du selbst bringst es immer aufs neue fertig, dir weh zu tun. Merk's dir fürs nächste Mal: Wenn du die Wahrheit nicht hören willst, dann stelle auch keine Fragen.«

Marie-Thérèse stieg aus und blickte zu Janette zurück. »Morgen werde ich mich bestimmt wieder besser fühlen, wenn wir uns auf dem Campus sehen, meine ich.«

»Dort wirst du mich morgen nicht antreffen«, sagte Janette kurz.

»Warum nicht?«

»Weil ich den verdammten Mist satt habe. Ich gehe morgen früh ins Büro – arbeiten.«

»O nein, Janette.« Es klang fast wie ein Wimmern. »Was werde ich tun, wenn ich dich nicht jeden Tag sehen kann?«

»Dich dran gewöhnen. Irgendwann müssen wir alle erwachsen werden.« Janette beugte sich zur Seite und zog mit einem Ruck die offene Beifahrertür zu. Dann fuhr sie los, während Marie-Thérèse noch immer am Bordstein stand.

»Blöde Nuß«, murmelte Janette wütend. Für einen Augenblick spielte sie mit dem Gedanken, zum La Coupole zurückzufahren. Dort ließ sich immer irgendein Macker aufreißen. Doch dann besann sie sich anders. Männlichkeit hatte sie an diesem Tag zur Genüge genossen. Was sie jetzt brauchte, war die Weichheit und Sensibilität einer Frau. Und so bremste Janette abrupt, legte dann den Rückwärtsgang ein und stieß bis zu jener Stelle zurück, wo noch immer Marie-Thérèse weinend stand.

Janette hielt an und öffnete die Tür. »Tut mir leid«, sagte sie. »Steig ein.«

»Einhundert Millionen Francs pro Jahr«, sagte Maurice, »sind für uns drin, wenn wir diesen Scheißnazi da rausbefördern.«

Noch immer völlig schlaftrunken, starrte Jacques zu ihm empor. Um zwei Uhr früh hatte das Telefon geschrillt: Maurice. Und Jacques war zu benommen gewesen, um ihn abzuwimmeln. Genützt hätte es vermutlich sowieso nichts, denn Maurice kam von unten aus dem Foyer.

»Entschuldige mich einen Augenblick«, sagte Jacques und raffte sich von der Couch hoch. »Will nur eben den Kopf unters Wasser halten. Für hundert Millionen Francs pro Jahr lohnt es sich schon, wach zu sein.«

Barfuß ging er ins Bad, knipste dort das Licht an und schloß die Tür. Dann stützte er die Hände aufs Waschbecken und betrachtete sich im Spiegel. Einfach furchtbar sah er aus, wie eine aufgewärmte Leiche. Janette, dieses Luder, hatte überhaupt nicht aufhören wollen. Wann hatte er zum letztenmal in knapp vier Stunden vier Orgasmen gehabt? Er konnte sich nicht erinnern. Beim fünftenmal war er dann heilfroh gewesen, daß er überhaupt eine Erektion zustande brachte. Ob er noch kommen konnte, schien sie nicht länger zu interessieren. Vermutlich merkte sie nicht mal den Unterschied. Sie war viel zu sehr mit sich selbst beschäftigt.

Er drehte den Kaltwasserhahn auf und klatschte sich das kühle Naß ins Gesicht und ins Genick. Es half, wenn auch nicht allzu viel. Langsam trocknete er sich ab. Dieses nimmersatte Luder. Janette war so ganz anders gewesen, als er sich das vorgestellt hatte. Hemmungslose Leidenschaft hatte er schon lange nicht mehr erlebt. Seine sonstigen Partnerinnen waren reife Frauen, und entsprechend sanft und rücksichtsvoll ging man miteinander um.

Allerdings: Was Janette betraf, so verkörperte sie schiere Sexualität in einem solchen Maße, daß er sich stark an ihre Mutter erinnert fühlte. Das war auch der Grund dafür gewesen, daß er sie auf einen Drink eingeladen hatte. War doch eine sehr reizvolle Vorstellung: Er hatte die Mutter gehabt, und jetzt würde er auch die Tochter haben. Erst später wurde ihm bewußt, daß ihr möglicherweise der gleiche Gedanke – nur aus einem anderen Blickwinkel – durch den Kopf gegangen war.

Sie hatte ihr Auto draußen geparkt, und darin fuhren sie zu seinem Appartement. Auf der Fahrt erkundigte er sich, was sie zum Büro geführt habe. Während sie noch von ihren Plänen sprach, verstand sie es, beim Schalten mit ihrer Hand sein Bein zu streifen. Unbehaglich begann er sich zu bewegen, weil sein steifes Glied so hart gegen den Hosenstoff drückte.

Es entging ihr nicht. Sie lachte. »Wenn du ihn rausholst«, sagte sie, »kann ich beide Knüppel gleichzeitig bedienen.«

Er lächelte. »Nicht nötig. Wir sind schon da.«

Während sie im Fahrstuhl hinauffuhren, musterte sie ihn. »Meine Mutter mochte dich. Sie hat oft von dir gesprochen.«

»Ich mochte sie auch«, erwiderte er.

Der Fahrstuhl hielt, und sie stiegen aus. Wortlos folgte sie ihm zur Tür seines Appartements.

Jacques starrte in den Spiegel. Noch immer fühlte er sich scheußlich. Wie gut, daß es Kokain gab. Ursprünglich hatte er Hemmungen gehabt, Koks zu schnupfen. Die Franzosen hinkten nun mal hinter der Zeit her. Als la drogue hochkam, bestand ihre Reaktion in schierem Entsetzen, obwohl sie selbst allen möglichen anderen Lastern bis zum Exzeß frönten. Was Janette betraf, so hatte sie offenkundig Erfahrung mit dem Stoff. Das entsprach eigentlich ganz und gar nicht dem Eindruck, den sie bei ihm erweckt hatte.

Eine kleine Prise konnte jetzt wirklich nicht schaden. Sie würde ihm vielmehr helfen zu begreifen, wovon Maurice überhaupt sprach. Zum Glück hielt er für derartige Fälle im Arzneikästchen stets eine stille Reserve parat. Maurice durfte davon nichts mitbekommen, dazu war er viel zu sehr Franzose.

Aus dem Glasröhrchen schüttelte sich Jacques pro Nasenloch ein ordentliches Häufchen auf den Handrücken und zog es hoch. Sofort stieg ihm der »Schnee« zu Kopf. Während er das Röhrchen zurücktat, blickte er in den Spiegel. Seine Augen glänzten. Er ging ins Wohnzimmer zurück, wo Maurice am Fenster stand und hinausblickte. Als er Jacques' Schritte hörte, drehte er sich um.

»Zumindest bin ich jetzt einigermaßen wach«, meinte Jacques. »Entschuldige bitte. Ich habe dich noch nicht mal gefragt, ob du einen Drink möchtest.«

»Wenn du Whisky hast?«

»Aber ja«, sagte Jacques. »Mit Eis?«

»Ohne, bitte. Ich habe mich während des Krieges in England daran gewöhnt, wo man ihn mit Vorliebe pur trinkt.«

»Natürlich«, erklärte Jacques, obgleich er persönlich Whisky on the Rocks bevorzugte, wie es die Amerikaner taten. »Das ist die einzige kultivierte Art.«

Jacques schenkte Maurice einen Whisky ein und sich selbst einen Cognac. Sie setzten sich. »Santé!« Sie tranken beide kleine Schlucke. »Was«, fragte Jacques schließlich, »hast du da über einhundert Millionen Francs pro Jahr gesagt?«

Maurice lächelte leise. Wie sagten die Kanadier doch gleich? Die Mounties schnappen stets ihren Mann. Mit Geld kam man noch schneller ans Ziel. »Janette war heute abend hier, und zwar von zehn nach sechs bis fünf nach elf. Ich nehme an, daß ihr euch nicht nur verplaudert habt.«

Jacques musterte ihn scharf. »Woher weißt du das?«

»Nun, schließlich bin ich's gewesen, der sie dazu bewogen hat, im Büro anzufangen. Und deshalb halte ich's geradezu für meine Pflicht, über alles im Bilde zu sein, was sie tut.«

»Du hast sie beschatten lassen?«

Maurice nickte.

»Ich verstehe nicht ganz, was das mit all dem Geld zu tun hat«, erklärte Jacques.

»Wirst du schon noch verstehen«, versicherte Maurice. »Sie muß erst mal über die Möglichkeiten der Branche aufgeklärt werden. Man muß sie darüber ins Bild setzen, welch ungenutztes Potential da brachliegt. Ich gebe mir alle Mühe, da was ins Rollen zu bringen. Doch du kannst noch eine Menge mehr bewirken, weil du dich weit besser auskennst als ich. Und vielleicht bezieht dann Janette, sobald sie den nötigen Durchblick hat, gegen den Boche Stellung.«

»Mal angenommen, sie wäre dazu bereit«, sagte Jacques, »so bringt das zunächst noch nicht allzuviel. Volljährig wird sie erst mit einundzwanzig, und selbst dann hat Johann noch viele Jahre die Finger im Geschäft, bis Lauren mündig ist. Das heißt, günstigstenfalls werden noch zwei Jahre vergehen müssen, bevor Janette gegen seine Entscheidungen angehen kann.«

»Es muß nicht unbedingt zwei Jahre dauern«, erklärte Maurice, wobei er Jacques musterte. »Nach französischem Recht ginge nämlich die Verfügungsmacht über ihren Besitz vom Tage der Eheschließung an auf den Ehemann über.«

Es klopfte an der Tür, Johann blickte von seinem Schreibtisch auf und rief: »Herein!«

Die Tür schwang auf, und Janette trat ein. Sie trug einen Tweedrock, ein Männeroberhemd und eine Tweedjacke darüber. Ihre prallen Brüste verhinderten, daß sich die Tweedjacke schließen ließ. Vor dem Schreibtisch blieb sie stehen und blickte mit einem Lächeln zu Johann. »Die sechs Wochen sind um.«

Er nickte. »Ja.«

»Es ist alles längst nicht so einfach, wie ich mir das vorgestellt habe.«

»So geht's meistens«, befand er lächelnd und griff zu einem Kugelschreiber. »Aber du hast dich ausgezeichnet geschlagen. Alles, was ich über dich zu hören bekam, klang sehr positiv. Du hast dich – wie sagt man doch – richtig reingekniet.«

»Trotzdem muß ich noch eine ungeheure Menge lernen.«

Johann betrachtete sie nachdenklich. »Dann hast du offenbar auch in der anderen Sache die richtige Schlußfolgerung gezogen.« Er legte den Kugelschreiber wieder auf die Schreibtischplatte. »Sei deshalb aber nicht allzu enttäuscht. Wir alle müssen ständig dazulernen.«

»Du hast recht, ich hab' mir's anders überlegt. Ich werde kommende Woche nicht mit Maurice nach Amerika fahren.«

»Und was hat dich denn zu dem Entschluß bewogen?«

»Ich weiß inzwischen, daß ich dafür einfach noch nicht so weit bin. Wenn ich reise, möchte ich den Amerikanern genau mein eigenes Image bieten können, das sie von einer Persönlichkeit in unserer Branche erwarten.«

»Ich fürchte, ich komme da nicht ganz mit«, gestand er.

Jetzt lächelte sie. »Darf ich mich setzen?«

»Natürlich«, sagte er und war plötzlich leicht verwirrt. »Tut mir leid. Ich hätte dich längst dazu auffordern sollen.«

Janette nahm ihm gegenüber im Sessel Platz, und fast schien es, als knüpfe sie unmittelbar an seine Gedanken an. »Erinnere ich dich an meine Mutter?«

»Ja«, erwiderte er. »Sehr sogar. Zumal, wenn ich dich so vor mir sitzen sehe.«

Sie lächelte. »Dacht' ich mir. So oder so ähnlich haben's schon viele gesagt. Ich weiß, das ist als Kompliment gemeint; doch gehört gerade das zu den Gründen, die mich davon abhalten, jetzt in die Staaten zu reisen. Meine Mutter hatte es bei dem, was sie geschäftlich tat, nie nötig, wie eine typische Französin zu wirken. Doch was mich betrifft, so dürfte es besser sein, wenn ich so aussehe, wie Amerikaner sich eine Französin vorstellen. Sonst kann ich sie bestimmt niemals davon überzeugen, daß ich eine Repräsentantin all dessen bin, was im Leben der Franzosen ›fashionable‹ ist, schöne Kleider, der allerjüngste Modeschrei, ausgezeichnete Weine. Ich bin schon von der Figur her einfach nicht der Typ dafür.«

»Wie kommst du denn darauf?« fragte er.

»Ich bin zusammen mit Jacques zu einigen Modevorführungen gegangen«, sagte sie. »Und da habe ich mitbekommen, wonach amerikanische Käufer suchen und was sie erwarten. Ich jedenfalls entspreche als Typ nicht deren Geschmack, weil ich viel zu üppig entwickelt bin. In jeglicher Hinsicht, Shiki hatte da schon recht.«

»Daran läßt sich nicht viel ändern«, meinte er.

»Ich könnte damit anfangen, ein paar überflüssige Pfunde loszuwerden«, sagte sie. »Sechsundsechzig Kilo sind einfach zuviel. Bei meiner Körpergröße dürfte ich höchstens einhundertzehn Pfund auf die Waage bringen, wenn ich akzeptabel aussehen will.«

»So eine Radikalkur kann ziemlich schädlich sein«, meinte er.

»Nicht unbedingt«, widersprach Janette.

»In der Schweiz gibt es übrigens ganz in der Nähe meines ehemaligen Pensionats eine Fastenklinik, die phantastische Erfolge zu erzielen versteht. Zehn Kilo weniger, und ich kann alles anziehen, was Shiki sich für mich einfallen läßt.«

»So wichtig ist das nun auch wieder nicht«, versicherte er.

»Ist es doch«, erklärte Janette ernst. »Wenn ich in dieser Branche tätig werden will, muß ich unbedingt so aussehen, als ob ich auch in sie hineingehöre.«

Johann schwieg einen Augenblick. »Hast du Maurice schon Bescheid gesagt?«

Sie schüttelte den Kopf. »Ich habe bisher noch zu niemandem darüber gesprochen, nicht einmal zu Jacques. Du bist der erste.«

»Ich fürchte, der gute Jacques wird ziemlich enttäuscht sein. Er wollte etwa einen Monat nach deiner Ankunft in New York zu dir stoßen.«

»Ich weiß«, sagte Janette mit einem plötzlichen Lächeln. Sie erhob sich, und das Lächeln verschwand abrupt. »Er hatte so eine verrückte Idee«, erklärte sie kühl. »Jacques wollte mit mir nach Las Vegas, um mich zu heiraten. Hauptsache, man ist über achtzehn, sagte er, dann bräuchte man dort für diesen Schritt keinerlei Einwilligung – von welcher Seite auch immer.«

Johann sah sie nur stumm an.

»Er ist ein Narr und ein Mitgiftjäger in einem«, erklärte sie.

Johann schwieg weiterhin.

»Insgesamt werde ich rund zwei Monate von hier fort sein«, fuhr Janette fort. »So lange nämlich wird's nach Meinung der Ärzte dauern, bis ich ohne gesundheitliche Schäden das von mir gewünschte Gewicht erreicht haben werde. Außer dir wird niemand wissen, wo ich mich aufhalten werde. Zudem möchte ich, daß du mir Jacques vom Halse schaffst, während ich fort bin.«

»Aber ich dachte, du –« Er versuchte, seine Überraschung zu verbergen. Schließlich war inzwischen das gesamte Büro über Janettes Affäre mit Jacques im Bilde.

Ihre Stimme klang kühl und sachlich. »Er hat mich benützt, wie er meine Mutter benützt hat. Gewiß hatte sie ihre Gründe, ihn zu dulden. Genau wie ich. Doch jetzt brauche ich ihn nicht mehr. Ich habe von ihm alles gelernt, was er mir überhaupt beibringen konnte.«

»Aber Jacques erfüllt bei uns eine wichtige Aufgabe«, meinte Johann. »Und es dürfte nicht leicht sein, ihn zu ersetzen.«

»Das wird überhaupt kein Problem«, erklärte sie im Brustton der Überzeugung.

»Da bin ich mir gar nicht so sicher.« Er zögerte. »Oder hast du schon jemand Bestimmtes im Auge?«

»Aber natürlich. Glaubst du denn, ich würde das sonst aufs Tapet bringen?«

»Und um wen handelt es sich?«

Sie sah ihn an, und zum erstenmal wurde Johann bewußt, wie undurchdringlich die Härte ihrer pechschwarzen Augen wirkte. Und ihre Stimme klang eigentümlich ausdruckslos, als sie lapidar entgegnete: »Um mich.«

Er schien in tiefes Grübeln zu versinken, doch sammelte er in Wirklichkeit jene Kräfte, von denen er wußte, daß er sie gleich unbedingt benötigen würde. »Ich nehme deinen Vorschlag unter Vorbehalt zur Kenntnis«, sagte er, »da ich noch keineswegs davon überzeugt bin, daß du eine solche Aufgabe erfüllen kannst.«

Aus Janettes Stimme sprach Überraschung. »Wie kannst du Jacques eigentlich bloß ertragen? Weißt du, wie er dich hinter deinem Rücken nennt? Einen Nazi, einen Hunnen, einen Boche.«

Johann lächelte geduldig. »Das ist kein triftiger Grund, ihn rauszuschmeißen. Wenn es das wäre, gäbe es im ganzen Büro niemanden mehr, der noch für uns arbeiten würde. Ich bin Deutscher. Ich erwarte von unseren französischen Mitarbeitern nicht, daß die mich lieben – nur, daß sie ihre Arbeit tun.«

Janette überlegte einen Augenblick. »Wie kann ich dich davon überzeugen, daß ich fähig bin, den Job zu übernehmen?«

»Wenn du wieder da bist, kannst du als seine Assistentin arbeiten. Tust du das ein halbes Jahr lang zu meiner Zufriedenheit, so werden wir deinen Vorschlag in die Tat umsetzen.«

Sie holte tief Luft. »Er wird erwarten, daß ich weiterhin mit ihm schlafe.«

»Das ist dein Problem, nicht meins«, beschied er sie kühl.

Plötzlich flammte Zorn in ihr hoch. »Ich könnte ja auch sagen, zum Teufel mit allem, und ihn heiraten.«

Zu ihrer Überraschung lachte er los. »Ich kann dich nicht davon abhalten. Allerdings würdest du ihn nie wieder loswerden.«

Sie schwieg einen Augenblick und stimmte dann in sein Lachen ein. »Jetzt kapiere ich erst richtig, warum die Wahl meiner Mutter auf dich gefallen ist«, sagte sie. »Wir werden es so machen, wie du's für richtig hältst, Johann.«

»Zumal es keine brauchbare Alternative gibt«, erklärte er gelassen.

»Auf jeden Fall will ich nicht, daß irgendwer erfährt, wo ich stekken werde«, sagte sie.

»Ich bin verschwiegen wie eine Auster«, sagte er leise lächelnd.

Johann sah ihr nach, während sie hinausging und die Tür hinter sich schloß. Einige Augenblicke saß er völlig regungslos da, bevor er zum Telefon griff und ein Ferngespräch nach Amerika anmeldete. Während er auf die Verbindung wartete, fiel ihm wieder der Ausdruck von Janettes schwarzen Augen ein. So wie jetzt Jacques, würde auch er eines Tages an der Reihe sein. Das war ihm nun klar geworden. Und insgeheim hatte er es schon immer gewußt.

Einen Ausweg gab es nicht. Selbst wenn Janette volljährig wurde, so blieb noch immer Lauren, um die er sich zu kümmern hatte. Wenn es eine Möglichkeit gäbe, die Kleine aus allem herauszuhalten, ohne ihre berechtigten Ansprüche zu gefährden – er würde sich endlich frei fühlen. Irgendwie schien er sein Leben lang damit beschäftigt, Toten eine Schuld abzuzahlen. Vielleicht war es jetzt wirklich an der Zeit, daß er endlich etwas in sein eigenes Leben investierte.

Janette drehte die Dusche ab und hüllte sich in ein riesiges Badetuch. Feucht fielen die Locken auf ihre Schultern, und sie griff nach einem zweiten Tuch, um sie zu trocknen. Im Spiegel sah sie, wie sich hinter ihr die Badezimmertür öffnete. Sie drehte sich um.

Und dort stand Lauren, sagte keinen Ton und blickte nur ihre große Schwester an. Sehr ernst und fast dunkel wirkten ihre blauen Augen in dem kleinen Gesicht, das von goldenen Löckchen umrahmt wurde.

Sich die Haare mit dem Handtuch rubbelnd, fragte Janette: »Was gibt's denn, chérie?«

»Monsieur le Marquis wartet in der Bibliothek. Er möchte dich sehen.«

»In Ordnung, in ein paar Minuten werde ich unten sein.« Janette drehte sich wieder zum Spiegel. Und sie sah, daß Lauren noch immer in der Tür verharrte. Die Augen der Kleinen füllten sich mit Tränen. Sogleich kniete Janette neben dem Kind nieder. »Was hast du denn, chérie?«

»Was ist eine halbe Schwester?« fragte Lauren schluchzend.

»Eine halbe Schwester?« wiederholte Janette. »Keine Ahnung, was das bedeuten soll.«

»Monsieur le Marquis hat gesagt, du seist eine. Er sagte: ›Geh und melde deiner halben Schwester, daß ich hier auf sie warte.‹ Er meinte auch, daß es gar nicht nett von mir sei, ihn Monsieur le Marquis zu nennen. Ich solle Papa zu ihm sagen. Da hab' ich ihm gesagt, daß du ihn doch auch nicht Papa nennen würdest. Daraufhin hat er erklärt, das sei nur deshalb der Fall, weil er ja nicht dein leiblicher Vater wäre. Da er aber mein richtiger Vater sei, wärest du meine Halbschwester.« Lauren weinte jetzt herzerweichend.

Merde, dachte Janette, als sie das Kind in die Arme nahm und an sich drückte. »Vergiß, was er gesagt hat, Liebling. Ich bin deine große Schwester, und damit hat's sich. Und Papa brauchst du ihn nicht zu nennen, denn er ist genauso wenig dein Vater wie meiner.«

»Aber warum sagt er dann so etwas?« fragte die Kleine mit der Unverblümtheit eines Kindes.

»Weil er's gerne wäre. Aber er ist es nicht.«

»Und wer ist mein Papa?« wollte Lauren wissen.

»Dein Papa ist fortgegangen, genau wie meiner.«

»Hast du meinen Papa gekannt?« fragte Lauren.

»Nein«, erwiderte Janette. »Aber ich habe auch meinen Papa nicht gekannt.«

»Wieso sind wir dann Schwestern?«

»Weil wir dieselbe Mutter haben«, erklärte Janette.

»Hast du sie gekannt?«

»Ja, Liebling«, antwortete Janette.

»Warum hab' ich sie nicht gekannt?«

»Ihr stieß etwas Schlimmes zu, als du noch klein warst.«

»Sie ist tot, nicht wahr?« fragte das Kind. »Genau wie unsere Papas.«

»Ja«, erwiderte Janette behutsam. Sie küßte Lauren auf die Wange. »Aber immerhin haben wir zwei ja einander.«

Lauren trat einen halben Schritt zurück und fuhr sich mit dem Handrücken über die Nase. »War unsere Mutter eine nette Frau?«

»Mutter war reizend.«

»War sie auch schön?«

»Sie war eine der schönsten Frauen von Paris«, versicherte Janette. »Und sie hat dich sehr geliebt.«

»Hat sie dich auch gemocht?«

Janette nickte bedächtig. »Ja.«

Lauren überlegte einen Augenblick. »Schade, daß ich sie nicht gekannt habe. Irgendwann würde ich gern eine Mama haben.«

Janette schwieg.

Das Kind blickte zu ihr empor. »Könntest du nicht meine Mama sein?«

»Ja, wie denn? Ich kann doch nicht gleichzeitig deine Schwester und deine Mutter sein.«

»Ich meine doch nicht wirklich, Janette«, erklärte das kleine Mädchen rasch. »Ich meine, daß du so tust, als ob du meine Mutter bist. Nur manchmal, wenn wir zwei allein sind. Wir werden's niemand sagen. Und wenn's auch nur im Spiel ist, es wäre schön, eine Mama zu haben.«

Janette grübelte eine Weile. »Also gut. Aber es ist nur ein Spiel, vergiß das nicht.«

Auf dem Gesicht des Kindes zeigte sich ein strahlendes Lächeln. Sie schlang ihre Ärmchen um Janette, küßte sie auf die Wange. »Danke«, sagte sie.

Janette drückte sie einen Augenblick an sich, ließ sie dann los. »Nun gut, Kleines«, sagte sie. »Und jetzt ab ins Bett mit dir.«

Lauren gab ihr erneut einen Kuß. »Gute Nacht, Mama«, rief sie und rannte aus dem Zimmer.

Janette wandte sich wieder dem Spiegel zu, rubbelte ihr Haar vollends trocken, bürstete es sodann sorgsam und kleidete sich langsam an. Erst als sie sich auf der Treppe befand, wurde ihr urplötzlich bewußt, daß sie – genau, wie Maurice es immer von ihr verlangt hatte – ganz automatisch die schwarze Unterwäsche angezogen hatte.

Er stand unmittelbar hinter der Bibliothekstür, und sie sah Maurice daher erst, als sie diese wieder schloß.

Wortlos sah sie ihn an, als er auf einer Couch Platz nahm. Sie holte Luft. Deutlich spürte sie, wie ihre Beine zitterten.

»Du Luder!« sagte er in normalem Ton. »Was für Spielchen spielst du eigentlich mit mir?«

Ihre Stimme klang emotionslos. »Keine.«

»So? Ich habe für die Amerikareise alles arrangiert und muß jetzt hören, daß du nicht fahren willst.«

»Ich habe mich anders entschlossen«, erklärte sie.

»Du hast es dir anders überlegt?« höhnte Maurice. »Dabei dachte ich, du wolltest mehr über deine Branche in Erfahrung bringen.«

»Die Sache langweilt micht. Und warum soll ich mich abrackern? Läuft doch alles von selbst. Geld habe ich auch so genug.«

»Und du willst es also weiterhin einfach hinnehmen, daß dieser Nazi dich weiter finanziell ausblutet?«

Janette gab ihm keine Antwort, sondern drehte ihm den Rücken zu und ging zu dem Sideboard am Kamin. Sie goß zwei Finger breit Pastis in ein Glas, fügte Wasser hinzu und schwenkte das Ganze sacht, bis eine milchig-weiße Wolke das Glas zu füllen schien. Während sie in kleinen Schlucken trank, spürte Janette, wie ihre Kraft zurückkehrte. Sie drehte sich wieder um zu Maurice. »Ich bin einfach nicht interessiert, das ist alles«, sagte sie.

Maurice bewegte sich blitzschnell.

Das Glas flog aus ihrer Hand, und bevor sie recht wußte, wie ihr geschah, war er bereits über ihr. Direkt vor dem Kamin fiel sie zu Boden.

Sie rollte sich herum und griff nach dem Schürhaken des Kaminbestecks. Mit beiden Händen packte sie das Eisen, wälzte sich nochmals herum und schaffte es irgendwie, auf die Beine zu kommen. Mit aller Kraft schlug sie zu.

Gerade noch rechtzeitig gelang es ihm, zur Seite zu springen, als der schwere Schürhaken durch die Luft pfiff. Er starrte sie an.

»Wenn du mich auch nur noch einmal anrührst«, fauchte sie ihn wie eine Wildkatze an, »so bringe ich zu Ende, was meine Mutter angefangen hat!«

»Du bist verrückt!« sagte er. »Genau wie sie.«

»Mach, daß du rauskommst!« schrie sie und ging auf ihn zu. »Raus mit dir!«

Er flüchtete zur Tür, wo er sich noch einmal umdrehte und sie ansah. »Hör gut zu«, sagte er. »Ich habe lediglich versucht, dich davor zu bewahren, alles zu verlieren.«

»Ich kann mich um mich selbst kümmern«, erklärte sie. »Sieh

du nur zu, daß du dich fernhältst – von mir, diesem Haus und von meiner Schwester, oder ich bringe dich um. Und jetzt – raus mit dir!«

»Eines Tages wirst du auf Knien angekrochen kommen, um mich um Hilfe zu bitten«, sagte Maurice und knallte die Tür hinter sich zu.

Einen Augenblick lang starrte sie auf die geschlossene Tür. Dann gaben ihre Beine nach, und sie sackte auf die Couch, während das Schüreisen ihrer Hand entfiel. »Nein«, schrie sie, vergrub ihr Gesicht in den Armen und fing an, haltlos zu schluchzen.

Heidi entdeckte ihn, als sie bei der Paßkontrolle anstand. Sie winkte ihm zu, während sie gleichzeitig ihren grünen amerikanischen Paß durch das schmale Fenster schob. Er winkte zurück, und sie bemerkte den kleinen Blumenstrauß, den er in der anderen Hand hielt. Der Beamte drückte einen Stempel in ihren Paß und reichte ihn ihr wieder zurück. Rasch nahm sie ihn an sich und rannte fast zu der Stelle, wo Johann stand.

Ein oder zwei Sekunden lang verharrten beide und musterten einander beklommen. Dann reichte ihr Johann scheu und verhalten den Strauß. Heidi nahm die Blumen entgegen, strahlte ihn an und schmiegte sich in seine Arme.

Mit eigentümlich belegter Stimme flüsterte er ihr ins Ohr: »Bis zu diesem Augenblick hatte ich Befürchtungen, du würdest nicht kommen.«

Sie schwankte zwischen Lachen und Weinen. »Bis zu deinem Anruf fürchtete ich, daß du mir nie einen Heiratsantrag machen würdest.«

Sacht lösten sie sich voneinander. Mit glücklichen Augen betrachtete Heidi die Blumen. »Sie sind wunderschön. Das wäre aber wirklich nicht nötig gewesen.«

Lachend griff Johann nach ihrem Handköfferchen. »Komm, holen wir den Rest deines Gepäcks.«

Auf der Autoroute von Orly nach Paris kamen sie nur langsam voran. »Da kann man nichts machen, das ist immer noch der morgendliche Berufsverkehr«, entschuldigte er sich bei ihr.

»Ist ja auch nicht weiter schlimm«, tröstete sie ihn.

»Hast du im Flugzeug ein bißchen geschlafen?« erkundigte er sich.

»Ein wenig.«

»Wenn wir zu Hause angekommen sind, kannst du gleich ein Bad nehmen. Danach ein wenig Ruhe, und du wirst dich besser fühlen.«

»Aber mir geht es doch prächtig«, erklärte sie. »Ich bin nur ein bißchen aufgeregt.«

Johann lachte. »Hoffentlich hast du vor lauter Aufregung nicht vergessen, deine ganzen Papiere mitzubringen.«

»Die habe ich alle dabei«, erwiderte sie.

»Na prima! Ich habe nämlich einen guten Freund in der Mairie, der mir versprochen hat, dafür zu sorgen, daß es bei uns besonders schnell geht. Mehr als zehn Tage dürfte es nicht dauern.«

»So lange.« Sie musterte ihn enttäuscht. »In den Staaten ginge das über Nacht.«

Er schmunzelte. »Wir sind hier nun mal in Frankreich.«

Sie nickte und tätschelte seinen Arm. »Schon gut, das macht mir doch nichts aus, selbst wenn's ewig dauern sollte. Hauptsache, ich kann mit dir zusammensein.«

»Das werden wir mit Bestimmtheit. Ich habe das Appartement völlig neu renovieren lassen, aber wenn dir irgendwas nicht gefällt, kannst du's natürlich ändern.«

»Das wird garantiert nicht nötig sein«, meinte Heidi. »Außerdem dürfte sich das wegen der zwei Jahre fast gar nicht lohnen.«

Johann schwieg.

»Es war dir doch ernst mit dem, was du gesagt hast?« hakte sie schnell nach.

Er nickte. »Stimmt. Ich bin davon überzeugt, daß Janette, wenn sie erst einmal einundzwanzig ist, nur zu froh sein dürfte, von mir unabhängig zu werden.«

Aufmerksam betrachtete Heidi ihn von der Seite. »Und du? Wird es dir etwas ausmachen?«

»Eigentlich nicht«, erwiderte er. »Das einzige, was mich beunruhigt, ist die Kleine. Lauren ist eben auch meine Schutzbefohlene.«

»Laß dir mal da keine grauen Haare wachsen. Du wirst schon einen Weg finden, da bin ich sicher.« Sie schwieg einen Augenblick. »Wie dem auch sei, ich freu' mich jedenfalls schon darauf, Janette kennenzulernen.«

Johann lachte. »Da wirst du dich noch mindestens vier Wochen gedulden müssen. Im Augenblick befindet sie sich in einer Schweizer Klinik.«

»Wieso? Fehlt ihr irgendwas?«

»Nicht das Geringste. Sie meint nur, es sei für sie an der Zeit, mehr wie ein Mannequin auszusehen.«

»Ist sie dick?«

»Das nun gerade nicht«, behauptete er. »Sie schlägt halt nach ihrer Mutter und hat entsprechend barocke Formen.«

»Kinder kommen manchmal doch auf die sonderbarsten Gedanken«, meinte Heidi.

Er blickte zu ihr, sagte dann nachdenklich: »Janette ist kein Kind. Und ich glaube, sie war auch nie eins.«

»Johann heiratet diese Woche«, verkündete Jacques.

»Das kann ich fast nicht glauben«, erwiderte Maurice, während er dem Kellner signalisierte, daß er noch einen weiteren Drink wollte. »Ist es irgendeine, die mir schon mal über den Weg gelaufen ist?«

Jacques schüttelte den Kopf. »Niemand von uns kennt sie näher. Es handelt sich um eine Amerikanerin, deren Vater steinreich sein soll.«

»Ist sie jung?«

»So um die Dreißig, schätzungsweise, und sehr attraktiv. Als sie neulich im Büro war, hatte ich das Gefühl, daß ihre Eltern möglicherweise deutsche Emigranten sind.«

»In welcher Branche arbeitet ihr Vater?«

Jacques zuckte die Schultern. »Keine Ahnung.«

»Wäre vielleicht nicht schlecht, das herauszufinden«, erklärte Maurice. »Johann ist kein Dummkopf. Womöglich hat das Mädchen irgend etwas mit seinen zukünftigen Plänen für die Firmen zu tun.«

»Mal sehen, was ich herausfinden kann«, sagte Jacques. »Apropos – hast du inzwischen entdecken können, wo Janette sich rumtreibt?«

»Fehlanzeige«, erwiderte Maurice. »Sie scheint einfach spurlos von der Bildfläche verschwunden zu sein. Ich frage mich, ob überhaupt jemand weiß, wo sie steckt.«

»Johann bestimmt«, behauptete Jacques. »Er ist der einzige, der nicht im mindesten überrascht zu sein scheint. Aber der plaudert natürlich nichts aus.«

»Da fügt sich vielleicht eins ins andere«, sagte Maurice. »Jedenfalls sollten wir die Augen offenhalten, sonst entdecken wir möglicherweise auf einmal, daß uns sämtliche Felle davongeschwommen sind.«

»Meinst du wirklich, daß wir noch eine Chance haben?« fragte Jacques.

»Möglicherweise eine größere als je zuvor – jetzt, wo Johann heiratet. Es ist doch durchaus denkbar, daß Janette das gar nicht gefällt. Schließlich geht Johann da auf einmal anderen Interessen als nur den ihren nach. Und wenn sie das Gefühl bekommt, daß außer ihr und dem Geschäft andere Dinge wichtig sind, kann es vielleicht sein, daß Janette auf unsere Linie einschwenkt.«

Janette stieg von der Waage herunter und blickte leicht enttäuscht den Arzt an. »Bloß vier Kilo weniger«, sagte sie. »Nicht gerade überwältigend.«

Dr. Schindler lächelte. »Ich bin damit durchaus zufrieden. Eine Gewichtsabnahme von etwas mehr als einem Kilo pro Woche ist genau richtig. Wenn wir's übertreiben, kann es leicht passieren, daß die Straffheit der Haut darunter leidet und alles – nun ja – abzusakken beginnt.«

»Meine Brüste haben bereits Hängebusentendenz«, erklärte Janette.

»Führen Sie auch schön brav die Übungen aus, wie ich's Ihnen aufgetragen habe?« Vor seinem Brustkorb preßte Dr. Schindler demonstrativ die Handflächen gegeneinander, und während er drückte, konnte sie unter seinem Hemd die Konturen seiner angespannten Muskeln bewundern.

»Ich komme mir schon vor wie ein Idiot, weil ich den ganzen Tag praktisch nichts anderes tue«, sagte sie. »Nur scheint es nichts zu helfen.«

»Alles braucht halt seine Zeit.« Er lächelte. »Wir müssen Geduld haben.« Auf einer Karte machte er sich ein paar Notizen. »Außerdem gilt es, bedachtsam vorzugehen. Schließlich wollen wir nicht irgendwelche Muskeln entwickeln, die wir dann hinterher so leicht nicht wieder loswerden können.«

»Merde!« Janette ließ sich in den Sessel vor seinem Schreibtisch plumpsen. »Noch etwas sollte ich erwähnen. Ich bin dauernd nervös.«

Wieder machte er sich eine Notiz. »Dann werde ich mit den Injektionen heruntergehen. Künftig erhalten Sie nur noch zwei in der Woche, statt wie bisher alle zwei Tage eine. Wie steht es eigentlich mit Ihrem Hungergefühl? Es ist doch nicht mehr quälend, oder?«

Janette schüttelte den Kopf. »Überhaupt nicht.«

»Ausgezeichnet.« Er nickte. »Ich werde für Sie zwei Massagen pro Tag anberaumen, und Sie sollten Ihr Schwimmprogramm von dreißig Minuten auf eine ganze Stunde erweitern.«

»Das alles ist bloß so schrecklich langweilig«, erklärte sie.

Dr. Schindler lächelte. »Nun, wir behaupten ja nicht, ein Vergnügungspark zu sein, Janette. Schließlich sind wir seriös. Sie sind zu uns gekommen, damit wir Ihnen bei der Lösung eines Problems helfen, und genau das versuchen wir nach besten Kräften.«

»Es würde aber trotzdem nichts schaden, wenn abends für ein wenig Abwechslung gesorgt wäre, damit sich die Leute ein wenig entspannen können.«

»Was schwebt Ihnen denn vor?«

»Filme, Musik, irgend so was. Sie wissen schon. Damit der Geist vom Alltagstrott abgelenkt wird.«

Er nickte. »Gute Idee. Wir werden uns bei Gelegenheit näher damit beschäftigen.«

»Dann haben die Patienten auch nicht das Gefühl, in einer Art Gefängnis zu stecken. Schließlich kriegt nach einiger Zeit jeder diese Vorträge über Diät und Gymnastik und Fitneß satt.«

Er lachte. »Da mögen Sie recht haben. Von der Warte aus habe ich das bisher noch nicht betrachtet.«

»Und das Geschäft würde garantiert noch besser gehen«, versicherte Janette, »wenn Sie dem Ganzen einen Anstrich von Spaß und Vernügen gäben.« Dr. Schindler nickte und machte sich weitere Notizen. »Wie schlafen Sie?«

»Nicht sehr gut. Wie schon gesagt, ich bin nervös.«

»Ich kann Ihnen natürlich eine Schlaftablette geben«, erklärte er. »Nur kann bei allen derartigen Präparaten die unerwünschte Nebenwirkung auftreten, daß im Körpergewebe zusätzlich Wasser gebunden wird, was unseren Absichten strikt zuwiderläuft. Das eine würde das andere aufheben.« Er erhob sich. »Mit dem bisherigen Verlauf können Sie jedenfalls zufrieden sein. Nur weiterhin schön bei der Stange bleiben. Sind ja bloß noch fünf Wochen.« Er brachte Janette zur Tür. »Ich garantiere Ihnen, daß Sie zufrieden sein werden.«

»Ich werde hochzufrieden sein – sofern meine Brüste nicht bis auf meinen Bauch herunterhängen.«

»Nur keine Sorge«, sagte er, »das wird nicht passieren. Und selbst im Falle eines Falles – auch dagegen haben wir Mittel.«

»Es handelt sich um eine reine Routineangelegenheit, Herr Schwebel«, sagte der Banker zu Johann, und ein leises Knistern erklang über die Fernleitung aus der Schweiz. »Von seiten der Marquise haben wir die Anweisung bekommen, Sie zu kontaktieren, falls wir innerhalb eines Zeitraumes von drei Jahren nichts von ihr hören würden. Daher möchten wir uns lediglich erkundigen, ob Sie uns irgendwelche neuen Instruktionen hinsichtlich jenes Vermögens mitzuteilen haben, welches die gnädige Frau unserer Obhut anvertraut hat.«

Für einen Augenblick verschlug es Johann die Sprache. Niemals in all den Jahren hatte Tanya ihm gegenüber mit einem Wort erwähnt, daß sie irgendwelche Wertsachen bei einer Schweizer Bank deponiert hatte. »Haben Sie denn irgendeine Vorstellung bezüglich der Art des Vermögens?« erkundigte er sich und wußte sehr wohl, weshalb er sich so vage ausdrückte: Zwar führten sie das Telefonat auf deutsch, doch man konnte ja nie wissen, ob nicht irgendwer zuhörte, der »sprachkundig« war.

»Darüber sind wir nicht im Bilde«, erwiderte der Banker. »Wir wissen nur, daß die gnädige Frau 1944 sechs große Tresorfächer für den Zeitraum von zwanzig Jahren gemietet hat. Die dafür anfallende Gebühr wurde im voraus entrichtet.«

»Verstehe«, sagte Johann nachdenklich. 1944, das war das Jahr gewesen, in dem sie in die Schweiz fuhren. »Irgendwelche dringenden Probleme gibt es im Augenblick also nicht?«

»Nein«, erwiderte der Banker. »Wie ich bereits sagte, es handelt sich um eine reine Routineangelegenheit. Wir befolgen nur die uns erteilten Anweisungen.«

»Haben Sie einen zweiten Schlüssel?« fragte Johann.

»Sagen wir es so«, erklärte der Banker, »wir sind nicht befugt, einen weiteren Schlüssel jemandem auszuhändigen.«

»Sie wissen natürlich, daß Madame tot ist?«

»Gewiß«, antwortete der Banker, »doch haben wir Sie, den Instruktionen gemäß, erst zum vorgesehenen Zeitpunkt kontaktiert.«

»Natürlich«, erklärte Johann. Banker waren sich doch alle gleich. Fakten kümmerten nicht weiter, solange nur die Routine ihren Gang ging. »Wissen Sie was – ich werde in aller Ruhe noch mal Madames Papiere durchgehen, um herauszufinden, ob sie nicht doch irgendwelche besonderen Instruktionen hinterlassen hat, wie in dieser Sache verfahren werden soll. Dann werde ich mich wieder bei Ihnen melden.«

»Verbindlichen Dank, Herr von Schwebel«, sagte der Banker.

Johann grinste. Wie schnell es doch geschehen konnte, daß man im Handumdrehen geadelt wurde – nun, da der Banker sich überzeugt fühlte, daß Herr von Schwebel wirklich und wahrhaftig der Zuständige war: Geld und Macht, eine wirksamere Kombination gab es nicht.

»In wenigen Wochen werde ich in die Schweiz reisen«, erklärte er. »Vielleicht können wir uns dann treffen, um alles Weitere zu besprechen.«

»Ich stehe Ihnen zur Verfügung, Herr von Schwebel«, versicherte der Banker. »Zudem wäre ich Ihnen sehr verbunden, wenn Sie inzwischen die Freundlichkeit hätten, uns ein Schreiben zugehen zu lassen, in welchem Sie uns bestätigen, daß wir Sie weisungsgemäß kontaktiert haben – für unsere Akten.«

»Ich werde den Brief sogleich an Sie absenden«, versprach Johann. Sie tauschten noch ein paar Höflichkeiten, dann legte er auf. Anschließend blickte er auf die Notizen, die er auf seinen Schreibblock gekritzelt hatte. Dort stand alles, was er an Informationen brauchte. Die Bank, der Name des Bankers. Er riß das Blatt ab, faltete es zusammen, steckte es in seine Brieftasche. Hinterher riß er die nächsten fünf Blätter des Schreibblocks ab, knüllte sie zusammen und warf sie in den Papierkorb. Schon wollte er nach seiner Sekretärin rufen, um ihr den Brief an den Banker zu diktieren; doch dann überlegte er sich's anders. Er würde den Brief selbst schreiben und persönlich aufgeben. Außerdem war es wohl das Vernünftigste, wenn er den Banker bat, ihn zukünftig nur noch zu Hause und nicht mehr im Büro zu kontaktieren. Man konnte ja nie wissen ...

Johann warf einen Blick auf seine Armbanduhr. Möglicherweise war Heidi, die mit der Suche nach einem Hochzeitskleid voll beschäftigt war, bereits wieder in das Appartement zurückgekehrt. Als er die Telefonnummer wählte, meldete sie sich sofort.

»Na, hast du was gefunden, mein Schatz?«

»Ja«, erwiderte sie ganz aufgeregt. »Einen Traum von einem Kleid.«

»Und wo hast du es entdeckt?«

»Bei Maggy Rouff«, erwiderte sie. »Und als ich deinen Namen nannte, hat man mir sogar noch einen Preisnachlaß von zwanzig Prozent gewährt.«

Er lachte. »Na, immerhin! Wann darf ich's denn sehen?«

»Nicht vor der Hochzeit. Es bringt bekanntlich Unglück, wenn der Bräutigam die Braut vor der Hochzeit im Hochzeitskleid sieht.«

»Nun gut, dann werde ich mich halt in Geduld fassen. Hast du inzwischen schon was von deinem Vater gehört?«

»Vor ein paar Minuten hat er hier angerufen. Er wird zur Hochzeit hier sein.«

»Das ist prima. Ich freu' mich schon darauf, ihn kennenzulernen.«

»Geht ihm genauso«, sagte sie.

»Warst du eigentlich schon mal in der Schweiz?« wollte er wissen.

»Nein«, antwortete sie.

»Ich kenne da ein ganz reizendes kleines Hotel in den Bergen unweit von Genf«, sagte er. »Hättest du Lust, dort unsere Flitterwochen zu verbringen? Es ist klein und ruhig. Es scheint durchaus denkbar, daß wir um diese Jahreszeit die einzigen Gäste dort sind.«

»Ich kann's kaum erwarten«, beteuerte sie.

»Dann werde ich dort also für uns reservieren«, sagte er. »Und wo würdest du heute abend gern speisen?«

»Nun, warum nicht daheim?« fragte sie. »Schließlich weißt du bisher nicht mal, ob ich kochen kann.«

»Stimmt«, bestätigte er. »Allerdings habe ich mir darüber auch noch keine großen Gedanken gemacht. Ich war weitaus mehr an anderen Dingen interessiert.«

Sie lachte. »Nun, ich kann auch kochen. Wirst ja sehen. Tschüs, bis dann.«

Johann legte den Hörer auf. Sechs große Schließfächer. Seit 1944. Er schloß die Augen und versuchte, sich an jede Einzelheit aus jenem Jahr zu erinnern. Doch boten seine Erinnerungen nicht den leisesten Anhaltspunkt für das, was sich dort im Tresor befinden mochte. Immerhin: Irgendwas mußten die Fächer ja enthalten.

Etwas, das wichtig und wertvoll genug war, um Tanya dazu zu veranlassen, für einen Zeitraum von zwanzig Jahren für dessen Sicherheit zu sorgen. Vermutlich war dies das einzige, worüber sie nie zu irgendwem gesprochen hatte, nicht einmal zu ihm.

Er atmete tief ein. Morgen würde er sich zu seiner Bank begeben, um sämtliche Dokumente zu holen, welche Tanya betrafen, und sie sorgfältig durchgehen. Irgendwo mußte sich darin doch ein Hinweis auf das finden lassen, worum es ging. Und irgendwo mußte auch ein Tresorschlüssel sein.

»Er besitzt eine Brauerei«, sagte Jacques.

»Wer?« fragte Maurice verwirrt.

»Johanns künftiger Schwiegervater«, erklärte Jacques. »Er ist klotzig reich. Mayer's Breweries, Minneapolis.«

Maurice zeigte sich beeindruckt. »Johann hat's nicht schlecht getroffen. ›Twin Cities Beer‹ ist bekanntlich eine der beliebtesten Marken in den Staaten. Ich möchte bloß wissen, wie er an diesen Goldfisch rangekommen ist.«

»Sie hat bereits eine Ehe hinter sich. Nach ihrer Scheidung arbeitete sie mehrere Jahre lang als Modeeinkäuferin für eine amerikanische Warenhauskette im Mittelwesten. Viermal im Jahr kam sie nach Paris. Johanns Sekretärin hat meiner Sekretärin erzählt, daß die beiden sich bei einer von Shikis Modegalas kennengelernt haben.«

»Hatte Johann mit ihr auch geschäftlich zu tun?«

Jacques schüttelte den Kopf. »Nicht, daß ich wüßte. Im amerikanischen Mittelwesten kommt Shiki nicht gerade glorreich an.«

»O Wunder über Wunder«, kommentierte Maurice. »Dieser spießige, blöde, langweilige Johann zieht eine Erbin an Land, die gut und gerne ihre zwanzig Millionen Dollar wert ist.«

»Du geruhst wohl zu scherzen, wie?« fragte Jacques ungläubig.

»Nicht im mindesten«, erwiderte Maurice.

»Ich frage mich nur, ob Johann das gewußt hat, als er sie kennenlernte.«

Maurice lachte. »Das spielt jetzt wirklich keine Rolle mehr.« Er trank einen Schluck. »Ausgerechnet Johann«, sagte er und schüttelte ungläubig den Kopf.

»Ich habe gehört, daß ihr Vater nächste Woche zur Hochzeit herkommt«, erklärte Jacques. »Sie ist offenbar sein einziges Kind, und deshalb reist der Alte erstmals nach dreißig Jahren wieder nach Europa. Johann hat für ihn eine große Suite im Georges Cinq reservieren lassen.«

»Wird ja immer besser«, meinte Maurice.

»Ich blicke da nicht durch«, sagte Jacques.

Maurice schaute ihn an. »Johann schmiedet wohl eigene Pläne. Noch zwei Jahre, und Janette ist volljährig. Dann gehört ihr die Hälfte von allem, und sie steigt garantiert voll ins Geschäft ein, während er nur noch so eine Art Teilvermögensverwalter spielen kann, der zugleich auch noch Angestellter ist. Ich bin überzeugt, daß er deshalb irgendwas im Schilde führt. Kann's in meinen Knochen spüren.« Er trank wieder einen Schluck. »Ich möchte nur wissen, ob Janette davon weiß.«

»Keine Ahnung«, erklärte Jacques. »Schließlich weiß im Augenblick niemand, wo sie überhaupt steckt. Neulich bin ich sogar ins La Coupole, das Stammlokal ihrer Freunde, gegangen. Aber nicht einmal Marie-Thérèse war im Bilde, und die zwei sind seit ihrer Schulzeit unzertrennlich.«

»Ich weiß über Marie-Thérèse Bescheid«, versicherte Maurice. »Und wenn die nicht im Bilde ist, dann ist es wirklich niemand. Trotzdem – ich würde nur zu gerne wissen, wie Janette gefühlsmäßig zu dieser Sache steht.«

»Da wirst du wohl warten müssen, bis sie wieder auftaucht«, meinte Jacques.

»Ja, vermutlich.« Maurice wirkte sehr nachdenklich. »Ende der Woche reise ich nach New York. Ich werde bei Pierre zu erreichen sein. Halte mich auf dem laufenden.«

Jacques lächelte. »Natürlich. Falls es irgendwas Interessantes gibt, bist du der erste, der davon erfährt.«

Über ihre Schulter hinweg blickte Dr. Schindler auf die Waage. »Sieben Kilo, na also«, meinte er erfreut. »Wir nähern uns dem Ziel.« Er ging zu seinem Schreibtisch zurück und lehnte sich gegen die Kante. »Wie fühlen Sie sich?«

»Mein Aussehen gefällt mir überhaupt nicht«, erklärte sie.

»Wieso nicht?« wollte er wissen.

»Trotz aller einschlägigen Übungen bekomme ich immer mehr einen Hängebusen, und jetzt beginnen sogar meine Hinterbacken zu schlackern. Außerdem scheint meine Nase desto länger zu werden, je schmaler mein Gesicht wird.«

»Nur noch fünf Wochen«, beschwor er sie. »Ihr Körper ist immer noch dabei, sich umzustellen. Wenn wir erst das erwünschte Gewicht erreicht haben, werden wir anfangen, an den anderen Dingen zu arbeiten.«

»Wie lange wird das dauern?« fragte sie.

Er griff zu einer Karte, studierte sie eingehend. Dann nahm er das Meßband zur Hand. »Ziehen Sie Ihren Badeanzug aus.«

Es handelte sich um einen strammsitzenden einteiligen Badeanzug, den sie im Nu abgestreift hatte. Der Arzt wies auf eine kleine Plattform in einer Ecke des Raums, und sie stellte sich darauf. Flink – und absolut unpersönlich – begann er zu messen. Er begann an ihrem Hals. Dann kam der Brustkorb unterhalb der Achseln an die Reihe. Es folgte der Brustumfang. Dann waren die Oberarme, die Taille, die Hüfte und das Becken an der Reihe. Nichts wurde ausgelassen, selbst den Waden und den Fesseln rückte Dr. Schindler mit dem Maßband zu Leibe. Und jeweils machte er sich eine entsprechende Notiz.

Unmittelbar vor Janette stehend, betrachtete er sie kritisch. »Strecken Sie bitte die Arme hoch über Ihren Kopf, pressen die Handflächen gegeneinander, während Sie gleichzeitig auf den Zehenspitzen stehen.«

Wortlos tat sie, wie geheißen. Langsam ging der Arzt um sie herum und blieb dann wieder vor ihr stehen. Sein Gesicht verriet allenfalls fachmännisch kühles Interesse. »Die Arme jetzt bitte zur Seite und ganz normal stehen«, sagte er.

Erneut musterte er sie gründlich von allen Seiten. »Wenn Sie erlauben, dann würde ich gern Ihren Muskeltonus prüfen«, sagte er anschließend.

Sie nickte stumm.

Mit noch immer unbewegtem Gesicht schob er je eine Hand unter Janettes Achseln, indes seine Daumen jeweils über ihre Brustwölbung strichen. Sehr langsam bewegte er seine Daumen, hob ihre Brüste, ließ sie wieder sinken.

Deutlich spürte Janette, wie ihre Brustwarzen steif wurden, und sie lachte nervös.

»Das braucht Ihnen nicht peinlich zu sein«, versicherte Dr. Schindler sofort. »Ist absolut normal.«

Sie lachte. »Macht mir gar nichts aus, schließlich ist das mit das Schönste, was ich erlebt habe, seit ich hier bin.«

Jetzt lachte auch er, während er seine Hände flach auf ihren Leib legte. »Bitte die Muskeln anspannen, so stark wie irgend möglich, und gegen meine Hand pressen – ausgezeichnet. Und jetzt wiederholen wir dasselbe bei den Hinterbacken.«

Er trat hinter sie, und als sie die Berührung spürte, spannte sie die Muskeln an. Seine Finger glitten unter ihre rechte Pobacke und hoben sie sacht an. Dann kam die linke Gesäßhälfte dran.

Anschließend nahm er hinter seinem Schreibtisch Platz. »Sie können sich jetzt wieder anziehen.«

Sie tat, wie ihr geheißen, und trat dann an seinen Schreibtisch. »Was meinen Sie, Herr Doktor?«

Er legte seinen Kugelschreiber hin und hob den Kopf. »Nehmen Sie bitte Platz.«

»Irgendwas nicht in Ordnung?« fragte sie hastig, während sie sich setzte.

»Zur Beunruhigung besteht kein Grund«, beschwichtigte er sie. »Wir haben alles erreicht, was wir uns als Ziel gesetzt hatten. Allerdings gibt es in diesem Stadium für uns etliche Optionen, die wir näher betrachten müssen.«

»Ich verstehe nicht ganz, was Sie damit meinen«, sagte sie.

Er lehnte sich zurück, und seine Stimme klang irgendwie professoral. »Was wir hier versuchen, läuft auf eine fast völlige Umformung Ihres Körpers hinaus. Wir trachten danach, Ihre naturgegebene Statur so zu verändern, daß sie Ihren Wünschen und Vorstellungen entspricht. Beim angestrebten Erfolg kommt es weitgehend auf die Fähigkeit Ihres Körpers an, sich an die ihm gestellten Forderungen sozusagen anzupassen. Wir werden bestimmte Muskeln trainieren, damit gleichsam kompensiert wird, was wir bei anderen vernachlässigen. Manchmal geht das nicht so rasch vonstatten wie gewünscht, und mitunter passiert es sogar, daß überhaupt nichts geschieht, weil die Muskeln die besagte Fähigkeit nicht besitzen. Was nun Sie betrifft, haben wir jetzt einen Punkt erreicht, wo wir zu entscheiden haben, wie weit wir gehen wollen.«

»Soll das heißen, daß meine Muskulatur sich nicht hinreichend auf einen höheren Gewichtsverlust einstellen kann?« fragte sie.

»Ich bin mir sicher, daß Ihre Muskulatur das durchaus kann. Nur braucht das seine Zeit. Bis das von Ihnen gewünschte optimale Resultat eintritt, können sogar Jahre vergehen.« Dr. Schindler blickte auf seine Aufzeichnungen. »Den angestrebten Gewichtsverlust haben Sie bereits zu siebzig Prozent erreicht, und Ihr Körperumfang hat sich an den diversen Stellen bisher zwischen acht und vierzehn Prozent verringert. Das ist alles überaus zufriedenstellend. Dennoch meine ich, daß wir dies nun nicht mehr forciert weiter vorantreiben sollten. Ich denke dabei speziell an Ihr äußeres Erscheinungsbild. Trotz all unserer Bemühungen sprechen Ihre Muskeln nicht so schnell auf die Therapie an, wie wir das möchten. Und deshalb finde ich, daß wir auch andere Möglichkeiten ins Auge fassen sollten.«

»Und die wären?«

»Kleine schönheitschirurgische Korrekturen«, erklärte er. »Damit wären Ihre Wünsche praktisch im Handumdrehen erfüllt, und Sie würden Jahre sparen.«

»Aber da bleiben doch Narben zurück«, sagte sie hastig.

»Ganz winzige«, versicherte er. »Wer nicht gezielt danach sucht, entdeckt sie nicht einmal. Wir nutzen beim Setzen der Nähte zum einen die Falten, die natürlicherweise jeder Körper hat, und bevorzugen zum anderen die nicht so exponierten Stellen. Von ihrer Winzigkeit abgesehen, bleiben die Narben also auf ganz normale Weise verborgen.«

»Und was ist mit irgendwelchen Nebenwirkungen oder sonstigen Risiken?«

»Seit dem Krieg hat die Schönheitschirurgie enorme Fortschritte gemacht. Bei den über tausend Patienten, die wir bislang einer derartigen Behandlung unterzogen haben, tauchten keine Probleme auf.«

»Und wieviel Zeit muß für diese Prozedur veranschlagt werden?«

»Der eigentlich chirurgische Eingriff dauert nicht besonders lange. Danach müssen Sie rund zwei Wochen veranschlagen, bis Sie Ihre gewohnten Aktivitäten wieder aufnehmen können. Ein weiteres Vierteljahr dürfte vergehen, bis sich die Narben so weit zurückgebildet haben, daß man sie praktisch nicht mehr sieht. Da sie jedoch während dieser Zeit für gewöhnlich durch die Kleidung bedeckt werden, ist das eigentlich kein Problem.«

»Und wie sieht es aus, falls ich mich dazu entschließen sollte, auch meine Nase korrigieren zu lassen?«

»Nach höchstens zwei Wochen sind die Schwellungen und andere Spuren vollständig verschwunden.«

Janette grübelte vor sich hin.

»Lassen Sie sich das doch in aller Ruhe durch den Kopf gehen«, riet er. »Sie brauchen da ja nichts zu überstürzen.«

Sie hob den Kopf. »Ich habe keine Zeit zu verlieren«, erklärte sie. »Und mein Entschluß steht fest. Ich werde mich operieren lassen.«

Er musterte sie eingehend. »Es ist Ihnen ernst?«

Sie nickte. »Wann kann es gemacht werden?«

»Ich werde mit dem Chirurgen sprechen. Er muß Sie erst auch noch seinerseits untersuchen. Danach werden wir Sie so früh wie irgend möglich einplanen.«

Nachdem sie das Zimmer verlassen hatte, starrte er noch sekundenlang auf die Tür. Und während er nach dem Telefon griff, um den Chirurgen anzurufen, beschäftigte er sich noch immer in Gedanken mit Janette. Ganze neunzehn Jahre alt war dieses Mädchen, und doch ging von ihr bereits eine Kraft aus, die von schier unbezwinglicher Willensstärke kündete. Anders als bei all seinen anderen Patienten war es bei ihr nicht Eitelkeit, die sie dazu trieb, sich all diesen Prozeduren zu unterziehen. Jene waren im allgemeinen älter und wollten jünger wirken. Bei ihr reichte die Motivation tiefer. Sie erschuf ein neues Image von sich und verband damit bestimmte Ziele und Zwecke. Worum es sich dabei handelte, wußte er nicht. Jedenfalls war der Antrieb so stark, daß sie sich bereit fand, ihr ganzes Leben zu ändern.

Henri öffnete die Tür. »Monsieur Schwebel.« Er machte eine Verbeugung. »Bitte treten Sie ein.« Johann ließ Heidi vorausgehen, folgte dann. »Liebes, dies ist Henri«, sagte er. »Henri, meine Verlobte, Mademoiselle Mayer.«

Henri verbeugte sich wieder. »Enchanté, Mademoiselle. Félicitations.«

»Danke, Henri«, sagte Heidi.

Der Butler blickte zu Johann. »Sämtliche Kisten befinden sich in der Bibliothek. Wir haben sie aus dem Keller heraufgeschafft. Ich habe auch die Schreibtischplatte für Sie freiräumen lassen.«

»Danke«, sagte Johann. Vielleicht würde er nun endlich finden, wonach er suchte.

Sie waren im Begriff, Henri in die Bibliothek zu folgen, als von der Treppe her eine helle Stimme rief: »Onkel Johann!«

»Hallo, mein Schatzi!«

Mit unverkennbarer Freude blickte er zu dem Kind, das auf ihn zulief und ihm geradezu in die Arme sprang. »Nanu, du liegst noch nicht im Bett?« fragte er und küßte sie auf die Wangen.

»Das Kindermädchen hat mir gesagt, daß du kommst, und da bin ich noch aufgeblieben«, antwortete Lauren. Sie blickte zu Heidi. »Wird sie meine neue Tante sein?«

Johann lachte. »Ja.«

»Sie ist sehr hübsch«, sagte Lauren mit ernstem Gesicht. »Wie heißt sie?«

»Heidi.«

»Darf ich dich Tante Heidi nennen?«

Heidi lächelte und streckte ihr die Arme entgegen. »Natürlich.« Sie nahm das Kind und drückte es an sich. »Du bist auch sehr schön, Lauren.«

»Du riechst aber fein«, stellte Lauren fest. »Wirst du mich mal in meinem Zimmer besuchen?«

»Wenn du es möchtest«, erwiderte Heidi.

»Wann?«

Heidi lachte. »Wann du willst.«

»Das ist gut«, sagte das Kind. »Es ist hier nämlich sehr einsam geworden, seit Janette fort ist.« Sie drehte den Kopf und sah zu Johann. »Wann kommt Janette zurück?«

»In ein paar Wochen.«

»Wie lange ist das? Mehr als zwei Tage?«

»Mehr als zwei Tage, mein Schatz.«

»Oh«, sagte sie enttäuscht. Sie blickte wieder zu Heidi. »Janette ist meine große Schwester. Manchmal spielen wir, daß sie meine Mutter ist. Ich meine, wir tun nur so. Wir haben nämlich keine Mutter.«

Heidi schwieg und hatte Mühe, die Tränen zurückzuhalten. Während ihre Augen Johann suchten, drückte sie das Kind noch fester an sich. »Vielleicht könnte ich mit dir dieses Spiel weiter spielen, bis deine Schwester zurückkommt.«

»Das wäre herrlich«, sagte Lauren und fragte dann Johann: »Darf ich Tante Heidi mein Zimmer und mein Spielzeug zeigen?«

»Na, selbstverständlich«, erwiderte er.

Das Kind ließ sich aus Heidis Armen zu Boden gleiten, nahm sie bei der Hand und führte sie zur Treppe. Johann sah ihnen einen Augenblick nach, dann drehte er sich um und betrat die Bibliothek.

Eine gute Stunde später erhob er sich müde vom Fußboden, wo er gekniet hatte, um sorgfältig den Inhalt jeder einzelnen Kiste zu durchforschen. Ohne jeden Erfolg. Es handelte sich ausschließlich um persönliche Gegenstände, in der Hauptsache um Kleidung, überdies um Toilettenartikel, Modeschmuck ohne besonderen Wert, Schuhe. Keinerlei Papiere, keine Tage- oder Notizbücher. Und nichts wies darauf hin, daß Tanya irgendwelche Unterlagen oder Dokumente aufbewahrt hatte außer jenen, welche er auf der Bank aufbewahrt und bereits zum x-ten Male durchgesehen hatte. Johann läutete nach dem Butler.

Henri erschien alsbald. »Oui, Monsieur?«

»Ich bin mit den Sachen fertig.« Johann deutete auf die Kisten. »Sie können sie wieder nach unten schaffen lassen.«

Henri nickte. »Möchten Monsieur vielleicht einen Drink?«

»Das ist eine Idee«, meinte Johann. »Also denn, einen Cognac, bitte. Ist meine Verlobte noch oben bei Lauren?«

Henri lächelte. »Ja, Monsieur. Ich kam gerade erst am Kinderzimmer vorbei. Lauren hat ihre ganzen Spielsachen auf dem Fußboden ausgebreitet, und sie sitzen einträchtig beieinander und sehen sich gemeinsam alles ganz genau an.« Der Butler ging zum Sideboard und kam mit einem Glas Cognac zurück. »C'est triste, Monsieur«, erklärte er. »Doch die Kleine braucht unbedingt jemanden, der sich um sie kümmert. Und sie hat keinen Menschen.«

Johann nippte am Cognac. »Was ist mit Janette?«

Henri schüttelte den Kopf. »Das ist nicht dasselbe. Eine Mutter ist eine Mutter. Und das ist es, was dem Kind fehlt und wonach es sich wirklich sehnt.«

Johann nickte beipflichtend. »Ja, das dürfte wohl zutreffen.«

»Vielleicht wird's nächstes Jahr für die Kleine leichter, wenn sie alt genug ist, um zur Schule zu gehen«, meinte der Butler.

»Ja, vielleicht.« Henri zog sich zurück, und Johann ließ sich in einen Sessel fallen. Nachdenklich drehte er den Cognacschwenker in der Hand. Unmittelbar hatte er wieder das Bild vor Augen, wie Heidi Lauren in den Armen hielt. Wie sehr die zwei sich ähnelten, blondes Haar, helle Haut, blaue Augen. Fast wie Mutter und Tochter sahen sie aus. Merkwürdig, wie das Leben manchmal so spielt.

Johann trank seinen Cognac aus und stieg dann die Treppe hinauf.

Im Kinderzimmer saßen die beiden noch auf dem Fußboden, inmitten von allerlei Spielzeug und Plüschtieren. »Was treibt ihr denn so?« erkundigte er sich.

Heidi blickte zu ihm empor. »Lauren hat mir ihre Menagerie vorgestellt. Der Löwe ist ihr ganz besonderer Liebling.«

»Und wieso?« fragte er das Kind.

»Weil er auch Mamis Liebling war«, erwiderte Lauren und hielt einen kleinen zottigen Löwen hoch, der augenscheinlich schon so manches Jahr auf dem Buckel hatte. »Dies war ihrer, hat Janette mir gesagt, als sie ihn mir gab.«

»Wirklich?«

»Ja«, versicherte ihm das Kind, während sie ihm das Plüschtier reichte. »Faß mal an. Ist ganz weich.«

Er nahm es, strich mit der Hand darüber. »Ist wirklich ganz weich.«

»Ich habe Lauren versprochen, daß wir am Sonntag mit ihr irgendwo mittagessen gehen und anschließend einen Besuch im Zoo machen, damit sie Löwen auch mal in natura sehen kann«, gab Heidi bekannt.

»Ich kann es kaum noch erwarten«, sagte das Kind glücklich.

»Also gut«, stimmte Johann zu, der noch den Plüschlöwen in der Hand hielt. Plötzlich zuckte er zusammen. Hatte er nicht im Innern des Löwen irgend etwas Hartes gespürt? Er drückte erneut an der betreffenden Stelle. Nein, er hatte sich nicht getäuscht. Langsam drehte er den Löwen herum und untersuchte ihn. Unter den weichen Haaren, die den Bauch bedeckten, stieß er auf eine Reihe von Kreuzstichen. Ganz eindeutig war das Stofftier an dieser Stelle geöffnet und wieder zugenäht worden.

»Würdet ihr mich wohl eine Minute entschuldigen?« Er ging ins Badezimmer und schloß hinter sich ab. Schon hatte er sein Taschenmesser zur Hand, trennte die paar Stiche auf und schob tastend seine Finger hinein. Gleich darauf hielt er ihn in der Hand, einen kleinen, in Pergamentpapier eingewickelten Tresorschlüssel. Auf der einen Seite des Papiers standen in winziger Schrift etliche Zahlen; auf der anderen nur vier Wörter: Schweizer Credit-Bank, Genf.

Langsam atmete er aus. Tanya. Irgendwie war sie noch immer gegenwärtig. Johann ließ den Schlüssel in seiner Tasche verschwinden und ging ins Kinderzimmer zurück. Den kleinen Stofflöwen setzte er aufs Bett. »Ich glaube, es wird allmählich Zeit, daß du schlafen gehst, nicht wahr?« sagte er.

Lauren stand auf und ging zu ihm. »Du vergißt doch nicht, was Tante Heidi mir versprochen hat – wegen Sonntag, meine ich.«

»Bestimmt nicht, mein Schatz«, versicherte er. »Versprochen ist versprochen.«

Das Kind blickte zu Heidi. »Bringst du mich ins Bett, Tante Heidi? So wie's Mama tun würde, wenn sie hier wäre.«

Fragend sah Heidi zu Johann. Er nickte fast unmerklich. »Natürlich, mein kleiner Liebling«, sagte sie.

Johann beugte sich vor und küßte Lauren auf die Wange. Dann richtete er sich wieder auf. »Ich werde unten warten.« Im Hinausgehen blickte er noch einmal zurück, bevor er die Tür schloß.

Lauren lag bereits im Bett unter der Zudecke und streckte Heidi die Arme entgegen. »Würdest du mir eine Geschichte erzählen, Tante Heidi?«

Johann stieg die Treppe hinab. In der Bibliothek schenkte er sich einen weiteren Cognac ein, nippte daran. Zum erstenmal an diesem Tag dachte er auch an Janette. Seit sie sich in der Klinik befand, hatte er nichts mehr von ihr gehört. Und plötzlich wurde ihm bewußt, daß sie von seiner bevorstehenden Heirat ja keinerlei Ahnung hatte. Morgen mußte er sie unbedingt anrufen.

Der Chirurg kam zu ihr ins Zimmer. »Na, wie fühlen Sie sich denn so?« fragte er.

Janette blickte zu ihm hoch. »Miserabel.«

Er lächelte. »Wenn's anders wäre, würde ich mir Sorgen machen. Schließlich liegt der Eingriff auch erst drei Tage zurück. Dann stehen Sie doch mal bitte auf, damit ich Sie mir genauer ansehen kann.«

Hilfreich streckte er ihr die Hand hin, während sie sich aufsetzte, um aus dem Bett zu steigen. Er geleitete sie quer durch den Raum zu einem mannshohen Spiegel. »Ich werde jetzt die Verbände von Ihrem Busen und Ihren Hüften entfernen. Und geraten Sie bloß nicht in helle Aufregung, wenn Sie die Wundnähte und die – nun ja – blauen Flecken sehen. Das ist alles absolut normal und verschwindet wenige Tage, nachdem die Fäden gezogen sind.«

»Um meine Augen blühen noch immer Veilchen, und meine Nase ist nach wie vor geschwollen«, sagte sie.

»Ist gleichfalls normal«, versicherte er. »Nur hübsch weitermachen mit den Eispackungen drauf. Zwei oder drei Tage noch, dann sind Sie das los. Und die Schwellungen sollten in einer weiteren Woche verschwunden sein.«

Er gab der Schwester ein Zeichen, das Tablett mit den Instrumenten herbeizubringen. »Machen Sie sich frei«, sagte er zu Janette. Er nahm eine kleine Schere. »Nur keine Angst«, sagte er, »ich werde Ihnen schon nicht weh tun.«

»Ich habe keine Angst«, betonte Janette. »Ich bin nur neugierig, wie ich aussehen werde.«

»Ich bezweifle, ob Sie als Laie das jetzt schon beurteilen können«, meinte er. »Das ist noch viel zu früh. Ich möchte mir nur die Wundnähte ansehen und mich vergewissern, daß alles in Ordnung ist.« Unter ihrer linken Achsel schnitt der Arzt den Verband durch, den er dann ganz sacht zu entfernen begann.

Im Spiegel beobachtete Janette, wie er ihre Brüste freilegte. Unwillkürlich stockte ihr der Atem. Ihre Brüste sahen grauenhaft aus.

Über und über waren sie mit blauschwarzen Flecken und getrocknetem Blut bedeckt. »Nur keine Panik«, beschwor der Arzt sie. »Sobald ich sie gesäubert habe, sehen sie schon viel besser aus.«

Flink machte er sich mit Wattetupfern und Alkohol ans Werk. Dann trat er einen Schritt zurück und betrachtete alles sehr aufmerksam. »Wunderbar«, sagte er. »Das verheilt alles viel besser, als ich's mir erhofft hatte.«

»Wunderbar?« Aus ihrer Stimme klang Zorn. »Sie haben mir nichts davon gesagt, daß Sie auch um meine Brustwarzen Nähte setzen würden.«

»Um die Warzenhöfe«, korrigierte er. »Als wir Ihre Brüste verkleinerten, entdeckten wir, daß Ihre Brustwarzen viel zu sehr seitlich sitzen würden. Um sie in eine natürlich wirkende Position zu bekommen, mußten wir eine kleine Korrektur vornehmen. Vor irgendwelchen häßlichen Narben brauchen Sie keine Angst zu haben. Die werden mit den natürlichen Rändern der Warzenhöfe sozusagen verschmelzen.«

Sie schwieg und betrachtete eingehend ihren Busen. »Darf ich ihn anfassen?«

»Ja. Aber nur ganz sacht.«

Sie wölbte ihre Hände darum. Ihre Brüste fühlten sich merklich kleiner und leichter an. »Und was ist mit den Narben darunter und unter meinen Achseln?«

»Die werden im Lauf der Zeit noch wesentlich kleiner werden und sehr bald in den natürlichen Körperfalten verschwinden.«

»Und wie lange wird das dauern?«

»Mehrere Monate«, erwiderte er. »Doch bereits nach wenigen Wochen werden Sie kaum noch etwas davon wahrnehmen können. Und falls Sie da was stört, so läßt sich das mit einem leichten Make-up beseitigen.«

Sie drehte sich zur Seite, betrachtete sich gleichsam im Profil. Und nickte langsam. Ja, sah wirklich nicht schlecht aus. Sie wirkte in der Tat wesentlich schlanker, zierlicher.

»In Ordnung?« fragte er.

»In Ordnung«, erwiderte sie.

Erneut griff er zur Schere und löste die Verbände im Bereich der Oberschenkel und des Gesäßes. Diesmal war Janette über die Verfärbungen und das angetrocknete Blut nicht weiter mehr erschrokken, und so schwieg sie, bis der Arzt auch hier seine Säuberungsaktion beendet hatte. Dann drehte sie sich herum und blickte über ihre Schulter zum Spiegel.

Die Nähte zwischen Hinterbacken und Oberschenkel ignorierte sie einfach. Ihr Gesäß wirkte kleiner. Auch höher und fester. Befriedigt nickend drehte sie sich zu ihm herum. »Sie haben ja das reinste Wunder vollbracht.«

Er lächelte. »Das nun gerade nicht. Doch, zugegeben, die moderne Chirurgie hat es schon recht weit gebracht. Außerdem hatten Sie einen nicht zu unterschätzenden Vorteil auf Ihrer Seite.«

»Nämlich?«

»Ihre Jugend«, erwiderte er. »Für gewöhnlich nehmen wir solche Eingriffe bei Patienten vor, die wesentlich älter sind und deren Körper nicht mehr die Regenerierungskraft besitzen wie der Ihre.«

Janette betrachtete sich weiterhin im Spiegel. »Und die Narben werden wirklich alle verschwinden?«

»Sie werden nicht direkt verschwinden«, entgegnete er. »Doch in wenigen Monaten wird man ein Vergrößerungsglas brauchen, um sie aufzuspüren.«

»Ich bin froh, daß ich's habe machen lassen«, erklärte sie.

»Und ich bin glücklich, daß Sie zufrieden sind«, sagte er. »Vorsichtshalber werde ich Ihnen jetzt frische Verbände anlegen, einfach, um sicherzugehen, daß Sie während des Schlafens nichts anrichten können. Voraussichtlich können wir so in drei oder vier Tagen die Fäden ziehen. Und Sie brauchen übrigens nicht ständig im Bett zu bleiben. Sie können ruhig aufstehen und sich nach Belieben bewegen. Nur bitte nicht vergessen: kein Beugen, kein Strecken und nichts Schweres heben.« Als der Arzt mit dem Verbinden fertig war, gab er der Schwester einen Wink, die sofort ein frisches Klinikgewand herbeibrachte. Er half Janette hineinzuschlüpfen und geleitete sie anschließend noch zum Bett. »Gegen Ende der Woche schaue ich dann wieder nach Ihnen.«

Während er zur Tür ging, klingelte das Telefon. Janette hob ab. »Hallo!«

»Janette?« Sie erkannte Johanns Stimme.

»Johann!« rief sie laut. Es war der erste Anruf, den sie erhielt, seit sie sich in der Klinik befand. »Von wo aus rufst du an?«

»Ich bin in Genf«, erwiderte er.

»Was machst du denn dort?«

»Ich verbringe hier meine Flitterwochen«, erklärte er lachend.

»Das kann ich einfach nicht glauben«, sagte sie.

»Ist aber so«, versicherte er. »Erinnerst du dich noch an das, was du mir seinerzeit im Büro sagtest? Nun, ich entschloß mich, deinen Rat zu befolgen.«

»Wie wunderbar«, versicherte sie. »Kenne ich die Braut?«

»Nein«, lautete seine Antwort. »Aber ich möchte unbedingt, daß du sie kennenlernst. Und ich dachte mir, daß wir zu dir fahren könnten, um uns zu treffen.«

»O nein«, erklärte sie hastig. »Das geht unmöglich, ich stecke nämlich noch mitten in der Behandlung.«

»Ist bei dir auch wirklich alles in Ordnung?« erkundigte er sich besorgt. »Deine Stimme klingt so sonderbar.«

»Ich habe nur einen leichten Schnupfen und eine verstopfte Nase«, sagte sie, »aber sonst geht's mir gut. Ehrlich. Erzähle du mir lieber etwas von deiner Frau.«

»Was soll ich groß berichten? Sie ist Amerikanerin und sehr nett. Ich bin sicher, daß ihr euch gegenseitig mögen werdet.«

»Kennst du sie schon lange?«

»Seit drei Jahren.«

»Johann, ich freue mich für dich«, versicherte Janette. »Herzliche Glückwünsche, und ich kann's kaum erwarten, sie kennenzulernen. Das meine ich ganz ehrlich, und sobald ich wieder daheim bin, werden wir das nachholen.«

»Und wann wird das sein?« fragte er.

»Mein Aufenthalt hier wird ein wenig länger dauern, als ursprünglich geplant«, sagte sie. »Noch etwa einen Monat.«

Er schwieg sekundenlang. »Schade, sehr schade. Du fehlst Lauren sehr. Sie fühlt sich in dem großen Haus sehr einsam.«

»Das läßt sich nun mal nicht ändern«, erklärte Janette. »Außerdem, selbst wenn ich daheim bin, sehen wir ja nicht viel voneinander. Wenn ich nach Hause komme, liegt Lauren meist schon im Bett.«

»Vergangenen Sonntag haben Heidi und ich sie in den Zoo mitgenommen«, berichtete Johann. »Und Heidi ist von der Kleinen einfach hingerissen. Vielleicht könnnen wir Lauren noch ein wenig Gesellschaft leisten, bis du wieder da bist.«

»Das wäre sehr nett von euch«, versicherte sie. »Und herzlichen Dank auch.«

»Keine Ursache«, erwiderte er. »Ich bin übrigens ungeheuer gespannt darauf, wie du aussehen wirst.«

Janette lachte. »Ich glaube, du wirst ganz schön überrascht sein. Aber das hat noch Zeit bis nach euren Flitterwochen.«

Er lachte. »Da magst du auch wieder recht haben.«

»Ein dickes Bussi für dich und deine Frau«, sagte sie. »Und ich freu' mich schon darauf, euch in Paris zu sehen.«

Langsam legte Janette den Telefonhörer auf. Irgendwie wollte ihr die Sache überhaupt nicht in den Kopf. Johann und verheiratet?

Wie gewohnt, saß Jacques zur Mittagszeit an seinem angestammten Platz im Relais Plaza. Während er normalerweise da saß, Wein schlürfte und das Kommen und Gehen beobachtete, hatte er diesmal die International Herald Tribune und Vogue offen vor sich auf dem Tisch ausgebreitet und las aufmerksam. Die diversen Modenschauen waren vorüber, und das Urteil stand fest. Yves St. Laurent hatte nach Meinung der Presse einzig und allein das Rennen gemacht.

Jacques erinnerte sich noch gut, wie vor rund vier Jahren Michel de Brunhof von Vogue ihn gefragt hatte, ob er nicht den jungen Mann, der bei ihm wohnte und die Académie de Couture besuchte, bei Shiki würde unterbringen können. Doch Shiki hatte abgelehnt, nachdem er die Zeichnungen und Skizzen des jungen Mannes gesehen hatte. Er denke nicht daran, mit Amateuren und Träumern seine Zeit zu vergeuden, und es werde eine Ewigkeit dauern, bis dieser Mensch etwas von der praktischen Seite der Branche begriffe.

Dennoch hatte Jacques nicht aufgegeben und die Entwürfe Johann vorgelegt und ihn gedrängt, zu Shiki ein Machtwort zu sprechen. Und wenn dies nichts brächte, solle Johann eben einen kleinen Salon gründen, in dem Yves St. Laurent auf die allerneuesten Trends der Couture würde eingehen können. Johann hatte die Entwürfe betrachtet, dann jedoch den Kopf geschüttelt. Im Modebereich würden sie ohnehin schon Verluste verbuchen, hatte er geknurrt, und es habe also keinerlei Sinn, den auch noch zu vergrößern. Enttäuscht hatte Jacques die Zeichnungen Brunhof zurückgebracht. Einen Monat später war der junge Mann dann bei Dior. Und fast umgehend tauchte sein Name in vielen Artikeln und Storys von Vogue auf – der Rest war Modegeschichte. Dior erlitt einen Herzanfall, und Marcel Boussac machte den jungen Mann zum maßgebenden Modeschöpfer des Hauses Dior.

Jacques starrte auf das Magazin. Wäre Brunhof doch nur ein Jahr früher zu ihm gekommen, als Tanya noch lebte! Sie hätte sofort zugegriffen und auch nicht gezögert, gegebenenfalls Shiki zu feuern. Die üblichen Wenn und Aber. Was nützte das jetzt? Tanya war tot, und Johann besaß für die Branche nicht das leiseste Gespür. Ihn interessierten nur die Ergebnisse unter dem Strich.

Doch womöglich war es noch nicht endgültig zu spät. St. Laurent mußte demnächst seinen zweijährigen Militärdienst bei der französischen Armee ableisten. Und Boussac würde das Haus Dior deshalb keinesfalls dicht machen. Vielmehr mußte er alles daran setzen, die beträchtliche Aufwärtstendenz zu nutzen. Als mögliche Nachfolger für St. Laurent wurden zwar diverse Namen gehandelt, doch Jacques wußte bereits, wer es sein würde – Marc Bohan, der für die Dior-Filiale in London verantwortlich war. Mit St. Laurent konnte er sich zwar nicht vergleichen, doch besaß er sehr wohl Talent, Individualität und Willensstärke. Zu dem Zeitpunkt, an dem St. Laurent wieder aus der Armee entlassen würde, saß Bohan garantiert so fest im Haus Dior, daß es eine Atombombe brauchen würde, um ihn von dort hinauszubefördern. Folglich war damit zu rechnen, daß St. Laurent sich nach einer neuen Wirkungsstätte umsehen müßte. Und diesmal wollte Jacques dafür sorgen, daß Yves ihm nicht wieder durch die Lappen ging. Und wenn er selbst irgendwo Geld auftreiben mußte, um auf eigene Faust ein neues Modehaus aufzumachen.

Bedächtig nippte Jacques seinen Kir und blätterte im Magazin. Wie üblich handelte es sich um ein Vorausexemplar, das erst in der kommenden Woche in den allgemeinen Verkauf kam. Seiner Gewohnheit gemäß studierte er es sehr gründlich, den redaktionellen Teil ebenso wie die Anzeigen. In gewisser Hinsicht waren diese sogar wichtiger, enthielten sie doch Fingerzeige darauf, welchen Trends die diversen Häuser folgten. Plötzlich hielt er abrupt im Durchblättern inne. Und wie in einer Art Schock starrte er auf das, was er da vor sich sah. Jacques mochte buchstäblich seinen Augen nicht trauen.

Es handelte sich um ein doppelseitig aufgemachtes Farbfoto eines bildschönen nackten Mädchens, das, auf der Seite liegend und mit dem Gesicht zur Kamera, ganz in die Betrachtung des hochkarätigen herzförmigen Diamantringes versunken schien, der ihre Hand zierte. Quer über die beiden Seiten der Anzeige hinweg stand in großen Lettern: »Ein Diamant genügt, um eine schöne Frau zu kleiden.« Und in kleinen Buchstaben stand in der rechten unteren Ecke: »janette marie de la beauville für harry winston.«

»Merde«, fluchte Jacques lautlos. Er war wütend, mehr auf sich selbst als über das Foto. Bei den vielen Kontakten, über die er verfügte, hätte er im voraus im Bilde sein müssen. Doch irgendwie war Janette es gelungen, dies vor ihm geheimzuhalten. Dann beschloß er, die Sache mit Humor zu sehen, und begann zu lächeln. Erneut betrachtete er das Foto ausgiebig. Nie hatte Janette schöner ausgesehen. Jacques winkte dem Kellner.

»Noch ein Kir, Monsieur?«

»Nein«, erwiderte er. »Ich möchte einen Whisky mit einer Menge Eis.« Er klappte das Magazin zu. Zum Teufel mit Yves St. Laurent, jedenfalls für den Augenblick. Dieses Foto würde in der nächsten Zeit für eine Menge Gesprächsstoff sorgen. Der Kellner brachte den Whisky, und Jacques nahm einen großen Schluck, während er bereits überlegte, wie sich aus der Sache Nutzen schlagen ließ.

Johann betrachtete das Magazin, lehnte sich dann in seinem Stuhl zurück. »Eine ziemliche Überraschung«, meinte er. »Warum hat sie das wohl gemacht?«

Jacques lachte. »Weil sie gescheiter ist als wir beide zusammen. Janette hat viel mehr von ihrer Mutter, als wir auch nur ahnten.«

»Ich begreife immer noch nicht«, sagte Johann.

»Image«, erklärte Jacques. »Mit einem einzigen Foto hat sie sich ein Image geschaffen. Und das ist Shiki in den fünf Jahren, die er für uns arbeitet, nicht gelungen. Einen Tag, nachdem diese Nummer des Magazins an den Kiosken verkauft wird, ist sie die neue Königin der jungen Pariser Haute Mode. Und in allem, was sie dann trägt, tut, sagt, wird sie das Vorbild sein, dem nachgeeifert wird.«

»Und inwiefern haben wir etwas davon?« fragte Johann.

»Weil sich ein völlig neuer Markt auftun wird, auf dem wir die ersten sein werden«, erwiderte Jacques. »Damals, als wir mit Shiki anfingen, war das anders, weil wir versuchen mußten, in einem Markt Fuß zu fassen, der bereits besetzt war. Das war auch der Grund, weshalb wir uns häufig genug mit den Brosamen zufriedengeben mußten, die sozusagen von den Tischen der anderen Modeschöpfer abfielen. Doch jetzt haben wir die einmalige Chance, eine brandneue Linie mit einem brandneuen Konzept zu starten.«

»Und was ist mit unserer Investition in Shiki?«

»Aus. Ende. Schlußstrich«, erklärte Jacques. »Geld hat's nie gebracht, warum also auf ein totes Pferd einpeitschen?«

»Aber Tanya meinte . . .«

»Tanya lebt nicht mehr«, fiel Jacques ihm ins Wort. »Aber Janette lebt. Und wenn Tanya noch am Leben wäre, so würde sie mir wohl als erste zustimmen.«

Johann schwieg einen Augenblick. »Hast du schon mit Janette gesprochen?«

»Bisher noch nicht, weil ich vorerst mit dir reden wollte.«

»Das hieße, fünfzig Millionen Francs in den Rauch schreiben«, sagte Johann. »Da das Geld jetzt zur Hälfte ihr gehört, steht ihr auch gleichsam die halbe Entscheidung zu. Ich bin nur für Laurens Anteil verantwortlich, und im Interesse meines Mündels kann ich mich nicht dazu verstehen, einen solchen Verlust zu akzeptieren.«

»Am Ende wird es als Totalverlust abzuschreiben sein. Denn Shiki wird's niemals schaffen. Wir haben ihm jede Chance gegeben, die er sich nur wünschen konnte.«

»Ich weiß nicht«, sagte Johann. »Was diese Branche betrifft, so fühle ich mich in meiner Haut überhaupt nicht wohl. Ich habe sie nie verstanden. Von irgendwelcher Logik findet sich nirgends auch nur die geringste Spur. Augenscheinlich weiß niemand, was gehen wird und was nicht. Bei Weinen ist das anders. Man produziert so und so viel, man verkauft so und so viel, man weiß immer ziemlich genau, wie man dran ist. Selbst für die Produkte unserer Parfumfirma gibt es einen zuverlässigen Markt, nicht sehr groß, aber doch recht genau zu kalkulieren. Couture, zéro. Man investiert ein Vermögen, um eine bestimmte Mode zu kreieren, vorzuführen und in Anzeigen zu propagieren. Und wenn man Pech hat, ist alles für die Katz gewesen. Ich war schon immer heftig dagegen, in das Geschäft einzusteigen, aber Tanya wollte ja nicht auf mich hören. Sie hatte ihre eigenen Vorstellungen.«

»Warum sprichst du nicht mit Janette?« fragte Jacques. »Vielleicht hat auch sie ein paar Ideen.«

Johann musterte ihn. »Glaubst du wirklich?«

Jacques nickte. »So allmählich glaube ich, die junge Dame besser zu kennen. Die tut nie etwas ohne einen bestimmten Grund.«

Nachdem Jacques das Büro verlassen hatte, starrte Johann wieder auf das Magazin. Die Janette, die ihn da auf dem Foto so ungeheuer verführerisch anlächelte, hatte nichts mehr mit jenem anderen Mädchen gemein, das ihm drei Jahre zuvor verkündet hatte, es werde sein Aussehen ändern. Doch nicht nur ihr Äußeres schien sich gewandelt zu haben. Da war weit mehr passiert.

Die Janette von damals hatte noch etwas Kindhaftes besessen, eine gewisse Art von Naivität, die nun verschwunden war. Das Bild zeigte eine Frau, die sich ihrer selbst in jeder Hinsicht absolut bewußt war: ihres Körpers, ihrer Bedürfnisse, ihrer Triebe und Antriebe, ihrer Ambitionen. Doch all dies lag verborgen unter der, wenn man so wollte, Absolutheit ihres Äußeren. Den beherrschenden Eindruck bildete die Totalität ihrer Weiblichkeit.

Bei allem blieb sie die hundertprozentige Verkörperung eines unbedingt akzeptablen modischen Geschöpfes, vom lichtumglänzten dunkelbraunen Haar bis zu den fast metallisch wirkenden rosenfarbenen Zehennägeln, und was es an individuellen Mängeln geben mochte, es verlor sich in der Gesamtheit des kreierten Images.

Fast fünf Monate war sie fort gewesen, bevor sie wieder im Büro auftauchte, und dann gab es niemanden, der sie wiedererkannte. Selbst Johanns Sekretärin, der sie über Jahre hinweg ein vertrauter Anblick gewesen war, fragte sie zunächst nach ihrem Namen; und als sie ihrem Chef dann die Besucherin anmeldete, klang aus ihrer Stimme fast überdeutlich Verblüffung.

Was Johann betraf, so erinnerte er sich noch genau, wie er vom Schreibtisch aufgesehen und sie fassungslos angestarrt hatte.

Ein paar Sekunden lang stand sie völlig bewegungslos. Dann drehte sie sich langsam um die eigene Achse und blickte wieder zu ihm, mit einem Lächeln. »Nun, Johann, wie findest du mich?«

Er betrachtete sie schweigend, erhob sich dann und küßte sie auf beide Wangen. »Du bist hinreißend schön«, erwiderte er ernst. »Aber kenne ich dich?«

»Weiß nicht«, erwiderte sie, und ihr Lächeln wirkte jetzt matter. »Allerdings bin ich mir nicht sicher, ob ich mich selbst kenne. Das muß ich erst noch herausfinden.«

Johann nahm wieder hinter seinem Schreibtisch Platz. »Wann willst du deine Arbeit bei uns wieder aufnehmen?«

»Überhaupt nicht«, entgegnete sie. »Es gibt für mich noch viel zu entdecken, über mich selbst. Und über unsere Branche. Nach meiner Überzeugung lerne ich mehr, wenn ich eine Zeitlang für jemand anders arbeite.«

Er dachte an die hunderttausend Louisdor in der Schweizer Bank und an die mahnenden Worte jenes Briefes, den Tanya ihm in einem der Tresorfächer hinterlassen hatte.

»Lieber Johann, ein Drittel des Geldes gehört Dir, weil Du Wolfgang ebenso geliebt hast wie ich. Die restlichen zwei Drittel vertraue ich Dir für Janette und Lauren an. Sie sind als eiserne Reserve für Notfälle gedacht. Ich liebe Dich und vertraue Dir. Verzeih mir, daß ich Dir diese zusätzliche Last aufbürde. Sei gut zu ihnen, mein Freund, denn im Grunde haben meine Kinder, genau wie ich selbst, niemanden sonst. Tanya.«

Er blickte zu Janette, die noch immer vor seinem Schreibtisch stand. Als er Tanyas Brief gelesen hatte, war es Johanns erster Impuls gewesen, Janette sofort genauestens ins Bild zu setzen, weshalb er sie auch gleich von der Schweizer Bank aus angerufen hatte. Doch Janette war nicht bereit gewesen, sich mit ihm in der Klinik zu treffen. Jetzt erst verstand er den Grund dafür. Was sie dort auf sich genommen hatte, war weit mehr als eine Fastenkur. Na ja, womöglich schlug das alles zum Besten aus. Was Janette betraf, so hatte sie offenbar sehr genaue Vorstellungen von dem Ziel, das sie ansteuerte.

»Und was willst du nun tun?« fragte er.

»Ich habe bereits einiges getan«, erklärte sie. »Ich habe einen Job als Mannequin bei Yves St. Laurent.«

Der Name kam ihm nicht ganz unbekannt vor, doch konnte er ihn nicht recht unterbringen. »Wer ist das?«

»Der neue Modeschöpfer bei Dior. Nach Christians Tod ist er jetzt der entscheidende Mann dort, und er arbeitet bereits an seiner ersten Kollektion. Im übrigen meint er, ich sei genau der Typ, den er braucht.«

»Na fein«, meinte Johann und lächelte mit einem Male. »War wohl vielleicht doch keine so schlechte Idee von mir, daß ich Jacques nicht gehen ließ.«

»Du hast recht gehabt«, gab Janette zu. »Inzwischen habe ich kapiert, daß ich seinen Job nie so gut ausfüllen könnte wie er. Außerdem schwebt mir etwas anderes vor.«

»Nämlich?«

»Das, was auch der Wunschtraum meiner Mutter war. Ein eigenes Modehaus. Es wird zwar noch einige Zeit dauern, bis ich soweit bin, aber das macht nichts.« Janette trat auf seinen Schreibtisch zu und drehte den dort stehenden Fotorahmen zu sich herum. »Ist das deine Frau?«

»Ja, das ist Heidi.«

Janette nahm das Bild in die Hand. »Sie sieht wirklich gut aus«, meinte sie. »Wann werde ich sie kennenlernen?«

»Heute abend, beim Essen, wenn du magst.«

Sie nickte und stellte das Bild wieder an seinen Platz zurück. »Um acht Uhr bei mir, ja? Ich werde dafür sorgen, daß Henri mit etwas ganz Besonderem aufwartet.«

»Fein. Wir werden pünktlich zur Stelle sein.«

»Und ich werde Lauren erlauben, bis ihr da seid, aufzubleiben. Sie scheint ja in deine Frau geradezu vernarrt zu sein und spricht praktisch nur noch von ihr.«

Johann lächelte. »Auch Heidi hat Lauren in ihr Herz geschlossen.«

Janette erwiderte sein Lächeln. »Du bist ein glücklicher Mann. Heidi muß eine wunderbare Frau sein. Kinder besitzen untrügliche Instinkte, genau wie Tiere. Gutes und Böses, sie können es genau wittern. Und wenn Lauren sie so liebt, muß Heidi wirklich ein guter Mensch sein.«

Zwei Jahre war das inzwischen her, und einiges hatte sich seither verändert.

Ein halbes Jahr nach Janettes Rückkeher aus der Schweiz rückte Heidi mit dem Vorschlag heraus, ob sie nicht Lauren bei sich aufnehmen könnten.

»Ich weiß nicht recht«, erwiderte Johann nachdenklich.

»Aber warum nicht?« fragte Heidi. »Sie wohnt doch praktisch ganz allein in dem riesigen Haus. Ihre Schwester bekommt sie kaum zu Gesicht, nur das Personal. Lauren braucht mehr als das. Und sie hat auch ein Recht darauf. Sie ist ein nettes, warmherziges, liebevolles Kind – nur daß ihr die Liebe fehlt.«

»Und du meinst, Janette genügt ihr nicht?«

»Stell dich doch nicht so dumm, Johann«, sagte Heidi leicht entrüstet. »Du weißt doch genau, wie das ist. Janette ist viel zu sehr mit ihrem eigenen Leben beschäftigt. Sie hat gar nicht die Zeit, sich um das Kind richtig zu kümmern, selbst wenn sie's wollte.«

Er sah Heidi an. »Du magst Janette nicht, wie?«

Heidi schwieg eine Weile. »Das hat mit meinem Vorschlag nichts weiter zu tun. Ob ich sie mag oder nicht, fällt überhaupt nicht ins Gewicht. Ich bin nur wegen Lauren besorgt.«

»Und wenn wir einmal ein eigenes Kind haben?« fragte er.

»Das würde überhaupt keinen Unterschied machen. Auch dann würde ich Lauren eine gute Mutter sein wollen. Ich liebe sie, und sie liebt mich.«

Johann schwieg einen Augenblick. »Wenn sie bei uns lebte, dann könnten wir doch wohl, wie geplant, nach Amerika übersiedeln.«

»Das weiß ich inzwischen besser. Ob sie bei uns lebt oder nicht, wir werden hier bleiben müssen. Hier hast du deine Arbeit, hier liegen deine Verantwortungen. Von daher gesehen macht das überhaupt keinen Unterschied.«

Er nickte. »Nun gut. Ich werde morgen mit Janette reden.«

Als er dann mit Janette sprach, wollte ihm scheinen, daß sie nicht ohne eine gewisse Erleichterung reagierte. Jedenfalls fand Heidi in der Nähe des Bois de Boulogne eine größere Wohnung, und zwei Monate später zog Lauren zu ihnen. Als erstes entließ Heidi das Kindermädchen und nahm die Kleine in eigene Obhut. Mit allerbestem Erfolg. Lauren blühte buchstäblich auf und wirkte rundum glücklich und zufrieden.

Das Magazin, mit dem Jacques ihn überrascht hatte, nahm Johann an jenem Abend mit nach Hause, und nach dem Essen zeigte er es Heidi. Sie betrachtete das Foto, blickte dann zu ihm. »Sie ist bildschön.«

»Jacques meint, es sei an der Zeit, einen ganzen Modetrend mit ihr und um sie herum aufzubauen«, sagte er.

»Und was meint Janette dazu?«

»Ich habe noch nicht mit ihr gesprochen.«

»Und was hältst du persönlich davon?«

»Es ist ungeheuer riskant«, erwiderte er. »Mit Shiki machen wir kein Geld. Andererseits haben wir auch keine Verluste. Jacques ist der Ansicht, daß Shiki alle Chancen gehabt habe und den großen Durchbruch niemals schaffen werde. Aber ich weiß nicht recht. Es ist ein Hundert-Millionen-Francs-Spiel, und wenn's in die Binsen geht, habe ich das Erbe der Kleinen nicht unbeträchtlich verringert.«

»Und was ist mit Janette?«

»Nun, für ihren Anteil bin ich nicht länger verantwortlich. Sie ist volljährig und kann nach Belieben darüber verfügen.«

»Bislang hat sie das alles jedoch dir überlassen, nicht wahr?«

Johann nickte.

»Aus welchem Grunde eigentlich?«

»Keine Ahnung«, erwiderte er. »Über ihre Rechte ist sie absolut im Bilde.«

»Wenn Janette ihre Geschäftsinteressen selbst wahrnehmen würde, dann könnten wir doch in die Staaten, wie wir's ja vorhatten, nicht?«

»Vermutlich«, erwiderte er. »Vorausgesetzt allerdings, es gelingt, Laurens Anteil gegen alle Eventualitäten abzusichern.«

»Mein Vater hat übrigens davon gesprochen, sich aus dem Geschäft zurückzuziehen. Es wäre ihm sehr lieb, wenn du rüberkommen und dich mit der Branche vertraut machen würdest. Er ist davon überzeugt, daß du dich ausgezeichnet bewähren würdest.«

»Er ist voreingenommen, zu meinen Gunsten«, meinte Johann. »Außerdem möchte er seine Tochter daheim haben.«

»Vielleicht«, sagte sie. »Allerdings bin ich der gleichen Meinung wie er. Du würdest in Amerika Erfolg haben.« Sie schwieg einen Augenblick. »Glaubst du nicht, daß Lauren mit uns kommen könnte?«

»Schon möglich. Hier bin ich ihr gesetzlicher Vormund, und sofern niemand irgendwelche Einwände erhebt, dürfte es keinerlei Probleme geben.«

»Außer Janette könnte wohl niemand Einwände machen«, meinte Heidi.

»Wer weiß? Es ist nicht völlig auszuschließen, daß Maurice da urplötzlich aktiv wird. Ich will's nicht beschreien, aber formal ist er immer noch ihr Vater. Ob er's tatsächlich ist, fällt vielleicht überhaupt nicht ins Gewicht.«

»Maurice schert sich einen Dreck drum«, sagte sie.

»Vielleicht doch, sobald er möglicherweise Geld zu wittern glaubt.« Er sah sie an. »Aber wir – wie heißt es doch so schön – eilen wohl in Gedanken der Zeit ein bißchen voraus, nicht? Bisher läßt sich dergleichen nicht mal ahnen.«

Heidi betrachtete das Foto. »Aber vielleicht liegt das alles gar nicht mehr in so weiter Ferne«, sagte sie nachdenklich. »Janette hätte so etwas niemals getan, ohne nicht gleichzeitig ein großes Ziel im Auge zu haben.«

Johann lächelte. »Genau das meint Jacques auch.«

»Und Jacques hat recht«, versicherte sie. Erneut besah sie das Foto. »Wie groß, meinst du, ist der Diamant an ihrem Finger?«

»Keinen schwachen Schimmer«, erklärte er.

»Das müssen mindestens zehn Karat sein. Und ein Mädchen, das nackt mit einem Zehnkaräter posiert, hat garantiert große Ideen im Kopf.«

Louise stürmte mit vor Erregung gerötetem Gesicht in die Mannequingarderobe unmittelbar hinter dem Atelier. Sie sauste direkt auf Janette zu, die an ihrem Frisiertisch saß und mit ihrem Augen-Make-up beschäftigt war. »Der Alte ist außer sich«, sprudelte sie los. »Er hat soeben dein Foto gesehen.«

Janette musterte im Spiegel die Blondine, die leicht außer Atem war. »Hat ihn wahrscheinlich angetörnt«, sagte sie.

»Ich befand mich gerade in Yves' Büro«, berichtete Louise, »als er hereinplatzte. Seine Stimme überschlug sich geradezu. Wie ein Tiger rannte er vor Yves' Schreibtisch hin und her und brüllte, Yves sei an allem schuld. Niemals hätte er dies zulassen dürfen. Das sei eine Schande für das ganze Haus Dior, und für die Branche überhaupt.«

»Und was hat Yves gesagt?«

»Überhaupt nichts«, erwiderte Louise. »Er betrachtete nur das Foto und lächelte.«

Janette lachte. »Ich glaube, dem ist das alles scheißegal. Er muß zum Barras und weiß sehr genau, daß er von Boussac einen Tritt zu erwarten hat, so oder so.«

»Aber was wirst du tun?« fragte Louise. »Yves haut nächste Woche ab, und der Alte wird dich feuern.«

»Nein, wird er nicht«, erwiderte Janette. »Ich habe nämlich meinerseits bereits gekündigt. Dies ist meine letzte Woche bei Dior. Am Freitag, nach Yves' Abschiedsparty, verschwinde ich hier und kehre nicht mehr zurück.«

Louise betrachtete sie mit offenem Mund. »Nicht zurück?«

»Ganz recht.«

Die Blondine musterte sie. »Ja, meinst du, Yves weiß das bereits?«

»Sollte er jedenfalls«, antwortete Janette, »denn mein Kündigungsschreiben habe ich bereits vor zwei Tagen eingereicht.«

»Hast du überhaupt schon einen anderen Job?«

Janette schüttelte den Kopf. »Nein.«

»Ja, was willst du denn tun?«

»Zunächst werde ich mir eine herzhafte Mahlzeit einverleiben, ohne mir wegen meines Gewichts irgendwelche Sorgen zu machen. Ich habe mir dieses Foto sehr genau angesehen und festgestellt, daß meine Hüften etwas zu knochig wirken. Ein Kilo drauf, das kann wirklich nicht schaden. Und dann mache ich Urlaub. Vielleicht reise ich für ein paar Wochen in die Staaten. Ich war ja noch nie dort.« Sie beendete ihr Make-up und erhob sich. »Ich muß los. Habe eine Cocktail-Verabredung.«

Louise betrachtete sie neidisch. »Du bist glücklich dran, Janette.«

»Wie kommst du darauf?« fragte Janette.

»Du kannst tun, was dir beliebt«, sagte Louise. »Aber ich muß bleiben und diese ganze Scheiße hinnehmen. Die haben für mich bereits eine Verabredung für Freitag arrangiert, mit einem Warenhauseinkäufer aus Texas. Garantiert wird der mich den ganzen Abend betätscheln.«

»C'est la vie«, meinte Janette.

»Du hast leicht reden, weil du den nötigen Zaster hast.«

Nachdenklich betrachtete Janette Louise. »Stimmt. Ich bin ziemlich reich.« Sie beugte sich vor und küßte die Freundin auf den Mund. »Und du bist es auch, Louise, nur eben auf deine eigene Weise.«

Louise sah ihr nach, wie sie zur Tür ging. »Bon soir, Janette.«

Vom Türrahmen her lächelte Janette zurück. »Ciao, Baby.« Und aus irgendeinem unerfindlichen Grund rannen ihr die Tränen über die Wangen. Langsam begann sie, ihr Make-up abzuwischen.

Sie parkte ihren Mini direkt vor dem grauen Appartementgebäude auf der Ile Saint-Louis, stieg aus und drückte auf die Klingel.

Eine alte Concierge schlurfte herbei, machte die Haustür einen Spalt auf und musterte sie. »Madame?«

»Ich möchte zu Monsieur Fayard.«

Sie ließ ein mißbilligendes Schnauben hören, öffnete die Tür jetzt jedoch ganz. »Le penthouse«, sagte sie und wies zur Treppe.

»Was ist mit dem Fahrstuhl los?« fragte sie.

»C'est mort«, erklärte die Concierge achselzuckend.

»Merde!« schimpfte Janette und begann, die Treppe hinaufzusteigen. Immerhin mußte sie in den fünften Stock. Ganz oben gab es nur eine Wohnungstür. Sie drückte auf den Klingelknopf und hörte, wie drinnen ein angenehmer Gong erklang.

Die Tür schwang auf, und vor ihr stand ein junger Mann mit zerzaustem Blondhaar. Er trug ein T-Shirt und hautenge Blue-jeans. Mit ausdrucksloser Miene sah er sie an. »Hallo, Janette«, sagte er auf englisch.

»Hallo, Marlon«, erwiderte sie.

Er trat zurück und ließ sie eintreten.

Sie blickte zum Wohnzimmer und sah, daß es leer war. »Philippe schon zu Hause.«

»Seit Mittag«, erklärte Marlon. »Gegessen hat er nicht. Ging in sein Zimmer und hat sich seither nicht wieder blicken lassen.« Aus seiner Stimme klang ein Hauch von Sorge. »Weißt du, ob irgendwas nicht stimmt? Ist er etwa seinen Job los?«

»Wie kommst du darauf?« wollte Janette wissen.

»Ich hab' ihn gefragt, wie's mit der Anschaffung einer Klimaanlage stünde. Die Sonne knallt so unwahrscheinlich aufs Dach, daß es nicht zum Aushalten ist. Da wurde er richtig sauer. ›Das können wir uns nicht leisten‹, hat er mich angeraunzt. Bald würde kaum noch genug Geld fürs Essen da sein.«

Sie musterte ihn. »Und wenn's stimmt – was würdest du tun?«

»Meine Sachen packen«, erklärte er ohne Umschweife. »Schließlich bin ich nicht nach Paris gekommen, um genauso in der Gosse zu landen wie in Los Angeles.«

Janette lächelte, wobei sie leicht den Kopf schüttelte. »Du hast die Seele eines echten Strichjungen, wie?«

»Hab' mir nie 'n andres Etikett aufgeklebt«, erwiderte er.

Sie lachte. »Doch jetzt zeig mir, wo sich das Schlafzimmer befindet.«

Er deutete auf eine Tür am anderen Ende des Wohnzimmers und folgte ihr dann. Als Janette die rechte Hand auf die Türklinke legte, drehte sie sich noch einmal um und betrachtete ihn. »Heißt du eigentlich wirklich Marlon?«

Er grinste. »I wo. Hab' mich einfach nach dem Filmstar umbenannt. Und den Jungs gefällt's ausnahmslos besser als Sam.«

Sie lachte und klopfte mit der Linken an die Tür.

Von innen kam die mehr gemurmelte Frage: »Was gibt's?«

»Ich bin's, Janette. Wir hatten uns zu einem Drink verabredet, hast du das vergessen?«

»Da gehst du besser wieder«, ließ sich Philippe durch die geschlossene Tür hindurch vernehmen. »Mir ist nicht gut.«

Achselzuckend blickte Janette zu Marlon, machte die Tür auf und ging hinein. Philippe lag in voller Straßenkleidung auf dem Bett. Sie schloß die Tür und trat zu ihm.

»Ich hab' doch gesagt, du sollst wieder gehen«, maulte er, ohne sie anzusehen.

Janette musterte ihn kritisch. »Was, zum Teufel, ist mit dir los?«

»Er liebt mich nicht, niemand liebt mich.« Philippe lag schlaff und völlig lethargisch da.

»Sei nicht albern«, sagte sie. »Du weißt ganz genau, daß Marlon dich liebt.«

Mit einem Ruck setzte Philippe sich auf. Tränen hatten seine Wimperntusche aufgelöst und dunkle Spuren auf seinen Wangen hinterlassen. »Natürlich weiß ich, daß Marlon mich liebt«, erklärte er heftig. »Aber ihn meine ich ja auch nicht. Ich spreche von Yves. Mit ihm wollte ich reden und ihm darlegen, was ich alles vorhabe, während er bei der Armee ist. Doch er hat mich gar nicht richtig angehört. Er habe genügend eigene Probleme, die ihm Sorgen machten. Und Boussac haßt mich so, daß ich keine echte Chance auf Yves' Job habe. Er wird garantiert Marc aus London zurückholen. Ich spür' das ganz deutlich. Und dann bin ich erledigt.«

»Wieso?« fragte sie. »Marc scheint doch ein vernünftiger Mensch zu sein.«

»Erinnerst du dich an den Krach, den ich voriges Jahr mit ihm hatte, als ich nach drüben reiste, um ihm bei seiner Londoner Kollektion zu helfen? Er meinte, ich würde niemals kapieren, was für Modifikationen für die Briten in puncto Geschmack und Schnitt zu machen seien. Auch Marc haßt mich. Ich bin völlig am Ende.«

Janette schwieg einen Augenblick. »Da magst du recht haben«, sagte sie dann, drehte sich um und ging zur Tür. »Eben deshalb wollte ich ja bei einem Drink mit dir reden. Weil ich dich liebe und außerdem für ein Genie halte. Für ein noch größeres Genie als die anderen – egal, ob sie Yves oder Marc heißen.« Abrupt verließ sie das Zimmer, schloß die Tür hinter sich.

Marlon stand noch in der Nähe. »Wie geht's ihm?«

»Ausgezeichnet.« Janette zog zwei Fünfhundert-Francs-Scheine aus ihrer Tasche und drückte sie ihm in die Hand. »Du arbeitest jetzt für mich. Was ich auch zu Philippe sagen werde – es ist die großartigste Idee, von der du je gehört hast.«

Das Geld verschwand unter Marlons Gürtel. »Geht klar.«

Janette nickte. »Gut. Paß auf, du wirst doch noch zu deiner Klimaanlage kommen. Und vielleicht springt nebenbei auch noch ein Auto raus.«

Er grinste. »Mit mir kann man reden.«

Hinter ihr öffnete sich die Tür. Philippe stand dort. Mittlerweile hatte er sich das Gesicht abgewaschen und die Haare gekämmt. Von zerlaufener Wimperntusche fand sich nirgends mehr eine Spur. »Hast du das wirklich so gemeint, wie du's gesagt hast?« Aus seiner Stimme klang unverkennbar Genugtuung.

Ruhig sah sie ihm in die Augen. »Wenn ich's nicht so meinte, würde ich's auch nicht sagen.«

Er nickte. »Du wolltest auf etwas Bestimmtes hinaus?«

»Ja. Und darüber möchte ich mit dir reden.«

»Bin immer zum Zuhören bereit«, erklärte Philippe und blickte dann zu Marlon. »Ich habe Hunger. Könntest du wohl was für mich machen?«

»Ein Sandwich mit Schinken und Käse? Oder einfach so: Schinken und Ei?« fragte Marlon.

»Das Sandwich. Und eine Flasche Bier.« Er blickte zu Janette. »Möchtest du auch etwas?«

»Ein Bier«, erwiderte sie.

»Ist gleich zur Stelle«, erklärte Marlon und verschwand in Richtung Küche.

Philippe führte Janette zu einem kleinen Tisch, und sie nahmen Platz. Unten auf der Seine bewegte sich ein bateau mouche flußaufwärts. »Eine herrliche Aussicht hast du hier«, meinte sie anerkennend. »Eine noch schönere gibt's wohl in ganz Paris nicht mehr.«

»Nicht wahr?« sagte er enthusiastisch.

Sie lächelte. »Es lohnt sich schon, die vielen Stufen heraufzusteigen.«

»Tut mir leid«, sagte er. »Der Fahrstuhl sollte schon vorige Woche repariert werden.«

»Wie's halt so geht«, meinte sie. »Übrigens, am Freitag mache ich bei Dior Schluß.«

»Aber du bist doch Yves' Lieblingsmannequin«, rief Philippe.

»Nun, er bricht ja seine Zelte dort auch ab, oder? Außerdem langweilt mich der Job als Mannequin. Ich möchte etwas anderes tun.«

Marlon tauchte wieder auf mit dem Sandwich für Philippe und drei Gläsern Bier. Er stellte alles auf den Tisch und zog einen Stuhl für sich herbei.

Philippe biß in das Sandwich. »Das schmeckt einfach köstlich, Liebling«, sagte er kauend zu Marlon, bevor er sich erneut Janette zuwandte. »Was möchtest du denn anfangen?«

»Ich möchte mein eigenes Modehaus haben«, erklärte sie.

Philippe sah sie verwundert an. »Aber du hast doch schon eins mit Shiki.«

»Das ist nicht meins. Und es ist so richtig von gestern. Ich möchte etwas für heute.«

»Was soll mit Shiki werden?«

»Er wird abtreten.« Ihre Stimme klang sehr sachlich. »Das Haus bleibt bestehen und erhält meinen Namen.«

Er biß wieder von seinem Sandwich ab. »Und wo passe ich dort hinein?«

»Du bist mein St. Laurent, ich bin dein Boussac.«

Philippe kaute nachdenklich. »Und warum machst du nicht eigene Entwürfe? Ich habe auf der Couture-Schule einige von deinen Skizzen gesehen, die sehr gut waren.«

Janette trank einen Schluck Bier. »Sie waren gut, aber sie waren nicht hervorragend. Was ich brauche, muß die Handschrift eines Genies tragen. Und das bist nun mal du.«

Sie warf Marlon einen Blick zu, und er reagierte wie auf ein

Stichwort. »Also wenn das nicht die brillanteste aller Ideen ist!« Seine Schauspielkunst hätte seinem »Namensvetter« Ehre gemacht. »Ist dir klar, was dies bedeutet, Philippe? Du wirst dir einen eigenen Namen machen. Du bist dann nicht mehr das Allerweltsarschloch für irgendeinen andern.«

»Glaubst du wirklich?« fragte Philippe.

»Und ob ich das glaube«, verkündete Marlon im Brustton der Überzeugung.

Philippe kaute bedächtig auf dem letzten Bissen seines Sandwiches herum. »Und wenn du Shiki nicht loswerden kannst, Janette?«

»Da mach dir mal bloß keine Sorgen«, sagte sie. »Ich muß allerdings wissen, ob du überhaupt interessiert bist oder nicht.«

Philippe überlegte wieder. »Das hängt von einer ganzen Reihe von Dingen ab, dem Geld, meiner Position und der Freiheit, meine eigenen Ideen zu entwickeln.«

»Darüber läßt sich eine befriedigende Vereinbarung zwischen uns ohne weiteres ausarbeiten«, erklärte sie.

»Klingt in meinen Ohren ganz phantastisch«, warf Marlon ein.

Philippe blickte zu ihm, dann wieder zu Janette. »Ich bin interessiert«, versicherte er, fügte jedoch hastig hinzu: »Aber wir werden natürlich noch ausführlich zu reden haben, damit auch wirklich alles klar geregelt werden kann.«

»Selbstverständlich«, stimmte sie zu. »Aber du kannst sicher sein – es wird alles zu deiner Zufriedenheit ausfallen.«

»Großartig!« sagte Marlon enthusiastisch. Er hob sein Bierglas. »Einen Toast! Auf Philippe Fayard, für Janette Marie de la Beauville!«

»Mit Bier anstoßen!?« Aus Philippes Stimme klang schieres Entsetzen. »Hole bitte schleunigst die Flasche Champagner, die wir im Kühlschrank stehen haben.«

Als Janette daheim ankam, öffnete ihr der Butler die Tür.

»Bon soir, Henri«, sagte sie beim Eintreten.

»Bon soir, Madame«, erwiderte er höflich.

Sie ging zur Treppe und merkte, wie müde und erschöpft sie sich fühlte. Ein heißes Bad würde gut tun, die innere Anspannung lösen.

Es war überaus wichtig, daß Philippe mitmachte. Er bildete gewissermaßen die tragende Säule ihres Planes – ohne ihn hätte sie die Sache allein angehen müssen, und dann wären die Aussichten zu scheitern allzu groß gewesen. Außerdem war es wichtig, für den Fall eines Falles einen Sündenbock zu haben, dem man dann die Schuld in die Schuhe schieben konnte, damit die eigene Reputation nicht darunter litt.

»Es hat eine ganze Reihe von Telefonanrufen gegeben, Madame«, erwähnte Henri.

Janette blieb einen Augenblick stehen. »Legen Sie die entsprechenden Notizzettel in mein Zimmer«, sagte sie. »Ich werde mich darum kümmern, nachdem ich ein Bad genommen habe.«

»Werden Madame heute noch zu Abend speisen?« erkundigte er sich höflich.

Sie überlegte kurz und nickte dann. »Ja, aber nur eine Kleinigkeit. Vielleicht ein Lammkotelett mit etwas Salat. Ich habe heute schon Bier und Champagner getrunken, und das sind genug Kalorien. Servieren Sie in etwa einer Stunde in meinem Zimmer. Ich bin zu müde, um nach unten zu kommen.«

»Sehr wohl, Madame«, sagte er, während sie bereits die Treppe hinaufstieg.

In ihrem Zimmer zog Janette sich sogleich aus, ging dann ins Bad und ließ Wasser in die Wanne laufen. Rasch entfernte sie noch ihr Make-up und streckte sich dann, während das Wasser in die Wanne plätscherte, der Länge nach auf dem Bett aus.

Janette spürte regelrecht die Anspannung und Verkrampfung in ihrem Körper. Unwillkürlich begann sie, an sich herumzuspielen. In solchen Augenblicken fehlte ihr Marie-Thérèse ganz besonders. Aber dieses dumme Luder hatte es verstanden, sich von irgendeinem Kommilitonen an der Sorbonne schwängern zu lassen. Wohlversorgt lebte sie jetzt mit Sohn und Ehemann in Lyon und führte eine total spießbürgerliche Ehe.

Plötzlich kam ihr die Erinnerung an den süßen Gesichtsausdruck von Louise, als sie sie geküßt hatte. Sie spürte förmlich die Zartheit jener Lippen. Urplötzlich wälzte Janette sich herum und griff zum Telefon. Rasch wählte sie Louises Privatnummer. »Hast du schon zu Abend gegessen?« fragte sie.

»Ich wollte heute abend gar nichts zu mir nehmen«, erwiderte Louise, »weil ich mich mit meinem Gewicht nämlich gerade am oberen Limit bewege.«

»Unsinn!« befand Janette. »Irgendwas mußt du schließlich essen. Wie wär's, wenn du bei mir ein leckeres Häppchen verdrücken würdest? Garantiert nichts, was dick macht.«

Louise lachte. »Da müßte ich mich glatt nochmals anziehen.«

»Mach dir da keine große Mühe«, sagte Janette. »Spring in ein paar Hosen und dann in ein Taxi. Also bis gleich!«

Janette legte nur kurz auf, drückte dann eine Taste und war sogleich mit der Küche verbunden. Henri meldete sich. »Eine Freundin kommt noch zum Abendessen vorbei«, sagte sie. »Sorgen Sie bitte für eine angemessene zweite Portion, die dann gleichfalls auf meinem Zimmer zu servieren ist.«

»Oui, Madame«, bestätigte er.

Jetzt hatte Janette es eilig, in die Wanne zu kommen. Dort blieb sie kaum zehn Minuten, und als sie in ihr Zimmer zurückkehrte, klingelte das Telefon. Sie hob ab. »Hallo!«

»Gratuliere!« Es war Jacques. »Ich habe die Winston-Anzeige gesehen. Mir scheint, daß sich das auswerten läßt. Wir sollten unbedingt miteinander darüber reden.«

»Ein Gespräch mit dir zu führen, hatte ich ohnehin im Sinn.«

»Na prima, dann komm doch zum Abendessen herüber, und wir können uns anschließend stundenlang miteinander unterhalten.«

»Heute nicht mehr, Jacques«, sagte sie. »Ich bin einfach zu müde. Wir hatten heute im Salon verteufelt viel zu tun.«

»Hat sich eigentlich Johann schon bei dir gemeldet?« erkundigte er sich.

Janette blätterte die Zettel durch, auf denen die Anrufer notiert waren. »Ja, nur war ich nicht da.«

»Ich meine, es ist wichtig, uns zu unterhalten, bevor du mit ihm sprichst.«

»Wie du meinst«, sagte sie in unverbindlichem Ton. Immerhin: Jacques würde zweifellos einen überaus wichtigen Verbündeten abgeben, da Johann viel auf sein Urteil gab. »Wir könnten vielleicht morgen zusammen mittagessen.«

»Prima«, meinte er. »Treffen wir uns an meinem Tisch im Relais um Viertel nach zwölf?«

»Einverstanden«, erklärte sie.

»Komm nackt«, sagte er lachend. »Du siehst wunderbar aus!«

Als sie den Hörer auflegte, hörte sie, wie unten die Türglocke ging. Per Telefon meldete Henri ihr das Eintreffen der Besucherin: »Mademoiselle Louise ist hier.«

»Führen Sie sie bitte herauf.« Plötzlich war Janette überhaupt nicht mehr müde.

Als sie im Relais auftauchte, gab es dort wohl so gut wie niemanden, der nicht bereits die Vogue-Ausgabe zu Gesicht bekommen hatte. Ihr Erscheinen bewirkte, daß alle Gespräche fast schlagartig verstummten. Janette trug ein weites Herrenhemd, das sie an der Taille über einer blauen Pluderhose geknotet trug, die von ihrer Figur so gut wie nichts verriet, als sie sich durch das Lokal bewegte. Das Haar fiel ihr bis auf die Schultern und umrahmte das Gesicht mit den hohen Backenknochen, auf dem sich keinerlei Make-up fand.

Jacques erhob sich und begrüßte sie mit einem Küßchen. Als sie beide sich gesetzt hatten, wurden im Restaurant die unterbrochenen Unterhaltungen wieder aufgenommen.

»Tut mir leid, daß ich mich etwas verspätet habe«, entschuldigte sich Janette, »ich bin einfach im Verkehr hängen geblieben.«

Inzwischen tauchte auch Louise im Restaurant auf. Janette sah zu Jacques. »Ich habe eine Freundin mitgebracht. Ist dir doch recht, oder?«

»Natürlich«, versicherte er und stand auf, als Louise an ihren Tisch gekommen war. Janette stellte beide einander vor, und Jacques küßte Louise galant die Hand, während der Kellner herbeieilte, um einen weiteren Stuhl an den Tisch zu rücken. »Was möchten Sie trinken?«

»Ich hätte gern ein Mineralwasser«, sagte Louise.

»Seit ich nicht wieder zur Arbeit muß«, meinte Janette, »scheren mich irgendwelche Konsequenzen einen Dreck. Also für mich einen Kir Royale.«

»Für mich das gleiche«, erklärte Jacques. Cassis und Champagner, keine schlechte Idee. Er blickte wieder zu Janette. »Was hast du jetzt vor?«

»Nun, ich hab' mir gedacht, Louise und ich könnten jetzt vielleicht mal eine Reise in die Staaten unternehmen. Von uns beiden war bisher noch keiner in Amerika.«

Der Kellner brachte die Drinks. »Cheers«, sagte Jacques und nahm einen Schluck. »Ich glaube, es wäre ein großer Fehler, wenn du zum jetzigen Zeitpunkt fahren würdest.«

Aus Janettes Stimme klang höfliche Neugier. »Wieso?«

»Weil es jetzt gilt, hier das Eisen zu schmieden, solange es heiß ist«, erwiderte er. »Sieh dich doch nur in diesem Raum um. Alle starren dich an und reden über dich. Du hast dich über Nacht zur Berühmtheit gemacht. Du kannst alles und jedes haben, was du willst.«

Janette lachte. »Ich will gar nicht alles und jedes. Schon gar nicht einen neuen Job als Mannequin.«

»Es gibt genügend andere Möglichkeiten für dich«, erklärte Jacques.

»Und die wären?« drängte Janette ihn, obwohl ihr klar war, worauf Jacques' Vorschlag hinauslaufen würde. Doch ihr war es wichtig, daß er später das Gefühl haben würde, alles sei auch irgendwie seine eigene Idee gewesen.

»Du solltest unbedingt selbst etwas in der Modebranche auf die Beine stellen«, sagte er. »Du könntest sehr wohl zum Zentralpunkt werden, um den sich alles dreht. Etwas, das wir seit dem Tod deiner Mutter nie mehr gehabt haben. Shiki ist dazu einfach nicht fähig.«

»Was Shiki betrifft, hast du völlig recht«, pflichtete sie ihm bei.

Der Kellner kam, und Janette und Louise bestellten Steak Tartare, während Jacques sich für Entrecote und Pommes frites entschied.

Nachdem der Kellner ihre Wünsche notiert hatte, blickte Janette Jacques an. »Gestern abend hast du gesagt, daß Johann mit mir sprechen möchte.«

»Ja«, bestätigte er. »Dein Foto in Vogue hat ihn wohl ziemlich überrascht, und er wüßte gern, was dich dazu bewogen hat.«

»Es hat mir ganz einfach Spaß gemacht«, erwiderte sie eine Spur zu rasch. »Außerdem wollte ich schon immer wissen, was es für ein Gefühl ist, einen Diamanten im Wert von einer Million Dollar zu tragen.«

»Wirklich?« fragte er mit unüberhörbarer Skepsis in der Stimme.

Sie ignorierte das. »Als du mich gebeten hast, vor meinem Gespräch mit Johann mich mit dir zu unterhalten, da verbandest du damit doch eine bestimmte Vorstellung.«

»Stimmt«, bestätigte er. »Ich habe gestern zu Johann gesagt, daß wir mit dir als neuem Modeidol ein ganz tolles Modehaus mit einem völlig neuen Image betreiben könnten. Allerdings müßten wir uns Shiki vom Halse schaffen, weil er so was wie Sand im Getriebe wäre.«

»Was hat Johann dazu gesagt?«

»Nun, du kennst ja Johann. Als erstes meinte er, wir müßten fünfzig Millionen Francs in den Rauch schreiben, wenn wir Shiki gehen lassen. Sein nächster Gedanke war, daß es weitere fünfzig Millionen kosten würde, um den neuen Trend durchzusetzen. Und wenn's damit nicht klappe, seien glatte hundert Millionen im Eimer.«

Janette nickte mit ernstem Gesicht. »Typisch Johann. Er sieht immer nur die Zahlen.«

»Immerhin hat er nicht gesagt, daß er grundsätzlich desinteressiert sei«, erklärte Jacques. »Ich habe ihm geraten, mit dir zu sprechen, bevor er die Sache innerlich zu den Akten legt.«

»Ich fürchte, den kann niemand überzeugen«, meinte sie. »Die Idee in die Tat umzusetzen könnte mir eine Menge Spaß machen, aber das ist für Johann kein Kriterium.«

»Vielleicht würde er sich das Ganze überlegen, wenn da noch jemand wäre, der sein Interesse an der Sache bekundete.«

»Nur gibt es leider niemanden.«

»Da ließe sich schon was arrangieren«, erklärte Jacques.

Janettes Neugier war unverkennbar. »Du denkst da an jemand Bestimmtes?«

Er nickte. Sie blickte ihn fragend an.

»Dein Stiefvater zum Beispiel«, sagte er. »Ich habe gestern mit ihm gesprochen, und er zeigte sich sehr interessiert.«

»Mit dem rede ich nicht«, erklärte sie kalt.

»Weiß ich«, versicherte er. »Aber das ist eine private Sache. Das Geschäftliche ist was anderes.«

»Der kann doch niemals fünfzig Millionen Francs locker machen«, meinte Janette.

»Vielleicht nicht die ganze Summe. Aber ich kenne andere, die sich auch beteiligen würden. Charlie Caroll, ein Amerikaner, beispielsweise, dem in den Staaten eine Reihe von Läden für Damenoberbekleidung gehört. Caroll ist daran gelegen, sein geschäftliches Image aufzuwerten. Mit den anderen potentiellen Interessenten habe ich allerdings noch nicht gesprochen.«

Janette überlegte einen Augenblick und schüttelte dann den Kopf. »Nein. Wenn ich's mache, dann nur allein. Ich will keine Geschäftspartner.«

»Womit wir wieder bei Johann wären«, meinte Jacques.

»Ja, das stimmt wohl.«

Der Kellner servierte, und während der Mahlzeit wurden nur wenige Worte gewechselt. Jeder war mit seinen eigenen Gedanken beschäftigt. Schließlich blickte Louise auf ihre Uhr. »Großer Gott!« rief sie. »Ich komm' ja zu spät zur Arbeit.«

»Nimm mein Auto«, sagte Janette. »Ich hol's mir dann später wieder ab.«

Louise bedankte sich bei Jacques für das Essen und sauste los.

Er blickte hinter ihr her. »Ein hübsches Kind, deine Freundin.«

»Das finde ich auch.«

»Seid ihr schon lange miteinander befreundet?«

»Erst seit dieser Woche, obwohl ich sie kenne, seit ich zu Dior ging.«

Jacques nickte verständnisvoll. »Geschieht ziemlich oft. Da ist jemand, den man tagtäglich sieht, aber erst beim Abschied begreift man, wie wichtig er – oder sie – für einen ist.«

»Ich habe zwar noch nie groß darüber nachgedacht«, erklärte sie, »aber so ist es wohl.«

Der Kellner räumte ab, und Jacques bestellte Kaffee.

Dann blickte er zu Janette. »Reden wir nicht um den heißen Brei herum. Willst du das Haus Tanya, oder willst du's nicht?«

Janette fühlte sich in die Defensive gedrängt. »Wieso meinst du, daß ich darauf aus bin?«

»Du hast gestern mit Philippe Fayard gesprochen«, sagte er.

»Woher weißt du das?«

»Dein Stiefvater hat davon gehört und mich angerufen.«

»Merde!« sagte sie. »Dann weiß also auch Shiki bereits Bescheid.«

»Sicher. Und ich möchte direkt wetten, daß er sich in diesem Augenblick in Johanns Büro befindet und einen Schreikrampf hat.«

Janette schwieg.

»Ob's dir nun paßt oder nicht«, sagte Jacques, »die Würfel dürften inzwischen gefallen sein. Allerdings kannst du dir noch den Weg aussuchen, den du möchtest.«

Sie sah ihn lange an. »Und wie wirst du dich persönlich entscheiden, Jacques?«

»Ich gehe mit dir«, erklärte er. »Vielleicht wird dann endlich der Traum wahr, den ich mit deiner Mutter teilte.«

Der Kellner brachte den Kaffee. Janette hob ihre Tasse, schaute über den Rand hinweg zu Jacques und nickte langsam. »Dann wird's wohl das Beste sein, wenn wir sogleich zu Johann fahren und mit ihm reden.«

Zu ihrer Überraschung wirkte Johann sehr ruhig und sachlich. Ihre Ideen und Pläne seien exzellent und besäßen gute Erfolgsaussichten. In einem Punkt allerdings zeigte er sich unnachgiebig. »Bereits heute vormittag habe ich die Angelegenheit mit meinem Anwalt durchgesprochen«, erklärte er. »Und in meiner Funktion als Verwalter des Vermögens deiner Schwester würde ich nach französischem Gesetz im Falle eines Mißerfolges in vollem Umfang zur Verantwortung gezogen werden.«

»Aber was kann da schon schief gehen?« fragte Janette. »Du hast doch selbst gesagt, du hältst es für eine gute Idee.«

»Nichts garantiert uns, daß wir nicht vielleicht das ganze Geld verlieren«, sagte er. »Und ein solches Risiko darf ich in Laurens Interesse nicht eingehen.«

»Und wenn wir ein Vermögen machen?«

»Das wäre natürlich sehr schön. Nur – wie gesagt – eine Erfolgsgarantie gibt es nicht.« Über den Schreibtisch hinweg sah er sie aufmerksam an. »Tut mir leid, Janette. Handelte es sich um eine Investition in der Größenordnung von einer Million Francs oder so, bliebe mir genügend Handlungsfreiheit. Doch hier geht es womöglich um fünfzig, wenn nicht gar um hundert Millionen. Und ein Verlust in diesem Umfang könnte die ganze Gesellschaft bankrott machen, und wir würden alles verlieren, nicht nur das Couture-Haus, sondern auch die Parfumfirma und das Weingut. Denn – verstehst du – sie sind alle Teile einer Gesamtheit, die einander stützen und absichern sollen.«

Sie schwieg, überlegte. Schließlich fragte sie: »Besteht die Möglichkeit, daß ich Laurens Anteil erwerbe?«

»Ich glaube schon«, erwiderte er. »Allerdings würde dazu sehr viel Geld gehören. Außerdem müßte ich von amtlicher Seite bestätigt bekommen, daß Laurens Anteil ordnungsgemäß taxiert und sie dafür in angemessener Weise finanziell entschädigt worden ist.« Er atmete tief durch. »Nur – warum solltest du so etwas tun wollen? Das Weingut allein garantiert dir für den Rest deines Lebens ein gutes Einkommen.«

»Dieser ganze Weinkram langweilt mich tödlich«, sagte sie. »Mich interessiert einzig und allein das Modehaus.«

»Dennoch bliebe die Prozedur die gleiche.«

»Und wenn ich – sozusagen im Austauschverfahren – auf meinen Anteil am Weingut verzichte?«

»Da würdest du dir selbst gewaltig schaden. Das Weingut wirft gut doppelt so viel ab wie das Modehaus und der Parfumbetrieb.«

»Könnte ich meinen Anteil am Weingut verkaufen und das Geld in das Modehaus investieren?«

»Ich glaube schon. Zumindest erinnere ich mich an keinen Passus aus den Satzungen der Gesellschaft, der dir das verwehren würde. Aber ich bin auch in diesem Fall der Ansicht, daß das dumm wäre.«

»Dumm oder nicht«, erklärte sie. »Ich möchte es trotzdem tun.«

»Einen Punkt gäbe es dabei zu berücksichtigen«, sagte er. »Ich habe das Recht, jeden Partner abzulehnen, der mir im Interesse deiner Schwester als nicht akzeptabel erscheint.«

Ihre Stimme klang kalt: »Mit anderen Worten: Du wirfst mir so und so Knüppel zwischen die Beine.«

»Das habe ich nicht gesagt«, erwiderte er rasch. »Ich versuche nur, dir klarzumachen, daß die Verantwortung ich trage. Schließlich war das um keinen Deut anders, als ich auch noch dein Vermögen verwaltete. Weder dir noch deiner Schwester ist daraus ein Schaden entstanden. Ganz im Gegenteil: Ihr besitzt beide jetzt doppelt so viel wie zu Beginn meiner Tätigkeit als euer Vermögensverwalter.«

»Das Modehaus wirft nichts ab, und vom geschäftlichen Standpunkt her spräche nichts dagegen, es abzustoßen.«

»Stimmt.«

»Und an einen Fremden könnten wir es verkaufen?«

»Ja.«

»Aber nicht an mich?«

»Doch, sofern wir die erwähnte Prozedur auf uns nehmen und hinter uns bringen, steht dem nichts im Wege. Doch als dein Freund und früherer Vermögensverwalter muß ich dich vor den zu erwartenden Risiken warnen.«

»Lassen wir das für den Augenblick. Mal angenommen, ich sage zu dir, ich möchte das Modehaus ganz, statt nur zu Hälfte, bin aber, falls notwendig, dazu bereit, meinen Anteil am Weingut zu veräußern – was würdest du tun?«

»Mir bliebe gar keine andere Wahl, als von Experten die jeweiligen Vermögenswerte abschätzen zu lassen. Und für etwaige Transaktionen brauche ich dann noch die amtliche Genehmigung.«

»Wie lange würde das dauern?«

»Keine Ahnung«, sagte er. »Bis das durch die entsprechenden Instanzen ist, vergehen manchmal Jahre.«

»Bleibt mir also praktisch nur ein Weg offen: Ich muß einen Käufer für meinen Anteil am Weingut finden, den du akzeptierst.«

»Vielleicht«, sagte er.

»Dann ist es genau das, was ich tun muß«, erklärte sie.

Er musterte sie. »Janette, weshalb die große Eile? Warum nimmst du dir nicht die Zeit, in Ruhe darüber nachzudenken? Wenn du in – sagen wir einmal – einem Monat deine Meinung immer noch nicht geändert hast, dann komme wieder zu mir, und ich werde versuchen, dir zu helfen.«

»Jetzt einen Monat verlieren heißt eine Saison vertun. Wenn ich gleich anfange, bleibt mir wahrscheinlich gerade genug Zeit, um im nächsten Jahr bei den Frühjahrskollektionen dabei zu sein.«

»Die Herbstkollektionen sind wichtiger«, erklärte er.

»Nicht für mich«, erwiderte sie. »Ich ziele auf einen anderen Markt ab, und an potentielle Interessenten muß ich im Frühjahr ran, um sie sozusagen für den Herbst vorzubereiten.«

»Ich weiß, was sie will«, sagte Jacques, sich nach langem Schweigen einschaltend. »Und sie hat eine sehr gute Chance, ihr Ziel zu erreichen. Es könnte durchaus sein, daß die Sache Millionen abwirft.«

»Oder Verluste in Millionenhöhe«, meinte Johann und blickte zu Janette. »Ich verstehe, wie dir zumute ist, aber so leicht, wie uns das beiden lieb wäre, kann ich dem, was du verlangst, nicht zustimmen.«

Sie stand auf. »Wir kommen keinen Schritt voran.«

»Tut mir leid«, versicherte er.

Ihre Stimme klang hart und entschlossen. »Ich werde bekommen, was ich will. Auf welche Weise auch immer. Das weißt du.« Sie verließ das Büro, knallte die Tür hinter sich zu. Johann blickte zu Jacques. »Versuche, sie zur Vernunft zu bringen.«

Jacques zuckte die Achseln. »Ist es dir je bei Tanya gelungen, daß sie sich deine Vernunftgründe anhörte?«

»Nein.«

»Und was bringt dich auf den Gedanken, daß sie anders ist als ihre Mutter?« fragte Jacques.

Abends gegen halb acht traf Johann zu Hause ein. Heidi empfing ihn an der Tür mit einem Begrüßungskuß. Für gewöhlich war auch Lauren in der Nähe, wenn er nach Hause kam, doch diesmal konnte er sie nirgends entdecken. »Wo ist die Kleine?«

»Sie müßte eigentlich jeden Augenblick zurückkommen«, erwiderte Heidi. »Janette kam vorbei und holte sie, um mit ihr einen netten Nachmittag zu verbringen.«

»Wann war das?«

»So gegen vier Uhr.« Sie musterte ihn aufmerksam. »Ist irgendwas nicht in Ordnung?«

Er atmete tief durch. »Ich weiß nicht.« Er ging ins Wohnzimmer, und Heidi folgte ihm. »Hat Janette irgendwas zu dir gesagt?«

»Nichts Besonderes. Nur, daß sie ihre kleine Schwester eine Weile nicht mehr gesehen habe und ein bißchen mit ihr zusammensein wolle.«

Johann strich sich nachdenklich über das Kinn. »Irgendwie gefällt mir das nicht«, sagte er und erzählte dann in aller Kürze von dem Gespräch, das er in seinem Büro mit Janette geführt hatte. »Sie sagte, sie werde bekommen, was sie wolle, auf welche Weise auch immer«, schloß er den Bericht.

In Heidis Augen traten Tränen. »Das Glück ihrer kleinen Schwester zerstören, nein, so gemein kann sie doch einfach nicht sein!«

»Du vergißt, daß sie in mancherlei Hinsicht selbst noch ein Kind ist. Ein verwöhntes und verhätscheltes Kind, das stets seinen Willen bekommen hat. Und auf einmal gibt es da etwas, das ihr verwehrt wird.«

»Du meinst, sie wird Lauren nicht wieder zu uns zurücklassen?«

»Ich weiß nicht, was ich denken soll«, sagte er. »Aber es gibt eine Möglichkeit, Klarheit zu erhalten.« Er ging zum Telefon und wählte Janettes Nummer.

Es meldete sich der Butler.

»Henri, ist Mademoiselle Janette da?«

»Oui. Je vous passe, Monsieur.«

Ein Klicken, dann Janettes Stimme. »Ja?«

Johann versuchte, ganz ruhig zu bleiben. »Wir warten auf Lauren, zum Abendessen.«

Janettes Stimme klang frostig kühl. »Sie kommt nicht zum Abendessen, Lauren wird überhaupt nicht zu euch zurückkehren, sondern dort bleiben, wo sie hingehört. Bitte, schickt ihre Sachen so bald wie möglich her.«

Bevor er etwas sagen konnte, hatte sie bereits aufgelegt. Langsam drehte er sich um. »Sie will Lauren behalten«, sagte er dumpf.

Es war das erste Mal, daß er bei Heidi einen Wutanfall erlebte. »Dieses Luder!« legte sie los. »Dieses hundsgemeine Luder! Läßt du ihr das etwa durchgehen? Schließlich bist du Laurens gesetzlicher Vormund.«

»Das hieße alles in die Öffentlichkeit zerren. Für die Zeitungen wär's ein gefundenes Fressen. Die würden alles zurückverfolgen – bis zu Tanya und was weiß ich. Da würde dann so viel schmutzige Wäsche gewaschen werden, daß wir schließlich alle dastünden, als hätten wir nur Dreck am Stecken, selbst Lauren.«

»Nun, dann billige ihr doch zu, was sie haben will! Dann könnten wir endlich mit Lauren nach Amerika, und was Janette betrifft, so soll sie eben auf ihre eigene, höchst individuelle Weise zum Teufel gehen. Was kann's dich scheren?«

»Gar so einfach ist das nicht«, erklärte Johann. »Wirft nämlich Janettes Modehaus eine Menge Geld ab, so heißt es garantiert, ich hätte als Vermögensverwalter Lauren um mögliche Riesengewinne gebracht. Geht das Projekt in die Binsen, so wird man sagen, ich hätte Laurens Vermögen unverantwortlichen Risiken ausgesetzt. Was ich auch tue, ich bin immer der Dumme.«

Heidi blickte ihm in die Augen. »Wenn man dir, egal, was du tust, ohnehin den Schwarzen Peter wird zuschieben können, so sollten wir wenigstens das Kind beschützen. Und was Lauren mehr braucht als Geld, ist Liebe und Fürsorge, und beides können wir ihr geben.«

Er schwieg.

»Wie wär's denn eigentlich, wenn du Janettes Anteil am Weingut kauftest?« fragte sie. »Mein Vater würde dir das Geld bestimmt vorstrecken. Die Weinbranche interessiert ihn. Vor über fünf Jahren hat er in Kalifornien rund eintausend Acres Rebland gekauft.«

Er sah sie an, und der Keim einer Idee schien in seinem Kopf Gestalt anzunehmen. »Als Käufer komme ich nicht in Frage. Damit würde ich mich allen möglichen Angriffen aussetzen. Wenn dem nicht so wäre, täte ich's. Geld habe ich genug. Wenn allerdings dein Vater Janettes Anteil erwürbe, sähe das ganz anders aus. Das wäre eine Transaktion, gegen die sich weder von amtlicher noch von sonstiger Seite etwas einwenden ließe. Du meinst also, er könnte interessiert sein?«

»Ja, das glaube ich unbedingt«, sagte Heidi. »Rufen wir ihn doch nach dem Abendessen an und fragen wir ihn selbst.«

»So leicht gibt der das nicht auf«, hatte Maurice gesagt. »Nicht nach all den Jahren, in denen er die absolute Kontrolle ausübte. Wieviel er dabei für sich herausgeschlagen hat, wird keiner je genau wissen.«

Janette sah ihn an. »Daß Johann sich je wie ein Lump benommen hat, glaube ich nicht.«

»Das behaupte ich ja auch keineswegs«, versicherte Maurice hastig. »Aber er hat ein Vermögen verwaltet und an den Gewinnen partizipiert. Wer kann schon sagen, ob er da nicht an ein bißchen mehr partizipiert hat, als eigentlich rechtens war!«

Sie schwieg.

»Wenn es dir ernst ist mit dem, was du sagst«, erklärte Maurice, »dann mußt du schon reinen Tisch machen und Johann zwingen, daß er von selbst das Handtuch wirft.«

»Und wie soll ich das anstellen?« fragte sie.

»Mach ihm die Hölle heiß. Zerre ihn vor Gericht und fordere Schadensersatz wegen grob fahrlässiger Fehler bei der Vermögensverwaltung. Wirf ihm vor, deine und Laurens Interessen nicht in ausreichendem Maße wahrgenommen zu haben. Du kannst sogar behaupten, er habe auf deine Mutter, welche ihrer Sinne nicht ganz mächtig war, einen ungebührlichen Einfluß ausgeübt, um die Kontrolle über den Besitz zu erlangen. Es gibt vieles, was du tun kannst.«

Janette schüttelte den Kopf. »Ich weiß nicht, ob ich zu so was imstande wäre.«

»Dann laß auch deine hochfliegenden Pläne sausen. Aber es werden sicher Jahre vergehen, bis sich dir wieder eine solche Gelegenheit bieten dürfte. Hat Jacques dir gesagt, daß ich bereit bin, dir finanziell unter die Arme zu greifen, und daß er überdies einen einflußreichen Amerikaner an der Hand hat, der gleichfalls gern einsteigen würde?«

»Ja«, erwiderte sie.

»Worauf wartest du dann noch?« fragte er. »Oder glaubst du vielleicht selbst nicht so recht an deinen eigenen Erfolg?«

»Irgendwie geht alles nicht zusammen«, sagte sie. »Was ich Johann antun soll, ist übel, vor allem, wenn ich daran denke, daß Lauren bei ihm lebt.«

»Dann hol sie doch zurück«, meinte er.

»Ja geht das denn überhaupt?« fragte sie. »Schließlich ist er ihr gesetzlicher Vormund.«

»Aber du bist ihre Schwester. Du kannst jederzeit behaupten, daß du sie zu dir geholt hast, weil du meinst, bei ihm könnte sie Schaden nehmen.«

Janette schwieg.

»Bloß keine Gefühlsduselei«, meinte er. »Er war ein deutscher Soldat. Ein Boche. Und daran hat sich nichts geändert.«

Sie musterte ihn. »Wie bekomme ich Lauren zurück?«

»Ganz einfach«, erwiderte er. »Du fährst zu Johanns Appartement und holst sie unter irgendeinem Vorwand ab. Bloß, daß du sie dann nicht mehr zurückbringst.«

Und genau das tat Janette auch an jenem Nachmittag. Als Johann anrief, lag Lauren bereits im Bett.

Während des Abendessens hatte sich das Personal in ganz besonderem Maße um sie bemüht, was der Kleinen natürlich sehr gefiel. Als es dann hieß, nunmehr müsse sie zu Bett gehen, hatte sie sich ganz und gar nicht widerspenstig gezeigt.

Wenige Minuten nach Johanns Anruf kam Lauren in Janettes Zimmer.

»Vor dem Einschlafen erzählt mir Tante Heidi immer eine Gute-Nacht-Geschichte«, sagte sie.

»Na gut«, erklärte Janette. »Dann wollen wir jetzt in dein Zimmer zurückgehen, und ich werde dir auch eine Geschichte erzählen.«

Das Kind kletterte ins Bett und blickte zu ihrer Schwester empor. »Heute möchte ich die von der Prinzessin hören.«

»Was für eine Prinzessin?«

»Na, du weißt doch. Von der, die nicht schlafen konnte, weil in ihrem Bett eine Erbse war.«

Janette überlegte einen Augenblick. »Die Geschichte ist mir unbekannt.«

»Na, was für Geschichten kennst du denn?«

Janette versuchte, sich an irgendein Märchen aus ihrer Kindheit zu erinnern.

»Es war einmal eine alte Frau, die lebte in einem Schuh . . .«

»Aber nein«, fiel Lauren ihr ins Wort, »das ist kein Märchen, sondern ein Kinderreim.«

»Oh«, sagte Janette bloß.

»Ich möchte, daß du mir eine richtige Geschichte erzählst«, erklärte das Mädchen.

»Ich brauche ein bißchen Zeit, um mich an eine zu erinnern«, druckste Janette. »Weißt du was – bis morgen habe ich Gelegenheit, mir ein Buch zu beschaffen, in dem all diese Geschichten drinstehen, und abends kann ich sie dir dann erzählen.«

Lauren schaute sie groß an. »Weißt du denn wirklich keine einzige Geschichte?«

»Ich fürchte, mir fällt keine ein.«

»Nicht einmal eine klitzekleine?«

Janette lachte. »Morgen abend weiß ich bestimmt ein ganzes Dutzend.«

Das Kind schien zu überlegen. »Na gut.« Sie streckte ihre Arme aus. »Gib mir einen Gutenachtkuß.«

»Gute Nacht.«

Lauren umarmte sie. »Gute Nacht, Tante Hei . . . Janette.« Das Mädchen legte seinen Kopf aufs Kissen, schloß die Augen, öffnete sie aber sogleich wieder. »Ich hab' vergessen, mein Gebet zu sagen«, erklärte sie und hüpfte aus dem Bett.

Und dann kniete sie davor, faltete die Hände und beugte den Kopf. »Lieber Gott, ich bitte dich, beschütze mich auch diese Nacht und sei auch bei meiner lieben Tante Heidi und dem guten Onkel Johann sowie meiner großen Schwester Janette.« Als sie ihr »Amen« gesprochen hatte, blickte sie Janette an. »Du mußt auch ›Amen‹ sagen«, erklärte sie.

»Amen«, sagte Janette.

Das Kind kletterte wieder ins Bett und zog sich die Zudecke bis ans Kinn. »Gute Nacht, Janette.«

Janette ging zur Tür. »Gute Nacht, Schwesterchen.« Sie knipste das Licht aus und schloß die Tür hinter sich. Als sie die Treppe zur Bibliothek hinunterstieg, begann das Telefon zu läuten.

Jacques war dran. »Ich habe gerade Johann angerufen, und er hat mir gesagt, was du angerichtet hast. Er und Heidi sind ganz außer sich.«

»Künstlerpech«, sagte Janette. »Doch wieso hast du ihn eigentlich angerufen?«

»Ich hatte da so eine Idee bezüglich Tanya Couture, die das finanzielle Risiko beträchtlich mindern würde.«

»Und was sagte er?«

»Ich bekam überhaupt keine Gelegenheit, darüber zu sprechen. Johann erzählte mir sofort alles, was passiert war, und wollte wissen, ob ich meinerseits davon irgendwie Kenntnis hätte. Ich verneinte das zwar, doch bin ich mir ganz und gar nicht sicher, ob er mir das abnahm.«

»Das spielt doch weiter keine Rolle«, meinte Janette.

»Für mich schon«, erklärte Jacques. »Ich habe ihn noch nie angelogen. Und ich möchte nicht, daß er glaubt, ich würde ihm bei dieser Sache etwas vormachen. Wieso, um alles in der Welt, hast du das überhaupt getan?«

»Spiel nicht den Blödmann«, sagte sie. »Du hast doch selbst erlebt, wie er bei unserer Besprechung reagierte. Sein Entschluß stand längst fest, und bei seiner teutonischen Sturheit konnte ihn nichts davon abbringen.«

»Aber deine kleine Schwester fühlte sich bei ihnen glücklich. Es gab nicht den geringsten Grund, sie in die Sache hineinzuzerren.«

»Sie wird auch hier glücklich sein. Im übrigen steckte sie bereits mitten drin. Schließlich gehört die Hälfte des Vermögens ihr.«

»Wir hätten auch eine andere Lösung finden können«, meinte er.

»Es gibt keine andere Lösung«, sagte sie. »Davon hat mich Maurice überzeugt. Auf ihn hätte ich schon längst hören sollen. Leider habe ich's nicht getan.«

»Maurice kennt nur eigennützige Interessen. Und nun wittert er eine Chance, wieder die Finger ins Geschäft stecken zu können. Deshalb ist er so hinter dir her.«

»Und du mißbilligst mein Verhalten?« fragte sie, und ihre Stimme klang kalt.

»Auf die Art und Weise vorzugehen war nicht unbedingt notwendig«, erklärte er.

Sie wurde zornig. »Wer bist du, um über mich Gericht zu halten? Warst du nicht dein Leben lang Strichjunge und Zuhälter in einem? Für alles hast du dich verkauft. Für deine Jobs, für Storys, für Publicity. Und jetzt hast du Angst, du könntest dich zu weit in meine Richtung vorgewagt haben, um rechtzeitig wieder in seinen Windschatten zurückzukrauchen.«

»Du spinnst dir da was völlig Absurdes zusammen«, entgegnete er heftig. »Außerdem kennst du Maurice nicht so, wie ich ihn kenne. Der versucht dich zu benutzen, wie er versucht hat, deine Mutter zu benutzen.«

»Was dir absolut fernliegt, wie? Du hast meine Mutter benutzt. Und mit mir hast du das Gleiche getan. Wie viele andere hast du eigentlich noch für deine Zwecke benutzt? Von deiner Seite brauche ich wahrhaftig keine Zustimmung. Krieche von mir aus dem Nazi doch so tief in den Arsch, wie du willst.« Sie knallte den Hörer auf die Gabel und mußte sich anschließend setzen, weil sie am ganzen Körper zitterte.

Die Tür ging auf, und Lauren stand da, der dicke Tränen über die Wangen liefen.

»Was gibt's?« fragte Janette kurz angebunden.

»Nach Hause will ich!« schluchzte die Kleine.

»Du bist zu Hause«, erklärte Janette scharf. »Und jetzt geh wieder auf dein Zimmer und lege dich schlafen.«

»Ich bin nicht zu Hause. Und es ist nicht mein Zimmer«, widersprach Lauren störrisch. »Und ich kann nicht schlafen. Hier gibt es Gespenster.«

»Hier gibt es keine Gespenster«, sagte Janette.

»Und doch gibt's welche«, beharrte das Kind.

»Was für Gespenster denn?«

»Der Marquis steht am Fußende von meinem Bett und lacht. Und wenn ich die Augen öffne, läuft er weg.«

Stumm starrte Janette sie an.

»Bist du meine Schwester?« fragte Lauren. »Er sagt immer, daß du nicht meine Schwester bist.«

Janette trat auf sie zu und kniete vor ihr nieder. »Natürlich bin ich deine Schwester.«

Das Kind sah sie an. »Liebst du mich?«

»Du weißt, daß ich dich liebe, chérie«, sagte Janette leise.

»So sehr, wie Maman dich geliebt hat? So sehr, wie Maman mich geliebt hat?«

Sekundenlang blieb Janette völlig stumm. Dann spürte sie, wie ihr die Augen feucht wurden. »Ja, mein Liebling.«

Zwanzig Minuten später standen sie vor der Tür zu Johanns Wohnung. Er öffnete, betrachtete beide wortlos.

Janette hatte Mühe, ihre Stimme unter Kontrolle zu halten.

»Ich wollte nur Lauren wieder nach Hause bringen.«

Hinter Johann bewegte sich jemand. »Tante Heidi!« rief Lauren und stürzte sich direkt in Heidis Arme.

Janette wollte sich umdrehen, doch der Klang von Johanns Stimme ließ sie mitten in der Bewegung innehalten. Als sie ihn ansah, standen ihr Tränen in den Augen. »Ja?«

Johann zwinkerte heftig. »Möchtest du nicht hereinkommen?« erkundigte er sich behutsam. »Es gibt zwischen uns doch viel zu bereden.«

Lauren

Der Purser kam aus dem Besatzungsraum und ging zu der Bordküche, welche die erste Klasse von der Touristenklasse trennte. Zufrieden blickte er auf die bereitstehenden Frühstückstabletts.

»Wir werden zehn Minuten früher ankommen«, sagte er.

Die dunkelhaarige Stewardeß war dabei, Orangen- oder Tomatensaft in die Gläser zu gießen. Sie lächelte. »Prima. Ich kann's gar nicht erwarten, nach Hause zu kommen und ein Bad zu nehmen.« Sie schaltete die Elektroherde ein, warf einen Blick auf ihre Armbanduhr. »In zwanzig Minuten werden die Eier fertig sein.«

»Dann kommen wir bequem zurecht«, meinte der Purser. Er griff nach dem Mikrophon der Sprechanlage und schaltete gleichzeitig die Bordbeleuchtung an. Zuerst auf französisch, dann auf englisch sagte er: »Guten Morgen, meine Damen und Herren. Es ist jetzt halb sieben Uhr morgens, französische Ortszeit. Im Namen von Flugkapitän Vecker darf ich Ihnen mitteilen, daß wir in Paris voraussichtlich eine Viertelstunde vor der planmäßigen Ankunftszeit landen werden. Wir beginnen jetzt mit dem Servieren des Frühstücks.«

Wie gewöhnlich öffneten jene als erste die Rouleaus an den Fenstern, die keinen Schlaf gefunden hatten. Nach und nach wurden sämtliche Passagiere munter.

Lauren blickte zum Fenster hinaus, doch zu sehen war nichts, da die Maschine über der Wolkendecke flog. Eine Hand berührte sacht Laurens Schulter, und sie drehte den Kopf. Es war die Stewardeß.

»Guten Morgen, Miß«, sagte sie auf englisch. »Haben Sie gut geruht?«

Lauren strich sich das lange blonde Haar aus dem Gesicht. Auf französisch antwortete sie: »Es ging. Ich war nur zu aufgeregt, weil ich nämlich zum erstenmal seit fast zehn Jahren wieder nach Frankreich komme.«

Ihr Französisch überraschte die Stewardeß. Es war makellos und ohne auch nur die Spur eines Akzents, obwohl dieses Mädchen doch wie eine typische junge Amerikanerin aus Kalifornien wirkte: braungebrannt, blondes, von der Sonne ausgebleichtes Haar und große blaue Augen.

»Jus d'orange ou tomate?« fragte die Stewardeß.

»Jus d'orange«, erwiderte Lauren.

Die Stewardeß ließ das Tischchen vor Lauren herunterklappen und servierte den Orangensaft. »Möchten Sie vielleicht auch Kaffee?«

Lauren nickte. »Bitte.« Sie griff nach ihrer Handtasche und entnahm ihr ein Gläschen voll Pillen. Ein paar davon schüttete sie sich in den Handteller, dann langte sie nach dem Glas mit dem Orangensaft.

Die Stewardeß lächelte. »Vitamine?«

Lauren erwiderte das Lächeln. »Natürlich.« Wenn du wüßtest! dachte sie. Von wegen nur Vitamintabletten. Nun, das rote Ding da zum Beispiel war ein »Upper«, ein Weckamin. Während sie alles mit Hilfe des Orangensaftes hinunterspülte, servierte die Stewardeß bereits den Kaffee. Lauren zündete sich eine Zigarette an und blickte wieder durchs Fenster. Zehn Jahre. Eine lange Zeit. Mehr als die Hälfte ihres Lebens.

Plötzlich empfand sie kribbelnde Nervosität. Janette würde sie auf dem Flughafen abholen. Ob die ältere Schwester sie wohl wiedererkannte? Nun, das war nicht so wichtig. Auf jeden Fall würde sie, Lauren, Janette wiedererkennen. Unzählige Male im Jahr sah sie ihr Bild, in Zeitungen, Zeitschriften, selbst TV-Werbespots. Was hatte dieser Nachrichtenkommentator doch noch gesagt? Eine der zehn schönsten Frauen der Welt.

Eine Erinnerung kam zurück. Zusammen mit Harvey lag sie bei Paradise Cove im Sand auf einer Decke. Heiß knallte die Sonne vom blauen Himmel herunter, doch dank einer leichten Brise ließ es sich am Strand aushalten.

Lauren drehte sich auf den Bauch und schlug ein Magazin auf.

Und fast sofort fiel ihr Blick auf ein Farbfoto von Janette. Es handelte sich um die Reklame für einen Bikini. Der Text war kurz. »Der knappste Bikini, von Philippe Fayard für Janette.« Und kleingedruckt stand unter dem Bild: »In allen besseren Geschäften für $ 90.«

Ein Schatten fiel über das Magazin. »Wau!« sagte Harvey. »Die Puppe ist Dynamit.«

Lauren empfand so etwas wie einen Stich. War es Verblüfftheit? War es Eifersucht? Harvey sah sonst eigentlich nie etwas. Er lebte in einer Welt, die sozusagen nur zwischen seinem Surfbrett und seinem Drogensortiment existierte. Sein Surfbrett befand sich immer in seiner Nähe – selbst abends oder nachts: auf dem Dachgepäckträger seines VW. Und in der Autotür, raffiniert versteckt, waren stets wenigstens zwanzig Plastikbeutelchen mit verschiedenen Arten von Gras griffbereit. Zur Zeit beschäftigte ihn ein spezielles Projekt. Zusammen mit einem Freund versuchte er oben in Humboldt County ein Gras zu züchten, das keinen Samen hervorbrachte, so daß es nicht erst gereinigt werden mußte. Nur gut, daß es seinen Vater nicht interessierte, was Harvey mit seinem Taschengeld anstellte. Im Lauf der Zeit hatte er bereits über tausend Dollar in das Projekt gesteckt, von denen mehr als zweihundert von Lauren stammten.

Sie blickte hoch und kniff die Augen wegen der grellen Sonne zusammen. »Was hast du gesagt?«

»Die Puppe ist Dynamit«, wiederholte er, noch immer auf das Foto starrend.

Unwillkürlich blickte sie sich um. Am Strand wimmelte es nur so von Mädchen, lebendigen, wirklichen Geschöpfen in noch knapperen Bikinis, doch die nahm Harvey überhaupt nicht wahr, sondern starrte vielmehr unentwegt auf das Magazin.

»Das ist meine Schwester«, sagte sie und reichte ihm die Illustrierte.

Er nahm sie, glotzte noch immer. »Jaah«, murmelte er und kapierte offenbar erst allmählich, was sie gesagt hatte. »Deine Schwester?«

»Ganz recht.«

»Du hast mir nie was davon erzählt, daß du eine Schwester hast.« Aus seiner Stimme klang leiser Zweifel.

»War eben bis jetzt noch nie ein Thema«, erklärte sie.

»Sie ist mir aber bisher noch nicht über den Weg gelaufen.«

»Woher denn auch? Sie lebt in Paris.«

»Wann hast du sie das letzte Mal gesehen?« erkundigte er sich.

»Vor fast zehn Jahren«, erwiderte sie. »Damals kam ich hierher.«

»Sah sie da auch schon so aus?«

Lauren überlegte einen Augenblick und nickte dann. »Ich glaube schon. Aber ich war damals ein kleines Mädchen, und sie war ganz einfach meine wunderschöne große Schwester.«

»Wann wirst du sie wiedersehen?« fragte er.

Ganz spontan faßte Lauren einen Entschluß. »In diesem Sommer, sobald ich mit der Schule fertig bin«, erwiderte sie. Zehn Jahre waren eine lange Zeit.

Eine verflixt lange Zeit, dachte sie, während das Flugzeug in Orly zur Landung ansetzte.

Der Beamte musterte sie überrascht, als sie ihm ihren Paß reichte. »Sie sind Französin?« fragte er.

Sie lächelte. »Ja.« Den blauen französischen Paß hatte ihr das französische Konsulat in Los Angeles ausgestellt.

»Ich hätte Sie glatt für eine Amerikanerin gehalten«, erklärte er.

»Ich lebe nun mal dort«, sagte sie. »Zum erstenmal seit zehn Jahren betrete ich wieder französischen Boden.«

Er lächelte und gab ihr den Paß wieder zurück. »Willkommen daheim«, sagte er.

»Danke.« Lauren machte sich auf den Weg zur Gepäckausgabe. Dort sah sie einen Mann mit einem kleinen Pappschild in der Hand: »Mlle. Lauren.« Sie trat auf ihn zu. »Ich bin Lauren«, erklärte sie.

Er machte eine Verbeugung. »Jean Bergère, service d'accueil, Air France. Ihre Schwester hat mich gebeten, mich um Ihr Gepäck zu kümmern.«

»Das ist ganz reizend von Ihnen. Ich habe lediglich einen Koffer dabei«, erwiderte sie und beschrieb ihn kurz.

»Das vereinfacht die Sache«, sagte er. »Kommen Sie. Ich werde

Sie durch die Zollkontrolle geleiten und anschließend Ihren Koffer holen. Ihre Schwester wartet draußen auf Sie.«

Kaum lag der Zollbereich hinter ihr, entdeckte sie auch schon Janette. Lauren blieb einen Moment lang stehen und sah sie an. Kein Zweifel, das war Janette. Sie besaß eine Ausstrahlung, die sie aus der Menge deutlich heraushob. Noch während Lauren sie anstarrte, fiel Janettes Blick auch auf sie.

Ein kurzes Zögern, und Lauren lief auf Janette zu. Dann standen sich die beiden Schwestern gegenüber und musterten einander wortlos, bis über Laurens Gesicht unvermittelt ein Lächeln huschte.

»Bist du wirklich meine berühmte Schwester?« fragte sie auf französisch.

Janette antwortete auf englisch, und das Zittern in ihrer Stimme war ein Schwanken zwischen Lachen und Weinen. »Wirst es wohl glauben müssen.« Sie umarmte Lauren und zog sie fest an sich. »Ich bin's, die ihren Augen nicht so recht trauen mag. Du bist aber vielleicht groß und hübsch geworden. Das kleine Mädchen, das ich gekannt habe, hat sich ungeheuer herausgemacht.«

Laurens Augen glänzten feucht.

»Und ist sogar einen halben Kopf größer als ich«, sagte Janette.

»Amerikanische Vitamine.« Lauren lachte. »Aber du bist noch schöner, als ich's in Erinnerung hatte – und viel schöner als auf irgendeiner der vielen Abbildungen, die ich von dir gesehen habe.«

»C'est pas vrai«, sagte Janette. Sie drehte sich um und winkte. Ein junger Mann näherte sich. Er trug einen Straßenanzug in gedeckter Tönung mit entsprechender Krawatte. »Robert Bleu, mein Sekretär«, stellte Janette ihn vor.

Der junge Mann streckte seine geradezu grazile Hand vor. »Pleased to meet you, Miss Lauren«, sagte er in einem Englisch mit fürchterlich steifem Akzent.

»Ganz meinerseits«, erwiderte Lauren.

»Robert wird dein Gepäck nach Hause bringen. Auf diese Weise kannst du mit mir ins Geschäft fahren, und der Chauffeur wird dich anschließend heimbringen.«

Lauren konnte eine gewisse Enttäuschung nicht verhehlen. »Muß es denn sein, daß du heute arbeitest?«

»Ist nicht mehr lange hin, bis die Vorführung der neuen Kollektionen beginnt«, erklärte Janette, während sie Lauren beim Arm nahm und sie zum Ausgang führte. »Bis Ende Juli bleiben uns nur noch drei Wochen, und wir haben noch tausend Dinge vorzubereiten. Unsere Schau kommt gleich nach der von Dior.«

Obwohl Janette gar nicht besonders schnell zu gehen schien, hatte Lauren irgendwie Mühe, mit ihr Schritt zu halten. »Gibt's für euch im Juli denn immer so viel zu tun?«

Janette lachte. »Mehr als zu jedem anderen Zeitpunkt im Jahr.«

»Tut mir leid«, sagte Lauren. »Das hättest du mir mitteilen sollen. Dann wäre ich nicht ausgerechnet jetzt aufgekreuzt.«

Sie verließen das Flughafengebäude. Ein großer Rolls-Royce fuhr vor. Der Chauffeur stieg aus und öffnete die Tür. »Bon jour, Miss Lauren«, sagte er. »Willkommen daheim.«

Lauren sah ihn sich genauer an. Dann dämmerte es ihr. »René?«

»Moi-même, Mademoiselle Lauren.«

Impulsiv beugte sie sich vor und küßte ihn auf die Wange. »Ich freue mich, Sie zu sehen«, versicherte sie.

»Danke«, erwiderte er.

Sie stiegen ein. Lauren spürte eine unerwartete Erregung. »Sind Henri und . . .«

Janettes Stimme klang irgendwie belegt. »Nein. Von unserem alten Personal ist René als einziger übriggeblieben.«

»Schade«, sagte Lauren. »Ich hätte auch die anderen gern wiedergesehen.«

Als der Rolls-Royce sich in Bewegung setzte, zündete sich Janette eine Zigarette an.

Lauren sah, daß die Hände ihrer Schwester kaum merklich zitterten. »Fehlt dir auch nichts?« fragte sie.

Janette warf ihr einen kurzen Blick zu. »Natürlich nicht. Was sollte mir schon fehlen?«

»Du wirkst nervös.«

»Ich bin bloß müde«, versicherte Janette. »Ich habe bis heute früh um drei gearbeitet.« Sie deutete auf den Diplomatenkoffer vor ihr auf dem Boden. »Siehst du das? Ist voll von Sachen, die ich heute noch zu erledigen habe.«

»Du mußt dich ganz schön abstrampeln, wie?«

»Wenn du in dieser Branche Erfolg haben willst, gibt es gar keine andere Möglichkeit«, erwiderte Janette und zog an ihrer Zigarette. »Da ist immer irgendeiner, der bloß darauf lauert, dich aufs Kreuz zu legen. Dann können sie alle über dich herfallen und dich zerfetzen – wie Wölfe, die um ein gerissenes Opfer kämpfen.«

»Meinst du das im Ernst?« fragte Lauren.

Janette sah sie lange an. Schließlich nickte sie. »Ja. Das Berufsleben ist nun mal so. Du bist noch jung. Aber ... mit der Zeit ...«

Janette steckte die nächste Zigarette an der ersten an. Deutlich sah Lauren, daß ihre Hände noch immer zitterten. Ein Gedanke zuckte ihr durch den Kopf. »Bist du wired?« fragte sie.

Janette war verwirrt. »Wired? Was ist das?«

»Amerikanischer Slang«, klärte Lauren sie auf. »Du kommst mir echt klamm vor. Stehst wohl auf roten Uppers, wie? Oder mehr auf Black Beauties?«

»Ich hab' keine Ahnung, wovon du überhaupt redest.«

»Amphetamine. Speed. Mood-Elevators. Coke. Halt so Sachen – Drogen.«

»Mache ich so einen Eindruck?« fragte Janette.

»Könnte schon sein«, erwiderte Lauren.

»Ihr Amerikaner seid uns in solchen Dingen ja immer ein ganzes Ende voraus«, sagte Janette. »Ich schnupfe ab und zu ein bißchen Koks. Wirklich nicht viel. Franzosen würden nie was merken.«

»Heute früh hast du was genommen, wie?«

Janette nickte. »Ich war hundemüde und brauchte unbedingt was, um wieder auf die Beine zu kommen.«

Jetzt nickte Lauren. »Im Flugzeug habe ich eine Rote geschluckt, um nicht irgendwann aufzufallen, wenn's durch den Zoll ging.« Sie kramte in ihrer Tasche und holte eine kleine Blechschachtel hervor. Dieser entnahm sie einen Joint, nicht groß, sehr fest gerollt. Sie riß ein Streichholz an und entzündete ihn. Nach zwei raschen Zügen reichte sie ihn Janette weiter.

Bedächtig zog Janette an dem Joint. Langsam inhalierte sie den Rauch ein zweites Mal und reichte den Joint wieder Lauren.

Diese feuchtete ihre Fingerspitzen an und drückte das brennende

Ende aus. Den Rest verstaute sie wieder sorgfältig in der Blechschachtel und ließ diese dann in ihrer Handtasche verschwinden.

»Ich spüre überhaupt nichts«, erklärte Janette.

Lauren lächelte. »Sollst du auch noch gar nicht.«

Sie schwiegen, während das große Auto die Autoroute in Richtung Paris rollte.

Plötzlich blickte Janette zu ihrer Schwester. »Weißt du«, sagte sie lächelnd, »du hattest recht. Alles erscheint mir jetzt angenehmer.«

Lauren lachte. »Du mußt nur immer hübsch auf dein kleines Schwesterchen hören.«

»Da fällt mir ein, ich hätte dich eigentlich schon längst danach fragen sollen, wie es Johann und Heidi geht.«

»Ausgezeichnet«, erwiderte Lauren. »Ich soll dich ganz herzlich von ihnen grüßen.«

»Irgendwo habe ich gelesen, daß Johann die amerikanische Staatsangehörigkeit angenommen hat«, sagte Janette.

»Das war im vorigen Jahr«, erläuterte Lauren.

»Johann ist sehr erfolgreich gewesen?«

Lauren wußte nicht recht, ob es eine Frage war oder eine Feststellung.

»Ich glaub' schon«, erklärte sie. »Aber besonders darauf geachtet habe ich nie. Ich weiß nur, daß er früh zur Arbeit fährt und erst spät wieder heimkommt.«

Janette schwieg etliche Sekunden. »Dem Wirtschaftsgeschehen solltest du aber einige Aufmerksamkeit widmen. Denk nur an deine Firmenanteile.«

»Weiß ich«, erklärte Lauren eher beiläufig. »Johann hat das mir gegenüber verschiedentlich betont, aber echtes Interesse konnte ich dem nicht abgewinnen. Geld ist für mich nicht so wichtig.«

»Was dann?« wollte Janette wissen.

»Mich selbst zu entdecken. Zu erfahren, was eigentlich mit mir los ist. Dann werde ich Zeit für andere Dinge haben.«

»Aber machst du dir denn keine Sorgen, daß mit deinem Vermögen irgendwas passieren könnte?«

»Was könnte schon groß damit passieren?«

Janette gab keine Antwort.

»Selbst wenn alles futsch ginge, würde das keine Rolle spielen«, fuhr Lauren fort. »Ich käme auch so zurecht. Ich brauche nicht sehr viel.« Während sie vom Boulevard Périférique abbogen, erhaschte sie einen Blick auf den Eiffelturm, und auf ihrem Gesicht erstrahlte ein Lächeln. »Dort ist er!« rief sie wie ein aufgeregtes Kind. »Jetzt erst habe ich wirklich das Gefühl, in Paris zu sein!«

Der Rolls-Royce hielt vor dem Salon in der Avenue Montaigne. Der livrierte Pförtner öffnete die Tür.

»Bon jour, Madame.«

»Bon jour, Louis«, erwiderte sie, während er ihren Diplomatenkoffer aus dem Auto holte. Janette blickte zu Lauren. »Versuche, dich am Nachmittag ein wenig auszuruhen. Am Abend gebe ich zu Hause eine kleine Dinnerparty. Schließlich gibt es viele Leute, die dich unbedingt sehen wollen.«

Lauren betrachtete sie aufmerksam. »Das ist wirklich alles nicht nötig. Ich bin ganz einfach glücklich, hier zu sein.«

»Sei nicht albern«, erklärte Janette mit einem Lächeln. »Mir wird es einen Riesenspaß bereiten, deren Gesichter zu beobachten, wenn sie dich wiedersehen. Die verbinden nämlich mit dir noch immer die Vorstellung, du seist ein Kind.«

Sie überquerte das Trottoir und stieg die wenigen Stufen zum Privateingang des Salons empor. Wie meist blieb Janette oben einen Augenblick stehen, um einen Blick auf das Straßengeschehen zu werfen. An der Ecke: Christian Dior. Auf der anderen Seite der Straße: Nina Ricci. Ein Stück weiter entfernt lag das Plaza Athénée. Abgesehen von ein paar Touristen war alles ruhig.

Doch Janette wußte, daß der äußere Schein trog. Hinter den Fassaden nahm die Hektik laufend zu. In weniger als drei Wochen galt es, die Kollektionen zu präsentieren. Da drehten doch alle durch. Der Wirbel war voll im Gange. Modegerüchte schwirrten umher, und jedes Haus arbeitete Tag und Nacht. Rocksäume höher, Rocksäume tiefer; Schultern breiter, Schultern schmaler; Hüften flach, Hüften rund; Farben knallig, Farben gedeckt; Seide, Satin, Wolle, Batist. Niemand wußte wirklich, wie's ausgehen würde. Also spielten alle verrückt.

Louis öffnete, und Janette trat ein. Er hielt ihr auch die winzige Fahrstuhltür auf und reichte ihr den Diplomatenkoffer; dann drückte er auf den Knopf zum zweiten Stock, in dem sich ihr Büro befand, und tippte, während sich die Fahrstuhltür vor ihm schloß, gegen seinen Mützenschirm. Früher war das Büro am Ende des Korridors einmal das Johanns gewesen. Allerdings hatte sie es bei ihrem Einzug völlig renovieren lassen.

Als Janette durch das Großbüro ging, war selbst da die fiebrige Atmosphäre spürbar.

Sie öffnete die Tür zu ihrem Vorzimmer und fühlte sich einen Moment lang irritiert, weil da anstelle ihres Sekretärs ein Mädchen am Schreibtisch saß. Dann fiel ihr ein, daß Robert ja Laurens Gepäck nach Hause brachte.

Das Mädchen erhob sich sofort. »Bon jour, Madame.«

»Bon jour, Sylvie«, erwiderte Janette und ging zur Tür ihres eigenen Büros. »Irgend etwas Dringendes?«

»Monsieur Jacques möchte Sie so rasch wie möglich sprechen«, meldete das Mädchen, während sie Janette in deren Büro folgte und ihr die Post sowie die Telefonnotizen auf den Schreibtisch legte.

Janette stellte ihren Diplomatenkoffer ab. »Sagen Sie Monsieur Jacques, ich lasse bitten.«

Das Mädchen nickte und verschwand. Janette nahm Platz und überflog rasch die Post. Da gab es nichts, was auf der Stelle erledigt werden mußte. Sie hob den Kopf, als Jacques eintrat.

Mit der Begrüßung hielten sie sich nicht weiter auf. »Du hast Lauren abgeholt?« fragte er.

»Ja.«

»Wie sieht sie aus?«

Janette lächelte. »Bildschön. Was hast du auch erwartet?« Sie wechselte das Thema. »Wo brennt's denn?«

Jacques ließ sich in den Besucherstuhl plumpsen. »Philippe macht wieder auf hysterisch. Mit den Mitteln, die wir ihm zur Verfügung stellen, kreischt er, könne er niemals diese Kollektion schaffen. Dior, St. Laurent, Givenchy, behauptet er, hätten jeweils die dreifache Summe zu ihrer Verfügung.«

»Stimmt«, bestätigte Janette.

»Er möchte dich sofort sprechen.«

»Ich werde mit ihm sprechen«, erklärte sie. »Aber dann, wann es mir paßt. Im Augenblick muß er sich gedulden. Wir haben andere Dinge zu tun.« Janette machte ihren Diplomatenkoffer auf und zog einige Blätter heraus. »Ich möchte, daß du sie durchsiehst und mir dann sagst, was du davon hältst.«

Er warf einen Blick darauf, sah dann zu ihr. »Entwürfe? Von wem?«

»Das spielt im Augenblick keine Rolle«, befand sie. »Aber dein Urteil würde mich interessieren.«

»Ich werde sie sorgfältig anschauen«, versicherte er. »Und was passiert inzwischen mit Philippe?«

Sie erhob sich. »Gehen wir! Es ist wohl das Beste, wenn wir das doch gleich hinter uns bringen.«

Schon als sie das Zimmer seiner Sekretärin betraten, vernahmen sie Philippes Stimme. Der schrille, hysterische Klang war selbst durch die geschlossene Tür unverkennbar. Während Jacques die Tür öffnete, warf er Janette so etwas wie einen wissenden Blick zu.

In der Mitte des Raums, auf einem kleinen Podest, stand ein Mannequin, und wohl nur ein Mannequin konnte jenen so ungeheuer gelangweilten Gesichtsausdruck beibehalten, während rings um sie ein wahrer Sturm tobte. Sie war von Stoffteilen umhüllt, aus denen später ein Kleid werden würde, die jetzt jedoch nur von Stecknadeln zusammengehalten wurden. Drei weibliche Wesen standen um sie herum, zwei hochnervöse, eingeschüchterte midinettes sowie Madame St. Cloud, ihre unmittelbare Chefin. Währenddessen tanzte Philippe, vor Wut kochend, auf und ab. Nur Marlon, der am anderen Ende des Raumes auf einer Couch saß, blieb völlig ungerührt. Ihn kümmerte das alles nicht.

Philippe warf mit einer Gebärde der Verzweiflung die Hände in die Luft. »Alles verkehrt«, kreischte er. »Das Material ist nicht das, welches ich geordert hatte. Die Lieferfirma erklärt, das sei das Beste, was wir für unsere paar lumpigen Kröten bekommen könnten, und die Farben stimmen überhaupt nicht, und nachdem das Kleid zugeschnitten ist, fällt der Stoff nicht so, wie er nach meinem Entwurf sollte! Kein Wunder, wenn wir keine gescheiten Näherinnen bezahlen können! Ich werde noch verrückt. Ich sage euch, ich drehe noch ganz buchstäblich durch. Mehr ertrage ich einfach nicht. Ich werde mir das Leben nehmen. Das werde ich tun. Mich selbst umbringen!«

Janette musterte ihn kurz, sah sich das Ganze einen Augenblick lang an und gab dann Madame St. Cloud einen Wink. Gleich darauf waren das Mannequin und die anderen verschwunden. Janette wartete, bis sich die Tür hinter ihnen schloß. Dann sagte sie: »Deine Nerven müssen erst mal zur Ruhe kommen.«

»Wie können meine Nerven zur Ruhe kommen, wenn mir das Geld fehlt, um meine Pläne zu verwirklichen?« fauchte Philippe wütend. »Ich brauche mehr Geld.«

Janette sah ihn an. Ihre Stimme klang kalt. »Was dir not tut, ist nicht mehr Geld, sondern mehr Kreativität. Geld allein garantiert keine guten Entwürfe. Dein Problem ist: Du bewegst dich in ausgefahrenen Geleisen und benutzt Geldmangel als Ausrede.«

»Du hast die Entwürfe doch gesehen«, fauchte Philippe. »Du fandest sie großartig.«

»Waren sie auch«, erklärte sie, »bis du anfingst, daran herumzudoktern, und Stoffe haben wolltest, die nicht praktisch waren – und das weißt du auch.«

»Ja, was erwartest du denn von mir?« schrie Philippe. »Daß ich mich vor den anderen zum Gespött mache? Du weißt doch, was für auserlesenes Material St. Laurent verwendet und womit Bohan und Givenchy aufwarten werden. Im Vergleich mit denen wirken wir billig.«

»Das sind doch alles nur Blender«, sagte Janette ruhig. »Im Vergleich mit denen können wir nur gut abschneiden.«

»Von wegen!« Philippe holte aus einer Schublade seines Schreibtisches eine Mappe und knallte sie ihr hin. »Schau sie dir an, die Stoffmuster«, tönte er. »Fünftausend Francs habe ich bezahlt, um an die Dinger heranzukommen. Verglichen mit deren Material können wir gleich einpacken.«

Janette ging die Mappe durch und reichte sie kommentarlos Jacques. Im Magen hatte sie ein flaues Gefühl. Philippe hatte schon recht, doch ließ sie sich von ihren Empfindungen nichts anmerken. »Warum hast du mir das nicht schon früher gezeigt?«

»Ich hab' das Zeug selbst erst gestern nacht bekommen«, erklärte er. »Und war dann heute früh um fünf hier, um mir irgendwas einfallen zu lassen.« Er sackte auf einen Stuhl. »Aber es gibt einfach nichts, was wir noch tun könnten. Wir sind buchstäblich am Arsch. Es ist zu spät, um noch groß was zu ändern.«

Jacques legte die Mappe zurück, ohne auch nur ein einziges Wort zu äußern. Seine Miene wirkte nicht gerade ermutigend.

Janettes Stimme klang sehr beherrscht. »Ich will darüber nachdenken.« Von Jacques gefolgt, ging sie zur Tür. »Wir sehen uns in einer Stunde in meinem Büro.«

Das Haus war noch genau so, wie Lauren es in Erinnerung hatte. Aber als sie dann zu ihrem ehemaligen Zimmer kam, merkte sie, daß dies nicht stimmte. Ihr einstiges Kinderzimmer hatte einem wunderschönen Boudoir, das für eine Prinzessin ausgestattet zu sein schien, weichen müssen. Einen Moment lang überkam sie ein leises Bedauern, doch dann betrat sie den Raum, mit dem sich so viele persönliche Erinnerungen verbanden, und ging zum Fenster. Nun, zumindest die Aussicht war noch dieselbe. Dort unten lag der Park, in dem sie als Kind gespielt hatte.

Es klopfte an die Tür, und sie drehte sich um. Janettes Sekretär brachte ihren Koffer. Hinter ihm erschienen der Butler und ein Dienstmädchen, beide mit großen Vasen voll Blumen. Während Robert den Koffer abstellte, fanden auch die Vasen ihren Platz: die eine auf dem kleinen Kaffeetisch bei der Chaiselongue, die andere auf der einen Seite des Toilettentisches, damit in der Mitte nicht die Sicht auf den Spiegel verdeckt war.

»Claudine wird Ihnen beim Auspacken helfen«, sagte Robert.

»Damit werde ich schon selbst fertig«, erwiderte Lauren.

»Sie wäre gekränkt, wenn Sie sich von ihr nicht helfen ließen«, erklärte Robert auf englisch.

»Nun gut«, sagte Lauren. »Nur fürchte ich, daß sie enttäuscht sein wird. Viel ist da nicht drin.«

»Madame hat mich beauftragt, Ihnen zu helfen, sofern Sie irgend etwas brauchen«, fuhr Robert fort.

»Das ist sehr nett, aber im Augenblick wüßte ich wirklich nicht . . .«

Dann fiel ihr etwas ein. »Janette sprach von irgendeiner Dinnerparty heute abend. Wie ziehe ich mich da am besten an?«

»Ein schlichtes Cocktailkleid würde vollauf genügen.«

Lauren lachte. »Ich habe keins. Bloß Jeans und ausgebeulte Cordhosen.«

»Das dürfte kein Problem sein«, versicherte Robert. »Madame besitzen eine äußerst umfangreiche Garderobe. Ich bin überzeugt, daß wir dort etwas Passendes finden können, das dem Anlaß entspricht.«

Während das Mädchen ihren Koffer ausräumte, reichte der Butler Lauren zwei Karten, die mit den Blumen gekommen waren. Lauren warf einen Blick darauf.

Die eine stammte vom Marquis de la Beauville. Auf englisch stand dort: »Willkommen. Ich freue mich auf unser Wiedersehen heute abend.«

Die andere war von Jacques, und der Text war gleichfalls in Englisch: »Ich bin glücklich, Dich wieder hier zu haben. Mit lieben Grüßen.«

»Kommen heute abend viele Leute?« erkundigte Lauren sich bei Robert.

»Etwa zwanzig.«

»Wer kommt denn noch so alles?«

»Hauptsächlich sind es Freunde und Geschäftsfreunde von Madame.«

»Warum nennen Sie meine Schwester eigentlich dauernd Madame?«

»Das ist so üblich«, erklärte er. »Schließlich ist sie der Chef.«

»Ich wußte nicht, daß sie mit dem Marquis freundschaftlich verkehrt.«

Robert wand sich unbehaglich. »Nun ja . . .«, druckste er herum.

Lauren musterte ihn. Weitere Fragen zu stellen hatte augenscheinlich keinen Sinn.

»Sie müssen bestimmt ziemlich müde sein«, fuhr Robert fort. »Wenn Sie sich jetzt ein Weilchen hinlegen möchten, so kann ich später wiederkommen, um Sie bei der Wahl Ihres Kleides für den heutigen Abend zu beraten.«

»Wir können das ebenso gut jetzt erledigen.«

»Ganz, wie Sie wünschen«, sagte er. »Wenn Sie mir bitte folgen würden.«

Sie ging mit ihm über den Korridor und in Janettes Zimmer, das einst das Zimmer ihrer Mutter gewesen war. Es wirkte gleichfalls völlig verändert, überaus modern.

Sie folgte Robert in einen zweiten Raum, an dessen Wänden riesige Schränke umliefen. Mindestens zweihundert Kleider und was nicht sonst noch alles hier hing. Lauren warf Robert einen verwirrten Blick zu. »Ich weiß überhaupt nicht, wo anfangen.«

Er lächelte. »Ich werde Ihnen helfen. Die Cocktailkleider befinden sich hier drüben.«

Nur flüchtig sah Lauren die Modelle durch. Als sie seinen fragenden Blick bemerkte, schüttelte sie den Kopf. »Alles nichts für mich. Ich würde mich in den Dingern einfach nicht wohl fühlen.«

»Sind aber sehr schick«, beteuerte er.

Sie lächelte. »Vielleicht ist eben das der Grund. Solche Kleider habe ich nie gemocht.«

»Wie wär's mit einem Nachmittagskleid?« fragte er und deutete nach links.

Doch abermals schüttelte sie den Kopf. »Sie haben's nicht gerade leicht mit mir, wie? Das einzige Kleid, das ich in den letzten drei Jahren getragen habe, war das weiße Kleid zur Schulabschlußfeier. Und Sie können sich überhaupt nicht vorstellen, was ich durchgemacht habe, bis ich endlich eins gefunden hatte, das mir tragbar erschien.«

»Haben Sie's mit?« fragte er.

»Aber woher denn! Ich konnte ja nicht ahnen, daß ich's eventuell brauchen würde.«

»Wir haben auch etliche weiße Sommerkleider«, führte er aus und ging zur anderen Seite, wo die langen Kleider hingen. Rasch fand er, was er suchte. Ein Traum von einem Häkelkleid, mit Trompetenärmeln, tiefem Ausschnitt vorn und einem gewagten Rückendekolleté. »Dies dürfte Ihnen gut stehen«, meinte Robert.

»Na, ich weiß nicht«, erwiderte Lauren skeptisch. »Ich trage nun mal keinen BH und fürchte, meine Brüste werden bei der kleinsten Bewegung glatt raushüpfen.«

»Vielleicht probieren Sie's am besten mal an.«

Als Lauren das Kleid von ihm entgegennahm, fiel ihr Blick auf eine Reihe von Anzügen, sämtliche in glänzendem Schwarz.

»Was ist das?« fragte sie und deutete auf die entsprechende Kleiderstange.

»Smokings«, erwiderte er.

»Smokings«, wiederholte sie verwirrt.

»Richtig, ihr Amerikaner nennt sie ja Tuxedos. Madame trägt sie oft. Selbst St. Laurent gibt zu, daß ihm eine seiner besten Ideen kam, als er sie einmal darin gesehen hat.«

»Ist schon 'ne tolle Idee«, sagte sie. »Aber finden Sie's nicht ein bißchen überspannt?«

Robert lachte. »Es kommt natürlich ganz drauf an, wer so was trägt. Bei Madame betonen die Anzüge sogar noch ihre Weiblichkeit.«

»Kann ich mal einen anprobieren?« fragte sie.

»Warum denn nicht? Nur könnte es sein, daß er bei Ihnen nicht wie gewünscht sitzt. Die Smokings wurden nämlich sämtlich für Madame maßgeschneidert.«

»Wir sitzen in der Tinte«, sagte Janette, während sie an ihrem Schreibtisch Platz nahm. »Und zwar nicht zu knapp.«

Stumm stand Jacques vor ihr. Was hätte er auch sagen sollen?

»Wie konnte das bloß passieren?« fragte sie. »Wir hätten doch schon längst herausbekommen müssen, was die anderen so in petto haben.«

Jacques zuckte mit den Schultern. »Ich war dauernd hinter Philippe her. Doch der erklärte ständig, er wollte gar nicht wissen, was sie täten, um dadurch nicht beeinflußt zu werden.«

»Seit wann mußt du denn auf ihn hören?« Aus ihrer Stimme klang Zorn. »Wir hätten diese Muster haben müssen – um uns ein eigenes Urteil zu bilden.«

Er blieb stumm. Unmöglich konnte er ihr sagen, daß er bereits seit über einem Monat Bescheid wußte, die betreffende Information jedoch absichtlich zurückgehalten hatte. Er dachte an Carroll, der, einen Katzensprung entfernt, im Plaza Athénée auf einen Anruf von ihm wartete. Der Amerikaner wollte einsteigen, doch seit drei Jahren wies Janette beharrlich solche Versuche ab. Vor allem, seit Carroll seine Damenoberbekleidungsgeschäfte an Twin Cities verkauft hatte und jetzt zu jenem Modekonzern gehörte, den Johann in den Staaten in großem Stil aufbaute. Carroll war schon immer ein cleverer Geschäftsmann, doch jetzt stand hinter seinem neuerlichen Angebot das ganz große Geld.

»Wir müssen einen völlig neuen Weg einschlagen«, erklärte Janette.

»Dazu gehört aber ein Haufen Geld«, sagte Jacques. »Und das haben wir nicht. Alles, was flüssig war, ist bereits für diese Kollektion draufgegangen.«

»Wir müssen irgendwo was locker machen«, befand sie. »Läßt sich vielleicht noch was von dem Parfumbetrieb abzweigen?«

»Kaum«, meinte er. »Die Quelle haben wir für diese Kollektion schon zu stark angezapft. Wenn wir da noch ein bißchen am Hahn drehen, geht die Firma bankrott, und wir können unsere vertraglichen Verpflichtungen nicht mehr erfüllen.«

Sie krauste die Nase. Lediglich die Parfumfirma hatte sie bisher davor bewahrt, mit ihrem Modehaus sang- und klanglos aus der Branche zu verschwinden. Genau, wie Johann es vorhergesagt hatte.

»Was tun wir also jetzt?« fragte sie.

»Nun, wenn alle Stricke reißen, bleibt uns immer noch Carroll«, sagte Jacques vorsichtig. »Der ist ganz scharf auf dich. Und kommt jederzeit mit so viel Moneten angerannt, wie du brauchst.«

»Damit handle ich mir zu viele Verpflichtungen ein«, sagte sie. »Und ich liebe nun mal meine Unabhängigkeit.«

»Dann gönne ihm doch eine Nacht mit dir«, merkte er wie beiläufig an. »Ist doch wohl nicht so wichtig, oder?«

»Das ist der leichte Teil«, erklärte sie. »Nur möchte ich auf gar keinen Fall wieder in Johanns Hände geraten. Schließlich gehört ihm jetzt die Firma. Und dann wäre ich genau wieder dort, wo ich zu Anfang war.«

Jacques schwieg eine Weile. »Vielleicht ist es unter dem Dach eines Konzerns gar nicht so schlimm. Maurice verdient mehr Geld denn je, wo er jetzt die Vereinbarung mit Johann hat, das Wasser in den Staaten abzusetzen.«

Sie gab keine Antwort.

»Und Cardin macht eine Menge Geld mit Bidermann. Ich habe mit Bidermann verschiedentlich Gespräche geführt. Allerdings zeigte er sich an uns nicht weiter interessiert. Er ist hinter St. Laurent oder Dior her.«

»Da wird Cardin nicht gerade begeistert sein«, meinte sie.

»Cardin kümmert das einen Dreck. Der ist in den Staaten inzwischen bestens etabliert. Und wenn sein Vertrag mit Bidermann ausläuft, wird er, wie ich höre, auf eigene Faust weitermachen.«

»Wir haben unser Problem noch immer nicht gelöst«, sagte sie und schlug die Mappen auf, die vor ihr lagen. Aufmerksam betrachtete sie die Entwürfe und die Materialproben. »Scheiße.«

Er steckte sich eine Zigarette an, ohne den Blick von ihr zu wenden.

Gleich darauf hob sie den Kopf. »Ich werde mich mit Carroll unterhalten«, sagte sie. »Lade ihn für heute abend zum Dinner ein. Aber laß ihn nicht mal andeutungsweise spüren, in welcher Richtung wir denken.«

»In Ordnung.« Er nickte. Und von dem Triumph, den er empfand, war ihm äußerlich nicht das Mindeste anzumerken.

Abermals blickte sie auf die Mappe. »Mir kommt eine weitere Idee. Hol Philippe her.«

»Rot ist eine Nuttenfarbe!« kreischte Philippe. »Da mache ich nicht mit!«

»Ob's dir gefällt oder nicht«, erklärte Janette ruhig, »du wirst jedenfalls mitziehen.«

»Nein, nein!« schrie Philippe. »Da kündige ich lieber.«

»Das ist dein gutes Recht«, erwiderte Janette eiskalt. »Durchführen werden wir die Sache auch so.« Sie blickte zu Jacques. »Reich mir doch bitte eben mal die Mappe mit den Entwürfen.«

Jacques legte sie auf den Tisch, wo Janette sie ungeöffnet liegen ließ. »In dieser Mappe befindet sich eine komplette Kollektion, die ich machen werde, wenn du uns verläßt.«

Urplötzlich wirkte Philippe sehr kleinlaut. Er starrte auf die Mappe, ohne sie auch nur anzurühren. Dann blickte er zu Janette. »Wer hat sie entworfen?« wollte er wissen.

»Was spielt das für eine Rolle?« fragte sie zurück. »Aber wenn du's schon unbedingt wissen mußt – es handelt sich hauptsächlich um meine Entwürfe, gedacht für den Prêt-à-porter-Sektor, den du stets verschmäht hast, weil er unter deiner Würde war.«

»Du kannst in einer Haute-couture-Kollektion doch kein Prêt-à-porter bringen«, sagte Philippe.

»Wer kennt schon den Unterschied?« entgegnete Janette. »Zwei Wochen nach den großen Modenschauen wirft die Seventh Avenue ohnehin das Beste von allen Linien auf den Konfektionsmarkt. Auf diese Weise hätten wir die Nase vorn und beliefern sie sozusagen direkt in eigener Regie.«

Philippe schüttelte den Kopf. »Selbst wenn ich zustimmen würde, bliebe uns einfach nicht genügend Zeit. In drei Wochen soll bereits unsere Schau über die Bühne gehen.«

»Der Termin ließe sich verschieben. Vom Anfang der Vorführungen bis zum Ende. Dadurch würden wir drei Wochen gewinnen.«

»Ist immer noch eine knappe Frist«, erklärte Philippe. »Im übrigen sind bis dahin alle wichtigen Einkäufer und die meisten Journalisten verschwunden.«

»Ich werde sie schon an Ort und Stelle halten«, behauptete Janette zuversichtlich. »Ricci gibt ihnen als ouverture eine Cocktailparty, ich meinerseits werde einen bal de clôture geben. Und da das noch nie jemand getan hat, werden sie bleiben, ganz einfach, um zu sehen, was sich so tut.«

»Alles in Rot ist einfach verrückt«, sagte Philippe, doch klang seine Stimme schon wesentlich ruhiger.

»So verrückt ist das gar nicht«, versicherte Janette. »Denk nur mal drüber nach. Sämtliche Couturiers versuchen, ihre Käufer mit irgendwelchen neuen Formen und Linien zu bezirzen. Da ist die A-Linie, die Trapezlinie, da sind die geraden Linien; Rocklänge höher, Rocklänge tiefer, breite Schultern, schmale Schultern, gepolsterte Schultern. Lauter Variationen über das ewig selbe Thema, und immer und immer wieder sind wir hinter denen hergehechelt, ohne sie jemals erreichen zu können. Und jetzt sage ich, zum Teufel damit! Wir drücken der Sache unseren eigenen Stempel auf. Und zwar in Farbe.«

Philippe schwieg.

»Sämtliche Schattierungen von Rot, ob erotisch oder verrucht, in welchen Materialien auch immer, müssen wie durch eine opakgleiche Schicht zu sehen sein. Schwarze Unterwäsche, BHs und so weiter – doch stets mit einer Spur Rot, einem blutroten Streifen. Wie ich die Frauen kenne, werden sie vor Begeisterung außer sich geraten, denn insgesamt wünschen sie sich alle so was, und nur die Angst hat sie davon abgehalten. Die Männer werden geradezu die Wände hochgehen.«

»Glaubst du wirklich, die werden das kaufen?« fragte Philippe.

»Und ob«, erwiderte sie zuversichtlich. »Wir werden der Schlager unter den diesjährigen Kollektionen sein. Ein Dauerthema, wenn's denn je eins gegeben hat, und dein Name wird überall auftauchen, in Zeitungen und Zeitschriften. Und ich werde etwas tun, was ich, seit ich von Dior fort bin, auf gar keinen Fall wieder tun wollte. Ich werde wieder den Laufsteg betreten und zum Schluß der Schau das Brautkleid vorführen.«

»Soll etwa auch das in Rot sein?« fragte Philippe.

»Wenn schon, denn schon.« Janette lachte. »Da sind wir konsequent. Reiner Symbolismus. Blut, das von einem zerrissenen Jungfernhäutchen rinnt.«

Er blieb eine Weile stumm. »Das wird einen Haufen Arbeit erfordern«, sagte er schließlich.

»Wir werden so viele Leute dransetzen, wie du dafür brauchst«, versprach sie. Und ging um ihren Schreibtisch herum und küßte ihn auf die Wange. »Du kannst das schaffen, Philippe. Ich weiß, daß du das kannst. Und diesmal wirst du's allen beweisen.«

Er sah sie an. »Also gut. Ich werd's versuchen.«

»Ausgezeichnet.«

»Und jetzt mache ich wohl besser wieder, daß ich in mein Büro komme. Ich muß die Textilfabriken in aller Welt anrufen. Wir müssen sie dazu kriegen, daß sie uns, was immer sie haben, per Luftpost zukommen lassen.«

»Tu das«, sagte sie. »Und wenn du da irgendwelche Hilfe brauchst, laß es mich sofort wissen.«

Sie sah ihm nach, während er das Büro verließ, und blickte dann zu Jacques. »Was meinst du?«

»Er wird alles dransetzen.« Jacques zündete sich eine Zigarette an. »Du bist ein Luder, weißt du. Als du ihm unmißverständlich erklärtest, er könne ruhig kündigen, bekam er Angst.«

»Mir blieb ja keine Wahl«, erwiderte sie, während sie zu ihrem Schreibtisch zurückging. »Hast du Carroll angerufen?«

»Er wird heute abend kommen«, versicherte Jacques. »Hoffentlich weißt du, was du tust. Wir werden einen Haufen Geld brauchen.«

»Er macht mir weniger Sorgen als Johann«, erklärte sie. »Vermutlich braucht er Johann, um die Sache abzusegnen, und du weißt ja, was Johann von Couture hält.«

»Wenn Carroll die ganze Zeit so hinter dir her war, dann bestimmt nicht ohne Johanns Einverständnis«, meinte Jacques.

Janette lachte unvermittelt. »Notfalls könnte ich Lauren gegen Lösegeld festhalten.«

Jacques' Stimme klang schockiert. »Nicht wieder. So was hast du schon mal versucht.«

Janette lachte abermals. »Du bist französischer als ich. Du besitzt nicht den geringsten Sinn für Humor.«

Carroll öffnete die Tür und ließ Jacques in die Hotelsuite eintreten. »Ich habe Sie schon früher erwartet«, sagte er.

»Ich bin so schnell gekommen, wie ich konnte«, versicherte Jacques. »Bei uns war wirklich der Teufel los.« Er trat zur Bar und goß sich einen Whisky on the rocks ein. »Ich brauche einen Drink.«

Carroll beobachtete ihn. »Und – was ist beschlossen worden?«

»Janette hat Philippes gesamte Kollektion gekippt, und sie fangen von vorne an«, erwiderte Jacques und genehmigte sich einen ordentlichen Schluck.

»Das schafft sie zeitlich doch nie und nimmer«, meinte Carroll.

»Sie kennen sie nicht«, sagte Jacques. »Janette schafft das.«

Carroll musterte ihn einen Moment. »Dazu gehört Geld. Wo kriegt sie das her?«

Jacques erwiderte den Blick des Amerikaners. »Von Ihnen.«

Carrolls Stimme klang ausdruckslos. »Und wenn ich's ihr nicht gebe?«

»Bidermann hat bereits bei ihr angeklopft«, log Jacques. Seine Miene wirkte nachdenklich. »Haute couture bedeutet mir nichts weiter«, erklärte er.

»Das weiß sie«, sagte Jacques. »Sie hat an einer eigenen Prêt-à-porter-Kollektion gearbeitet.«

Carroll zeigte sich interessiert. »Haben Sie die Kollektion gesehen?«

Jacques nickte. »Sie gab mir die Entwürfe. Und die sind gut. Sehr gut. Ich glaube sogar, daß es ihre Absicht ist, Philippe in diese Richtung zu dirigieren. Sie sagte nämlich: Weshalb warten, bis die Seventh Avenue so was rausbringt, wo sie das doch selber könnte, und zwar schneller und besser?«

»Glauben Sie, sie möchte heute abend darüber sprechen?« fragte Carroll.

»Wenn mich mein Gefühl nicht täuscht, so hat sie Sie eben deshalb zum Dinner eingeladen«, sagte Jacques. »Ihr großes Problem, Carroll, heißt Johann. Janette möchte geschäftlich nicht wieder mit ihm zu tun haben, da ist sie mißtrauisch. Sie fürchtet, er würde es darauf anlegen, das Sagen zu haben.«

»Johann redet mir nicht in meine Sachen rein«, entgegnete Carroll gereizt. »Den interessiert nur die Grundkonzeption.«

Jacques nickte. »Stimmt, so war er schon immer.«

»Mit ihm werde ich keine Probleme haben«, sagte Carroll. »Er weiß, daß ich schon seit langem hinter ihr her bin.«

Jacques schenkte sich schweigend nach.

Carroll musterte ihn. »Was ist denn der Anlaß für das Dinner heute abend?«

Jacques nippte an seinem Glas. »Es handelt sich um eine Willkommensparty für ihre Schwester.«

»Sie meinen Lauren?« fragte Carroll überrascht.

Jacques nickte. »Es ist zehn Jahre her, seit ...«

»Ich kenne sie«, unterbrach ihn Carroll. »Ich habe sie ein paarmal gesehen, wenn ich in Johanns Haus war. Irgendwie hatte ich immer das Gefühl, daß ihm daran lag, die beiden voneinander fernzuhalten. Sie ist so ganz anders als Janette.«

»Wie ist sie denn?« fragte Jacques neugierig.

»Sehr amerikanisch, sehr kalifornisch. Blond, sonnenbraun, die Jeansgeneration, na, Sie wissen ja, Gras und Alkohol, und so ganz ›auf die Lässige‹, wie die Jungen heutzutage überall. Sie bilden sich ein, die absolut erste Generation zu sein, die entdeckt, was Jungsein bedeutet.«

Jacques lachte.

»Warum lachen Sie?« wollte Carroll wissen.

»Jetzt bin ich richtig auf sie gespannt«, erwiderte Jacques. »Als ich sie das letzte Mal sah, war sie ganze sieben Jahre alt.«

»Dann dürfen Sie sich auf eine Überraschung gefaßt machen«, versicherte Carroll.

»Ich mag diesen Harvey nicht«, sagte Heidi, als Johann sich an den Frühstückstisch setzte.

Erstaunt musterte er sie, während er zur Kaffeetasse griff. »Wie kommt denn dieses Thema so urplötzlich aufs Tapet?«

»Lauren war kaum vierundzwanzig Stunden fort, als er anrief und ihre Pariser Telefonnummer wissen wollte.«

Johann lächelte. Er nahm eine Scheibe Toast und bestrich sie dünn mit Butter. »Daran kann ich nun wirklich nichts Schlimmes finden.«

Ihre Stimme klang vorwurfsvoll. »Du weißt doch, daß er Drogen nimmt.«

»Na, wenn schon. Lauren ist ein kluges Mädchen und kann auf sich selbst aufpassen.«

»Scheint fast so«, sagte sie. »Als ich nach ihrer Abreise ihr Zimmer ein wenig aufräumte, habe ich das hier gefunden.« Sie hielt eine kleine Schachtel hoch.

»Was ist das?« fragte er.

»Anti-Baby-Pillen.«

Er lachte. »Ich hatte also recht. Sie kann auf sich selbst aufpassen.«

»Sie ist erst siebzehn.«

Johann stellte die Tasse aus der Hand. »Nun hör aber auf. Lauren ist schwer in Ordnung.«

»Daß sie bei Janette ist, das ist ein Gedanke, der mir ganz und gar nicht gefällt«, erklärte Heidi.

»Was dir nicht gefällt, ist der Gedanke, daß sie sozusagen auf eigene Faust unterwegs ist. Das kleine Vögelchen beginnt, flügge zu werden, was absolut normal in ihrem Alter ist. Hast du mir nicht mal erzählt, daß das bei dir ganz ähnlich war?«

»Es war nicht das Gleiche. Ich bin fort zum College.«

»Heidi«, sagte Johann behutsam, »mach dich doch nicht verrückt. Laurens wegen brauchst du dir keine Sorgen zu machen.«

»Sie hatte versprochen, sich nach ihrer Ankunft telefonisch zu melden.«

»Der Zeitunterschied zwischen Paris und Kalifornien beträgt acht Stunden.« Er blickte auf seine Armbanduhr. »Hier haben wir's acht Uhr früh, also ist es drüben vier Uhr nachmittags. Ich wette, sie schläft jetzt erst mal eine Runde. Durch die Zeitverschiebung ist ihr Körper doch völlig aus dem gewohnten Rhythmus gekommen. Wenn sie wach wird, meldet sie sich bestimmt.«

»Wenn sie bis zehn Uhr nicht angerufen hat, rufe ich sie an«, erklärte Heidi.

»Nein, das wirst du nicht tun, weil du sie damit blamieren würdest«, sagte Johann mit Nachdruck. »Lauren ist jetzt eine junge Dame. Behandle sie nicht wie ein Kind.«

Das Telefon in seiner Reichweite begann zu läuten. Er hob ab. »Ja?« sagte er. »Okay, stellen Sie durch.« Johann hielt kurz die Sprechmuschel mit der Hand zu. »Es ist Carroll, er ruft aus Paris an«, erläuterte er Heidi. »Hallo, Charles, nein, ist okay. Sitze gerade beim Frühstück. Sicher, schieß los.«

Während er der Stimme am anderen Ende der Leitung lauschte, beobachtete Heidi ihn. Das Dienstmädchen erschien und stellte den Teller mit Ham and Eggs vor ihn hin. Heidi stülpte eine Art Glocke darüber, damit das Essen warm blieb, bis er mit dem Gespräch fertig war.

Schließlich legte er auf, blickte über den Tisch zu Heidi und lächelte sie an. »Kein Grund zu irgendwelcher Besorgnis«, erklärte er, während er die schützende Glocke von seinem Teller hob. »Lauren ist wohlbehalten angekommen, und Janette gibt ihr zu Ehren heute abend eine kleine Dinnerparty.«

»O mein Gott!« rief Heidi. »Sie hat ja kein einziges Kleid mit. Dabei habe ich ihr noch gesagt, sie solle unbedingt eins einpacken, doch sie meinte, sie werde keins brauchen.«

Johann lachte. »In dem Punkt würde ich mir keine grauen Haare wachsen lassen. Janette wird sie ganz bestimmt nicht nackt zum Dinner kommen lassen.«

Lauren öffnete die Augen. Der Raum war dunkel und fremd, und erst nach ein oder zwei Sekunden wurde ihr klar, daß sie sich nicht daheim in ihrem Zimmer befand. Sie rollte sich im Bett herum und sah Janette, die in einem Sessel saß und sie beobachtete. Lauren setzte sich auf, streckte sich, machte sich aber nicht die Mühe, ihre Blöße zu bedecken. »Bin glatt eingeschlafen«, sagte sie.

Janette lächelte. »Ist doch normal nach so einem Flug. Du hast so friedlich geschlafen, daß ich's einfach nicht übers Herz brachte, dich aufzuwecken.«

»Ist es schon spät?«

»Nein. Uns bleibt genügend Zeit. Bevor die ersten Gäste eintreffen, vergehen mindestens noch zwei Stunden.«

Lauren stand auf und ging zum Bad. »Bin gleich wieder da.« Als sie zurückkam, hatte sie sich in einen Porthault-Bademantel gehüllt, der sich im Badezimmer befand. Janette gegenüber setzte sie sich auf den Bettrand und steckte sich eine Zigarette an. »Hattest du einen guten Tag?« fragte sie.

Janette hob die Schultern. »Comme ci, comme ça. Es gibt immer irgendwelche Probleme.«

Lauren lachte leise. »Ist auch so ein Standardspruch von Daddy – von Johann, meine ich.«

»Er arbeitet sehr hart?« Es klang wirklich wie eine Frage.

»Freizeit scheint er überhaupt nicht zu kennen«, erwiderte Lauren. »Ob abends oder am Wochenende, immer ist da eine Aktentasche, prall mit irgendwelchen Papieren gefüllt, die er durchgehen muß. Manchmal nimmt er sie sogar mit ins Bett.«

»Und Heidi? Was tut sie?«

»Die hat auch genug um die Ohren. Du weißt schon, so Gesellschafts- und Wohlfahrtsveranstaltungen, außerdem natürlich die Häuser. Und dann begleitet sie Johann oft auf seinen Geschäftsreisen.«

»Warum haben sie eigentlich nie eigene Kinder gehabt?« fragte Janette.

»Heidi hatte zwei Fehlgeburten«, berichtete Lauren. »Aber ich weiß nicht sehr viel darüber. Das passierte, als ich noch ein Kind war.«

»Schade«, sagte Janette nachdenklich. »Ich meinte immer, Johann würde einen großartigen Vater abgeben.«

»Hat er ja auch«, versicherte Lauren. »Für mich.«

»Es ist mir aufgefallen, daß du ihn Daddy nennst. Und Heidi? Nennst du sie Mutter?«

»Ja.«

Janette nickte. »Gut.«

»Genau das sind sie nämlich für mich.«

»Ist ja auch nichts Verkehrtes dran«, erklärte Janette eilig. »Sie verdienen es. Sie lieben dich sehr.«

»Und ich liebe sie«, sagte Lauren und kicherte. »Obwohl sie ein bißchen altmodisch sind.«

»Ich verstehe nicht ganz«, meinte Janette.

»Sie behandeln mich immer noch wie ein Kind und machen sich dauernd irgendwelche Sorgen um mich.«

»Haben sie denn Grund dazu?«

»Kaum«, antwortete Lauren. »Ich komm' schon klar.« Sie gähnte und räkelte sich. »Ich scheine überhaupt nicht richtig wach werden zu können.«

»Abwechslend heiß und kalt duschen hilft da ausgezeichnet«, meinte Janette.

Lauren stand auf, schleuderte mit einem Male den Bademantel zu Boden und tanzte ausgelassen im Zimmer herum. »Ich kann's nicht glauben! Ich kann's nicht glauben!«

»Was denn?« fragte Janette.

»Ich bin in Paris. Ich bin wirklich in Paris!« Lauren strahlte übers ganze Gesicht. »Und ich bin bei dir. Du kannst dir gar nicht vorstellen, wie oft ich davon geträumt habe.«

»Ich kann nur hoffen, daß weder Paris noch ich dich enttäuschen«, sagte Janette lachend.

Das Telefon auf dem Nachttisch läutete. Janette ging hin und hob ab, dann hielt sie den Hörer Lauren hin. »Für dich, irgend jemand namens Harvey, der aus Kalifornien anruft.«

Lauren nahm den Hörer. »Harvey, woher hast du denn meine Nummer?«

»Na, von deiner Mutter«, erwiderte er. »Wirkte stinksauer, als ob sie sie mir lieber nicht geben wollte. Außerdem war ihr wohl auch eine Laus über die Leber gelaufen, weil du sie noch nicht angerufen hattest.«

»Hab's vergessen und bin schlicht eingepennt«, erklärte Lauren. »Und wieso rufst du mich an?«

»Mein Alter hat nämlich was Tolles von sich gegeben. Wenn ich die Knete dafür aufbringe, könnte ich im August nach Europa. Genauer gesagt, wenn ich die eine Hälfte zusammenkriege, schießt er die andere Hälfte zu. Bist du dann immer noch in Paris?«

»Weiß nicht«, sagte Lauren. Sie blickte zu Janette. »Harvey möchte herüberkommen. Werden wir im August noch in Paris sein?«

»Ich habe eine Villa in Saint-Tropez«, antwortete Janette. »So gegen den Zehnten, wenn die Präsentationen vorüber sind, werden wir wohl hinfahren.«

»Janette erklärt gerade, daß wir nach Saint-Tropez reisen werden«, sagte Lauren ins Telefon.

»Spitze!« rief Harvey. »Dort laufen die Weiber doch oben ohne rum, und auch Brigitte Bardot lebt da, wie?«

»Glaub' schon«, meinte Lauren.

»Hätte deine Schwester was dagegen, wenn ich aufkreuze?« Er schwieg einen Augenblick. »Wart mal. Frag sie nicht gleich. Will erst mal sehen, ob ich überhaupt die Moneten zusammenkratzen kann.«

»Okay.«

»Sieht sie wirklich so toll aus wie auf dem Foto in dem Magazin, weißt schon?«

Lauren lachte. »Noch besser.«
»Toll«, sagte Harvey. »Steht sie eigentlich auf so Sachen?«
»Manchmal.«
»Na, super«, sagte Harvey. »Mach ihr klar, daß ich mit einem ganzen Depot aufkreuzen werde.«
»Wann wirst du uns Bescheid geben?«
»In ein paar Wochen«, erwiderte Harvey. »War der Stoff, den ich dir mitgegeben habe, in Ordnung?«
»Super. Sag mal, was macht denn euer Projekt?«
»Läuft prächtig. Wir werden echt reich werden.«
Lauren lachte. »Na, phantastisch. Sieh bloß zu, daß ihr zwischendurch nicht pleite geht.«
»Kein Gedanke«, erwiderte er. »Halt du nur schön die Ohren steif.«
»Du auch«, sagte sie und legte auf. »Harvey ist schon ein verrücktes Huhn«, sagte sie zu Janette und lächelte.
»Ist das dein Freund, von dem du im Auto gesprochen hast?« fragte Janette.
»Ja«, erwiderte Lauren. »Harvey kann einen zwar nerven, ist aber nett, falls du verstehst, was ich meine. Macht auf Vegetarier und ernährt sich ausschließlich von ungekochtem Gemüse, Weizenkeimen, Vitaminen und Drogen. Sein erklärtes Ziel ist, noch vor seinem einundzwanzigsten Lebensjahr Millionär zu werden.«
»Wie alt ist er denn jetzt?« fragte Janette.
»Fast neunzehn.«
»Viel Zeit läßt er sich nicht.«
Lauren lächelte. »Vielleicht schafft er's trotzdem. Er sagt, nur noch vier Ernten, und dann hat er die gewünschten ›glatten Pflanzen‹.«
»Was für glatte Pflanzen?« fragte Janette verwirrt.
»Gras«, lautete Laurens Antwort. »Zusammen mit ein paar Kumpels arbeitet er oben in Humboldt County an so Gras, das zwar Knospen, aber keine Samen hat. Und wenn sie damit klarkommen, so können sie das Geld buchstäblich in Säcke scheffeln.«
»Ist das nicht illegal?« erkundigte sich Janette verwundert.
Lauren hob die Schultern. »Sicher. Nur achtet weiter niemand

darauf. Wenn sie die Sache erfolgreich durchziehen, schwimmen sie in Geld.« Lauren hob den Bademantel auf und zog ihn wieder an. »Robert hat mir übrigens ein paar von deinen Sachen gegeben. Was sollte ich deiner Meinung nach heute abend anziehen?«

»Na, dann laß mal sehen, was ihr ausgesucht habt«, sagte Janette.

Lauren öffnete den Kleiderschrank, in dem zwei Kleider und ein Smoking hingen.

»Was würdest du denn gern tragen?« erkundigte sich Janette, während sie die Garderobe musterte.

Lauren lächelte. »Am liebsten den Smoking, falls du meinst, das geht. Ich habe so was noch nie angehabt.«

Janette blieb sekundenlang stumm. An sich war es nicht der Abend für dergleichen. Doch wenn Lauren so etwas anziehen wollte. »Okay«, sagte sie, »tragen wir doch beide Smokings.«

»Phantastisch«, erklärte Lauren. »Wir führen so eine echte Sister-Nummer auf. Okay, ich werde mich duschen und dann fertigmachen.«

»Die will mich drankriegen, das spüre ich doch genau«, erklärte Philippe, während er den Telefonhörer auflegte und über seinen Schreibtisch hinweg verdrossen zu Marlon blickte.

Marlons Stimme war ohne Ausdruck. »Wie kommst du darauf?«

»Alles deutet in die Richtung«, meinte Philippe. »Zum einen hat sie mir eine Mappe mit Modeentwürfen auf den Tisch geknallt praktisch mit der Order, sie genauestens zu betrachten. Natürlich habe ich das nicht getan, obwohl ich gerne gesehen hätte, von wem diese Skizzen stammen.«

»Womöglich von ihr selbst«, gab Marlon zu bedenken. »Es wäre schließlich nicht das erste Mal, daß sie dir mit ihren eigenen Ideen kommt.«

»In der Beziehung hat Janette nichts gesagt. Übrigens kommt mir die Sache mit den Textilfabrikanten auch komisch vor. Sie schienen samt und sonders meinen Anruf zu erwarten. Janette muß da bereits vor längerem was gedreht haben, sonst hätten die nicht alle erdenklichen Stoffarten in Rottönen vorrätig gehabt und mir versichern können, daß sie sofort liefern würden.«

»Darauf würde ich keinen unnötigen Gedanken verschwenden«, erklärte Marlon. »Sie hat dich mit der Kollektion beauftragt. Und niemanden sonst.«

»Da ist noch etwas«, sagte Philippe. »All diese Materialien, so wurde mir bedeutet, seien auch in größeren Mengen verfügbar. Wir machen aber bekanntlich haute couture und nicht prêt à porter.«

Marlon schwieg einige Sekunden. »Vielleicht ist was dran an dem, was wir über sie und Bidermann gehört haben.«

»Nicht Bidermann«, entgegnete Philippe. »Es ist dieser Amerikaner Carroll, von dem ich dir bereits erzählt habe.«

»Trotzdem sehe ich keinen Anlaß zur Sorge«, erklärte Marlon.

»Ich bin kein Karl Lagerfeld«, stellte Philippe fest. »Und ich bin auch nicht daran interessiert, als eine Art Chloé oder Céline zu fungieren.«

»Janette ist davon noch weit entfernt«, versicherte Marlon. »Du solltest alles viel gelassener nehmen und einfach deine Sache gut machen. Leg deine Entwürfe so an, daß sie sich vom Schnitt und Stoffverbrauch her für irgendeine billige Massenproduktion nicht eignen.«

»Du hast leicht reden«, erklärte Philippe bitter.

»Wenn du am Arsch bist, bist du am Arsch«, befand Marlon philosophisch. »Es bleiben dir nur zwei Möglichkeiten. Entweder du machst die Kollektion, oder du gehst.«

»Ich kann den Krempel nicht einfach hinschmeißen«, erklärte Philippe. »Denn wenn ich das tue, bin ich in der Branche erledigt.«

»Dann hast du nur eine Wahlmöglichkeit, nämlich keine«, sagte Marlon.

Philippe starrte düster vor sich. »Stimmt.«

Marlon steckte sich eine Zigarette an, paffte wortlos.

Philippe stand auf und wanderte im Zimmer herum. »Ich hätte gute Lust, sie anzurufen und ihr zu erklären, es gebe für mich heute abend viel zu viel zu tun, um der Einladung zu ihrer blöden Party Folge zu leisten.«

Marlon schüttelte den Kopf. »Das wäre sicher genau das Verkehrteste. Du würdest es nur unnötig mit ihr verderben.«

»Dieses Luder!« fluchte Philippe. »Dieses raffinierte lesbische Luder.«

Im selben Augenblick, da Janette in das Zimmer trat, läutete das Telefon. Sie hob ab. Eine vertraute britische Stimme klang an ihr Ohr. »Na, was hast du heute abend denn so vor?«

»Patrick!« rief sie. »Ich dachte, du seist noch immer auf Safari in Afrika. Seit wann bist du zurück?«

»Seit gestern«, verkündete Lord Patrick Reardon mit seiner gleichsam rollenden Stimme. »Ich dachte, wir könnten ein gemeinsames Dinner einnehmen, und anschließend würde ich dir meine neueste Trophäe vorführen.«

»Hat es denn etwa mit deinem Löwen geklappt?«

»Teufel, nein.« Er lachte. »Ich spreche von meinem neuen Bediensteten. Kaum daß ich ihn sah, wußte ich, daß ich ihn für dich reservieren mußte.«

»Du hast sie wohl nicht alle!«

»Meinst du?« fragte er mit einem Kichern. »Jedenfalls kannst du kaum behaupten, ich wüßte nicht, was dich anmacht. Ein Mann, der mit deinen Mädchen konkurrieren will, hat doch nur eine Chance, wenn er mit einem Superschwengel aufwarten kann. Und was diesen Knaben betrifft, der ist einfach unübertrefflich.«

»Patrick, Patrick«, sagte sie, »was soll ich nur mit dir tun?«

»Komm zum Dinner.«

»Ist nicht drin«, erwiderte sie. »Ich gebe heute abend eine Party.« Plötzlich kam ihr ein Gedanke. »Wie wär's denn, wenn du zu uns kämst? Wenn du magst, lass' ich dich mit dem Wagen abholen.«

»Mein Schatz, ich befinde mich in London.«

»Und wie, meintest du, könnte ich zu dir zum Dinner kommen?«

»Ich hätte dir kurz mein Flugzeug rübergeschickt«, erwiderte er.

»Nun, dann könntest du ja auf demselben Weg hierherkommen«, befand sie. »Ich sorge dafür, daß René dich dann in Le Bourget abholt.«

»Um welche Zeit steigt denn die Party?«

»Cocktails gibt es so um halb neun, das eigentliche Dinner wohl so gegen halb zehn, zehn. Da es jetzt erst sieben ist, kannst du es also noch bequem schaffen.«

»Nun, ich weiß nicht so recht«, erwiderte er zögernd. »Auf Dinnerpartys langweile ich mich in der Regel tödlich.«

»So schlimm wird's schon nicht werden«, meinte sie. »Übrigens ist meine jüngere Schwester heute aus Kalifornien eingetrudelt. Wir haben einander zehn Jahre lang nicht gesehen. Ist also so was wie 'ne echte Wiederbegegnung.«

»Ist sie dir irgendwie ähnlich?«

»Überhaupt nicht. Sie ist absolut dein Typ, braungebrannt, blond und bildschön, ganz wie all jene skandinavischen Mädchen, die man dauernd in deiner Gesellschaft sieht. Und sie ist erst siebzehn.«

»Jetzt hast du mich richtig neugierig gemacht«, erklärte er. »Und da du mich nicht heiraten willst, wird vielleicht *sie* es tun.«

»Du wirst also kommen?«

»Sag René, daß er um neun Uhr am Flughafen sein soll«, erklärte er.

Lord Patrick Reardon, Erbe des Titels sowie eines der größten Vermögen in Großbritannien, kannte in seinem Leben nur ein Interesse: Auf nahezu religiöse Weise frönte er unverhohlenem Hedonismus. Wie oft hatte er ihr schon erklärt, daß es für ihn nicht die leiseste Motivation zu irgendwelcher Arbeit gäbe? Weshalb sollte er versuchen, ein Vermögen zu vergrößern, das er bis an sein Lebensende niemals würde verschwenden können?

In Janettes Augen war der Gedanke an eine Heirat mit Patrick nicht so ganz abwegig. Mit dem, was Patrick so an halbmonatlichen Einnahmen hatte, ließen sich bei ihr zweifellos die Ausgaben eines ganzen Jahres bestreiten. Doch eben da lag der Hase im Pfeffer: Patrick wollte sie ganz und gar für sich, nicht für ein oder auch nur ein halbes Prozent würde er da Abstriche machen: Voll sollten sie sich dem hingeben, was er ihrer beider Stimmungen, Launen, Phantasien nannte.

Janette ließ das Wasser in die Badewanne laufen und fügte einen Schuß Moschusöl mit einer eigens für sie kreierten Duftnote hinzu. Rasch stieg sie in die Wanne, lehnte sich zurück und aalte sich genüßlich. Sie liebte den Geruch der Badeessenz, durch den ihr Körper weich und glatt wie Seide wurde. Ja, Seide. Soie. Das wäre doch ein herrlicher Name für ein Parfum, schoß es ihr durch den Kopf. Alle bekannten Couturiers hatten inzwischen ihre eigenen Parfums herausgebracht. Dior, St. Laurent, Givenchy und so weiter und so fort. Soie. Seide. Es gab kein Material, ganz gleich, ob natürlich oder künstlich, das sich am Körper auch nur annähernd so sinnlich fühlte. Soie. Eines Tages würde sie ihr Parfum unter diesem Namen auf den Markt bringen. Sobald die Kollektion abgeschlossen war, würde sie vielleicht Zeit finden, sich dem Projekt zu widmen.

Als sie aus dem Badezimmer kam, läutete erneut das Telefon. Diesmal war Stéphane dran, ihre Freundin.

»Ich wollte nur wissen, was du heute abend anziehst«, sagte sie.

»Ich werde meinen Smoking tragen«, erwiderte Janette.

»Fein. Dann ziehe ich meinen auch an.«

»Nein«, widersprach Janette hastig. »Das wäre zu viel. Meine Schwester trägt nämlich gleichfalls einen. Zieh du dir doch das wunderschöne gelbe Abendkleid an, das ich dir letzte Woche geschenkt habe.«

Stéphane blieb für einen Augenblick stumm. »Na, gut«, sagte sie schließlich.

Das Zögern war Janette nicht entgangen. »Was ist denn?«

»Ich bin eifersüchtig«, gestand Stéphane. »Bisher waren's immer wir beide, die Smokings trugen.«

Janette lachte. »Sei nicht albern. Zur Eifersucht gibt's überhaupt keinen Grund. Schließlich ist sie meine Schwester.«

»Das hat nichts damit zu tun«, behauptete Stéphane. »Meine erste Affäre hatte ich mit meiner älteren Schwester. Wir haben uns jahrelang geliebt.«

»Jetzt redest du Unsinn«, sagte Janette.

»Kann ich über Nacht bleiben?« fragte Stéphane. »Ich möchte mit dir zärtlich sein.«

Janette spürte, wie Zorn in ihr aufstieg.

»Nein«, erwiderte sie kurz angebunden. »Das habe ich dir alles vor Laurens Ankunft erklärt. Solange sie hier ist, kann's da nichts geben.«

»Aber sie wird den ganzen Sommer über hier sein«, jammerte Stéphane. »Was sollen wir tun?«

»Da wird uns schon was einfallen«, meinte Janette. »Bis jetzt hat sie noch nicht eine einzige Nacht hier geschlafen.«

»Ist sie schön?« fragte Stéphane.
»Ja«, antwortete Janette. »Aber sie ist noch ein Kind.«
»Das war ich auch, als das mit meiner Schwester anfing.«
»Wenn du dich weiterhin so idiotisch aufführst«, fauchte Janette, »dann brauchst du gar nicht erst zu kommen.«
»Aber ich liebe dich doch«, sagte Stéphane. »Es ist doch nichts Unrechtes dabei, wenn ich mit dir zusammensein möchte.«
»Irgendwann wird das schon klappen.« Plötzlich fiel Janette noch etwas ein. »Ich werde dich neben Charles Carroll setzen. Sei bitte ganz besonders nett zu ihm. Aus geschäftlichen Gründen ist er für mich ziemlich wichtig.«
»Möchtest du, daß ich mit ihm ins Bett gehe?« fragte Stéphane.
»Wenn er will – ja.«
»Ich werd's tun. Aber nur für dich«, erklärte Stéphane. »Bloß, um dir zu beweisen, wie sehr ich dich liebe.«
»Klingt schon besser«, sagte Janette. »Du bist immer noch mein Schatz.«
»Ich werde immer dein Schatz bleiben«, versicherte Stéphane.

Lauren stand vor dem Spiegel und versuchte, das Hemd über ihrem Busen so glatt zu ziehen, daß es nicht immer wieder aus der Hose hochrutschte.
Janette trat ein, noch in einer Art Morgenmantel. »Ich wollte nur mal sehen, ob du irgendwelche Hilfe brauchst.«
Lauren blickte zu ihr, ein gequältes Lächeln im Gesicht. »Das haut einfach nicht hin. Meine Brüste sind zu groß.«
»Ist doch klar, was du brauchst. Einen BH, der dich buchstäblich in Form hält«, erklärte Janette.
»Leider besitze ich keinen«, erwiderte Lauren. »Ich hab' noch nie einen getragen.«
»Vielleicht kann ich dir mit einem von meinen aushelfen«, meinte Janette. »Komm.«
Lauren folgte ihrer Schwester in deren Zimmer. Janette zog eine Schublade auf und suchte unter den BHs nach einem bestimmten. Als sie ihn gefunden hatte, drehte sie sich zu ihrer Schwester herum. »Zieh dein Hemd aus und probiere diesen mal an.«

Rasch schlüpfte Lauren aus dem Hemd. Janette hielt die Körbchen des BHs an Laurens Brüste. »Könnte hinhauen. Zieh ihn doch mal richtig an.«

»Da krieg' ich kaum Luft drin«, meinte Lauren ein paar Augenblicke später, als sie sich im Spiegel betrachtete.

»Macht sich dafür aber einfach sensationell«, erklärte Janette.

»Meinst du wirklich?« fragte Lauren zweifelnd.

Janette lachte. »Trag ihn nur. Wir werden ein tolles Doppel bilden.«

Lauren betrachtete sich abermals kurz im Spiegel. Dann lächelte sie. »Okay. Bleibt uns noch Zeit für einen Smoke?«

»Wir haben noch rund eine halbe Stunde, bevor die ersten Gäste kommen«, meinte Janette.

»Wir können den Joint doch auch hier rauchen, während ich mich zurechtmache«, schlug Janette vor.

»Auch gut«, sagte Lauren und verschwand. Als sie mit dem Joint zurückkehrte, saß Janette am Toilettentisch. Und während sie sorgfältig die Wimperntusche auftrug, klaffte ihr Morgenrock weit auseinander. Lauren schnappte sich einen kleinen Hocker, setzte sich neben Janette und zündete den Joint an. Behutsam inhalierte sie den Rauch und reichte den Joint dann Janette. »Vorsicht, bei der Mischung darf man keine Züge nehmen.«

Janette befolgte die Instruktion und gab dann nach wenigen vorsichtigen Zügen den Joint Lauren zurück. »Spüren tu' ich überhaupt noch nichts.«

»Nur keine übereilten Erwartungen«, sagte Lauren, während sie rauchte. »Es dauert schon ein paar Minuten, bis die Wirkung eintritt.«

»Und woran merkt man das?« fragte Janette.

Lauren kicherte. »Mir verraten das immer meine Brustwarzen. Ich troll mich jetzt auf mein Zimmer und ziehe mich an«, fuhr sie fort. »Melde dich dann, wenn du fertig bist.«

Maurice erschien vorzeitig.

Als sie ihn in der Bibliothek begrüßten, hatte er dafür eine Erklärung parat. »Mes enfants, ich hielt es für angebracht, für einen Augenblick allein mit euch zusammenzusein, ehe die anderen Gäste eintreffen.«

Janette lächelte. »Natürlich. Und was für einen Eindruck hast du jetzt von dem kleinen Mädchen?«

Maurice blickte zu Lauren, und sein Gesichtsausdruck wirkte nachdenklich. »Nun, so ein kleines Mädchen ist sie nicht mehr, oder? Ich finde, sie ist ziemlich erwachsen und sehr schön.«

Lauren lachte. »Merci, Monsieur le Marquis.«

»Wirklich«, versicherte Maurice. »Ich freue mich sehr, dich zu sehen. Und falls es irgend etwas gibt, was ich für dich tun kann, dann laß es mich wissen.«

»Sollte sich was ergeben, werde ich auf das Angebot zurückkommen.«

Maurice schüttelte den Kopf. »Irgendwie sehe ich dich noch immer als kleines Mädchen. Aber du hast dich sehr verändert.«

Lauren lachte wieder. »Du hast dich dafür überhaupt nicht verändert und siehst noch genauso aus, wie ich dich in Erinnerung hatte.«

»Das ist doch nicht schlecht, oder?« fragte Maurice.

Sie nickte. »Phantastisch. Alle sind älter geworden, bloß du nicht.«

»Auch ich bin älter geworden«, erklärte er. »Doch wenn man mal in meinem Alter ist, fallen die Veränderungen nicht so drastisch auf. Was machen eigentlich deine Pflegeeltern? Geht's ihnen gut?«

»Ja, ganz ausgezeichnet, danke«, antwortete Lauren.

Maurice blickte zu Janette. »Mir ist zu Ohren gekommen, daß du deine ganze Kollektion von Grund auf ändern willst und deshalb den Termin der Vorführung auf einen späteren Zeitpunkt verschoben hast.«

Janette nickte. »Du mußt Holzwürmer als Spione engagiert haben, denn die Entscheidung fiel bei uns erst heute nachmittag. Wir haben eine phantastische Idee, mit der wir nicht bis nächstes Jahr warten wollen, da wir meinen, daß jetzt der geeignetere Augenblick dafür sei.«

»Das wird aber eine ganze Menge Geld kosten«, meinte er. »Falls du was brauchst, sag's mir, dann schlachte ich mein Sparschwein.«

»Wir werden schon zurechtkommen«, erklärte Janette. »Aber ich werd's mir merken, für alle Fälle. Danke.«

Maurice lächelte. »Du brauchst mir nicht zu danken. Schließlich bleibt's in der Familie.«

Nur schwach vernehmlich drang das leise Läuten der Türglocke in die Bibliothek. Die übrigen Gäste begannen einzutreffen, und als Patrick Reardon vom Flughafen kam, war es Zeit fürs Dinner.

Das Dinner: einfach perfekt für eine heiße Julinacht. Obwohl jeder einzelne der sieben Gänge eine Köstlichkeit für sich war, fühlte sich Janette doch irgendwie erleichtert, als das Mahl zu Ende war und sie ihre Gäste zu Kaffee und schärferen Drinks in die Bibliothek bitten konnte. Bei Tisch war es nämlich zwischen den verschiedenen Gruppen und Personen zu allerlei Sticheleien gekommen. Nur eine einzige Ausnahme schien es zu geben: Lauren. Leicht und locker hatte sie sich unterhalten, und nichts von dem, was Janette störte, schien sie auch nur zu spüren.

Irgendwie hatte es Stéphane geschafft, Janette einen Augenblick allein zu sprechen. »Deine Schwester ist sehr schön. Alle sind von ihr sehr angetan.«

»Das freut mich«, erklärte Janette.

»Kann ich mir denken«, sagte Stéphane.

Janette musterte sie. »Du bist einfach blöd.«

Stéphane berührte sie am Arm. »Könnten wir nicht auf einen Sprung nach oben gehen?«

Janette musterte sie wortlos. Dann wandte sie sich abrupt ab und gesellte sich zu Maurice und Jacques, die sich gerade über Martine, ein bildhübsches Mannequin, das für Givenchy arbeitete, unterhielten.

Stéphane begab sich zu der Gruppe von Zuhörern, die Patricks Bericht über seine Abenteuer auf seiner jüngsten Afrika-Safari lauschten. Patrick, der ein glänzender Erzähler war, krönte seine Schilderung mit einem Witz über einen kastrierten Löwen.

Alle lachten, nur Lauren nicht, die die Geschichte eher traurig fand.

Der Kreis der Zuhörer löste sich auf.

Patrick warf Lauren einen kurzen Blick zu. »Gestatten Sie, daß ich Ihnen ein frisches Glas Champagner besorge.«

»Nein, danke, ich trinke nicht«, erklärte Lauren.

»Gehen wir doch ein bißchen hinaus auf den Balkon«, schlug er vor. »Etwas frische Luft wird uns beiden gut tun.«

»Okay.« Sie folgte ihm durch die offene Tür und lehnte ihre Ellbogen aufs Geländer.

Er nippte am Champagnerglas, das er noch in der Hand hielt. »Zum erstenmal in Paris?«

»Ich bin hier geboren«, erwiderte sie. »Allerdings war ich zehn Jahre lang fort. Ich lebe in Kalifornien.«

»Ich liebe Kalifornien«, beteuerte er. »Da nimmt man die Dinge so gelassen.«

»Ist was Wahres dran«, stimmte sie zu.

»Haben Sie ein Höschen an?« wollte er unvermittelt wissen.

»Nein«, erwiderte sie und sah ihn an. »Warum fragen Sie?«

»Ich hätt' halt gern gewußt, ob Janette Sie dazu überredet hat, einen Smoking zu tragen.«

»Nein.«

»Wie dem auch sei, Ihre Schwester ist für mich die schönste und aufregendste Frau auf der ganzen Welt«, versicherte er.

Lauren drehte sich herum und blickte quer in den Raum zurück, wo Janette sich sehr ernst mit Jacques und Charles Carroll unterhielt. Janettes Gesicht wirkte sehr lebendig und ausdrucksvoll, während sie augenscheinlich ein bestimmtes Argument darlegte. Dann wandte sich Lauren wieder Patrick zu. »Sie sind der zweite Mann, den ich kenne und der das behauptet«, erklärte sie. »Und es könnte schon sein, daß ihr beide recht habt.«

Marlon trat zu ihnen auf den Balkon. Gleich darauf folgten Philippe und Stéphane. »Philippe möchte, daß ich Sie frage, ob Sie schon mal daran gedacht haben, Mannequin zu werden«, sagte Marlon.

»Weshalb fragt er mich denn nicht selbst?« wollte Lauren wissen.

»Er geniert sich ein wenig, weil sein Englisch nicht besonders gut ist.«

Lächelnd wandte sie sich Philippe zu, sprach französisch. »Tut mir leid. Ich wollte wirklich nicht unhöflich sein. Mir ist überhaupt nicht aufgegangen, daß alle nur mir zuliebe englisch sprechen.«

Über Philippes Gesicht glitt ein Lächeln. »Ich wollte schon den ganzen Abend mit Ihnen reden. Nur fürchtete ich, Sie würden mich nicht verstehen. Ich wollte Ihnen sagen, wie schön Sie in meinen Augen sind und wie hinreißend Sie in einigen meiner Kreationen wirken würden. Sie besitzen die Faszination, nach der ich schon lange auf der Suche war. Neu, frisch, unverbraucht – unschuldig wirkend und erfahren zugleich. Ich wäre begeistert, wenn Sie einige meiner Kreationen bei der Präsentation vorführen würden.«

»Mannequin spielen? Davon habe ich ja nicht die leiseste Ahnung«, erwiderte sie. »Doch Ihre Einschätzung schmeichelt mir sehr.«

»Große Geheimnisse gibt es da wirklich nicht«, behauptete Philippe. »Eine Woche, und Sie haben alles drauf, was Sie wissen müssen.«

»Um es auf dem Markt zu etwas zu bringen, brauchen wir ein volles Jahr. Mir schweben zehn eigene Boutiquen in jenen Gebieten der Staaten vor, wo die kaufkräftigsten potentiellen Kunden sitzen. Dazu noch weitere fünf in den führenden Kaufhäusern des Landes: Saks, Fifth Avenue, New York; Neiman-Marcus, Texas; Marshall Field, Chicago; I. Magnin, Los Angeles; Geary's, San Francisco. Bis wir soweit sind, stecke ich mit zwei Millionen Dollar drin. Ich gehe da also ein ganz verteufeltes Risiko ein.«

Janette musterte ihn. »Wenn Sie genügend Druck machen, sind die Warenhäuser bestimmt schon in dieser Saison bereit mitzuziehen.«

»Die würden uns aufs Kreuz legen«, meinte Carroll. »Erstens würden sie alle Waren nur in Kommission nehmen. Zweitens würden sie sämtliche Anzeigen- und Werbekosten auf uns abladen. Und außerdem würden sie auch noch auf unsere Produkte den höchsten Rabattsatz verlangen.« Er nahm einen Schluck von seinem Scotch. »Für uns würde nicht ein einziger Penny bleiben.«

»Aber wir hätten ein Sprungbrett, das uns mitten in den amerikanischen Markt katapultiert, so daß wir feststellen könnten, wo wir eigentlich stehen«, erklärte Janette.

»Und wie nennen wir dann unsere eigenen Boutiquen, wenn wir die eröffnen?« fragte er. »Ihr Name ist noch nicht bekannt genug.«

»Ich habe einen Namen für die Boutiquen«, sagte Janette. »So wie St. Laurents Rive Gauche, Janettes Centre Ville oder – falls Sie meinen, es sollte amerikanischer sein – Janette's Uptown. Aber das ist zweitrangig. Sobald wir nämlich loslegen, bin ich bereit, zu einer Publicity-Tour durch die gesamten Staaten zu starten, Presse, Rundfunk, Fernsehen, und wenn die Boutiquen dann aufmachen, werden mehr Amerikaner meinen Namen kennen, als es Franzosen gibt.«

»Wird aber einen Haufen Geld kosten«, stellte Carroll fest.

»Klar«, stimmte Janette zu. »Das ist auch genau der Grund, warum ich mich mit Ihnen unterhalte. Hätte ich das Geld, so würde ich das Ganze auf eigene Faust wagen.«

Carroll musterte sie gleichsam von der Seite. »Was würde es denn überhaupt kosten, diese Kollektion auf die Beine zu stellen?«

»Zweihunderttausend Dollar. Vielleicht mehr, vielleicht weniger.«

»Angenommen, ich strecke Ihnen das Geld vor und wir warten ab, was passiert, dann wäre für weiterreichende Entschlüsse immer noch genügend Zeit.«

Janette lachte. »Diese Kollektion kann ich auch so über die Runden bringen. *Das* Geld beunruhigt mich nicht weiter. Was mich wirklich beschäftigt, ist der Plan, der darüber hinausgeht. Wenn meine Kollektion der große Erfolg wird, dann brauche ich Sie im Grunde nicht. Bidermann oder die anderen wären überglücklich, zu mir ins gemachte Bett zu hüpfen.«

Carroll atmete tief durch und blickte zu Jacques. »Mein Lieber, das ist eine verflixt hartnäckige Lady, für die Sie da arbeiten.«

Jacques blieb stumm.

»Und wenn ich nicht zustimme?« fragte er und blickte wieder zu Janette.

Sie lächelte. »Dann sind wir immer noch Freunde.«

Er drehte den Kopf und sah zum Balkon, wo Lauren und die anderen standen. »Ihre Schwester wirkt hier ganz anders als in Kalifornien. Ich glaube, ich habe sie früher immer nur in Hosen gesehen.«

Janette lachte. »Sie befindet sich jetzt in Paris.« Unwillkürlich blickte auch sie zum Balkon. »Wissen Sie, ich möchte Erfolg haben, nicht nur meinet-, sondern auch ihretwegen. Sie ist anteilmäßig Miteigentümerin, und Johann ist noch immer ihr Vermögensverwalter, dem ich alljährlich rechenschaftspflichtig bin.«

»Wohl ein Wink mit dem Zaunpfahl, wie?« meinte Carroll lächelnd. »Aber ich habe auch so verstanden. Wie wär's, wenn wir uns morgen wieder träfen, um diese Sache weiter durchzusprechen?«

»Gern«, erwiderte sie. »Vereinbaren Sie mit Jacques einen Zeitpunkt, der uns allen paßt. Aber erst spät am Tage. Ich werde so gut wie dauernd mit Arrangements für die Kollektion beschäftigt sein.«

»Sie treiben die Sache also auf jeden Fall voran?« fragte er.

»Certainement«, erwiderte sie, und aus ihrer Stimme klang ein kaum merklicher Hauch von Verachtung. »Glauben Sie etwa, ich würde mich bei einer so wichtigen Sache auf jemand anderen verlassen als auf mich selbst?«

Maurice paßte Jacques allein in einem günstigen Augenblick ab. »Alles gut gegangen?«

Jacques nickte. »Ich glaube schon. Je öfter ich Janette so in Aktion sehe, desto besser begreife ich, was für eine einzigartige Frau sie ist. Sie besitzt den Mut eines Pampasstiers.«

Maurice lachte. »Und was ist, wenn Carroll nicht mitmacht?«

»Janette wird es irgendwie schaffen. Dessen bin ich mir jetzt ganz sicher. Sie ist fest dazu entschlossen.«

»Ich verfüge über eine Million Francs, die ich auf sie setzen würde«, sagte Maurice. »Vergiß das nicht und erinnere sie daran, falls sich die Gelegenheit ergibt.«

Jacques musterte ihn. »Weiß sie das?«

»Ich hab's durchblicken lassen«, erwiderte Maurice. »Doch zeigte sie sich seinerzeit nicht interessiert. Indessen können sich die Umstände ja ändern.«

Jacques lächelte. »Ich will's mir merken.«

Martine näherte sich. »Es ist nach elf«, sagte sie zu Jacques. »Und ich muß morgen früh raus, da wir die ersten Anproben haben.«

»Ich werde dich nach Hause bringen«, sagte Jacques.

»Meinetwegen brauchst du noch nicht aufzubrechen. Ich kann ebenso gut ein Taxi nehmen.«

»Ach, Unsinn.« Jacques lächelte. »Ich muß mich gleichfalls früh an die Arbeit machen.«

Die Party begann sich aufzulösen. Als erste gingen Jacques, Maurice und Martine, wenig später folgten Philippe und Marlon.

»Es war ein ganz reizendes Dinner«, bedankte sich Philippe bei Janette. »Und deine Schwester ist eine wirkliche Schönheit. Ich möchte irgendwas mit ihr machen. Vielleicht können wir uns morgen darüber unterhalten.«

»Natürlich«, erwiderte Janette. »Ich werde schon früh im Büro sein.«

Nur noch Carroll, Stéphane und Patrick waren übrig. Carroll hatte eine Idee. »Wie wär's, wenn wir alle noch im Régime einen Schlummertrunk nehmen? Könnte recht amüsant sein.«

Janette schüttelte den Kopf. »Ich muß leider passen, da ich morgen zu viel zu tun habe.«

Er blickte zu Lauren. »Haben nicht vielleicht Sie und Patrick Lust?«

Lauren lächelte. »Tut mir leid, Mr. Carroll, aber ich fange an, mich müde zu fühlen. Der Flug, die Zeitverschiebung, Sie wissen schon.«

»Und ich fliege heute nacht noch nach London zurück«, erklärte Patrick. »Ich habe meiner lieben alten Mum versprochen, morgen mir ihr zu frühstücken. Dann halt ein andermal.«

Carroll blickte zu Stéphane. »Scheint, daß wir beide sozusagen die einzigen Überlebenden sind.«

Stéphane blickte kurz zu Janette und lächelte ihn dann an, ohne etwas zu sagen. »Gut«, sagte Carroll und erhob sich. »Machen wir uns also auf die Socken.« Er blickte zu Lauren. »Ich werde morgen mit Ihrem Vater sprechen. Soll ich ihm irgend etwas ausrichten?«

»Nein«, erwiderte Lauren. »Bestellen Sie ihm nur schöne Grüße und sagen Sie ihm, daß es mir großartig geht.«

»Kann René mich zum Flughafen bringen?« fragte Patrick.

»Er wartet im Auto auf dich«, antwortete Janette.

Sie gingen zur Tür. »Deine Schwester ist ein tolles Mädchen. Hoffentlich sehen wir mehr voneinander«, meinte Patrick.

»Da bin ich mir nicht ganz sicher«, erklärte Janette. »Lauren wird den ganzen Sommer hier sein.«

Nachdem alle verschwunden waren, stiegen die Schwestern die Treppe hinauf. Lauren blieb vor ihrer Tür stehen. »Es war ganz reizend«, versicherte sie. »Vielen Dank. Du hast mir das Gefühl gegeben, ich sei was ganz Besonderes.«

»Du bist auch etwas ganz Besonderes«, bestätigte Janette. »Du bist meine Schwester.«

Lauren beugte sich vor und küßte Janette auf die Wange. Dann trat sie rasch in ihr Zimmer und zog die Tür hinter sich zu. Janette blieb einen Augenblick gedankenverloren stehen. Dann ging sie langsam den Korridor entlang zu ihrem eigenen Zimmer.

Jacques stand am hinteren Ende der Lido-Arkade und beobachtete die Menschen, die in Abendgarderobe auf den Eingang zuströmten, in der Hand die Einladungskarten mit den eingravierten goldenen Buchstaben. Und noch immer fuhren Cadillacs und Rolls-Royces vor, denen weitere Gäste entstiegen. Er warf einen Blick auf seine Armbanduhr. Es war schon fast zehn, und die Zeit wurde mehr als knapp. Genau gesagt: Sie hinkten um rund eine Stunde hinter dem vorgesehenen Zeitplan her. Das Dinner sollte um zehn beginnen und die Präsentation der Kollektion dann genau um Mitternacht.

Janette hatte recht behalten, als sie erklärt hatte, alles, was Rang und Namen besaß, würde nicht vor ihrer Show abreisen. Jacques hatte gesehen, wie John Fairchild von Women's Wear mit seinem Gefolge Einzug hielt. Auch Eugenia Sheppard, die große alte Modedame der amerikanischen Presse, war anwesend. Hier handelte es sich um weit mehr als um die Vorführung einer Kollektion, dies war überdies ein gesellschaftliches Ereignis. Madame Pompidou, die Gattin des französischen Staatspräsidenten, war zugegen, und natürlich wurde sie mit ihrer Begleitung sofort zum table d'honneur geführt. Madame Schlumberger, der Graf von Paris, die Rothschilds, die Dassaults und weitere »Bastionen« der französischen Gesellschaft strömten herein. Vermutlich war es das erste Mal, daß sie ins Lido kamen. Was Filmstars betraf, so erschienen sie zuhauf, wie bei einer Filmpremiere. Brigitte Bardot, Alain Delon, Jean-Paul Belmondo, Sophia Loren, Faye Dunaway und und und . . . Mehr an Filmgrößen hatte Jacques bei solchen oder ähnlichen Gelegenheiten noch nie gesehen. Und was die französische Presse betraf, so war sie sozusagen in voller Garnisonsstärke angetreten. Robert Caille von Vogue, fast die gesamte Chefredaktion von L'Officiel und darüber hinaus die Reporter und Fotografen von jedem wichtigen Blatt und jeder bedeutenden Nachrichtenagentur in Paris.

Doch Jacques' eigentliche Triumphgefühle wurden aus einer ganz anderen Quelle gespeist. Am Tag danach, als die Einladungen verschickt worden waren, hatten die anderen Couturiers bei ihm angerufen und um Karten gebeten. Und als er nun sah, wie sie nach und nach durch die Lido-Arkade kamen, Marc Bohan, Givenchy, St. Laurent, Pierre Cardin und Courrèges, da wußte er, daß sie es geschafft hatten.

Abermals warf er einen Blick auf seine Armbanduhr und begab sich ins Innere des Lido. Der Oberkellner schoß auf ihn zu. »Die Fürstin Gracia Patricia ist soeben mit einer vierköpfigen Begleitung eingetroffen, und wir haben keinen Tisch für sie.«

»Geben Sie ihr meinen Tisch«, erwiderte er rasch. »Den unmittelbar neben Madame Pompidou.«

Der Mann nickte und eilte davon. Mit wachem Auge setzte Jacques seinen Gang entlang des Saales fort. Gesprächsfetzen drangen vereinzelt an sein Ohr. »Sie muß übergeschnappt sein. Dies kostet doch ein Vermögen.« – »Sie hat einen Geldmann gefunden.« – »Es ist Lord Patrick Reardon. Er will sie heiraten.« – »Entweder steckt er dahinter oder aber Madame Poniard.« Gelächter erscholl, als der Name der sagenhaft reichen Lesbierin genannt wurde.

Bernadine Morris von der New York Times verstellte ihm den Weg. »Ich muß meinen Bericht schon früh durchgeben«, sagte sie. »Wär's nicht möglich, daß ich ein bißchen was im voraus erfahre, wenn's bei mir dann Hals über Kopf gehen muß?«

»Tut mir leid, Bernadine.« Jacques lächelte. »Aber das ist völlig unmöglich. Bisher habe nicht einmal ich selbst die Kollektion gesehen.«

Er setzte seinen Weg fort und blieb dann an der Bühnentür stehen. Dort drehte er sich um und ließ seinen Blick nochmals über den Saal gleiten. Zufrieden nickte er. Janettes Idee, das Lido für einen Abend zu mieten, war wirklich brillant. Zunächst hatte er sich wegen der Kosten entsetzt, doch jetzt war er froh, daß sie es getan hatte. Das Personal des Lido bestand aus wirklichen Profis, die es gewöhnt waren, ein großes Publikum flink und zuvorkommend zu bedienen. Unauffälliges Servieren beim Dinner gehörte ebenso dazu wie unauffälliges Abräumen, damit die Bühnenschau weitergehen konnte. Was das Dinner betraf, so war es in vollem Gange. Nur eine Schar von Unentwegten bevölkerte die Tanzfläche, und das Orchester auf der Bühne spielte natürlich keinen Rock, sondern genau jene Art »gemäßigter Rhythmen«, die für dieses Publikum angemessen waren.

»Ich will die richtige Mischung«, hatte Janette gesagt. »Es soll elegant sein – und gleichzeitig Hollywood.« Eben das war es auch. Noch nie hatte sich zu einer Modenschau ein derart elegantes Publikum versammelt, und noch nie war bei einem solchen Anlaß die Kulisse in einem solchen Maße »Hollywood« gewesen.

Jacques wollte die Tür öffnen, als er sah, daß ihm jemand winkte. John Fairchild, der Zeitungsverleger. Jacques zögerte einen Augenblick, doch dann ging er zu dem betreffenden Tisch. Fairchild deutete auf einen leeren Stuhl.

Jacques schüttelte den Kopf. »Danke, aber ich muß arbeiten.«

»Diese Party dürfte einen ganzen Haufen Scheinchen kosten«, meinte Fairchild. »Mindestens fünfzigtausend Dollar.«

»So in etwa«, erwiderte Jacques.

»Ist das nicht ein bißchen viel für Janette?« fragte Fairchild. »Solche Riesenumsätze macht sie doch nicht.«

Jacques zuckte wortlos die Schultern.

»Ich habe ein Telegramm aus New York bekommen«, sagte der Zeitungsmann. »Auf der Seventh Avenue wird das Gerücht gehandelt, Janette verkaufe an Carroll.«

»Da ist nichts dran«, erwiderte Jacques mit Entschiedenheit. »Janette würde niemals ihr Haus veräußern.«

»Könnte aber doch sein, daß sie mit ihm was auf dem Prêt-à-porter-Sektor plant«, meinte Fairchild listig. »Nicht umsonst dürfte Carroll mit jenem nicht ganz unwichtigen Herrn an einem so exponierten Tisch sitzen.«

»Carroll gehört zu Twin Cities«, sagte Jacques, »und Herrn

Schwebel, den Präsidenten jener Gesellschaft, verbinden nun einmal viele geschäftliche und private Bande mit der Familie Beauville. Im übrigen war er sehr lange Janettes Vermögensverwalter – vom Tod ihrer Mutter bis zu ihrer Großjährigkeit.«

»Damit ist meine Frage keineswegs beantwortet«, erklärte Fairchild. »Außerdem, wenn Janette nichts mit prêt à porter im Sinn hat, wieso bekam Carroll dann einen so hervorragenden Tisch zugewiesen?«

Jacques' Hand deutete auf einen weiteren Tisch ganz in der Nähe. »Der ist noch wichtiger. Und dort sitzt Bidermann. Fragen Sie ihn doch mal, ob Janette nicht mit ihm zusammenarbeiten wird . . .«

»Bidermann hat bereits Cardin«, sagte Fairchild. »Im übrigen soll er an St. Laurent interessiert sein.«

»Ich fürchte, Sie werden Madame wegen ihrer Pläne selbst befragen müssen. Ich bin in diese bislang noch nicht eingeweiht worden.«

»Woher hat sie das Geld für diese Party? Soweit ich weiß, war sie doch ziemlich blank, als sie die geplante Kollektion über Bord gehen ließ, um eine völlig neue zu starten.«

Jacques zuckte demonstrativ mit den Schultern. »Sie hat andere Möglichkeiten. Vielleicht von seiten eines mit ihr befreundeten Bankiers. Wenn ich mich nicht täusche, sind die Rothschilds heute abend hier zahlreich vertreten.«

Fairchild ließ seinen Blick durch den Saal gleiten. »Nun, das trifft auch auf einen Teil der gesellschaftlichen crème de la crème zu. Großer Gott, ich weiß wirklich nicht, ob ich mich bei einer Modenschau befinde oder bei einer Hollywoodpremiere.«

Jacques lachte. »Janette wird sich freuen, das zu hören. Was die Atmosphäre betrifft, ist das nämlich genau die Mixtur, die ihr vorschwebte. Doch um jedweden Irrtum zu vermeiden, dies *ist* eine Modenschau. Die Präsentation einer einmaligen Kollektion, wie Sie sie noch nie gesehen haben und wohl auch nie wieder auf dieser Welt sehen werden.«

»Na, Hals- und Beinbruch«, sagte Fairchild mit einem Lächeln.

»Danke«, erwiderte Jacques. Er machte, daß er hinter die Bühne kam, bevor noch jemand ihn aufhielt. Vorsichtig stieg er über die

Unmengen von Kabeln hinweg, die kreuz und quer verlegt worden waren. Im hinteren Bereich der riesigen Bühne war ein provisorischer Umkleideraum für die Mannequins aufgebaut. Es war beschlossen worden, die eigentlichen Garderobenräume nicht zu benutzen. Sie befanden sich in verschiedenen Etagen oberhalb der Bühne und lagen zu weit weg, um den Mannequins den notwendigen raschen Kleiderwechsel zu ermöglichen. Überdies wollte Janette kein unnötiges Risiko eingehen: Nur zu leicht hätte sich eines der Mädchen mit den hochhackigen Schuhen im Kleid verfangen können, während sie die Treppe hinunterhastete.

Um den provisorischen Garderobenbereich hing ringsum ein schwarzer Vorhang. Jacques zog ihn ein Stück zur Seite und blickte hinein. Im Moment wirkte alles noch sehr friedlich. Die Mädchen saßen in losen kimonoartigen Gewändern vor ihren Make-up-Tischen, schminkten sich. Neben jedem Leuchtspiegel hing an einer kleinen Pinwand der sogenannte Fahrplan. Auf ihm war detailliert, von der Farbe der Höschen bis zu den Accessoires, alles festgehalten, was die einzelnen Mannequins jeweils zu tragen hatten. In Reichweite der Mädchen stand ein Kleiderständer auf Rollen, auf dem die Gewänder in der Reihenfolge hingen, in der sie vorgeführt werden sollten. Der Coiffeur und die zwei Kosmetikerinnen saßen noch recht gelangweilt herum. Madame St. Cloud und ihre Assistentinnen überprüften gerade nochmals die Modellkleider auf den Stangen, um sicherzugehen, daß auch alles seine Ordnung hatte. Vor Beginn der Modenschau würde Philippe erscheinen, um höchstpersönlich den Sitz jedes Kleides und den Gesamteindruck zu kontrollieren. Kein Mannequin wurde auf die Bühne hinausgelassen, ohne dann noch ein letztes Mal vor den kritischen Augen von Philippe und Madame St. Cloud Revue zu passieren. Allerdings war Philippe momentan noch nicht da, und auch Janette ließ sich nicht blicken.

Deshalb begab Jacques sich zu dem Büro des Bühnenmeisters, das Janette für diesen Abend übernommen hatte. Ohne anzuklopfen, trat er ein.

Philippe saß auf der Couch und zog nervös an seiner Zigarette. Marlon, der neben ihm saß, machte wie immer einen unbeteiligt gelassenen Eindruck. Janette hockte hinter dem Schreibtisch und starrte auf eine getippte Liste, auf der die Reihenfolge der Präsentation festgehalten war.

Sie sah auf, ihre Stimme klang ruhig. »Wie schaut es draußen so aus?«

»Wunschgemäß«, erwiderte Jacques. »Mehr kannst du beim besten Willen nicht erwarten.«

»Ausgezeichnet.« Sie blickte wieder auf die Liste, sah dann zu Philippe. »Wäre vielleicht keine schlechte Idee, wenn wir die Fünfundzwanzig vor der Siebzehn bringen. Ist ein mittellanges Kleid und macht sich besser, bevor wir mit den langen Kleidern beginnen. Im Augenblick befindet es sich mittendrin und irgendwie an der falschen Stelle.«

Philippe erhob sich von der Couch und stellte sich hinter sie. Er öffnete eine Mappe und ging diverse Muster durch: »Der Vorschlag ist gut«, erklärte er. »Ich werde der St. Cloud sagen, daß sie die Reihenfolge ändert. Wird sowieso Zeit, daß ich dort mal auftauche, um nach dem Rechten zu sehen.« Er ging hinaus.

Marlon folgte ihm.

Nach einer Viertelstunde kam Philippe zurück.

»Hat einer von euch Lauren gesehen?« erkundigte er sich.

»Nein«, sagte Janette. »Ist sie denn nicht bei den Mädchen draußen?«

»Madame St. Cloud hat sie nicht zu Gesicht bekommen. Sie beginnt, sich Sorgen zu machen.«

»Aber irgendwo muß sie doch stecken«, meinte Janette. »Schließlich sind wir zusammen hergekommen.«

Jacques erhob sich. »Ich werde mal den Pförtner am Bühneneingang fragen. Das gibt es doch nicht, daß hier wer rein- oder rauskommt, ohne daß der ihn sieht.«

Jacques verschwand, und Philippe ließ sich auf die Couch fallen. »Das fehlte gerade noch, daß deine blöde Schwester mir die Tour vermasselt«, brummte er.

»Du wolltest sie ja unbedingt haben«, sagte Janette. Sie steckte sich eine Zigarette an, und dann saßen sie beide schweigend, bis es an die Tür klopfte und Jacques eintrat, hinter sich Lauren.

»Wo hast du nur gesteckt?« rief Philippe und sprang auf. »Ich hatte beinahe einen Herzanfall.«

»Ich wurde nervös«, erklärte Lauren. »Und da bin ich dann hinten hinaus auf die schmale Gasse.«

»Allmächtiger! Nächstes Mal gibst du uns Bescheid«, sagte Philippe. »Komm. Es wird höchste Zeit, dich herzurichten.«

Lauren lächelte und blickte zu Janette. »Du warst doch nicht beunruhigt, oder?«

Janette schüttelte den Kopf.

Lauren lachte. Sie drehte sich um und folgte Philippe durch die Tür.

Janette blickte zu Jacques, der noch immer bei ihr stand. »Ach, Scheiße«, sagte sie.

Jacques lächelte. »O ja.«

Trotz des späten Beginns war das Dinner um zehn Minuten vor Mitternacht zu Ende, und die Tische wurden abgeräumt. Das Orchester verstummte, die Tanzpaare gingen zu ihren Plätzen zurück. Stuhlbeine scharrten, die Gäste machten es sich bequem. Und während es im Saal dunkel wurde, breitete sich eine Atmosphäre prickelnder Erwartung aus.

Leise erklang aus dem Bühnenhintergrund die »Faust«-Ouvertüre. In der Pechschwärze wirkten die Klänge geradezu gespenstisch. Urplötzlich krachte es gewaltig wie ein Donnerschlag, und ein Lichtkegel beleuchtete in der Mitte der Bühne eine hochsteigende Rauchwolke, aus der der Teufel hervorfuhr.

Mit einem mächtigen Satz schnellte er in die Luft, und das hautenge, rot-metallische Lurexkostüm blitzte förmlich im Scheinwerferlicht. In einer Hand hielt er eine Art Dreizack, mit juwelengeschmückten Spitzen. Während er einen grotesken Tanz aufführte, wurde auf riesigen weißen Rollen der Laufsteg in den Zuschauerraum hinein ausgefahren. Und schon befand sich der Teufel darauf, vollführte Sprünge und Sätze, wobei er drohend den Dreizack Richtung Publikum schwang. Am Ende des Laufstegs fuhr er plötzlich herum, kniete nieder und stieß den Dreizack in Richtung Bühnenvorhang. Wilder Trommelwirbel ertönte, dann war plötzlich alles ganz still, und ein Projektor warf auf eine durchsichtige Stoffwand den Text: »Janette de la Beauville présente la Collection de l'Enfer.«

Als es heller wurde, war der Teufel verschwunden. Der Vorhang öffnete sich und enthüllte ein gigantisches Diorama, welches die gesamte Bühne einzunehmen schien: Dantes Inferno in impressionistischer Manier, alles in Schwarz und Rot. Eine ausgeklügelte Lichtregie verlieh dem Ganzen ein eigentümliches Scheinleben, eine ganz eigene Realität. In der Mitte des Dioramas befand sich ein riesiges Tor. Während sich die Torflügel zu öffnen begannen, erklang die Musik gedämpfter, und über dem Torbogen entflammte die Nummer 1.

Sekundenlang verharrte das Mannequin reglos in der Öffnung, dann bewegte es sich langsam nach vorn, von der Bühne auf den Laufsteg zu, während eine Stimme über das Lautsprechersystem im Saal verkündete: »Costume en laine, rouge de sang.«

Höflicher Applaus klang auf, während das Mannequin inmitten des Publikums den Laufsteg entlangschritt, dann stehenblieb, um sich seiner Jacke zu entledigen und seine Bluse zu zeigen. In typischer Mannequinart drehte es sich um sich selbst und begann dann zurückzuschreiten, indes die Nummer über dem Torbogen von 1 auf 2 wechselte.

Jacques, ganz hinten im Saal stehend, nickte zufrieden. Auch die Claque, die er engagiert hatte, bestand aus echten Profis. Er hatte ihnen eingeschärft, leise zu beginnen und sich nur bei bestimmten Nummern und beim Finale »voll ins Zeug« zu legen.

Er blickte zur Bühne. Inzwischen befand sich das zweite Mannequin auf dem Laufsteg. Seine Augen schweiften über das Publikum. Aufmerksam sahen alle zu. Aber auch diese Gäste waren Profis. Und sie wollten erst noch eine ganze Menge mehr sehen, ehe sie urteilten.

Er steckte sich eine Zigarette an. So weit, so gut. Was immer man hatte tun können, hatte man getan. Der Rest lag in den Händen der Götter. Wieder blickte er zur Bühne, lächelte unwillkürlich. Oder des Teufels, dachte er.

Gut die Hälfte der Präsentation lag bereits hinter ihnen, und im Garderobenbereich herrschte ein totales und dennoch kontrolliertes Tohuwabohu. Assistentinnen hoben die vorgeführten Modelle auf, welche die Mannequins, die keine Zeit zu verlieren hatten, in aller Hast zu Boden schleuderten. Der Coiffeur und die Maskenbildnerinnen hatten alle Hände voll zu tun, damit die Mädchen immer noch wie aus dem Ei gepellt aussahen.

Blaß, nervös und schwitzend überprüfte Philippe ein Mannequin und schickte es dann hinaus in Richtung Bühne. »Gleich breche ich zusammen«, verkündete er dramatisch.

»Du wirst gar nichts«, versicherte Janette. »Alles läuft bisher gut.«

»Du hättest die nie hierherlassen dürfen«, sagte er. »Die sind doch nur darauf aus, mich zu vernichten.«

»Sei nicht albern«, erwiderte Janette. »Daß die gekommen sind, ist eine Ehre, die sie sich sonst untereinander nicht erweisen.«

»Die werden mir schon noch eins auswischen. Ich habe so ein ungutes Gefühl. Vielleicht stehen sie alle auf einmal auf und demonstrieren so, wie unwichtig ich in ihren Augen bin.«

»Sie sind noch alle da«, sagte Janette. »St. Laurent und Berge haben sich seit Beginn der Vorführung nicht vom Fleck gerührt. Und nicht anders ist es mit Bohan und Boussac. Givenchy, Cardin – alle noch da.«

»Sie führen irgendwas im Schilde«, behauptete Philippe. »Hab's im Gespür.« Mit großer Geste faßte er sich an die Stirn. »Mir schwinden die Sinne.«

Janette blickte zu Marlon, dann wieder zu Philippe. »Kommt auf einen Augenblick mit in mein Büro.«

»Ich kann mich unmöglich von hier fortbewegen«, erklärte Philippe. »Irgend etwas geht schief. Ich weiß es.«

»Gar nichts geht schief«, sagte sie beschwichtigend. »Die nächsten fünf Nummern haben wir bereits abgesegnet, und du kannst dir ruhigen Gewissens ein paar Minuten Pause gönnen.«

»Okay«, sagte er. »Aber ich möchte unbedingt, daß jetzt gleich mit Laurens Body-Make-up angefangen wird, denn so was geht nicht ruckzuck.«

Janette beobachtete ihn, während er zu Lauren ging, die an ihrem Tisch saß und in aller Ruhe eine Zigarette rauchte. Von der Hektik ringsum schien sie kaum etwas wahrzunehmen. Philippe flüsterte ihr etwas ins Ohr, und Lauren stand auf und ließ ihren Umhang zu Boden gleiten. Nackt stand sie da. Die Maskenbildnerin trat in Aktion und begann, Lauren mit einem Spray zu besprühen. Philippe sagte irgend etwas zu ihr, und sie nickte und ging weiter um Lauren herum, während sie aus ihrer Dose unablässig Basis-Make-up auf Laurens Körper sprühte.

Philippe kehrte zu Janette zurück. »Okay. Fünf Minuten Zeit kann ich mir schon gönnen. Aber ich muß wieder hier sein, wenn die Goldsprenkel appliziert werden. Ich möchte nicht, daß es zu viel wird. Gerade so viel, um sozusagen das Leben unter dem durchsichtigen Stoff zu ahnen.«

Sie gingen in das von Janette benutzte Büro des Bühnenmeisters. Philippe ließ sich auf die Couch plumpsen. »Nie wieder«, gelobte er. »Nie, nie wieder.«

Auf einen Wink von Janette schloß Marlon die Tür. Sie machte eine Schublade auf und zog ein Röhrchen Kokain heraus. Rasch schüttete sie ein Häufchen auf die gläserne Tischplatte und machte anschließend »Straßen« daraus. Als sie die Strohhalme verteilte, sagte sie: »Allons, mes enfants, wir alle brauchen Kraft.«

Jacques warf einen Blick auf seine Armbanduhr. Fünf Minuten vor eins. Es war fast überstanden. Erleichtert holte er Luft. Es hatte geklappt, und niemand war gegangen. Alle harrten sie bis zum Ende aus, die Presseleute ebenso wie die aus der Branche, fasziniert von etwas, das sie in der Art noch nie zuvor gesehen hatten. Langsam bewegte Jacques sich vom hinteren Teil des Saals zu jenem Tisch am Laufsteg, wo Carroll, Maurice, Patrick, Stéphane und Martine saßen. Auf einem für ihn freigehaltenen Stuhl nahm er Platz.

Carroll beugte sich zu ihm. »Was meinen Sie?« flüsterte er.

»Wir haben's geschafft«, erwiderte Jacques. »Eugenia Sheppard und Fairchild haben beide ihren Zeitungsredaktionen Anweisung gegeben, sich noch für die Story bereitzuhalten. Selbst Bernadine Morris hat telegraphiert, daß sie noch unbedingt ihren Bericht durchgeben will. Und kein einziger der Couturiers hat sich bisher empfohlen.«

»Möchte wissen, wie die sich äußern werden«, meinte Carroll.

»Spielt überhaupt keine Rolle«, erklärte Jacques. »In dieser Saison wird man über keine Kollektion mehr reden als über unsere. Sie wird in aller Munde sein.«

»Dies könnte in den nächsten drei Jahren zwanzig Millionen Dollar bringen«, sagte Carroll. »Spielt also sehr wohl eine Rolle.«

Jacques hob die Hand. »Wir unterhalten uns später. Schauen Sie lieber an, was jetzt kommt.«

Das Mannequin begann soeben den Laufsteg zu verlassen, und über dem Torbogen verblich die zu dem Modell gehörige Zahl. Dann flammten dort oben Buchstaben auf, und sie schienen buchstäblich aus Feuer zu bestehen: Robe de Mariage.

Irgendwo raschelte Papier, dann herrschte völlige Stille. Langsam schwangen die Torflügel unter dem Bogen auf, und ein einziger Suchscheinwerfer erfaßte die Braut, die dort stand, hochaufgerichtet, irgendwie königlich, noch verborgen hinter dem Schleier, der von der Krone auf ihrem Haupt herabfiel bis zu den schmalen roten Schuhen. Als sie sich gemessenen Schrittes vorwärtsbewegte, schien sie eine endlose Schleppe hinter sich herzuziehen. Unter den Klängen der bekannten Mendelssohn-Weise erreichte sie die Mitte des Laufstegs und blieb dann stehen.

Sekundenlang verharrte sie völlig reglos, den Brautstrauß aus blutroten Baccararosen in der Linken. Dann begann sie mit ihrer rechten Hand langsam den Schleier zu lüften. Eine kleine Ewigkeit schien zu vergehen, bis sie ihn schließlich so weit über den Kopf zurückgeschlagen hatte, daß sie ihn hinter sich auf den Boden schleudern konnte. Jetzt erst offenbarte sich den Betrachtern die Durchsichtigkeit ihres rosenfarbenen Gewandes. Deutlich schimmerte ihr heller Körper mit den goldenen Flecken durch den Stoff, und nach einer kurzen Kopfbewegung fiel ihr langes blondes Haar vom rubinverzierten Diadem auf ihre Schultern, während sie sich nun im Licht weiterer starker Scheinwerfer über den Laufsteg bewegte. Sie wirkte irgendwie entblößt, doch keinesfalls nackt: eine Braut im Hochzeitsgewand, die auf den Altar zuschreitet.

»Das ist ja Lauren«, flüsterte Carroll aufgeregt. »Ich dachte, Janette wollte.«

»Janette meinte, Lauren würde sich besser machen«, erklärte Jacques.

Am Ende des Laufstegs angekommen, drehte Lauren jetzt langsam die bewußte »Mannequin-Pirouette«. Allmählich klang Applaus auf. Jacques drehte den Kopf. Nein, es war nicht die Claque. Die wartete noch auf das Einsatzzeichen von ihm. Der Beifall stammte vom Publikum.

Lauren schritt unter mehreren Drehungen über den Laufsteg zurück, zeigte das Brautkleid von allen Seiten und ihren darunter durchschimmernden Körper. Sie strebte dem Torbogen zu und verharrte wie in Furcht, als plötzlich der Teufel daraus hervorschoß.

Herrisch machte er ihr mit seinem Dreizack ein Zeichen. Wie hypnotisiert bewegte sie sich auf ihn zu. Als sie bei ihm war, legte er seine Arme auf ihre Schultern und begann, das Gewand von ihrem Körper zu streifen. Sie stand wie erstarrt. Doch als dann ihre goldüberfleckten Brüste hervorsprangen, warf sie sich in seine Arme. Mit einem triumphierenden Lächeln führte er sie durch den Torbogen. Erneut ein mächtiger Donnerschlag und gewaltige Rauchschwaden – und sie waren verschwunden, die Bühne lag im Dunkeln.

Das Publikum spendete frenetischen Applaus.

Dann ging das Oberlicht an, und sämtliche Mannequins erschienen noch einmal nacheinander auf dem Laufsteg, in denjenigen Modellen, die sie jeweils zuletzt vorgeführt hatten. Den Abschluß bildete Lauren, und sie trug wieder das Brautgewand und lag in den Armen des »Teufels«, der jetzt eine Art feuerroten Zylinder auf dem Kopf hatte.

Der Applaus wollte und wollte nicht enden. Mittlerweile hatten die Fotografen den Laufsteg gestürmt und blitzten, was das Zeug hielt, um die gewünschten Bilder in den Kasten zu bekommen.

Plötzlich drehte Lauren sich um, lief zurück durch den Torbogen und tauchte wieder mit dem scheinbar widerstrebenden Philippe am Arm auf. Blaß und nervös war er, doch gleichzeitig lächelte er und wirkte hochzufrieden. Der Beifall steigerte sich noch.

Jacques blickte zu dem Anführer der Claqueure, der schon lange auf sein Signal wartete, und nickte kaum merklich. Und praktisch sofort setzten die Sprechchöre ein.

»Janette . . . Janette . . . Janette . . .«

Bravorufe erfüllten die Luft, und das Händeklatschen erhielt einen steten Rhythmus. »Janette . . . Janette . . . Janette . . .«

Diesmal war es Philippe, der sich zum Torbogen herumwandte. Er streckte seine Hand aus, und Janette erschien auf der Bühne. Über dem Bogen blinkte in Leuchtschrift ihr Name. Janette blieb ein paar Augenblicke dort stehen und lächelte im Blitzlichtfeuer der Fotografen. Schlank, groß, bildschön, so stand sie, und absolut in Anti-Fashion gekleidet. Rote Denim Jeans und Arbeitshemd, wadenhohe rote Cowboystiefel und dazu die rote Stoffmütze eines Lokomotivführers. Sie umarmte den auf sie zukommenden Philippe, und gemeinsam betraten sie den Laufsteg.

Schon bald waren sie derart von Reportern und Fotografen umringt, daß sie den Rückzug zur Hinterbühne antreten mußten.

Jacques strebte währenddessen zum Theaterausgang. Soweit wie irgend möglich, wollte er versuchen, etwas über die Meinung des Publikums herauszubekommen. Weit kam er nicht, denn Fairchild sorgte dafür, daß der Abend auf triumphalste Weise gelaufen war. Er packte Jacques beim Arm und zog ihn beiseite. »Keine Ahnung, wer solche Kleider kaufen oder gar tragen wird«, erklärte er. »Aber gar kein Zweifel – dies ist die aufregendste Kollektion seit Jahren. Morgen gehört Janette die Frontseite meiner Zeitung, und ich möchte mich gerne mit ihr zehn Minuten unterhalten, wenn Sie das arrangieren könnten.«

»Wann?« fragte Jacques.

»Auf der Stelle«, erklärte Fairchild. »Ich möchte das erste Interview mit ihr, exklusiv für die Staaten.«

»Na, dann los«, meinte Jacques, während er sich durch die Menge drängte. »Halten Sie sich nur an meinem Arm fest.«

Es war fast schon drei Uhr, und von den vielen Menschen, die sich nach der Vorführung in das kleine Büro hinter der Bühne gedrängt hatten, waren nur noch einige wenige übriggeblieben.

Philippe hockte auf der Couch und unterhielt sich mit zwei Reportern. Ganz in der Nähe saß auf einem Stuhl, gewissermaßen als sein Schutzengel, Marlon.

Leere Champagnerflaschen und Gläser standen haufenweise auf dem Schreibtisch herum, hinter dem Janette, Jacques und Carroll in ein angeregtes Gespräch vertieft waren.

»Ich glaube, wir haben's geschafft«, meine Jacques. »Sowohl Goodman als auch Neiman-Marcus wollen morgen kommen, um die Linie noch einmal Revue passieren zu lassen. Auch Saks, Marshall Field und I. Magnin's haben ihr Interesse nachdrücklich bekundet.«

»Ansehen kostet nichts«, meinte Carroll. »Kaufen ist eine ganz andere Sache.«

»Die werden schon«, sagte Jacques zuversichtlich. »Schließlich sieht es so aus, als hätten wir das Rennen gemacht.«

Das Gespräch wurde unterbrochen, als mehrere Reporter und Fotografen eintraten. Sie wollten zum Schluß noch mit Philippe und Janette sprechen.

Jacques erhob sich. »Wo steckt eigentlich Lauren?«

»Sie war eben noch hier«, erwiderte Janette. »Wahrscheinlich ist sie mit Patrick auf einen Sprung hinausgegangen.« Jacques wollte sich in Bewegung setzen. »Es wäre besser, wenn du hier bliebest, bis wir mit den Interviews fertig sind. Die zwei laufen uns schon nicht weg.«

Lauren lehnte draußen neben dem Bühneneingang an der Mauer und zog an dem dünnen Joint zwischen ihren Fingern. »Tut gut«, sagte sie, während sie ihn an Patrick weiterreichte.

Er nahm einen Zug, dann sah er sie überrascht an. »Nicht schlecht, Frau Specht«, meinte er. »Drinnen machten Sie so einen gelangweilten Eindruck. Deshalb dachte ich, es sei vielleicht besser, ein bißchen frische Luft zu schnappen.«

»Gute Idee. Bloß weg von der großen Anöde.«

Er musterte sie verständnislos.

»Na, Sie wissen schon. Der faule Zauber mit Wangenküßchen und Beteuerungen, wie wunderbar und phantastisch man sich gegenseitig und alles andere findet. Die flöten sich die Ohren mit verlogenem Zeug voll, daß es einen Hund graust. Wenn da irgendwer mal ehrlich den Mund auftäte, na, dann gute Nacht.«

Patrick lachte. »Ist offenbar keine Lebensweise nach Ihrem Geschmack.«

»Wirklich nicht«, erklärte sie. »Davon bekomme ich daheim schon mehr als genug mit. Meine Eltern stecken doch auch in diesem Busineß-Gehabe.« Sie überlegte kurz. »Wissen Sie, irgendwie hätte ich nie gedacht, daß Janette so ist. Ich meinte, sie sei ganz anders. Die Bilder von ihr, die Geschichten über sie – sie schien ganz einfach das Leben zu genießen und sich wegen nichts Sorgen zu machen.«

»Ich wünschte, so wär's.« Patrick zuckte bedauernd die Schultern. »Leider liebt sie ihre Arbeit wirklich.«

»Möchte bloß mal wissen, was sie eigentlich beweisen will«, sagte Lauren. »Das Geld braucht sie doch nicht.«

»Genau das habe ich ihr ja auch erklärt«, meinte Patrick. »Ihre Antwort: Das verstünde ich nicht.«

»Nun, ich begreif' es wohl ebenso wenig.« Lauren reichte ihm abermals den Joint. »Aber vielleicht bessert sich das bei ihr. Jedenfalls hat sie gesagt, nach den Kollektionen würden wir nach Saint-Tropez in ihre Villa fahren.«

»Großartig«, erklärte Patrick. »Ich kann Sie hinfliegen. Außerdem liegt meine Jacht zur Zeit dort im Hafen. Wir werden das Leben genießen.« Er machte wieder einen Zug. »Verdammt!« rief er plötzlich und ließ den winzigen Joint fallen. »Hab' ich mir doch glatt die Finger verbrannt. Sorry.«

»Schon gut«, sagte sie. »Wie wär's, wenn wir wieder in den Zoo gingen, um zu sehen, was die Insassen dort treiben?«

Als sie wieder das Büro betraten, waren die Presseleute bereits verschwunden.

Janette saß hinter dem Schreibtisch, während Carroll und Jacques auf Stühlen davor Platz genommen hatten. Philippe und Marlon saßen auf der Couch.

Carroll erhob sich und küßte Lauren auf die Wange. »Sie waren phantastisch, Sweetie«, versicherte er enthusiastisch. »Wir haben große Dinge mit Ihnen vor.«

Lauren musterte ihn verwirrt. »Ich verstehe Sie nicht ganz.«

Er lachte. »Sie sind jetzt ein Star, Baby. Sämtliche Fotografen in der Stadt sind scharf darauf, Sie vor die Linse zu bekommen. Ich habe Jacques bereits gesagt, daß für uns nur die absoluten Spitzenleute in Frage kommen.«

Lauren verdrehte den Kopf und blickte zu Janette. »Von dergleichen hast du mir aber nie was erzählt.«

»Das war so auch nicht vorhersehbar«, erwiderte Janette.

»Stimmt«, bestätigte Carroll. »Konnte ja auch keiner ahnen. Aber das ist nun mal der Fakt – ob's Ihnen gefällt oder nicht, Sie waren der Hit der Show.«

»Ich bin bisher davon ausgegangen, daß wir nach der Kollektion nach Saint-Tropez fahren würden, wie ausgemacht«, sagte Lauren und blickte wieder zu Janette. »Zudem habe ich mit Harvey verabredet, daß wir uns dort am Wochenende treffen.«

Ehe Janette antworten konnte, sprach bereits Carroll. »Nach Saint-Tropez könnt ihr noch immer. Jetzt kommt's darauf an, das Eisen zu schmieden, solange es heiß ist.«

Lauren schwieg einen Augenblick. »Ich habe bei der Präsentation der Kollektion nur zum Spaß mitgemacht. Hätte ich gewußt, daß mehr dahintersteckt, so wäre ich nicht dazu bereit gewesen.«

»Aber Sie haben nun mal mitgemacht«, sagte Carroll. »Jetzt müssen Sie auch bei der Stange bleiben.«

Abermals schaute Lauren Janette an. »Muß ich wirklich? Patrick hat angeboten, uns morgen in seinem Flugzeug runterzufliegen.«

Janette hob den Kopf. »Du brauchst nichts zu tun, was dir nicht behagt.«

Carrolls Wut war unverkennbar. »Was, zum Teufel, soll das heißen!?« schrie er zornig. »Sie *muß* es tun. Meine PR-Leute haben sie bereits voll eingeplant als *den* Aufhänger für unser Werbekonzept in den Staaten. Ich habe denen inzwischen grünes Licht dafür gegeben.«

Janette ließ seinen Wutausbruch ungerührt über sich ergehen. »Dann sagen Sie denen, daß sie sich was anderes einfallen lassen müssen. Lauren ist nicht zum Arbeiten hergekommen. Sie ist zu Besuch bei mir.«

»Mir doch scheißegal, weshalb sie hier ist!« brüllte Carroll. »Ich denke nicht im Traum daran, bei diesem Geschäft zwei Millionen Dollar in den Wind zu schreiben, bloß weil so ein blödes Ding sich nicht richtig entschließen kann. Bringen Sie sie dazu.«

Janettes Stimme klang irritierend sanft. »Und wenn ich das nicht tue?«

»Dann ist die Abmachung zwischen uns null und nichtig. Vielleicht ist es ganz gut, wenn Sie sofort kapieren, daß Sie die Entscheidungen nicht mehr allein treffen und daß ich der verantwortliche Mann bin.«

Janette musterte ihn kurz und blickte dann zu Lauren. »Du kannst morgen getrost mit Patrick nach Saint-Tropez fliegen.«

Carroll starrte sie giftig an. »Überlegen Sie sich das lieber noch mal. Derzeit schulden Sie mir einhundertsiebzigtausend Dollar, und bevor Sie glauben, irgendwelche Entscheidungen treffen zu können, sollten Sie sich diesen Sachverhalt vor Augen zu führen.«

»Wenn es so wichtig ist, Janette . . .«, begann Lauren stockend.

Janette unterbrach sie behutsam. Auf französisch sagte sie: »Mach dir nur keine Sorgen, chérie. Früher oder später wird dieses Schwein lernen müssen, daß es Dinge gibt, die er mit seinem Geld nicht kaufen kann.« Sie blickte zu Carroll und fuhr auf englisch fort: »Ich schlage vor, daß Sie die Sache überdenken. Mein Entschluß ist bereits gefaßt.«

»Johann dürfte darüber kaum glücklich sein«, sagte Carroll drohend.

»Johann«, konterte Janette, »dürfte kaum darüber glücklich sein, daß Sie sein Mündel benutzen wollen, um selbst zum Erfolg zu kommen.«

»Wir haben eine Abmachung«, fauchte Carroll.

»Eine Abmachung mit mir, nicht mit meiner Schwester«, gab Janette zurück.

»Aber immerhin haben Sie meine hundertsiebzigtausend Dollar eingesteckt.«

»Kommen Sie morgen in mein Büro, und Sie erhalten das Geld zurück.«

»Über eine solche Summe verfügen Sie doch gar nicht«, erklärte Carroll sarkastisch. »Ich habe mich da genauestens informiert.«

»Das hat Sie überhaupt nicht zu interessieren«, sagte Janette. »Kommen Sie morgen zu mir ins Büro, Sie werden Ihr Geld bekommen.«

Er starrte sie an. »Bevor ich das Geld zurückhabe, können Sie weder mit Bidermann noch mit irgendwem sonst einen Vertrag abschließen.«

»Das weiß ich«, erwiderte sie ruhig.

»Ich werde morgen früh um neun in Ihrem Büro sein, um den Scheck in Empfang zu nehmen«, erklärte Carroll.

»Er wird bereitliegen. Sie können ihn an der Kasse abholen.«

»Ich will nur hoffen, daß er was taugt, denn ich fahre damit sofort zur Bank.«

Janette stand auf, ging wortlos um den Schreibtisch herum, stellte sich vor Carroll und starrte ihm in die Augen. »Du Schwein!« sagte sie voller Verachtung und ließ ihm ihre flache Hand ins Gesicht klatschen. »Raus mit dir, bevor ich dich rausschmeißen lasse.«

Fassungslos sah er sie an. »Sie sind verrückt!«

»Raus!« schrie sie plötzlich. »Oder ich bringe Sie um!«

Abrupt drehte er sich um und ging zur Tür. Dort blieb er stehen und blickte noch einmal zurück. »Philippe, Marlon, laßt uns gehen!«

Der Modeschöpfer und sein Freund erhoben sich linkisch. Wortlos bewegten sie sich in Richtung Tür, wobei sie Janettes Blick mieden.

Carroll bedachte Janette mit einem breiten Grinsen. »Da haben Sie echt Mist gebaut. Philippe hat bereits einen Vertrag bei mir unterschrieben, der Anfang nächsten Jahres in Kraft tritt. Ich dachte mir doch gleich, daß Sie mir womöglich mit irgendeiner linken Tour kommen, und bin deshalb von vornherein jedem Risiko aus dem Weg gegangen.«

Janette schwieg, während sich die Tür hinter den drei Männern schloß. Dann blickte sie zu Lauren. »Ist es dir recht, wenn Patrick dich nach Hause bringt?« fragte sie ruhig. »Für Jacques und mich gibt es heute nacht noch einiges Geschäftliches zu erledigen.«

»Ich kann warten«, sagte Lauren.

»Nein«, erwiderte Janette. »Es wäre besser, wenn du jetzt fährst. Könnte nämlich sein, daß wir noch den ganzen Rest der Nacht brauchen. Und dir könnte ein wenig Schlaf nicht schaden, bevor Patrick dich nach Saint-Tropez fliegt.«

Lauren ging zu Janette und küßte sie auf die Wange. »Mir tut das alles so leid, denn es war wirklich nicht meine Absicht, dich in irgendwelche Schwierigkeiten zu bringen.«

»Das braucht dir wirklich nicht leid zu tun, chérie. Du bist am allerwenigsten an etwas schuld.«

»Falls es irgendwie was nützen sollte, bin ich gern bereit, mit Daddy zu reden«, erklärte Lauren.

Janette schaffte es, ein Lächeln zustande zu bringen. »Danke, chérie, aber das wird nicht nötig sein. Mit diesem Wurm werde ich schon selber fertig. Und jetzt fahr los und sieh zu, daß du ein wenig Ruhe bekommst.« Sie blickte zu Patrick. »Bring sie schnellstens nach Hause und sorge dafür, daß sie ins Bett kommt.«

Patrick lächelte. »Ja, Mami.«

Janette lachte. »Du bist wirklich ein braver Junge.« Dann küßte sie Lauren. »Gute Nacht, chérie, wir sehen uns morgen früh.«

Als Lauren und Patrick gegangen waren, blickte Janette zu Jacques. »Nun stehen wir beide wieder allein da. Nichts hat sich also groß verändert.«

Jacques klatschte mit der rechten flachen Hand gegen die linke Faust. »Diese kleinen Schleimscheißer! Keinen Ton haben sie uns gegenüber verlauten lassen. Aber ich werde diesen Dummkopf vernichten. Warte nur, bis ich bei Gott und der Welt herumposaunt habe, daß die Kollektion von dir konzipiert wurde und nicht von ihm. Die Presseleute werden sich nur zu gern darauf stürzen. Schließlich wissen sie eh längst, daß du seine ursprünglichen Entwürfe samt und sonders verworfen hast.«

»Ach, Philippe, der ist mein kleinstes Problem«, erklärte Janette. »Mit dem werden wir jederzeit fertig, doch momentan muß ich vorrangig das Geld für diesen Carroll auftreiben.«

»Vielleicht überlegt er sich die Sache noch«, meinte Jacques optimistisch.

»Selbst wenn er's täte, ich will ihn nicht mehr. Was beweist besser als diese Kollektion, daß wir's schaffen können? Und sobald ich meine Schulden bei dem Kerl beglichen habe, wird sich mit Sicherheit irgendwo anders ein besserer Vertrag bieten.«

»Wir haben's jetzt drei Uhr in der Frühe«, sagte Jacques. »Woher willst du in einem Zeitraum von sechs Stunden rund eine Million Francs auftreiben?«

»Eine Million Francs?« meinte Janette nachdenklich. »Ist das nicht die Summe, von der Maurice behauptet hat, er sei gewillt, sie zu investieren?«

Jacques nickte.

Janette stand auf. »Worauf warten wir dann noch? Wir werden sofort zur Ile Saint-Louis fahren, ihn aus dem Bett trommeln und fragen, ob es ihm ernst war mit seiner Offerte.«

»Du kennst Maurice doch«, meinte Jacques. »Bei Geschäften ist er ein beinharter Verhandlungspartner. Wenn er dir finanziell aus der Patsche hilft, wirst du dafür zahlen müssen, so oder so.«

»Hast du irgendeine bessere Idee?«

»Was ist mit deinem Freund Patrick?«

»Patrick hält sich, was das Geschäftliche seiner Firmen betrifft, völlig raus. Er läßt seine Direktoren schalten und walten, mischt sich nicht ein und genießt statt dessen lieber das Leben. Da Patrick daher nicht in Frage kommt, führt wohl kein Weg an Maurice vorbei.«

Die Fahrt vom Lido über die Champs-Elysées bis vor die Haustür dauerte kaum zehn Minuten. Patrick, der die ganze Zeit über geschwiegen hatte, fragte Lauren: »Müssen Sie wirklich schon ins Bett? Ich persönlich bin viel zu aufgedreht, um schon schlafen zu können.«

»Ehrlich gesagt, bin ich ganz schön geschafft«, bekannte Lauren. »Und Sie haben ja gehört, wie sich meine Schwester äußerte.«

»Ja.« Aus Patricks Stimme klang Bewunderung. »Hat man schon mal so was gesehen? Wie sie Carroll geohrfeigt hat, war wirklich Spitze.«

»Meine Schwester hat halt eine Menge Mumm.«

Patrick nickte. »Janette ist eine Frau von ganz besonderem Format. Mit ihr würde ich mich wirklich nicht gern anlegen wollen. Sie ist glatt imstande, einen Mann um die Ecke zu bringen, wenn's sein muß.«

Lauren lachte. »Na, so weit würde sie wohl nicht gehen.«

Der Chauffeur sprang aus dem Wagen und machte den Schlag auf. Lauren beugte sich zu Patrick und küßte ihn auf die Wange. »Bis morgen früh also.«

Patrick begleitete sie bis zur Haustür und wartete, während sie klingelte. »Ich frage mich, was Jacques und Janette jetzt wohl tun?«

»Sie hat erklärt, sie hätten noch eine Menge Arbeit zu erledigen«, sagte Lauren. Als der Butler die Tür aufmachte, küßte sie ihn abermals auf die Wange. »Gute Nacht. Bis morgen also.«

»Um welche Zeit denn?« erkundigte sich Patrick.

Sie drehte den Kopf, sah ihn an. »So um zwölf herum, wenn dir das recht ist.«

»Alles klar, du wirst pünktlich abgeholt werden«, versicherte er.

Lauren schloß die Tür und stieg die Treppe empor. Hinter sich vernahm sie die Stimme des Butlers.

»Ist alles gut gegangen, Mademoiselle Lauren?«

»Es war wunderbar, der schönste Abend, den ich je erlebt habe.«

Harvey rollte sich von der Liege herunter und flüchtete auf ein Badetuch unter dem Sonnenschirm.

»Saubande!« sagte er.

Lauren drehte den Kopf zu ihm herum. »Was ist denn jetzt wieder?«

»Dreißig Francs für Liege und Schirm – wenn das nicht kriminell ist.«

Lauren lachte. »Das ist französisch.«

»Und wenn man sich einfach so in den Sand legt?«

»Wo denn?« fragte sie und deutete auf den übervölkerten Strand, wo es zwischen den Liegen der Sonnenhungrigen praktisch keine Lücke gab.

Er betrachtete sie. »Dein Busen wird ganz schön geröstet.«

»Dann werde ich wohl besser noch was von dem Sonnenschutzzeug auftragen.« Lauren griff nach ihrem Strandbeutel.

Harvey starrte sie an. »Ich kann mich noch gar nicht richtig daran gewöhnen. In meinem ganzen Leben hab' ich noch nie so viel Busen gesehen. Mann Gottes, ich möchte bloß mal wissen, was die Mädchen mit all den Bikinioberteilen tun, die sie ja nie benutzen.«

»Das weiß ich auch nicht«, sagte Lauren.

»Vielleicht sollte man die Dinger aufkaufen.«

Sie lachte. »Und was würdest du mit den Dingern anfangen?«

»Keine Ahnung. Müßte mir halt was einfallen lassen.« Er blickte auf die Dose mit dem Sonnenspray, die sie jetzt in der Hand hielt. »Sekunde. Ich hab' da was Besseres.« Er kramte in seiner Umhängetasche und fischte ein Tongefäß hervor, das er entkorkte. »Probier doch das mal aus. Du mußt allerdings vorher kurz ins Wasser, weil das Mittel sich auf feuchte Haut besser auftragen läßt.«

»Was ist es denn?« fragte sie und blickte in das Gefäß.

»Humboldt-Tonerde, vermischt mit ein bißchen Jojoba-Öl. Verwenden die Indianer bei Hautverletzungen. Man wird davon auch schneller braun und kriegt keinen Sonnenbrand.«

Sie schnupperte an der Öffnung. »Riecht komisch. Wo hast du das Zeug denn her?«

»Johnnys Mutter mixt es selbst. Auf der Farm ist es ein beliebtes Hausmittel, das sie praktisch bei jeder Gelegenheit anwenden. Schnittwunden, Insektenstiche, was du willst.«

»Und es wirkt tatsächlich?« fragte sie zweifelnd.

»Ich gebrauch's jedenfalls«, erklärte er. »Und bin brauner als du, obwohl ich erst zwei Tage hier bin.«

»Okay.« Sie stand auf. »Ich springe kurz ins Wasser, und dann versuch ich's mal mit dem Zeug.«

Er stützte sich auf einen Ellbogen und sah ihr nach, wie sie zum Wasser hinunterging. Irgendwie erschien sie ihm hier so ganz anders. In seinen Ohren klang es sonderbar, wenn sie sich auf französisch unterhielt. In Kalifornien war ihm nie aufgegangen, daß Lauren Französin war. Sie wirkte genauso amerikanisch wie all die anderen Mädchen dort. Doch in vielerlei Hinsicht hatte sie sich in dem einen Monat, seit sie sich in Frankreich befand, gewandelt.

Selbst ihr Gang war nicht mehr wie früher. Er wirkte eine Spur aufrechter und besaß Hüftschwung.

Auch war sie schlanker geworden, und trotzdem waren ihre Formen viel konturierter. Plötzlich kapierte Harvey, daß Lauren entschieden sexiger geworden war. Das kalifornische Mädchen hatte sich in eine junge Frau verwandelt.

Sie kam tropfnaß zurück und ließ sich neben ihm auf die Liege fallen. »Und wie geht's weiter mit deinem Wundermittel?« wollte sie wissen.

»Du schüttest am besten einen Klacks auf deine Handteller und reibst sie so lange gegeneinander, bis eine feine Paste entsteht. Die trägst du dann ganz hauchdünn auf.«

»Okay«, sagte sie.

Er betrachtete sie einen Augenblick. »Wenn du willst, übernehme ich deine Brüstchen.«

Sie lachte. »Das kann ich selbst. Aber wenn du magst, kannst du meinen Rücken einschmieren.«

»Es gibt einfach Typen, die einem überhaupt keinen Spaß gönnen«, murmelte er. »Donner, hab' ich einen Kohldampf. Wann gibt's denn endlich was zu futtern?«

»Patrick müßte jeden Augenblick hier sein«, erwiderte sie. »Zum Lunch wollte er bei uns sein.«

»Schafft der doch nie«, erklärte Harvey.

»Der schafft's schon.« Sie lachte und legte sich auf den Bauch. »Nun mach dich mal um meinen Rücken verdient.«

Patrick kam langsam zu sich. Im Dunkel der Kajüte öffnete er die Augen und tastete nach dem Knopf für den elektrischen Vorhangöffner. Als er ihn gefunden hatte, drückte er drauf, die Vorhänge glitten lautlos zur Seite, und zunehmend mehr Licht drang durch die Bullaugen herein.

Er setzte sich auf und erblickte den nackten Hintern eines Mädchens, von dem ansonsten wegen der Zudecke nichts weiter zu sehen war. Er versetzte ihm einen leichten Klaps. »Wach auf, Anne.«

Der Hintern begann zu wackeln. »Ich bin nicht Anne, ich bin Meg.«

Er ließ einen zweiten Klaps folgen. »Ist egal – aufwachen.« Dann streckte er die Hand nach dem Telefon auf dem Nachttisch aus.

Der Steward meldete sich. »Guten Morgen, Milord.«
»Guten Morgen. Wie spät ist es?«
»Ein Uhr nachmittags, Milord.«
»Ich möchte Tee«, erklärte Patrick.
Unter der Zudecke meldete sich Meg. »Und ich möchte Orangensaft und Kaffee.«
»Und Orangensaft und Kaffee«, fügte Patrick hinzu.
»Jawohl, Milord. Auf der Stelle.«
Patrick legte auf und blickte wieder auf das Hinterteil des Mädchens. »Du hast wirklich einen niedlichen kleinen Po.«
Sie setzte sich neben ihm auf und schüttelte ihren krausen Rotschopf. Er und die kecken Sommersprossen sowie die blauen Augen verrieten eindeutig ihre irische Abstammung. »Das hast du schon letzte Nacht gesagt, aber als ich dann aus dem Klo kam, warst du fest eingepennt.«
Er lachte. »Laurens amerikanischer Freund scheint so was wie Zeitbomben zu verteilen. – Wo steckt eigentlich Anne?«
»Sie ist schon früh aus den Federn. Sagte, sie wolle zum Strand.«
Es klopfte leise an die Tür, und der Steward trat mit dem Frühstückstablett ein. »Guten Morgen, Milord. Guten Morgen, Miss.« Er stellte das Tablett zwischen beiden aufs Bett.
»Gibt es irgendwas von Bedeutung?« erkundigte sich Patrick.
»Jawohl, Milord. Madame de la Beauville hat angerufen. Sie wird heute abend zusammen mit einer Freundin um achtzehn Uhr auf dem Flughafen von Nizza eintreffen und fragte an, ob Sie wohl die Freundlichkeit hätten, ihr den Helikopter zu schicken.«
Patrick nickte. »Veranlassen Sie das bitte. Und teilen Sie außerdem dem Captain mit, er soll das Boot zur Maurea Beach fahren. Ich hab' ein paar Leuten versprochen, sie dort um zwei Uhr zu treffen.«
Der Steward verschwand. »Darf ich dir den Tee einschenken?« fragte Meg.
»Aber gern.« Er beobachtete sie. Während sie sich vorbeugte, spürte er ihr nackten Brüste an seinem Arm.
»Milch?«
»Ja, gern«, erwiderte er, ohne den Blick von ihren üppigen Brüsten zu lösen.

»Ist es so recht?« Noch hielt sie das Milchkännchen in der Hand. Erstaunt musterte sie ihn. »Du hast so einen komischen Gesichtsausdruck.«

»Ich bin ein wenig überrascht«, erwiderte er lächelnd, während er die Zudecke von sich warf und zeigte, was es zu zeigen gab.

Als Janette aus dem Hubschrauber stieg, der auf dem Rasen vor ihrer Villa gelandet war, ging im Westen soeben die Sonne hinter den Bergen unter.

Keine Viertelstunde später schien auch schon halb Saint-Tropez zur Stelle zu sein. Über den Zufahrtsweg rollten eine Menge Autos heran. Und innerhalb einer knappen Stunde hatte sich die stille Villa in ein reines Irrenhaus verwandelt, erfüllt von Geschrei und Gebrüll und Gelächter der Leute. Niemand schien irgendwem zuzuhören. Aber vielleicht hatte Harvey diesen Eindruck nur, weil er ja nicht mitbekam, was gesprochen wurde, da er kein Wort Französisch konnte.

Durch die Menge hindurch bewegte er sich in Richtung Treppe. Champagner war nicht das, was ihn anmachte.

Am Fuß der Treppe fing ihn Lauren ab. »Wo willst du hin?«

»Brauch 'nen Smoke«, erklärte er.

Sie blickte sich kurz um und lächelte dann. »Könnte ich auch vertragen.«

Sie gingen auf sein Zimmer, und er schloß die Tür. Plötzlich wirkte alles unendlich viel stiller. Er rollte rasch einen Joint, zündete ihn an, nahm ein paar Züge und reichte ihn dann Lauren. »Ist das hier immer so?«

Sie hob die Schultern und inhalierte dabei tief. »Keine Ahnung, schließlich bin ich erstmals dabei.«

»Wär' mir lieber, wir hätten das Kabuff für uns«, sagte er.

»Ist nun mal ihr Haus«, erklärte Lauren.

»Weiß ja«, bestätigte Harvey. »Will auch nicht weiter meckern. Deine Schwester ist schon was Besseres. Gibt es irgendwen in der Stadt, den sie nicht kennt?«

Lauren kicherte, da sie bereits die Wirkung des Glimmstengels spürte. »Glaube kaum.«

»Gefällt dir das ganze Trara?« wollte er wissen.

»Nicht unbedingt, aber genau wie du bin ich bloß zu Besuch hier.« Sie gab ihm den Joint zurück. »Prima Kraut. Nummer wieviel?«

»Ist 'ne Neuentwicklung und trägt die Nummer zwölf.«

»Hast du eigentlich noch was von der Humboldt-Tonerde? Das Zeug ist gut, und es wäre schön, wenn du auch für Janette ein bißchen erübrigen könntest.«

»Logisch«, erklärte er. »Bleibt sie denn länger?«

»Am Montag fliegt sie nach New York. Das hat sich offenbar ganz plötzlich ergeben, denn sonst wäre sie die Woche noch hier geblieben.«

»Steckt wohl bis über beide Ohren im Geschäft drin, wie?«

Lauren nickte.

»Ist das Mädchen, das sie dauern begleitet, Stéphane?«

»Ja, sie ist ihre Freundin.«

»Eine Freundin, so, so. Eine intime – oder?«

Sie schwieg.

»He, schon gut«, meinte Harvey. »Geht mich nichts an.«

»Okay, okay.« Sie trat zum Fenster. Er folgte ihr, und sie blickten beide auf den Hubschrauber auf dem Rasen. »Wie findest du Patrick?« fragte sie.

»Er gefällt mir irgendwie«, bekannte Harvey. »Ein ziemlich irrer Typ, aber er scheint soweit okay.«

»Er möchte unbedingt, daß Janette ihn heiratet«, sagte Lauren.

»Oh.« Er tat noch einen Zug an dem Joint und machte ihn dann aus. »Ich dachte, der hätt's mit den beiden Mädchen, die beide bei ihm in der Kajüte schlafen.«

»Stimmt«, antwortete sie. »Durchblicken tu' ich da auch nicht.«

»Damit wären wir schon zwei.« Er lachte. »Dies ist echt eine andere Welt, hat verteufelt wenig mit Paradise Cove zu tun.«

Sie stimmte in sein Lachen ein. »Da hast du verdammt recht.«

Es schien niemanden zu geben, der irgendwann schlief. Das Dinner fand zu später Stunde an Bord von Patricks Jacht »Fantasist« statt, die im Hafen von Saint-Tropez lag. Es gab ein tolles Büfett, und die

Leute schienen nach Belieben zu kommen und zu gehen. Bald schon hatte Harvey es aufgegeben, die Zahl der Gäste zu schätzen.

Die laute Musik, die auf der Jacht überall aus Stereolautsprechern schallte, ging bei dem allgemeinen Geschrei und Gebrüll glatt unter, denn niemand schien in normaler Lautstärke sprechen zu können.

Gegen Mitternacht waren alle high, und ganz gewiß nicht nur von Wein und Champagner. In der Luft hing ein gewisser Duft, der von mit Opium versetztem Hasch stammte, wie Harveys geübte Nase rasch feststellte. Klar, daß er sich sogleich an so ein Ding, das herumgereicht wurde, mit anhängte. Das Zeug war nicht mal übel, wenn schon mit seinem Eigenbau ganz und gar nicht zu vergleichen.

Um ein Uhr früh zog die ganze Gesellschaft in eine Diskothek am anderen Ende des Hafens. Die Tanzfläche war gerammelt voll. Genau wie an Bord der Jacht war das Getöse so ungeheuer, daß man sich nur durch Gebrüll verständigen konnte, wenn überhaupt. Für Harvey sahen sämtliche Mädchen auf der Tanzfläche irgendwie gleich aus. Mehr oder weniger alle hatten das Gleiche an. Durchsichtige Blusen, unter denen man die Brüste deutlich erkennen konnte. Dazu hautenge Hot-Pants oder aber Super-Miniröcke, vereinzelt mit Bikinihöschen darunter, zum Teil aber auch unten ohne; überdies hochhackige Schuhe oder Stiefeletten; das Haar entweder sehr lang, bis zu den Schultern, wenn nicht gar bis zu den Hüften, oder aber besonders kurz, in einer Art Pagenschnitt. Die Männer trugen zumeist enge schwarze oder weiße Hosen und bunte Hemden.

Harvey tanzte nicht. Er saß an einem unbequemen kleinen Tisch, hatte vor sich ein Glas Champagner stehen, der ihm nicht schmeckte, und beobachtete das Treiben auf der Tanzfläche. Wie in Frankreich durchaus üblich, tanzten häufig Jungen mit Jungen oder auch Mädchen mit Mädchen, und viele tanzten auch solo. Harvey sah Lauren zu, wie sie sich auf dem Parkett bewegte. Sie fiel sofort jedem auf. Während die Franzosen sich fast marionettenhaft zur Musik bewegten, pulsierte Laurens Körper gleichsam im Rhythmus der Musik. Sie lächelte Patrick zu, der mit ihr tanzte.

Harvey hielt nun nach Janette Ausschau, aber weder sie noch ihre Freundin waren auf dem Parkett zu entdecken. Doch dann erspähte er sie, wie sie gemeinsam aus der Tür zur Toilette kamen. Janette flüsterte Stéphane irgend etwas zu, die daraufhin auf dem Parkett allein zu tanzen begann, während Janette neben Harvey Platz nahm.

»Amüsieren Sie sich?« fragte sie, und er verstand ihre Stimme trotz des Lärms.

Seine Antwort war ein Nicken. Er betrachtete sie und bemerkte das eigentümliche Glänzen in ihren Augen. Sofort feuchtete er einen Finger an und berührte damit sacht ihren Nasenflügel. Dann leckte er an der Fingerkuppe und grinste. »Sie haben aber 'ne Menge Puder verbraucht.«

Sie lachte. »Wie können Sie das wissen?«

»Na, für Kenner kein Problem«, erklärte er. »Übrigens kann ich, sobald wir wieder daheim sind, mit was Extraspeziellem aufwarten, falls Sie möchten.«

»Ich hab' schon gehört, daß Sie ein Experte sind«, sagte sie. »Lauren hat mir viel über Sie erzählt. Was wir hier in Frankreich bekommen, ist längst nicht erstklassig, doch es ist besser als nichts.«

»Mag ja sein«, erwiderte er. »Aber mir persönlich ist so Zeug von der Wirkung her zu unberechenbar.«

Patrick und Lauren kamen zum Tisch zurück. »Wird hier ziemlich langweilig«, erklärte Patrick. »Wollen wir nicht rüberziehen zum Cave du Roi?«

Janette schüttelte den Kopf. »Lieber nicht. Jacques kommt am Morgen aus London, und wir haben Geschäftliches zu besprechen.«

»Ich dachte, du seist übers Wochenende zum Vergnügen hier«, sagte Patrick vorwurfsvoll.

Janette lächelte. »Ich hab' schon meinen Spaß. Macht ihr nur ohne mich weiter. Ich fahre nach Hause zurück.«

»Ohne dich? Kommt nicht in Frage«, erklärte Patrick. »Wir kommen alle mit dir mit.«

Als sie zu fünfzehnt die Villa erreichten, war es bereits nach drei Uhr früh. Der Plattenspieler wurde in Gang gesetzt, und es wurde mächtig gekifft. Im übrigen wurden Möbelstücke beiseite gerückt, damit getanzt werden konnte. Praktisch lief das Ganze auf einen Umzug von einer richtigen in eine provisorische Diskothek hinaus. Durch die Tanzerei wurde innerhalb kurzer Zeit allen ziemlich warm. Die Mädchen begannen, auf oben ohne zu machen. Meg und Anne machten den Anfang, die anderen taten es ihnen nach. Zuletzt hatten nur noch Lauren und Janette ihre Blusen an.

Die Party verlagerte sich allmählich hinaus auf die Terrasse. Plötzlich war alles nackt und tummelte sich im Swimming-pool.

Harvey stand beobachtend am Rand, und Lauren trat neben ihn. »Wie findest du's?« fragte sie.

»Ich seh' es wohl, allein mir fehlt der Glaube«, zitierte er, und sie lachte. »Du wirkst übrigens nicht gerade besonders high«, merkte er an.

»Der Shit von denen zündet bei mir nicht richtig«, erklärte sie.

»Ist wie bei allem«, meinte er, »kommt drauf an, woran man gewöhnt ist.« Er sah sich um. »Wo ist deine Schwester?«

»Ab ins Bett«, antwortete Lauren. »Wieso?«

Harvey machte eine Handbewegung. »Ihre Freundin hat's mit 'ner andern, dort am anderen Ende am Pool.«

Lauren blickte hin und schwieg einen Augenblick. »Ist nicht mein Problem«, sagte sie dann.

Patrick kam auf sie zu. »Ich bekomme allmählich wieder Hunger. Wie wär's, wenn wir im La Gorilla noch eine Kleinigkeit zu uns nehmen würden?«

»Prima Idee«, versicherte Lauren.

»Was mich betrifft«, erklärte Harvey, »so hau' ich mich jetzt lieber in die Falle. Ich bin ein echtes Landei und als solches nicht gewohnt, mir die Nächte um die Ohren zu schlagen.«

Als Jacques gegen elf Uhr eintraf, war Janette im Swimming-pool. Wie stets, wenn sie sich in Südfrankreich befand, hielt sie sich strikt an eine alte Gewohnheit: An jedem Vormittag schwamm sie im Pool fünfzig Bahnen. Obwohl sie Jacques aus den Augenwinkeln bemerkte, begrüßte sie ihn erst, nachdem sie die gesamte Strecke zurückgelegt hatte. Dann kletterte sie zum Rand empor, und golden überflutete die Vormittagssonne ihren nackten Körper, bevor sie ihn in ein Badetuch hüllte. »Dein Körper sieht immer noch phantastisch aus«, sagte Jacques bewundernd.

»Ich muß auch schwer was dafür tun«, erwiderte sie. »Schließlich werde ich nicht jünger.«

Er lachte. »Dir bleibt noch viel Zeit.«

Sie ging zu dem Gartentisch neben dem Pool, griff nach der Glocke, die dort stand, und läutete. »Hast du gefrühstückt?«

»Im Flugzeug«, erwiderte er. »Aber ein Täßchen Kaffee trink' ich gerne mit.«

Die Haushälterin erschien, und Janette bestellte Kaffee. Sie nahm Jacques gegenüber Platz, rieb mit einem Handtuch ihr Haar und überließ das Trocknen der Sonne. Dann griff sie zur Zigarettenschachtel, die auf dem Tisch lag, und steckte sich eine an. »Wie ist es in London gelaufen?« fragte sie.

»Besser, als wir hofften«, erwiderte er. »Für nahezu fünfzigtausend Pfund wurde bei uns geordert.«

Sie nickte zufrieden. In London hatten sie sonst im Durchschnitt nur Orders in Höhe von zehn- bis fünfzehntausend Pfund bekommen. »Wir werden in diesem Jahr wohl Gewinn machen.« Sie schien zu überlegen. »Bleibt ein Problem. In welche Richtung soll's jetzt weitergehen? Maurice möchte, daß ich mit Johann spreche.«

»Wird vielleicht gar nicht nötig sein«, erklärte Jacques. »Sozusagen auf gut Glück rief ich John Fairchild an. Und der zeigte sich unheimlich aufgeschlossen. Du weißt ja, daß er von der Kollektion hingerissen war. Im übrigen gefällt er sich in der Rolle eines Königmachers. Höchstpersönlich rief er den Präsidenten von Kensington Mills an, und innerhalb einer Stunde rief man bei mir zurück.«

Die Haushälterin brachte den Kaffee und zog sich gleich wieder zurück. Das Einschenken übernahm Janette. »Du meinst, die sind ehrlich interessiert?« fragte sie. »Oder ist das von denen nur so eine Höflichkeitsgeste gegenüber Fairchild?«

»Mit Sicherheit nicht«, erwiderte er mit Nachdruck. »Die sind wirklich interessiert, das konnte ich aus ihren Stimmen heraushören. Warum sonst wohl hätten die eine Sitzung auf höchster Ebene abgehalten, samt Präsidenten, Vizepräsidenten und so weiter? Kensington ist eine Mammutfirma, hinter Du Pont der zweitgrößte Produzent von Kunstfasern auf der ganzen Welt und zudem der zweitgrößte Hersteller von Baumwollstoffen hinter Burlington Mills. Nein, die erweisen niemandem nichtssagende Höflichkeiten. Mehr noch: Die steigen offenbar nur in etwas ein, von dem sie meinen, daß es für ihren Produktabsatz auch wirklich lohnt, und zwar in Größenordnungen, die enorm sind.«

Janette schwieg einen Augenblick. »Hoffentlich hast du recht. Gestern schien es fast, als sei alles aus.«

»War's aber nicht«, versicherte er. »Heute abend kehre ich nach Paris zurück. Dort packe ich alles ein, was wir denen zeigen wollen, und Montag früh treffen wir uns auf dem Flughafen von Orly.«

Nachdem Jacques gegangen war, streckte sie sich zum Sonnen aus. Gleich darauf fiel ein Schatten über ihr Gesicht, und sie öffnete die Augen. Es war Harvey. »Guten Morgen«, sagte sie und machte keinerlei Anstalten, sich zu bedecken.

»Guten Morgen«, erwiderte er und hielt ihr ein Tongefäß hin. »Lauren meint, Sie würden das vielleicht benützen wollen.«

Sie setzte sich auf und nahm den Krug in die Hand. »Was ist denn da drin?«

»Tonerde aus Nordkalifornien. Ein uraltes indianisches Hausmittel. Und ich habe entdeckt, daß es nichts Besseres fürs Sonnen gibt.«

Sie zog den Korken heraus. »Für mich sieht das Zeug aus wie Dreck.«

Er lachte. »Ist es ja praktisch auch. Und kümmern Sie sich nicht weiter um den Geruch. Geht ganz schnell weg, wenn Sie's mit Wasser befeuchten und auftragen.«

»Und es wirkt tatsächlich?« fragte sie zweifelnd.

»Jedenfalls hat es bei Lauren und mir gewirkt«, versicherte er. »Man wird schnell und tief braun, ohne Sonnenbrand. Sie müssen das Mittel lediglich auf die feuchte Haut auftragen.«

»Na gut«, sagte sie, streckte eine Hand in das Wasser des Pools und spritzte sich naß. Harveys Anweisungen folgend, stellte sie die Sonnenschutzpaste her und begann sich die Schultern einzureiben.

»Ist es so richtig?«

»Noch mehr verreiben. Bloß nicht zu dick auftragen. Sie können's übrigens auch für Ihr Gesicht verwenden.« Er richtete sich auf. »Ist Lauren eigentlich schon heruntergekommen?«

»Ich hab' sie noch nicht gesehen«, erwiderte Janette.

»Auf ihrem Zimmer ist sie jedenfalls nicht«, sagte er.

Janette lächelte. »Das klingt ja, als ob Sie deshalb beunruhigt wären.«

»Aber woher denn«, widersprach er hastig. »Bloß gehen wir sonst immer früh zum Strand, bevor's dort von Menschenmassen wimmelt.«

»Ist Lauren nicht mit den anderen zum Frühstück zum Hafen gefahren?«

»Ja. Aber das war um vier Uhr früh.«

»Wahrscheinlich hat sie sich zu müde gefühlt, um hierher zurückzukommen, und ist dann auf Patricks Boot geblieben. Ich nehme an, daß sie alle am Strand sein werden, wenn wir dort aufkreuzen.«

Harvey nickte.

Janette hatte inzwischen die Vorderseite ihres Körpers mit der Tonerdemischung eingerieben und legte sich auf den Bauch. »Harvey, seien Sie doch bitte so nett und nehmen sich meines Rückens an.«

»Sicher.« Er kniete nieder und rieb ihr den Rücken ein, ließ dann das Gesäß aus und machte mit den Oberschenkeln weiter.

Sie drehte den Kopf herum und sah ihn an. »Aber, aber!« tadelte sie ihn und fügte dann mit einem Lächeln hinzu: »An der Stelle kann ich schließlich auch einen Sonnenbrand kriegen.«

Als sie am Strand eintrafen, zeigte sich, daß Janette mit ihrer Vermutung recht gehabt hatte. Nicht allzu weit draußen lag die »Fantasist« vor Anker. Patrick und seine beiden Gespielinnen, Anne und Meg, lagen auf Luftmatratzen und schliefen. Nur Lauren war wach, und sie erhob sich, als sie Janette und Harvey kommen sah.

Ihre Stimme klang ein wenig aufgeregt. »Patrick will uns auf seiner Jacht nach Sardinien schippern. Er meint, die Strände seien dort nicht so übervölkert und das Wasser außerdem ein ganzes Ende sauberer.«

»Großartig«, befand Janette. »Wird Spaß machen, und Sardinien ist ziemlich schön. Am kommenden Wochenende können wir uns alle dann hier wieder treffen. Bis dahin werde ich garantiert zurück sein.«

Patrick öffnete die Augen, schützte sie mit einer Hand gegen die Sonne. Er spähte zu Janette empor. »Deine Schwester ist irgendwie nicht ganz normal. Heute früh um acht war sie schon wach.« Seine Stimme klang gereizt.

»Wegen mir brauchte niemand aufzustehen«, erklärte Lauren.

»Mir soll keiner je den Vorwurf machen können, ich wüßte nicht, was sich meinen Gästen gegenüber geziemt«, sagte er und blickte erneut zu Janette. »Du mußt fort?«

»Ja, nach New York. Das läßt sich leider nicht umgehen. Aber zum Wochenende bin ich wieder zurück.«

»Scheiße«, sagte Patrick und setzte sich auf. »Da kann ich wohl getrost die Hoffnung aufgeben, daß du jemals ein paar Tage mit uns verbringst.«

Janette lächelte. »Man kann nie wissen.«

Patrick starrte ihr geradezu in die Augen. »Und dabei habe ich so viel Herrliches für dich auf Lager.«

Sie lachte. »Lautet nicht eine eurer englischen Spruchweisheiten: ›Geschäft geht vor Vergnügen‹?«

»Nie gehört«, behauptete er.

»Hattest es ja auch nicht nötig«, war ihre Antwort. »Und jetzt sei ein braver Junge und hör auf zu schmollen. Schippert ihr nur los nach Sardinien. Am kommenden Wochenende ist Mama wieder da, und dann werden wir weitersehen.«

Patrick schüttelte betrübt den Kopf. »Nächstes Wochenende kommt garantiert wieder was dazwischen.«

Janette lachte. »Spiel nicht den Pessimisten. Sonst glaube ich glatt, daß du dein Boot auf den falschen Namen getauft hast.«

Patricks beide Gespielinnen nahmen Abschied, als sie den zweiten Tag in Porto Cervo lagen. Um acht Uhr früh erschien Harvey auf dem Deck, und er sah die beiden Mädchen am Heck der Jacht stehen, während deren Gepäck über die Gangway zu einem wartenden Auto gebracht wurde. »He, wo wollt ihr beide hin?« fragte er.

»Zurück nach Saint-Tro«, erwiderte Meg.

»Warum die Eile? Am Wochenende werden wir doch sowieso wieder dort sein.«

Aus Annes Blick sprach unverkennbar Verachtung. »Patrick hat sich entschlossen, ein Mönch zu werden. Er hat uns aus seiner Kajüte rausgeschmissen.«

»Außerdem«, fügte Meg hinzu, »ödet uns das Herumliegen abends auf dem Boot unheimlich an. Himmelarsch, der will doch nur Hasch qualmen und mit deiner Freundin philosophieren.«

»Ist mir nicht aufgefallen, daß die viel miteinander gequatscht haben«, meinte Harvey.

»Wie hätte dir's auch auffallen sollen?« fragte Meg spöttisch. »Du warst ja dauernd *stoned* – viel mehr als die.«

Anne blickte zu Harvey. »Also, ciao, lieber Freund. Und wenn ich dir einen kleinen Rat geben darf, dann kümmere dich mehr um deine Freundin, oder Pfarrer Patrick hat im Nu dafür gesorgt, daß sie konvertiert – von dir zu ihm.«

Er sah den beiden nach, während sie an Land gingen und ins Auto stiegen. Als der Wagen losfuhr, drehte sich Harvey um und ging in den Speisesalon, wo er sich an einen Tisch setzte.

»Schinken und Rührei, Sir?« fragte der Steward.

Harvey nickte gedankenverloren. Plötzlich fiel ihm ein, daß er ja Vegetarier war. »Keinen Schinken«, sagte er. »Bloß Rührei.«

Er grübelte weiter vor sich hin. Gar so unrecht schienen die Mädchen nicht zu haben. Wenn man Lauren und Patrick sah, waren sie stets ins Gespräch vertieft. Ohne recht zu wissen, was er tat, stopfte er das Rührei in sich hinein. Himmelarsch noch mal, was gab es zwischen denen denn so viel zu bequatschen?

»Mein Leben lang bin ich ständig mit meinem Vater konfrontiert worden«, sagte Patrick. »Und vom ersten Tag an, wo ich in Eton aufkreuzte, wurde ich mit ihm verglichen. Keiner der Vergleiche fiel zu meinen Gunsten aus. Ich versuchte, allen klarzumachen, daß ich nicht mein Vater sei. Ich war ich, und ich war anders. Doch kein Aas kümmerte das. Ich hätte wie mein Vater sein sollen. Bis ich ihnen sagte, sie könnten mich alle mal.«

An dem einsamen Strand lag Lauren nackt auf ihrem Bauch. Sie drehte ihren Kopf, der auf ihren Armen lag, nach links und sah ihn an. »Hattest du denn nie das Bedürfnis, etwas auf die Beine zu stellen?«

»Was blieb mir denn noch?« fragte Patrick, während sein Blick über die entzückenden Kurven ihrer Rückfront glitt. »Mein Vater hatte doch bereits alles geleistet.«

»Es muß doch irgendwas geben, das du tun möchtest.«

»Natürlich gibt's da was«, beteuerte er.

»Nämlich?«

»Ich möchte über deine Kimme fahren«, erklärte er.

Sie lachte. »Ich meine: im Ernst.«

»Das meine ich im Ernst«, versicherte er.

»Ich hab' dir doch gesagt, mit so einer Art von Freundschaft läuft bei mir nichts«, sagte sie. »Ich meine, so was sollte mehr sein als nur ein Sport.«

»Versuche bloß nicht, mir weiszumachen, du hättest nie mit Harvey gebumst.«

»Habe ich nie behauptet«, erwiderte sie. »Bloß – ständig ging das nicht zwischen uns. Nur ab und zu, wenn wir in Stimmung waren. Nicht sehr oft. Wir haben einander gern. Wenn auch nicht unbedingt auf diese Weise.«

»Viel mehr erhoffe ich mir ja auch nicht«, sagte Patrick. »Nur so einen kleinen Beweis, daß du mich wirklich magst.«

Sie drehte sich herum und lachte. »Ich mag dich«, versicherte sie. »Aber zum Bumsen bin ich noch nicht bereit. Hör also endlich auf, mir damit in den Ohren zu liegen. Reich mir lieber mal den Humboldt-Ton, damit ich mich damit einreiben kann.«

»Ich übernehme das schon. Du brauchst dich bloß zu legen.«

Sie lachte wieder. »O nein, im Nu bist du angetörnt – und schon gibt's zwischen uns eine neue lange Diskussion.«

»Ich schwöre, daß ich mich die ganze Zeit über zurückhalten werde«, gelobte er.

»Wirklich?« fragte sie und sah ihn an.

»Hoch und heilig«, fügte er hinzu.

»Na, okay.« Mit geschlossenen Augen streckte sie sich rücklings auf dem Sand aus. Dann spürte sie die feuchte Kühle der Tonerde, die er mit sachter Hand auftrug. Es tat gut, zumal auf den sonnenwarmen Brüsten. Unwillkürlich wurden ihre Brustwarzen steif, und sie spürte ein Kribbeln zwischen ihren Schenkeln.

Abrupt setzte sie sich auf und nahm ihm das Gefäß aus der Hand. »Das reicht«, erklärte sie mit Nachdruck.

»Was ist denn?« fragte er gekränkt. »Ich habe doch Wort gehalten.«

»Sicher«, bestätigte sie, während sie sich nun selbst einrieb. »Doch mich machte das so langsam an. Und dafür ist es noch zu früh.«

Plötzlich wurde Patrick wütend. »Von Tag zu Tag gleichst du mehr deiner Schwester«, fauchte er sie an. »Bist nichts als eine bloße Aufgeilerin.«

Einen Moment lang starrte sie ihn sprachlos an. Dann spürte sie, wie ihr die Tränen in die Augen traten, und wandte hastig ihr Gesicht ab. »Ist das wirklich deine Meinung?« fragte sie tief verletzt.

»Ja, was soll ich denn sonst denken?« Er war noch immer zornig. »Da paradierst du nackt vor mir herum, als sei ich eine Gipsfigur und nicht ein Mann mit entsprechenden Gefühlen. Ja, was soll ich denn empfinden?«

»Ich hab' mir nichts dabei gedacht«, erklärte sie. »Die anderen Mädchen sind doch auch alle dauernd nackt. Und niemand scheint was dabei zu finden.«

»Was kümmern mich die anderen Mädchen«, sagte er. »Deshalb habe ich sie ja auch fortgeschickt.«

»Das ist deine Sache«, meinte sie, und ihre Stimme klang noch immer gepreßt. »Ich hab' dich nicht drum gebeten.«

»Nein, hast du nicht«, bestätigte er. »Der Gedanke kommt mir erst jetzt. Vielleicht gleichst du Janette noch weit mehr, als ich dachte. Stehst nur auf Lesben oder Riesenschwänze.«

Sie sprang auf, schlüpfte in ihren Bikini und rannte los, einfach von ihm fort. Patrick lief hinter ihr her. Als er sie eingeholt hatte, packte er sie am Arm und riß sie zu sich herum. »Wo willst du hin?« fragte er.

»Ist doch egal!« schrie sie. »Bloß fort von dir. Du bist echt krank.«

Er sah den Schmerz und die Tränen in ihren Augen und war plötzlich zerknirscht. »Tut mir leid. Ich hab's nicht so gemeint. War halt wütend.«

Sie befreite sich von seinem Griff. »Laß mich in Ruhe!« schrie sie ihn an. »Ich will zurück zum Boot.«

»Tut mir ehrlich leid«, beteuerte er. »Schau, ich mag dich sehr. Ich mag dich so sehr, wie ich's gar nicht für möglich gehalten hätte. Sei mir bitte nicht böse. Es wird nicht wieder vorkommen.«

Sie preßte den Handrücken gegen ihre Nase, unterdrückte das Schluchzen. »Was du über meine Schwester gesagt hast, das war doch nicht ernstgemeint, oder?«

»Natürlich nicht«, versicherte er mit Nachdruck. »Nur fühlte ich mich in dem Moment genauso frustriert von dir wie sonst von ihr. Du weißt, wie ich Janette gegenüber wirklich empfinde.«

»Wie denn?« fragte Lauren.

»Ich bin in sie verliebt«, erwiderte er, während er zögernd ihrem forschenden Blick begegnete. »Aber eigentlich lieben tu' ich sie nicht«, fügte er leise hinzu. »Ich liebe dich.«

Madame

Als er aus dem Bad kam, saß sie nackt auf dem Bettrand, hielt in der einen Hand einen kleinen Spiegel und war mit ihrem Augen-Make-up beschäftigt.

Er blieb stehen, starrte sie an. Um die Hüften hatte er ein Handtuch geschlungen. »Was soll das?« fragte er auf französisch, wobei sein griechischer Akzent stark durchklang. »Ich dachte, du würdest die Nacht über hier bleiben.«

»Ich hab' mir's eben anders überlegt«, sagte sie, ohne den Blick vom Spiegel zu lösen.

»Wir wollten doch noch Geschäftliches besprechen. Oder erwartest du von mir etwa, daß ich nach einem kurzen Abenteuer eine Zehn-Millionen-Dollar-Sache entscheide?«

»Schon gut.« Sie stand auf und blickte zu ihm hinab, denn sie war fast einen Kopf größer als er. »Was du haben wolltest, hast du inzwischen bekommen. Also laß es, deine und meine Zeit noch weiter zu verschwenden.«

An ihm vorbei ging sie ins Bad und hockte sich übers Bidet. Wasser begann in dem Becken zu wirbeln.

Er folgte ihr und beobachtete sie, während sie sich mit dem Waschlappen einseifte. »War das der einzige Grund für dich, mit mir ins Bett zu gehen? Das Geld?«

Sie musterte ihn kalt. »Wüßtest du vielleicht einen besseren? Was kümmert's mich, ob du zehnmal reicher bist, als Onassis es jemals war. Du bist nur noch entschieden häßlicher als er.«

»Und du bist nichts als ein Biest«, giftete er.

Sie schwieg.

»Wieso bildest du dir ein, das sei mir zehn Millionen Dollar wert?«

»Ich bilde mir gar nichts ein.« Sie ließ das Seifenwasser ablaufen, drehte wieder den Hahn auf. »Du hast dich doch gerade ausgiebig mit mir vergnügt. Also mußt du die Antwort wissen.« Sie drehte das Wasser ab, sah ihn an. »Übrigens war ich hergekommen, um mit dir über Business zu reden. Das Bett war deine Idee.«

»Luder!« fluchte er und verließ wütend das Badezimmer.

Als sie einige Minuten später folgte, saß er im Hausmantel in einem Sessel und nippte an einem Glas mit Cognac. Schweigend beobachtete er sie, wie sie ihren BH anzog und sich Sekunden später auf das Bett setzte, um in ihre Strümpfe zu schlüpfen, die sie am Hüftgürtel befestigte. Trotz seiner Wut machte ihn das prompt wieder an. Das Luder kannte sämtliche Tricks. Höschen trug sie nie, hatte sie jedenfalls gesagt. Sie stand auf und zog ihre raffiniert schlichte Seidenbluse sowie den Wickelrock und zuletzt ihre hochhackigen Schuhe wieder an.

»Janette«, sagte er.

Sie sah ihn nur an.

»Ich wollte mit dir wirklich über Geschäfte reden.«

Ihre Antwort klang gelassen. »Da gibt's nichts zu bereden. Was du an Unterlagen brauchtest, hast du inzwischen seit über zwei Wochen. Gar kein Zweifel, daß deine Finanzexperten alles sorgfältig durchgegangen sind und daß deine Entscheidung inzwischen feststeht. Die einzige Frage ist nur noch, ob deine Antwort ja oder nein lautet.«

»Gar so einfach ist das nicht«, behauptete er.

»Möglich«, sagte Janette und zuckte die Schultern. »Mag schon sein, daß dein Problem ziemlich kompliziert ist. Meins jedenfalls ist sehr einfach. Ich brauche zehn Millionen, um von Kensington die Verwertungsrechte an meinen Sachen zurückzuerwerben, bevor die mich an die Japaner verkaufen. Au revoir, Nico.«

Sie war bereits an der Tür, als er fragte: »Und was tust du, wenn ich dir das Geld nicht gebe?«

Sie blickte zu ihm zurück, lächelte. »Ich komm' schon klar. Schließlich ist es nicht das erste Mal, daß ich in der Klemme sitze. Und wird wohl auch nicht das letzte Mal sein. Aber irgendwie hab' ich's immer noch geschafft.«

»Ich werde dich am Vormittag anrufen«, sagte er. »Vielleicht läßt sich irgendeine Lösung finden.«

»Spar dir die Mühe. Ich glaube, ich kenne die Antwort bereits. Genau wie du.«

Hinter ihr fiel die Tür ins Schloß. Erneut nahm er einen Schluck von seinem Cognac und trat dann ans Fenster. Er sah, wie sie aus dem Haus kam und der Chauffeur ihr die Tür aufhielt. Als der Rolls-Royce um die nächste Ecke gebogen war, drehte sich der Mann am Fenster um und ging zurück. Ein sonderbares Gefühl der Traurigkeit erfüllte ihn. Zwanzig Jahre müßte man jünger sein, ging es ihm durch den Kopf. Eine solche Frau lief einem vielleicht nur einmal im Leben über den Weg. Es hätte schön sein können, wunderschön sogar.

Janette ließ sich in die Lederpolster des Rolls-Royce sinken und zündete sich eine Zigarette an. Während die Limousine nach Paris fuhr, blickte sie durch die Fenster auf die leeren Straßen von Neuilly. Was das Ergebnis ihres Besuchs bei dem Griechen betraf, so war sie weder enttäuscht noch deprimiert. Von Anfang an hatte sie gewußt, daß sie eine Antwort erst bekommen würde, nachdem sie mit ihm ins Bett gegangen war. So lief das nun mal. Ein Mann wie Nico Caramanlis gab sich vorher nicht zufrieden.

Immerhin war es den Versuch wert. Man konnte ja nie genau wissen. Schließlich gab es nur wenige Männer, die gegebenenfalls eine solche Summe locker machen konnten. Griechen und Araber – die schienen die einzigen zu sein, denen es im Zeichen der Energiekrise in diesen wirtschaftlich schwierigen Zeiten immer noch blendend ging.

Als der Rolls-Royce auf die Autoroute einbog, warf sie einen Blick auf die Uhr. Viertel vor zehn. Janette griff zum Autotelefon und wählte ihre Privatnummer.

»Résidence de la Beauville«, meldete sich der Butler.

»Ich bin's, Jules«, sagte Janette. »Ich wollte mich nur erkundigen, ob sich irgend etwas ereignet hat?«

»Lediglich der Herr Marquis hat angerufen und darum gebeten, daß Sie ihn, sobald Sie wieder zu Hause sind, zurückrufen möchten. Es sei sehr dringend, und er werde die ganze Nacht daheim sein.«

»Danke, Jules«, sagte sie und legte auf. Nach kurzem Zögern wählte sie Maurices Nummer, obwohl sie eigentlich nicht die mindeste Lust hatte, mit irgend jemand zu sprechen.

Vom anderen Ende erklang seine rauhe Stimme. »Oui?«

»Ich bin's, Janette.«

»Wo steckst du?« fragte er ganz aufgeregt. »Ich habe schon den ganzen Nachmittag versucht, dich zu erreichen.«

»Momentan befinde ich mich auf der Autoroute von Neuilly nach Paris.«

Er ließ ein Glucksen hören. »Du hast mit dem Griechen geschlafen. Ich hätte dir gleich sagen können, daß das die reine Zeitvergeudung sein würde.«

»Woher willst du das wissen?« fragte sie.

»Es ist jetzt zehn vor zehn. Hätte da was geklappt, so wärst du noch dort.«

Sie fühlte sich gereizt. »Ich rufe an, weil du gesagt haben sollst, es sei dringend.«

»Ist es auch. Ich muß mit dir reden. Kannst du noch heute abend herkommen?«

»Hat's nicht Zeit bis morgen?«

»Nein«, behauptete er. »Weißt du noch, worüber wir sprachen, als ich dir vor mehreren Jahren die Million Francs gab?«

»Wir haben über so manches gesprochen«, erwiderte sie vorsichtig.

»Am Telefon möchte ich mich nicht weiter darüber auslassen. Die Sache hat etwas mit deiner Mutter und der Schweizer Bank zu tun. Bei mir hier steckt ein Mann mit interessanten Informationen zu dem Thema, die mitzuteilen er nur dir gegenüber bereit ist.«

Sie überlegte kurz, dann fiel es ihr wieder ein. Maurice hatte da mal vor längerem wilde Gedankenspielereien angestellt, daß ihre Mutter bei einer Schweizer Bank Gold deponiert habe und Johann davon wisse, es aber für sich behalte. »Ich komme«, sagte sie. »In etwa einer Stunde werde ich bei dir sein.« Sie legte auf und ließ dann die Trennscheibe per Knopfdruck zum Fahrerraum zurückgleiten. »René.«

»Oui, Madame«, sagte er, ohne den Kopf zu drehen.

»Wir fahren zum Appartement des Marquis auf der Ile Saint-Louis.«

»Merci bien, Madame.«

Erneut drückte sie auf den Knopf, und die Trennscheibe schloß sich wieder. Auf der Autoroute herrschte kaum Verkehr. Mehr als eine Stunde würden sie deshalb bestimmt nicht brauchen.

Sechs Jahre war es her, daß sie Carroll ausgezahlt und das Geld aufgetrieben hatte, um weiterhin in der Modebranche arbeiten zu können. Nun galt es, Kensington Mills auszuzahlen, damit sie die Kontrolle über ihr eigenes Geschäft zurückgewann, bevor's sozusagen den Fluß hinabgeschwemmt wurde – bei der Fusionierung mit einem weiteren Multi. Mal abgesehen vom Erfolg, hatte sich im Grunde nichts geändert. Es war ein Erfolg mit immer unerbittlicher werdenden Konsequenzen, der Preis für ihre Freiheit stieg immer höher. Vor sechs Jahren hatte er noch bei knapp über einer Million gelegen. Aber damals – damals hatte sie ja auch noch Lauren und Patrick.

Jetzt hatte sie nur noch sich selbst.

Sechs Jahre waren vergangen seit der »Nacht der roten Kollektion«. Anschließend war sie mit Jacques zu Maurice gefahren. Dieser war noch auf und schien Janette buchstäblich zu erwarten. Ohne Umschweife kam er zur Sache. »Du hast die Abmachung mit Carroll sausen lassen?«

»Ja.«

»Dann weißt du, daß Philippe von ihm engagiert worden ist?«

Überrascht sah sie ihn an. »Woher weißt *du* denn das?«

Maurice lächelte stumm. Sein Freund erschien mit einem Tablett mit Kaffee und Sandwiches drauf. Er stellte es ab und verschwand wieder.

Maurice machte eine einladende Handbewegung. »Ich dachte, ihr könntet vielleicht einen Bissen vertragen.«

Sie musterte ihn. »Was weißt du sonst noch, Maurice?«

»An Philippe ist er über Marlon herangekommen«, sagte er. »Aber das spielt jetzt keine Rolle mehr. Die Sache ist gelaufen.« Er schenkte den Kaffee ein und reichte Janette eine Tasse. »Nimm nur«, sagte er fast behutsam. »Etwas Warmes wird uns allen gut tun.«

»Danke.« Sie schlürfte den heißen Kaffee. Maurice hatte recht, sie begann sich besser zu fühlen.

»Wieviel wirst du brauchen, um Carroll loszuwerden?« fragte er.

»Eine Million Francs.«

Sekundenlang betrachtete er sie stumm. Dann ging er an seinen Schreibtisch, machte eine Schublade auf, nahm sein Scheckbuch heraus und begann zu kritzeln. Schließlich reichte er ihr den Scheck.

Sie warf einen Blick darauf. Eine Million Francs. Sie sah Maurice an. »Ich weiß nicht, was ich sagen soll.«

Erneut lächelte er. »Du brauchst nichts zu sagen. Wir sind eine Familie.«

Sie schüttelte ungläubig den Kopf. Dies entsprach einfach nicht der sonstigen Art von Maurice.

»Aber damit ist nur Carroll abserviert«, fuhr er fort. »Das eigentliche Problem ist damit nicht gelöst. Wie willst du weiter vorgehen?«

»Ich werde andere potente Leute oder Firmen finden«, meinte sie. »Nach dem Erfolg von heute nacht mit der Kollektion dürfte das kein allzu großes Problem sein.«

»Patricks Gesellschaft, die Reardon Group, hat sich in den Staaten gerade die Kensington Mills einverleibt, und soweit ich das mitbekommen habe, sind die interessiert, ins Prêt-à-porter-Geschäft groß einzusteigen«, erklärte Jacques. »Patrick könnte uns da bestimmt hilfreich sein, und es gibt auch noch andere.«

»Das Ganze muß schnell über die Bühne gehen«, betonte Maurice. »Du kannst es dir nicht leisten, Janette, den Aufwind nicht zu nutzen, den du durch diese Kollektion gewonnen hast.«

»Das ist mir völlig klar«, versicherte sie. »Jacques fliegt deshalb morgen hin, um das Terrain dort zu sondieren.«

Jacques sah sie von der Seite her an. Es war das erste Mal, daß er davon hörte.

»Wenn das so ist«, sagte Maurice mit einem Lächeln, »sollte Jacques jetzt vielleicht besser nach Hause fahren und sich in die Falle hauen, damit er in aller Frühe einigermaßen frisch ist.«

»Dergleichen schaffe ich allemal«, versicherte Jacques rasch.

Wieder lächelte Maurice. »Das bezweifle ich nicht. Aber es gibt ein paar Dinge, die ich mit Janette allein besprechen möchte. Familienangelegenheiten.«

Jacques warf ihr einen Blick zu. Janette reagierte mit einem kaum merklichen Nicken.

»Na gut«, sagte er und streckte Maurice die Hand hin. »Ich möchte mich auch bedanken für das, was Sie für uns getan haben.«

»Keine Ursache«, erklärte Maurice. Er wartete, bis sich die Tür hinter Jacques schloß, und deutete dann auf den Stuhl vor seinem Schreibtisch. »Setz dich doch, Janette. Du mußt ja fix und fertig sein. Möchtest du vielleicht einen Cognac?«

Sie nickte.

Er füllte zwei Gläser, reichte ihr eins. Dann nahm er hinter seinem Schreibtisch Platz und hob sein Glas. »Santé!«

Janette nahm einen Schluck und genoß die wohltuende Wirkung und Wärme, die der Alkohol in ihrem Magen auslöste. Noch immer schwieg sie.

»Bleibt Lauren in Paris?« fragte er.

Janette schüttelte den Kopf. »Sie fliegt morgen mit Patrick nach Saint-Tropez. Ich werde dann wohl am Wochenende nachkommen.«

Er nickte. »Die Kollektion müßte groß einschlagen. Wenn's einigermaßen läuft, machst du dieses Jahr Gewinn.«

»Sobald das der Fall ist, bekommst du dein Geld zurück.«

Maurice winkte mit einer geringschätzigen Handbewegung ab. »Das ist nicht so wichtig. Deshalb bekomme ich wirklich keine schlaflosen Nächte.«

Janette trank erneut von dem Cognac. »Okay, Maurice. Wir sind jetzt unter uns. Du kannst also mit den Spielchen aufhören. Was genau willst du?«

Er lachte. »Geld. Welchen Grund könnte es sonst für mich geben?«

»Wieviel?« fragte sie.

»Zwanzig Millionen Dollar.«

Sie starrte ihn an. »Du bist verrückt. So viel Geld ist in meiner Branche nicht zu holen.«

»Was interessiert mich deine Branche? Mit der will ich gar nichts weiter zu schaffen haben. Und es ist mir auch ziemlich egal, ob du die Summe zurückzahlst oder nicht.«

»Und wo soll ich dann deiner Meinung nach ans ganz große Geld rankommen?« fragte sie.

»Bei einer Schweizer Bank. Damals, als deine Mutter von Frankreich in die Schweiz reiste, um sich dort mit dem Herrn General zu treffen, benützte sie einen präparierten Wagen, dessen Türen und Seitenwände mit Louisdor vollgestopft waren. Und von den Goldmünzen ist nie wieder was aufgetaucht . . .«

»Woher weißt du das?«

»Ich weiß es eben, auch wenn ich's niemals direkt beweisen konnte.«

»Hast du meine Mutter danach gefragt?«

»Ja. Aber natürlich hat sie's abgestritten. War ja auch kaum anders zu erwarten bei ihren Gefühlen für mich.« Er schwieg einen Augenblick. »Johann jedenfalls weiß, wo das Gold ist.«

Sie starrte ihn an. »Wie kommst du darauf?«

Maurice lächelte. »Johann hat doch deine Anteile am Weingut aufgekauft, oder?«

»Das Geld dafür hatte er von seinem Schwiegervater.«

»Genau das wollte er damals alle Welt glauben machen. Aber ich habe da mal ein bißchen nachgeforscht. Von seinem Schwiegervater hat er jedenfalls zu diesem Zeitpunkt nichts bekommen.«

»Falls das stimmt, bleibt immer noch die Frage offen, ob wir ihm das nachweisen können.«

»Keine Ahnung«, erklärte Maurice. »Aber früher oder später kommt's ja doch raus. So wie's mit allem ist. Und wenn das geschieht, bin ich dein Partner.«

Sie leerte ihr Glas. »So recht kann ich's einfach noch nicht glauben.«

Er lächelte sie an. »Ob du's nun glaubst oder nicht, die Abmachung gilt?«

Sie lachte. »Wenn das alles ist, was du willst, dann gilt die Abmachung.«

»Morgen früh werde ich eine schriftliche Vereinbarung aufsetzen lassen«, erklärte Maurice, »und wir werden sie beide unterzeichnen.«

Janette erhob sich. »Der Tag war lang und anstrengend. Ist wohl an der Zeit, daß ich jetzt gehe.«

Maurice blieb sitzen. »Erinnerst du dich noch, wie du als Mädchen schwarze Unterwäsche für mich getragen hast? Trägst du sie immer noch?«

»Nein.« Sie lächelte. »Ich bin jetzt ja erwachsen. Außerdem trag' ich überhaupt keine Höschen.«

Mit einem Lachen stand er auf und begleitete sie zur Tür.

Sie küßte ihn auf die Wange. »Gute Nacht, Maurice.«

Er sah sie an. »Wenn du Johann das nächste Mal siehst, solltest du ihn vielleicht wirklich danach fragen.«

»Ich habe ihn seit fast zehn Jahren nicht gesehen. Wie kommst du darauf, daß ich ihn jetzt vielleicht bald sehen könnte?«

»Man kann nie wissen. Und falls sich die Gelegenheit ergibt, vergiß nicht, ihn zu fragen.«

Und tatsächlich, zehn Tage später begegnete sie Johann wieder. Doch da sie nicht so recht an die Geschichte von Maurice glauben mochte, brachte sie die Sache nicht zur Sprache, weil es ihr einfach zu lächerlich erschien.

Als sie ihm die Tür öffnete, stand er da, wie vom Donner gerührt. Mit voller Wucht kehrte die Erinnerung zurück, Vergangenheit schien Gegenwart zu werden. Tanya. Beinahe wäre ihm der Name laut herausgerutscht. Tanya schien in Gestalt ihrer Tochter wiedergekehrt.

»Johann!« rief sie freudestrahlend und umarmte ihn und küßte ihn auf beide Wangen. »Johann!« wiederholte sie.

Plötzlich fühlte er jene eigentümliche Beklommenheit, die er früher oft in Gegenwart ihrer Mutter verspürt hatte. Doch sie wich, als er sie seinerseits nun begrüßte. »Janette! Ich freue mich von Herzen, dich wiederzusehen«, versicherte er aufrichtig.

Janette lächelte. Und auch das Lächeln schien wie das ihrer Mutter zu sein. »Ich hätte mir nicht träumen lassen, daß du in New York bist, Johann.«

»Ich bin zu einer Aufsichtsratssitzung hergekommen. Und als ich hörte, daß du dich in der Stadt befindest, mußte ich dich natürlich sofort anrufen und mich bei dir melden.«

»Na, das will ich meinen.« Sie hatte ihn in das Wohnzimmer ihrer Hotelsuite geführt. »Darf ich dir einen Drink anbieten?«

»Nur Kaffee. Heute nachmittag habe ich noch weitere Besprechungen.«

»Du bist noch ganz der Alte.« Sie lächelte. »Der Kaffee steht schon bereit.« Sie nahmen am Tisch Platz, und er warf einen kurzen Blick durchs Fenster. Es war einer jener brütend heißen Sommertage in New York, und im Central Park wimmelte es von Menschen. Doch hier in der Suite, in der 21. Etage des Pierre, war es dank der Klimaanlage sehr angenehm.

Während sie den Kaffee eingoß, warf sie Johann einen prüfenden Blick zu. Irgendwie wirkte er durchaus verändert. Es ging eine Ruhe von ihm aus, ein Selbstbewußtsein, wie sie das früher nie bei ihm wahrgenommen hatte. Sein einst blondes Haar war grauer, er war etwas fülliger, seine Kleidung von amerikanischem Zuschnitt war legerer. Vielleicht bewirkte all dies den veränderten Eindruck. Doch wahrscheinlich gab es auch tiefere Gründe. Er wirkte ganz einfach zufrieden. »Keinen Zucker«, sagte er mit einem Lächeln. »Ich muß auf mein Gewicht achten.«

Sie lachte. »Wie wir alle.«

Er nahm die Tasse. »Erzähle mir von Lauren. Amüsiert sie sich gut?«

»Ich glaube schon. Im Augenblick ist sie in Sardinien. Auf einer Jacht, die einem Freund von mir gehört. Am Wochenende treffe ich mich mit ihnen in Saint-Tropez.«

»Ist ihr Freund auch dort?«

Sie nickte.

»Lauren kennt ihn seit Jahren«, sagte er. »Aber Heidi macht sich seinetwegen noch immer Sorgen. Sie meint, er übe einen schlechten Einfluß auf Lauren aus.«

Janette lächelte. »Ich glaube, Heidi braucht wirklich nicht beunruhigt zu sein. Harvey ist ein lieber Kerl und tanzt ganz wacker nach Laurens Pfeife – und nicht etwa anders herum.«

Johann lachte. »Das sage ich ihr ja auch immer wieder.«
»Wie geht's ihr denn?« fragte Janette.
»Ganz ausgezeichnet. Uns beiden geht es blendend. Wo steckt eigentlich Jacques? Ich nahm an, er würde vielleicht hier sein.«
»Er mußte zu einem Termin, was er sehr bedauerte«, erklärte Janette. »Er bat mich aber, dir herzliche Grüße zu bestellen.«
»Danke vielmals«, sagte Johann und sah dann Janette in die Augen. »Was war da eigentlich zwischen dir und Carroll los?«
»Hat er's dir nicht erzählt?«
»Doch, hat er. Aber das war seine Version, und ich würde gerne auch deine hören.«
»Viel zu berichten gibt es nicht. Die Sache ist ganz einfach. Carroll verlangte gewisse Dinge, zu denen ich nicht bereit war.«
»Zum Beispiel?«
Sie begegnete seinem Blick. »Er wollte die gesamte Werbung auf Lauren abstellen. Ich sagte ihm klipp und klar, das gehöre nicht zu unserer Vereinbarung – die Rolle, die sie bei der Kollektion spielte, sei für sie ein Ausnahmefall gewesen und nicht etwa ein beruflicher Anfang. Carroll geriet daraufhin in Wut und bestand hartnäckig auf seiner Forderung. Ich gab ihm sein Geld zurück. Das ist alles.«
Johann nickte und trank erneut einen Schluck Kaffee. »Er hat mir gesagt, daß Philippe Fayard sich von dir trennen wird, um für ihn zu arbeiten.«
»Stimmt.«
»Und – wird dir das nicht schaden?« fragte er besorgt. »Wenn du willst, kann ich das unterbinden.«
Janette schüttelte den Kopf. »Du brauchst da nichts zu unternehmen. Philippes Vertrag läuft dieses Jahr sowieso aus, und ich wollte ihn ohnehin nicht verlängern. In so mancher Hinsicht ist Philippe für mich eher ein Klotz am Bein. Ich habe das Gefühl, daß sich die Couture in eine völlig andere Richtung bewegt. Und da möchte ich meinem Instinkt folgen, ohne daß ich mich mit meinem Herrn Modeschöpfer bei jeder Gelegenheit anlegen muß. Das war eine Erfahrung, die ich bei der letzten Kollektion gemacht habe.«
»Aber wie sieht's finanziell aus? Soweit ich weiß, hattest du Probleme.«

»Das ist wahr. Aber die werde ich alle lösen. Immerhin machen wir dieses Jahr eine Menge Geld, und so was hilft.«

»Du weißt, daß du jederzeit auf mich zählen kannst«, sagte er.

Sie sah ihm offen in die Augen. »Das habe ich immer gewußt, Johann«, sagte sie. »Selbst dann, wenn ich so richtig gemein zu dir war.«

Mürrisch saß Jacques neben Janette, als die Air France 070 von der Startbahn des Kennedy International Airport abhob und steil in den Himmel über New York stieg. Janette drehte ihren Kopf vom Fenster fort, blickte zu ihm. »Wir fliegen über die Freiheitsstatue.«

»Also wenn's nach mir ginge, würde ich sie nach Frankreich zurückschaffen lassen«, knurrte er. »Ist ja ein Geschenk von uns.«

Sie lächelte unwillkürlich. »Wir haben doch nichts verloren«, sagte sie, »aber eine ungeheure Menge gelernt.«

»Und ob wir was gelernt haben! Nämlich, wie dumm und naiv wir in Wirklichkeit sind.«

»Nach einem Drink wirst du dich besser fühlen«, meinte sie.

»Ich brauche mehr als bloß einen Drink«, erklärte er. »Sobald wir nicht mehr angeschnallt sitzen müssen, gehe ich zur Toilette und genehmige mir ein paar kräftige Prisen Schnee.«

Sie lachte. »Ich komme dann gleich hinterher.«

»Verdammt noch mal!« fluchte er. »Wie konnten wir so saublöd sein? Die wollten doch von vornherein Givenchy. Und sie besaßen nicht mal den Anstand, uns zu sagen, daß die Reardon Group mit ihm bereits in Verhandlungen stand.«

»Das nehme ich denen nicht mal übel. Wenn ich in deren Lage wäre, würde ich mir auch lieber Givenchy angeln als Janette. Schließlich ist er einer der Besten und ein überaus bewährter Mann.«

»Die ließen uns glatt nur über den Teich kommen, um sozusagen unsere Ideen auszuloten.«

»Das haben wir bei denen doch genauso gemacht. Zumindest wissen wir jetzt, worauf sie aus sind. Außerdem haben sie mit Givenchy noch keinen Vertrag. Vielleicht kommt es auch nie so weit. Aufgrund seiner Position ist er weitaus unabhängiger als wir.«

Kaum daß sie sich abschnallen durften, stand Jacques auf. »Einen doppelten Scotch on the Rocks«, sagte er zur Stewardeß, während er in Richtung Toilette ging.

»Champagner«, bestellte Janette. Auch sie erhob sich. Vor der Toilette wartete sie, bis Jacques wieder herauskam, und nahm das Röhrchen diskret entgegen.

Jacques stand auf, um sie wieder zu ihrem Sitz zu lassen, als sie zurückkam. Er reichte ihr das Glas Champagner, hob sein eigenes Glas. »Santé«, sagte er. »Du siehst besser aus. Und was nun?« fragte er, als sie beide getrunken hatten.

Sie zuckte die Achseln. »Das wird sich zeigen.«

»Glaubst du, es war Johann ernst damit, als er dir versicherte, du könntest finanziell auf ihn zählen?«

»Unbedingt. Aber ich will nicht darauf zurückgreifen. Praktisch würde das bedeuten, ewig im Schatten meiner Mutter zu leben und nie wirklich auf eigenen Beinen zu stehen.«

Er schwieg einen Augenblick. »Schade, daß dein Freund Patrick geschäftlich nichts mit seinen eigenen Firmen zu schaffen haben will. Sonst hätten wir von der Seite her eine gute Chance, die Sache durchzuziehen.«

Janette betrachtete ihn nachdenklich. Patrick war ja in mancherlei Hinsicht ein Sonderling, aber wenn man ihn richtig zu nehmen verstand . . . Unter den gegebenen Umständen war nichts zu verlieren. »Vielleicht läßt sich da was machen«, sagte sie.

Sämtliche Lichter brannten, doch schien das Haus leer zu sein, als Lauren und Harvey es gegen Mitternacht betraten. Harvey stellte das Gepäck ab. »Vielleicht ist Janette noch nicht aus New York zurück«, meinte er.

»Aber sie hat doch gesagt, sie wolle zum Wochenende zurück sein«, erklärte Lauren.

Plötzlich waren Schritte zu vernehmen. Janette kam die Treppe herunter. »Hallo, ihr zwei!«

»Hoffentlich haben wir dich nicht aufgeweckt«, sagte Lauren.

»Kein Gedanke. Vor einer halben Stunde hat mich jemand aus dem L'Escale angerufen, um mir zu sagen, daß ihr gerade im Hafen eingetroffen seid. Folglich habe ich auf euch gewartet. Ist Patrick nicht mitgekommen?«

»Nein«, erwiderte Lauren, »Patrick wollte schon früh schlafen gehen. Wie ist es denn bei dir in New York gelaufen?«

»Bestens«, versicherte Janette. »Ich habe Johann wiedergesehen und soll dich ganz herzlich von ihm grüßen. Hat euch Sardinien denn gefallen?«

»Es war phantastisch. Riesenstrände und gar nicht übervölkert. Ganz anders als hier.«

»Und habt ihr euch gut amüsiert?«

»Groß ausgegangen sind wir eigentlich nicht. Ein- oder zweimal waren wir in einem Restaurant, doch im allgemeinen sind wir auf der Jacht geblieben. Viel los in dem Sinne war bei uns wirklich nicht«, erklärte Lauren.

»So was sieht Patrick nun gar nicht ähnlich«, meinte Janette. »Für gewöhnlich ist der da überhaupt nicht zurückzuhalten.«

»Ich hau' mich aufs Ohr«, verkündete Harvey. »Wird mir verdammt gut tun, mal wieder in einem richtigen Bett zu schlafen. Ich habe immer noch das Gefühl, als ob ich mich auf einem schwankenden Deck befände.«

»Morgen früh ist das alles ausgestanden«, meinte Janette lachend, während Harvey im Seemannsgang die Treppe emporstieg.

Lauren wartete, bis sie das Klappen seiner Zimmertür hörte. Dann blickte sie zu Janette. »Hättest du nicht Lust, einen Joint mit mir zu rauchen?«

»Gern.« Aufmerksam betrachtete Janette die jüngere Schwester, während diese den Joint anzündete. »Ist alles in Ordnung? Du wirkst irgendwie so ernst.«

»Sicher ist alles in Ordnung«, sagte Lauren hastig und reichte Janette den Joint.

Janette zog daran. »Hast du Probleme mit Harvey?«

»Nein.« Lauren schüttelte den Kopf und sah dann ihre Schwester gespannt an. »Was hältst du von Patrick? Mal ganz im Ernst!«

»Patrick ist in Ordnung, er ist gescheit und auf Draht, und er amüsiert sich gern.«

»Er hat gesagt, er habe dich einmal geliebt und heiraten wollen.«

Janette lachte. »Dann muß er ziemlich high gewesen sein, vom Alkohol, von Drogen oder was weiß ich. Stimmt schon, daß er das wollte. Aber er hat wohl nur gefragt, weil er sicher war, daß ich niemals ja sagen würde.« Plötzlich bemerkte sie den Ausdruck auf Laurens Gesicht. »Dann ist er wohl ein Problem für dich?«

Lauren schüttelte den Kopf. »Nicht direkt.«

»Was ist es dann?«

Lauren blickte ihr in die Augen. »Liebst du ihn?«

Janette lachte. »Patrick? Aber woher denn? Er ist ein netter Kerl. Aber ich mit ihm – kann ich mir überhaupt nicht vorstellen.«

Lauren wirkte erleichtert. »Gut, das zu wissen.«

»Wieso?« Und plötzlich fiel es Janette wie Schuppen von den Augen. »Du liebst ihn, stimmt's?«

»Ja.« Unwillkürlich senkte Lauren den Blick, doch dann sah sie wieder ihre Schwester an. »Und Patrick hat mir erklärt, er liebe mich und wolle mich heiraten. Doch ich habe meine endgültige Antwort hinausgezögert, weil ich zuvor mit dir sprechen wollte, da ich mich nicht zwischen euch drängen möchte.«

»Zwischen Patrick und mir ist nichts, was dich an irgendwas hindern müßte«, versicherte Janette und griff nach Laurens Hand. »Aber vergiß nicht, daß du mit deinen siebzehn Jahren praktisch noch ein Kind bist. Meinst du denn, deiner Gefühle sicher sein zu können?«

»Was Patrick betrifft, ganz bestimmt. Ich liebe ihn wirklich. Aber ich habe ihm gesagt, ich würde ihn nicht sofort heiraten. Erst wenn ich achtzehn bin.«

»Und wie lautete seine Antwort?« wollte Janette wissen.

»Er erklärte sich einverstanden. Unsere Verlobung möchte er allerdings gleich bekanntgeben.«

Janette schwieg einen Augenblick. »Hast du schon mit ihm geschlafen?«

»Noch nicht. Ich wollte das auf gar keinen Fall, bevor ich mir nicht über die Lage im klaren war.«

»Was ist denn aus seinen beiden Freundinnen geworden?« fragte Janette.

»Die sind einen Tag, nachdem wir in Sardinien waren, von Bord gegangen. Und Patrick hat mir versichert, mit dergleichen sei ein für allemal Schluß, da er sich ernsthaft mit dem Gedanken trage, ins Geschäftsleben einzusteigen und sich um seine Firmen zu kümmern.«

Janette machte einen Zug am Joint, gab ihn dann wieder ihrer Schwester. Auf ihrem Gesicht erschien ein leises Lächeln. »Dann scheint es ihm wirklich ernst zu sein. Denn wenn Patrick Arbeit auch nur in Betracht zieht, so ist das so etwas wie das Wunder aller Wunder.« Janette beugte sich vor und küßte Lauren auf die Wange. »Es wird deine ganz persönliche Entscheidung sein, mein Liebling«, sagte sie. »Und wie immer sie auch ausfallen mag, du kannst auf meine Unterstützung rechnen.«

Lauren umarmte sie impulsiv. »Da bin ich aber froh. Denn Mutter und Vater springen glatt an die Decke, wenn ich's ihnen mitteile.«

»Ich glaube, wir werden's ihnen plausibel machen können.« Mit dem Kopf deutete sie zur Treppe hin. »Weiß er schon Bescheid?«

Lauren schüttelte den Kopf. »Nein. Ich wollte zu keinem was sagen, bevor ich nicht mit dir darüber gesprochen habe. Jetzt kann es Harvey ruhig wissen.«

»Das hat bis morgen Zeit«, meinte Janette. »Es wird ihn vermutlich sehr treffen, denn er liebt dich.«

»Harvey?« Aus Laurens Stimme klang Unglauben, gemischt mit einer Spur von Belustigung. »Also ehrlich, du hast wirklich keine Ahnung. Wir sind seit Jahren gute Kumpels, mehr nicht. Das wird ihn überhaupt nicht weiter kratzen.« Doch als sie dies sagte, wußte sie im selben Augenblick, daß das ganz und gar nicht stimmte.

Unter seiner Zimmertür schimmerte noch Licht durch. Lauren zögerte einen Augenblick und klopfte dann leise. Sie hörte, wie er sich drinnen bewegte, doch zur Tür kam er nicht. Sie klopfte abermals, lauter. »Harvey.«

Seine Stimme klang gequält. »Ja?«

»Bist du schon im Bett?« Ihre Stimme hallte im Korridor wider.

Sekunden später öffnete er und stand da, einfach so. »Was willst du?« fragte er mit eigentümlich belegter Stimme.

»Mit dir reden«, erklärte sie.

Einen Moment starrte er sie stumm an, dann trat er abrupt zurück. »Okay.«

Auf seinem Bett lag der aufgeklappte Koffer, daneben Kleidung und Wäsche. »Was soll das?« fragte sie.

Er nahm einen Stapel T-Shirts und packte ihn in den Koffer. »Na, was wohl? Ich fahre morgen wieder nach Hause.«

Lauren schwieg einen Moment und sah zu, wie er ein paar Hemden in den Koffer legte. »Es gibt doch gar keinen Grund für dich, so einfach zu verschwinden«, behauptete sie.

Er drehte den Kopf, sah sie an. Und aus seiner Stimme klang genau der gleiche Schmerz, der in seinen Augen spürbar war. »Wirklich? Nun, gar so blöd bin ich nun auch wieder nicht. Du hältst mich offenbar für einen kompletten Idioten.«

»Nein, Harvey«, sagte sie leise.

Er drehte ihr den Rücken zu, denn auf gar keinen Fall sollte sie sehen, daß er mit den Tränen zu kämpfen hatte. Seine Stimme klang mit einem Male hart. »Nach Europa zu kommen war mir doch scheißegal. Ich bin lediglich hergekommen, um mit dir zusammenzusein.«

»Das kannst du doch auch weiterhin«, versicherte sie.

Er blickte ihr in die Augen. »Du weißt ebenso wie ich, daß ich das nicht kann. Wen willst du also einseifen?« Lauren gab keine Antwort, und er fuhr fort: »Bildest du dir etwa ein, ich wär' blind gewesen für das, was passiert ist? Was sich zwischen dir und Patrick entwickelt hat?«

»Da hat sich überhaupt nichts abgespielt«, beteuerte sie.

»Wirklich nicht?« fragte er sarkastisch, so sarkastisch, daß er sich über sich selbst wunderte. »Ich hätte mit den beiden Mädchen von Bord gehen können, und du hättest mich überhaupt nicht vermißt.«

»Harvey, Harvey«, sagte sie leise und trat auf ihn zu. Sie legte ihre Hände auf seine Arme. »Wir sind Freunde. Und ich habe mir immer gewünscht, daß wir Freunde sind.«

Er sah sie an und konnte die Tränen nun nicht mehr länger zurückhalten. Seine Arme umschlangen sie, und dicht zog er ihren Kopf an seine Brust. »Schau, Lauren«, sagte er mit heiserer Stimme. »Auch wenn wir praktisch noch Kinder waren, so habe ich immer schon gewußt, daß ich dich liebe. Und Kinder quatschen nun mal nicht über Liebe. Das ist so 'n Thema für Erwachsene, und ich dachte immer, dafür ist später noch 'ne Menge Zeit. Wahrscheinlich lag ich da ziemlich schief, aber ich habe mir ja nie träumen lassen, daß du auf einen alten Mann stehst.«

Jetzt weinte auch Lauren. »Er ist kein alter Mann«, schluchzte sie an seiner Brust. »Patrick wird im nächsten Jahr erst dreißig.«

»Immerhin ist er gut zwölf Jahre älter als du, und das ist eine Menge.«

»Na, so viel auch wieder nicht«, erklärte sie. »Mein Vater ist schließlich zwanzig Jahre älter als meine Mutter.«

»Außerdem redet der Kerl so komisch daher . . .«

Lauren legte eine Fingerspitze auf seinen Mund, um ihn am Weitersprechen zu hindern, und sah ihm ganz direkt in die Augen. »Harvey, ich werde ihn heiraten . . .«

Er löste sich von ihr. »Himmelherrgott! Deine Eltern werden niemals einverstanden sein!«

»Mit Sicherheit nicht«, sagte sie.

Harvey starrte sie noch immer an. »Die Sache ist also wirklich ernst«, sagte er.

»Ja.«

»Bist du sicher, daß du dich nicht übernimmst?«

»Ganz sicher, denn ich liebe ihn wirklich.«

»Mannomann!« rief Harvey. »So was macht einen echt fertig. Von wegen heiraten und so. Ist doch 'ne lebenslange Sache.«

»Genau«, bestätigte sie.

Harvey machte sich wieder an seinem Koffer zu schaffen und förderte ein Röhrchen zutage. »Dies ist das letzte mit der Nummer dreizehn. Hab's für einen solchen Notfall aufgehoben.«

Es war sieben Uhr früh, und die goldene Morgensonne verhieß einen weiteren heißen Augusttag. Janette parkte das Auto vor dem Haus. Als sie ins Wohnzimmer trat, hörte sie Schritte auf der Treppe. Sie drehte den Kopf. Harvey kam mit seinem Koffer die Stufen herab. Einen Augenblick sahen sie einander stumm an und schienen beide über die unvermittelte Begegnung überrascht.

»Guten Morgen«, sagte sie.

Am Fuß der Treppe stellte er seinen Koffer ab. Aus seiner Stimme klang Verlegenheit. »Guten Morgen. Ich hab' nicht damit gerechnet, daß um die Zeit schon irgendwer auf ist.«

»Ich bin praktisch in dieser Sekunde angekommen«, erklärte sie.

»So.« Er musterte sie. »Muß 'ne tolle Party gewesen sein.«

»War's auch.« Sie blickte auf seinen Koffer. »Weiß Lauren, daß du abreist?«

Er schüttelte den Kopf.

»Meinst du nicht, daß du's ihr sagen solltest?«

»Wollt's ihr ja schon letzte Nacht beibringen. Doch sie bestand einfach darauf, daß ich bleibe.«

»Warum tust du's dann nicht?«

Der Ausdruck seiner Augen verriet seinen tiefen Schmerz. »Was für einen Unterschied würde das machen, ehrlich? Bei der läuft jetzt was Eigenes.«

»Trotzdem wäre sie traurig, wenn du so sang- und klanglos verschwinden würdest.«

»Sie wird's überleben«, sagte er. »Darf ich ein Taxi bestellen?«

»Du kannst's versuchen. Ich fürchte allerdings, es wird keins herkommen.«

»Und wenn ich zu Fuß nach Saint-Tro marschiere?«

»Dort findest du kein Taxi. Aber du könntest mit der Fähre zum Festland rüber. Dort gibt's genügend Taxis.«

»Okay«, sagte er und griff nach seinem Koffer. »Vielen Dank für alles, Janette.«

»Nichts zu danken. Was soll ich Lauren sagen?«

»Sag ihr, daß – daß wir uns wiedersehen werden, wenn sie nach Hause kommt.« Er ging zur Tür.

»Soll ich dich in die Stadt fahren?«

Er schüttelte den Kopf. »Nein, danke. Du bist müde, und mir wird das Gehen gut tun.«

»Harvey?«

Er sah sie an. »Ja, Janette?«

»Wie kann ich mit dir Kontakt aufnehmen? Ich weiß nicht einmal deinen Nachnamen oder deine Adresse.«

»Kannst du alles von Lauren erfahren.« Er überlegte einen Augenblick. »Wieso könntest du mit mir in Verbindung treten wollen?«

»Man kann nie wissen.« Weshalb hätte sie ihm in diesem Augenblick sagen sollen, daß die »Tonerde«, welche er ihr gegeben hatte, tatsächlich zu wirken schien und daß die Chemiker in den Laboratorien der Parfumfabrik zur Zeit noch mit der Analyse beschäftigt waren? »Könnte ja sein, daß ich irgendwann mal in Kalifornien bin und mich mit jemandem verabreden möchte.«

Ein Grinsen huschte über sein Gesicht. »Na, dann kannst du mich jederzeit anrufen.« Er stellte seinen Koffer wieder ab, holte einen Kugelschreiber hervor und kritzelte etwas auf ein Stück Papier, das er ihr dann reichte. »Für den Fall eines Falles«, sagte er. »Goodbye, Janette.«

Sie nahm den Zettel entgegen. »Wenn schon Abschied«, sagte sie, »dann auf französische Art.«

»Und wie ist das?«

Sie küßte ihn auf beide Wangen. »So ist das.« Sie lächelte. »Au revoir, Harvey.«

Sie stieg die Treppe hinauf und ließ im Bad Wasser in die Wanne laufen. Dann ging sie ins Schlafzimmer und zog sich aus. Wenig später stand sie nackt vor dem Spiegel. Ihr Gesicht zeigte keinerlei Spuren der vergangenen Nacht. Während sie zum Fenster ging, um den Vorhang zuzuziehen, lächelte sie unwillkürlich. Für die Schönheit einer Frau gab es nichts Besseres als einen Mann. Eines allerdings hatte gefehlt, die Wärme und Zärtlichkeit, die einem nur eine Frau geben konnte. Wenn nur Stéphane hätte dabei sein können, dann wäre das Ganze vollkommen gewesen.

Sie ging ins Bad zurück, goß ein wenig Badeöl ins Wasser und ließ sich in die Wanne gleiten. Sonderbar, daß sie sich überhaupt nicht mehr müde fühlte. Unaufhörlich arbeitete es in ihrem Hirn. Es gab für sie so viel zu tun. Auch wenn Patrick es noch nicht wußte: Der Urlaub in Saint-Tropez war vorbei.

Es fehlte ihr an Geduld, sich in der Badewanne richtig zu entspannen. Sie stand auf und drehte die Dusche an. Prickelnd lief das kalte Wasser über ihren Körper. Sekunden später stieg sie aus der Wanne und schlüpfte in einen Bademantel. Dann ging sie ins Schlafzimmer, zum Telefon, und rief Jacques in Paris an.

Seine Stimme klang verschlafen. »Ja?«

»Werde wach«, sagte sie. »Wir fliegen nach London.«

»Was?«

»Wir fliegen nach London«, wiederholte sie. »Ich habe mit Patrick gesprochen.«

»Er ist also mit der Sache einverstanden?« fragte Jacques plötzlich erregt.

»Ja.«

»Aber besitzt er überhaupt die entsprechende Handlungsvollmacht?«

»Um Klarheit darüber zu erlangen, fliegen wir ja nach London. Du nimmst am besten noch eine Vormittagsmaschine und reservierst mir im Savoy eine Suite. Dort treffen wir uns dann heute abend.«

Janette legte auf und blickte zur Uhr. Es war jetzt acht. Sie stellte den Wecker für elf, legte sich dann ins Bett. Drei Stunden Schlaf würden genügen.

Wenn sie dann wieder aufwachte, würde sie Patrick anrufen und ihm erklären, daß seine Maschine startfertig zu sein habe, um sie beide nach London zu befördern.

Sofern er's noch nicht kapiert haben sollte, war es an der Zeit, daß er endgültig begriff. Sie meinte es genau so, wie sie es gesagt hatte. Kam er mit ihr nicht ins Geschäft, konnte er sich Lauren aus dem Kopf schlagen.

Während sich das Auto Paris näherte, steckte sich Janette eine Zigarette an. In die Polster zurückgelehnt, blickte sie durchs Fenster. An jeder Ausfahrt der Autoroute standen in Abständen vier große Reklametafeln. Gleichgültig, aus welcher Richtung man kam, an den vier riesigen Tafeln mußte man vorbei. Sie waren sämtlich von Janette gemietet, und jedes der Plakate hatte sozusagen seine eigene Geschichte.

Dort die erste, auf der rechten Seite, in Licht getaucht vor dem dunklen Hintergrund der Nacht. Ganz oben, in Mammutbuchstaben: Janette Jeans. Darunter posierte sie selbst als Modell. In Jeans kniete sie da und reckte ihren sexigen Hintern in die Luft, das Gesicht nach links, der Kamera zugewandt, die Wange in die Hand des rechten, auf den Ellbogen gestützten Armes gelegt. In kleineren Buchstaben, die von der hochgereckten Rückfront bis auf die Beine reichten, stand zu lesen: Le vrai »Far West« français.

Die Sache hatte auf höchst simple Weise begonnen – an einem Morgen in New York, kurz nachdem sie mit Kensington handelseinig geworden war. Der Präsident der Gesellschaft kam ohne Umschweife zur Sache.

»Wir haben Ihre Forderungen sämtlich akzeptiert, Madame. Sie werden Ihre Boutiquen haben, alle zehn, sowie spezielle Abteilungen in jedem bedeutenden Warenhaus in Amerika. Doch wir haben da noch ein Problem, und wir brauchen Ihre Hilfe.«

»Worum handelt es sich?« fragte sie.

»Wir sitzen momentan auf rund einer Million Meter unverkauftem Jeansstoff«, erklärte er. »Leider haben wir zwei unserer Großabnehmer an Burlington verloren, und wenn wir keine Ersatzlösung finden, geraten wir dieses Jahr in die roten Zahlen.«

»Wie könnte ich da helfen?«

»Wir haben eine Marktstudie gemacht. Und wir meinen, daß es eine Nische gibt für Jeans mit einem Designer-Label, vorausgesetzt, der Preis stimmt. St. Laurent ist bereits auf dem Markt, findet jedoch bei seinen exklusiven Preisen keinen Riesenanklang. Nachdem wir unsere Kosten genau kalkuliert haben, sind wir sicher, bereits für etwa fünfundzwanzig Dollar ein hervorragendes Produkt anbieten zu können. Was wir brauchen, ist Ihr Name sowie sechs Grunddesigns. Alles Übrige, von der Herstellung bis zum Verkauf, machen wir in eigener Regie. Wir haben uns sogar schon einen Namen dafür ausgedacht: ›Janette Jeans‹.«

»Und wie paßt dieses Projekt in den Rahmen unserer Vereinbarung?«

»Das eine hat mit dem anderen nichts zu tun. In der Jeanssache sind wir bereit, Ihnen eine Lizenzgebühr von zehn Prozent des Bruttopreises pro verkauftes Paar Jeans zu bezahlen. Sie tragen nicht das geringste Risiko und haben keinerlei Investitionen zu tätigen. Für Sie kann dabei nur eines herausspringen: Geld. Und das vermutlich nicht zu knapp.«

»In welcher Größenordnung etwa?« erkundigte sie sich.

»Schätzungsweise eine Summe von jährlich einer Viertelmillion Dollar.«

»Nun, Sie besitzen ja einen ziemlich langen Arm.« Sie lächelte. »Es wird mir ein Vergnügen sein, Ihnen helfen zu dürfen.« Selbst wenn nur ein Teil der geschätzten Summe für sie heraussprang, würde sie sich nicht beklagen können.

Was dann geschah, hatte niemand erwartet. Bereits in diesem ersten Jahr betrug ihr Anteil nahezu eine Million Dollar. Und dieser Erfolg trug hauptsächlich dazu bei, sie in Amerika zu etablieren.

Die nächste Reklametafel kam in Sicht. Auf dem Plakat stand sie mit dem Flugticket in der Hand an einem Schalter der Air France. Das Reisekostüm, das sie trug, wirkte ebenso schick wie bequem. Raffiniert hatte es der Fotograf verstanden, bestimmte Gegenstände unauffällig hervorzuheben: die Handschuhe, die Schultertasche, die schmalen, hochhackigen Schuhe, den Koffer auf dem Boden mit ihren Initialen. Wieder die Riesenlettern: Pour le monde entier. Darunter, nur unwesentlich kleiner: Janette Cuir. Bescheidener nahm sich aus, was sozusagen zur Kennzeichnung neben den betreffenden Gegenständen stand: Le Gant, Le Sac, La Chaussure, Le Bagage.

Die Sache hatte sich wenige Monate nach dem Erfolg von Janette Jeans in Amerika ergeben. Vito Montessori war an sie herangetreten. Er besaß eine der größten Lederwarenfabriken Italiens und bot ihr eine Lizenzvereinbarung. Viele seiner italienischen Konkurrenten waren bereits dazu übergegangen, wegen der niedrigeren Lohnkosten im Fernen Osten zu produzieren. Vito Montessori wollte einen anderen Weg gehen und eine eigene Nobelmarke aufziehen. Er fragte Janette, ob sie bereit sei, für ihn Designs zu entwerfen oder sich mit ihrem Namen hinter seine Designs zu stellen. Alles Übrige, von der Fabrikation bis zum Marketing, werde er selbst besorgen. Janette war dazu bereit, zumal er ihr eine fünfzehnprozentige Beteiligung anbot. Die Sache warf dann regelmäßig immerhin eine knappe Viertelmillion Dollar im Jahr ab.

Die dritte Werbetafel zeigte sie in einer Fotomontage gleich dreimal. Der optische Eindruck war der eines Gruppenfotos: In einem winzigen Bikini lag Janette im Sand, den Blick zum Betrachter gewandt. Dahinter stand sie in einem einteiligen Badeanzug, das lächelnde Gesicht der Sonne zugekehrt. Etwas versetzt, die dritte Janette in einem raffinierten Strandkleid. Wieder die Riesenschrift: Janette Maillots de Bain. Darunter, kleiner: Pour le Soleil, Pour la Mer, Pour la Plage. Und jene Zeile, welche sich über die gesamte Reklamefläche erstreckte: Pour l'été éternel.

Das Ganze war ihre eigene Idee gewesen. Sie hatte in Südfrankreich eine bankrotte Textilfirma gekauft, sodann mit Kensington einen weiteren Vertrag abgeschlossen: über den Vertrieb. Mit ihren Bademoden erzielte Janette einen jährlichen Nettogewinn von gut einer halben Million Dollar.

Und die letzte Reklametafel, die auftauchte, warb für ein Produkt, bei dem sie wohl das größte Risiko eingegangen war. Mit dem Gedanken an ein eigenes Parfum hatte sie ja schon länger gespielt, doch den eigentlichen Anstoß gab dann Yves St. Laurent mit dem enormen Erfolg, als er sein neues Parfum, Opium, herausbrachte.

Die von Janette bestellte Marktstudie zeitigte erstaunliche Ergebnisse. Von den zahllosen Parfums, die es gab, waren der allgemeinen Öffentlichkeit nur zwei wirklich bekannt: Chanel Nr. 5, das achtundzwanzig Prozent der Befragten ein Begriff war, und Arpège, im Bekanntheitsgrad nur leicht darunterliegend. Keine der anderen Parfummarken kam auch nur annähernd auf diese Werte. Platz drei nahm Opium mit einundzwanzig Prozent ein, was allerdings, wie die Marktstudie betonte, nicht zuletzt auf die noch andauernde Werbekampagne zurückzuführen sei.

Noch zwei andere Fakten fand Janette ganz besonders interessant. Sowohl Chanel Nr. 5 als auch Arpège waren in den zwanziger Jahren kreiert worden, und beide gehörten zur Gruppe der Aldehyde mit sogenannter Blumennote, während Opium, ein modernes Parfum, 1977 herausgebracht, eindeutig in der orientalischen Parfumgruppe wurzelte. In gewisser Weise stammte es in direkter Linie von Tabu ab, das 1931 von Dana kreiert wurde, sowie von Youth Dew, das 1952 von Lauder auf den Markt gebracht wurde. Zwar genoß Tabu den Ruf, so etwas wie ein Parfumklassiker zu sein, doch der ganz große Erfolg blieb aus. Weder Tabu noch Youth Dew erreichten jemals einen Bekanntheitsgrad wie Opium. Allerdings kannte man noch nicht die modernen Marketingtechniken, als die beiden Parfums herausgebracht wurden. Damals ließ sich noch nicht einmal ahnen, was man allein durchs Fernsehen erreichen konnte.

Eine weitere wichtige Tatsache, welche die Studie enthüllte, war die immense Bedeutung der Verpackung. Und das betraf sowohl die Parfumflasche als auch die Kartonage, in der diese steckte. Parfum wie Verpackung, jedes mußte für sich unverwechselbar sein, und das galt natürlich vor allem auch für den Namen. Er hatte auf alle Fälle einfach und einprägsam zu sein.

Einen solchen Namen meinte Janette gefunden zu haben. Soie. Das französische Wort für Seide. Gab es für eine Frau einen Stoff, der sinnlicher wirkte, intimer? Warum also sollte nicht auch ein Parfum so benannt werden?

Allerdings gab es da ein Problem, das nicht gar so leicht zu lösen war. Ursprünglich tendierte die Duftnote von Soie zu stark zu der orientalischen Gruppe hin, weswegen die Gefahr bestand, daß Soie als Imitation von Opium abqualifiziert wurde. In enger Zusammenarbeit mit den »Nasen«, wie man sie in der Parfumfabrik nannte, gelang es Janette, eine Duftkomposition zu kreieren, die auf der Blumennote wie bei Chanel Nr. 5 und Arpège basierte und sich mit dem Sinnlichen, das die orientalische Gruppe charakterisierte, verband. Das Ergebnis war umwerfend weiblich und fraulich zugleich, sinnenhaft und doch frisch. Und dann faßte Janette den Entschluß, dieses Projekt überhaupt nicht als Parfum zu bezeichnen. Soie. Gewiß, Soie war der richtige Name. Doch sollte es sich nicht um ein Parfum handeln, das eine Frau »trug«. Vielmehr sollte es ein Duft sein, ein Teil ihrer selbst.

Diese letzte Reklametafel zog wohl am stärksten den Blick an. Man sah das im strahlenden Licht gleißende Kristallflakon mit dem rechteckig geschliffenen Stöpsel und der kleinen eingravierten Mädchenfigur. Zunächst war man sich gar nicht bewußt, daß gleichsam im Schatten dahinter Janettes nackte Gestalt zum zweitenmal zu sehen war. Vor einer ganzen Reihe von Jahren hatte sie der berühmte Dali gemalt und viel von dem eingefangen, was ihre Anziehungskraft ausmachte, im Erotischen ebenso wie im Persönlichen. Da waren die dunklen Schatten unter ihren Augen, da war die blutrote Unterlippe, da waren die steifen Warzen ihrer schwellenden Brüste und die sanfte Wölbung ihres Unterleibs, die gleichsam stufenlos überging in den Venushügel, ganz zu schweigen von den Rundungen ihrer Hüften. Und sie wirkte fast wie ein Schock: die Erkenntnis, daß das Bild dieses Mädchens »übertragen« worden war in die kristallene »Stöpsel«-Figur auf dem Flakon.

Der Name war in das Glas gleichsam eingraviert: Soie. Darunter stand in geradezu winziger Schrift: de Janette. Doch genau wie auf einem Teil der anderen Reklametafeln befand sich der reißerische Text konzentriert auf einer Seite: Le plus intime. Le plus sensuel. Le vrai aromate de la femme. Soie. L'Aromatique de Janette.

Und eben dieses Parfum war schuld an ihrer augenblicklichen Situation. Um St. Laurents Opium zu überflügeln, hatte Janette allein im letzten Halbjahr über fünf Millionen Dollar in die Werbung investiert, womit die liquiden Mittel ihrer Firmen praktisch erschöpft waren. Allein die TV-Werbung in Amerika hatte über drei Millionen Dollar gekostet, der Rest ging für Anzeigen an Zeitungen und Zeitschriften.

Was die eigenen Kalkulationen betraf, so liefen sie auf folgendes hinaus: Mindestens zwei Jahre würde es dauern, bis sie die Investitionen wieder »rein« hatten, und etwa drei Jahre, bevor die Sache irgendeinen Gewinn abwarf.

Zu Janettes Genugtuung war die tatsächliche Entwicklung weitaus günstiger. Der Einstieg in den Markt wurde praktisch von sofortigem Erfolg gekrönt, und man durfte mit der Amortisierung des Investitionskapitals in der Hälfte der veranschlagten Zeit rechnen.

Doch stellte sich heraus, daß das noch längst nicht schnell genug war. Das Unerwartete trat ein. Von einer japanischen Großfirma, die einen Fuß in den amerikanischen Markt bekommen wollte, erhielt die englische Reardon Group ein phantastisches Kaufangebot für Kensington Mills, das einfach nicht ausgeschlagen werden konnte.

Fast zu jedem anderen Zeitpunkt hätte dies für Janette die größte Chance bedeutet, die sie je gehabt hatte. Denn Paul Gitlin, ihr gewiefter amerikanischer Anwalt, hatte seinerzeit bei ihrem Vertrag mit der Reardon Group auf einer Klausel bestanden, nach der ihr das Recht zustand, ihre Verträge mit der Reardon Group zum sogenannten Buchwert zurückzukaufen, sofern diese ihren Anteil an Kensington auf irgendeine Weise abzustoßen gedachte. Zehn Millionen Dollar betrug die Summe, die sie würde aufbringen müssen, kaum ein doppeltes Jahreseinkommen. Dabei hätte das Zehnfache des jährlichen Profits durchaus als angemessener Betrag gelten können. Doch was half's, daß sie sich's günstiger kaum wünschen konnte! Das liquide Kapital ihrer Firmen hatte sie restlos in die Parfumaktion gesteckt. Wieder einmal sah sie sich einer altvertrauten Situation konfrontiert. Sie brauchte Geldgeber. Und die ersehnte Unabhängigkeit war so fern wie eh und je.

Maurice empfing sie an der Tür seines Appartements. Er war sichtlich erregt. »Ich hatte recht«, sagte er. »Und das habe ich auch immer gewußt.«

»Wovon, um alles in der Welt, sprichst du?«

»Von dem Geld auf der Schweizer Bank.« Er nahm sie beim Arm und führte sie zur Bibliothek. »Wirst schon sehen.«

Als er die Tür öffnete, erhob sich drinnen ein junger Mann von seinem Platz. Maurice machte miteinander bekannt. »Monsieur Thierry, meine Tochter, Madame Janette de la Beauville.« Zu Janette gewandt erklärte er: »Monsieur Thierry ist von der Schweizer Credit-Bank in Genf.«

Janette streckte ihm ihre Hand hin. »Es ist mir ein Vergnügen, Monsieur Thierry.«

Höflich küßte der junge Banker ihr die Hand. »Eine Ehre, Madame. Als ich um diese Unterredung bat, ahnte ich nicht, daß ich einer so berühmten Frau begegnen würde.«

»Darf ich fragen, aus welchem Grunde Sie mich sprechen möchten?«

Der junge Banker blickte zu Maurice. Die Sache war ihm offenbar peinlich. »Tut mir leid, Monsieur le Marquis, doch die mir von der Bank erteilten Instruktionen sind sehr präzise. Was ich zu sagen habe, ist ausschließlich für Madames Ohren bestimmt.«

»Verstehe«, sagte Maurice. »Natürlich.« Er ging rasch hinaus und schloß hinter sich die Tür.

»Nun, Monsieur?« fragte Janette.

»Wenn Sie gestatten, Madame.« Thierry zog ein Papier hervor. Seine Stimme nahm einen gleichsam amtlichen Ton an. »In Übereinstimmung mit den Anweisungen, welche Ihre verstorbene Mutter seinerzeit der Bank gab, sind wir gehalten, Sie nach einer Zeitspanne von nicht weniger als fünfundzwanzig Jahren nach ihrem Dahinscheiden dahingehend zu informieren, daß Ihre Mutter am 10. Oktober 1944 in unserer Bank eine Reihe von Schließfächern mietete.« Er reichte ihr die Papiere. »Es ist die Mitteilung in zweifacher Ausfertigung. Wenn Sie die Freundlichkeit hätten, mit Ihrer Unterschrift zu bezeugen, daß Sie die Information auftragsgemäß erhalten haben, so wäre das Geschäftliche abgeschlossen.«

Janette überflog den Text. Er entsprach Wort für Wort dem, was Monsieur Thierry vorgelesen hatte. »Das ist alles?«

»Ja.«

»Bedeutet das, daß ich Zugang zu diesen Fächern habe?«

»Gewiß. Allerdings nur, wenn Sie im Besitz des Schlüssels sind.«

»Was für einen Sinn hat dann diese Mitteilung?«

»Das weiß ich nicht, Madame. Wir halten uns nur strikt an die Anweisungen.«

»Wer hat denn den Schlüssel?« fragte sie.

Er hob die Schultern. »Gemäß den Schweizer Bankgesetzen zwecks Wahrung der Anonymität unserer Kunden sowie der Vertraulichkeit ihrer Interessen bin ich nicht befugt, eine solche Information zu geben.«

»Und wie kann ich zu meinem Recht kommen – Zugang erhalten zu diesen Tresorfächern und ihrem Inhalt? Augenscheinlich entsprach dies dem Wunsch meiner Mutter.«

»Sie könnten sich bei uns an das Nachlaßgericht wenden.«

»Wie lange würde das dauern, bis eine Entscheidung vorläge?«

»Bedaure, aber das läßt sich schwer sagen. Ich weiß nur, daß sich so etwas manchmal über Jahre hinzieht.«

»Verdammt!« sagte sie und starrte auf das Papier. »Haben Sie irgendeine Ahnung, was die Fächer enthalten könnten?«

»Nein, Madame. Was unsere Kunden in die von ihnen gemieteten Fächer tun, das geht uns nicht im geringsten an. Ich kann wirklich nicht helfen, nichts weiter für Sie tun.«

»Und wenn ich meine Unterschrift verweigere?«

»Dann würden Sie den Anspruch verlieren, Ihr Recht auf den Inhalt der betreffenden Fächer geltend zu machen, da Sie, juristisch gesehen, von ihrer Existenz keine Kenntnis haben. Nach den Schweizer Bankgesetzen sind wir nicht einmal dazu verpflichtet, die Existenz besagter Fächer auch nur zu bestätigen.«

Sie schüttelte hilflos den Kopf. »Dann ist es wohl besser, wenn ich unterschreibe.«

»Ja, Madame«, sagte er und hielt ihr einen Füllfederhalter hin.

Hastig schrieb sie ihren Namen, reichte ihm alles zurück. »Danke, Monsieur Thierry.«

»Keine Ursache, Madame.«

Sie lächelte plötzlich. »Es ist spät, und ich habe noch nicht zu Abend gegessen. Wäre es ein Verstoß gegen die Schweizer Bankgesetze, Sie zu bitten, mir dabei Gesellschaft zu leisten?«

Auf seinen Lippen zeigte sich ein leises Lächeln. »Ich glaube, das wäre statthaft, Madame. Nur fürchte ich, daß ich die Einladung nicht annehmen kann. Ich habe bereits eine Verabredung.«

»Dann vergessen Sie die.«

»So gern ich das auch täte, Madame, da ist wohl leider nichts zu machen. Es handelt sich nämlich um meine Frau, die im Hotel auf mich wartet.«

Sie lachte und reichte ihm die Hand. »Monsieur Thierry, Sie sind ein Gentleman. Hoffentlich sehen wir uns einmal wieder.« Höflich küßte er ihr die Hand. »Das hoffe ich auch«, sagte er und verschwand.

Kurz darauf trat Maurice ein. »Nun?«

»Du hattest recht«, erklärte sie und gab ihm ihre Kopie. »Nur hilft mir diese Information herzlich wenig. Ich bekomme nämlich keinen Zugang zu den Schließfächern.«

Rasch überflog er den Text. »Wenn nicht du, wer dann?«

»Derjenige, der den Schlüssel besitzt. Und der Bankmensch weigerte sich, mir zu sagen, wer das ist.«

»Nun, das braucht mir niemand zu sagen. Johann, wer sonst?«

Sie schwieg.

»Entweder unternimmst du gleich was in der Sache«, bohrte er, »oder aber du bleibst eine Bettlerin dein Leben lang.«

Janette blieb stumm.

»Du wirst auch nicht umhin können, Lauren einzuspannen«, meinte er.

»Wirklich?«

»Du kennst Johann doch, Janette. Wenn es um Lauren geht, um den Schutz ihrer Rechte und Interessen, setzt er sich voll ein. Sonst ist er da kaum hervorzulocken. Du hast nur eine Chance, etwas zu bekommen – wenn du ihn gemeinsam mit Lauren angehst.«

»Ich weiß nicht recht.« Sie sah ihn zweifelnd an. »Lauren schert sich einen Dreck um Geld. Und so war's bei ihr ja schon immer.«

»Sie ist jetzt dreiundzwanzig«, sagte er. »Langsam muß sie's doch über haben, dort an der blöden kalifornischen Küste zu leben – mit einer Fünfjährigen und sonst niemand.«

»Das ist genau das Leben, das sie liebt.«

»Dann ist es deine Sache, sie davon zu überzeugen, daß ihre kleine Tochter etwas Besseres verdient hat als ein solches Leben. Mag sie auch für sich selbst nichts weiter wollen, so hat sie doch kein Recht, das Kind seiner Möglichkeiten zu berauben.«

»Ich weiß nicht.« Wieder war ihre Stimme voll Zweifel. »Manchmal glaube ich fast, daß ich sozusagen zu oft mit ihrem Kopf denke.«

Er lachte. »Ach was, Janette. Mach mir und dir selbst doch nichts vor. Wenn deine Mutter und ich eins miteinander gemein hatten, dann war das unsere Selbstsucht. Wir wollten beide alles, was wir bekommen konnten.« Er ging an die Hausbar und holte eine Flasche Cognac und zwei Schwenker. »Du bedauerst nicht, was du getan hast. Schließlich hast du bekommen, was du wolltest, oder?«

Maurice schenkte ein und reichte ihr ein Glas. »Eins habe ich nie verstanden«, sagte er. »Weshalb hast du Patrick auf Lauren scharf gemacht? Wäre die Geschichte nicht leichter gewesen, wenn du ihn selbst geheiratet hättest?«

Bevor sie antwortete, nahm Janette einen großen Schluck. »Genau das war meine Absicht, als sie von Sardinien zurückkamen.«

»Und warum hast du's nicht getan?«

»Weil Lauren sagte, sie liebe ihn.«

»Sie war doch noch ein Kind. Die Luftblase hättest du mühelos zum Platzen bringen können.«

»Vermutlich ja.« Sie spielte an ihrem Glas herum. »Vielleicht hätte ich's tun sollen.«

Innerlich hatte sie im Grunde von vornherein gespürt, daß die Ehe zum Scheitern verurteilt war. Und mehr noch: Sie war sich schon früh der Tatsache bewußt gewesen, daß sie selbst die Ursache für das Scheitern sein würde.

Von ihrem Fenster im ersten Stock von Reardon Manor sah Janette, wie die ersten Hochzeitsgäste eintrafen. Sie warf einen Blick auf ihre Armbanduhr. Es war zehn, und die Trauung war für zwölf angesetzt.

Sie schaute zum Himmel. Das reinste Blau, nicht von einem einzigen Wölkchen getrübt. Glück für die Braut, der heute die Sonne scheint. Sie lächelte unwillkürlich. Und das zu allem auch noch an einem englischen Sonntag. Sie trat vom Fenster zurück und griff nach der Gästeliste, die auf dem Toilettentisch lag.

Keine wirklich große Hochzeit, nur sechzig Gäste. Doch die Liste las sich wie ein Aushang aus einem Verzeichnis des britischen Adels und Geldadels. An der Spitze stand die königliche Familie, repräsentiert durch Prinzessin Margaret und Lord Snowdon. Dann folgte eine Fülle weiterer Lords und Ladys. Auch der Lord Mayor von London würde anwesend sein. Frankreich wurde repräsentiert durch den Grafen von Paris, den Marquis de la Beauville sowie den französischen Botschafter. Aus Amerika waren Johann und Heidi gekommen, und auch der amerikanische Botschafter würde erscheinen.

Sie legte das Blatt beiseite, nahm ein anderes zur Hand. Auf ihm war der von ihr ausgearbeitete persönliche Programmfahrplan festgehalten. Aus Paris war Alexandre eingeflogen worden, der – Janette zuliebe – die Braut frisierte, und Janette selbst hatte Madame

St. Cloud mitgebracht, damit diese das Ankleiden der Braut besorge beziehungsweise überwache. Laut Zeitplan mußten sich jetzt beide in Laurens Zimmer befinden.

Sie schlüpfte in ein Paar lange Hosen und ging dann durch den Korridor zu Laurens Zimmer, wo hektische Aktivität herrschte. Auch Heidi befand sich bereits dort. Janette küßte sie auf die Wange. »Wie geht's der Braut?« fragte sie und drehte den Kopf. Lauren war nirgends zu sehen.

»Sie ist nervös.« Heidi lächelte. »Aber nicht so nervös wie ich. Momentan befindet sie sich im Bad, wo ihr das Haar gewaschen wird.«

»Gut«, sagte Janette. »Dann ist Alexandre also bereits zur Stelle.«

»Ja.« Heidi nickte. »Er ist mit zwei Assistentinnen gekommen, und er hat mir versprochen, auch mich zu frisieren.«

»Wunderbar«, sagte Janette. Sie blickte zu Madame St. Cloud, die das Hochzeitskleid gerade auf eine Art Schneiderpuppe gehängt hatte. »Wie gefällt dir die robe de mariage?«

»Ich finde sie hinreißend!« rief Heidi. »Es ist das schönste Kleid, das ich je gesehen habe.«

Aufmerksam betrachtete Janette Heidis Gesicht. An ihrer Aufrichtigkeit konnte es keinen Zweifel geben. »Danke«, sagte Janette. »Es sollte auch etwas Besonderes sein.«

»Das ist es wahrhaftig«, versicherte Heidi, während sie beide den Raum durchquerten. »So etwas habe ich noch nie gesehen.«

Janette blieb an der Schneiderpuppe stehen und blickte Madame St. Cloud an. »Tout va vien?«

»Oui, Madame«, erwiderte sie. »Très bien.«

Janette betrachtete wieder das Kleid. An diesem Vormittag gingen in Paris der Presse Fotos davon zu. Was Heidi gesagt hatte, entsprach der Wahrheit. Ein solches Hochzeitskleid hatte es noch nie gegeben.

Wenn man es auf die allereinfachste Weise beschreiben wollte, dann vielleicht so: Es bestand gleichsam aus drei weißen kostbaren Seidenschleiern mit elfenbeinfarbener Schmuckstickerei. Der erste Schleier fiel vom Kopf der Braut bis zu ihren bloßen Schultern. Aus dem zweiten Schleier war das Oberteil gearbeitet, ein schulterfreies

Mieder, welches die Nacktheit darunter geradezu suggerierte. Es reichte bis knapp unterhalb der Taille. Schleier Nummer drei bildete das Rockteil. Von der Taille verlief es in glatter, enganliegender Linie bis zur Mitte der Oberschenkel, wo es mit vielen Rüschen und Stickwerk überging in einen weiten Rock mit langer Schleppe. Die Gesamtwirkung war höchst raffiniert – man bildete sich ein, unter dem Kleid das zu sehen, was man sich zu sehen einbildete, sah jedoch in Wirklichkeit nichts.

Sie nickte beifällig. »Ruft mich bitte, wenn sie angekleidet ist«, sagte sie.

»Oui, Madame.«

Alexandre kam aus dem Bad. Als er Janette sah, trat er auf sie zu und küßte sie auf die Wange. »Deine Schwester ist reizend«, sagte er.

»Und es war reizend von dir, daß du dich persönlich hierher bemüht hast, chéri«, erklärte Janette. »Ich bin dir sehr dankbar.«

»Nicht der Rede wert.« Er lächelte. »Ist mir ein Vergnügen.«

»Befindet sie sich noch im Bad?« fragte Janette.

»Ja. Meine Mädchen sind gerade im Begriff, ihr eine Maniküre und eine Pediküre zu geben.«

»Ich möchte nur kurz einen Blick hineinwerfen«, erklärte sie. »Und dann könnten wir vielleicht gemeinsam eine Tasse Kaffee trinken.«

»Aber gern«, erwiderte er.

Lauren saß im Badezimmer, um den Kopf ein Handtuch gewunden, die Füße in einer kleinen Wanne. Sie hob den Kopf, und als sie Janette sah, lächelte sie. »Ich hab' mir nicht mal träumen lassen, daß es *so* sein würde.«

Eine knappe Stunde später befand sich Janette auf ihrem Zimmer, als es an der Tür klopfte. »Wer ist da?« rief sie.

»Lord Patricks Kammerdiener, Ma'am«, lautete die Antwort.

Sie öffnete die Tür, blickte durch den Spalt. »Was gibt es?«

»Lord Patrick möchte Sie sehen, Ma'am«, erklärte der Mann.

»Guter Gott, ich bin ja noch nicht einmal angezogen. Sagen Sie ihm, daß wir uns nachher unten treffen werden.«

Das Gesicht des Dieners war ausdruckslos. »Ich glaube, es wäre wirklich das Beste, Sie entsprächen seinem Wunsch sofort, Ma'am.«

Janette musterte ihn aufmerksam, nickte dann. »Ich bin gleich soweit.« Sie schloß die Tür, schlüpfte wieder in ihre langen Hosen und verließ den Raum. Der Diener ging voran, Janette folgte ihm. Schließlich blieb der Diener stehen. »Lord Patricks Räumlichkeiten, Ma'am«, sagte er, während er eine Tür öffnete.

Sie betrat das kleine Ankleidezimmer, welches zwischen dem Bad und dem Schlafzimmer lag. »Zur linken Hand«, erklärte der Kammerdiener.

Durch eine Art Türbogen gelangte sie ins Schlafzimmer. Patrick, in kurzen Unterhosen, hockte auf einem Stuhl, ein Glas Whisky in der Hand. Er hob den Kopf. »Aus der Heirat wird nichts«, verkündete er. »Sag denen allen das.«

»Du bist wohl übergeschnappt. Was ist los?«

Er nahm einen Schluck aus seinem Glas. »Ich hab's mir anders überlegt.«

Sie musterte ihn kurz, blickte dann zum Kammerdiener. »Wenn Sie uns bitte entschuldigen wollen.«

»Sehr wohl, Ma'am.« Er ging hinaus.

Sie trat ganz dicht an Patrick heran. »Und jetzt nenne mir deine Gründe«, sagte sie mit kalter, beherrschter Stimme.

Er sah sie an. »Lauren will so schnell wie möglich ein Kind haben. Ihre Pillen, hat sie gesagt, wird sie gleich am Hochzeitstag wegwerfen.«

»Das ist doch kein Grund, die Hochzeit abzusagen.«

»Für mich schon. Ich will keine krähenden Bälger in meiner Nähe.«

»Nun gut.« Sie schlug ihm auf die Wange. »Was wirst du jetzt tun?« fragte sie.

»Alles, was Mutter will. Ich möchte nur nicht, daß sie mich verläßt, weil ich heirate.«

»Mutter wird dich nicht verlassen«, versicherte sie. »Sie wird immer für dich da sein. Und jetzt sei ein braver Bub, dusche dich und zieh dich an.«

Er wälzte sich vom Bett hoch und ging ins Bad. Sie sah, wie er die

Dusche aufdrehte. Dann trat sie auf den hinteren Korridor hinaus, wo der Kammerdiener wartete.

»Lord Patrick duscht sich«, sagte sie. »Sie können jetzt hineingehen und ihm beim Ankleiden helfen.«

»Sehr wohl, Ma'am. Danke, Ma'am.« Er zögerte einen Augenblick. »Wird die Hochzeit stattfinden, Ma'am?«

»Das wird sie.«

Er wirkte erleichtert. »Danke, Ma'am. Es hätte einen furchtbaren Skandal gegeben, wo doch Prinzessin Margaret und all die hohen Herrschaften hier sind.«

»Ganz recht.«

»Finden Sie den Weg allein zurück, Ma'am?«

»Bestimmt. Kümmern Sie sich nur um Lord Patrick.«

Als – anderthalb Stunden später – die Trauung vorüber war, blickte Patrick kurz zu Janette. Mit einem sonderbaren Lächeln hob er Laurens Schleier, um sie zu küssen. Dann drängten die Gäste sich um das Brautpaar.

»Sie haben sich selbst übertroffen, Janette. Es ist ein überaus schönes Kleid.«

Janette drehte sich um zu der Frau, die auf französisch zu ihr gesprochen hatte. Es war Hebe Dorsey, die berühmte Kolumnistin der International Herald Tribune, eine recht attraktive Erscheinung: dunkeläugig, rotblond, stets sonnengebräunt. Sie war eine der wichtigsten Modejournalistinnen der Welt, und ihre Berichte wurden von vielen Zeitungen gebracht. In der Vogue hatte sie eine monatliche Kolumne. Die Reardons hatten niemanden von der Presse haben wollen, doch machten sie in diesem Fall eine Ausnahme, weil es sich um eine gute Freundin von Janette handelte.

»Danke dir, Hebe«, sagte sie.

»Wo hast du nur die Idee dafür hergenommen?« wollte Hebe wissen. »Ich habe so etwas noch nie gesehen. Die Rüschen am Rockteil scheinen zu wogen, ja zu schäumen, während sie sich bewegt.«

Janette lächelte. »Das ist genau der Effekt, den ich erzielen wollte. Der Gedanke kam mir, als ich vor ein paar Monaten in Kalifornien war und Lauren beim Surfen beobachtete. Plötzlich ging mir auf, wie wunderschön es sich machen würde, sozusagen die sie umsprühenden weißen Schaumkronen optisch einzufangen.«

»Gibt es ein Foto des Kleides, das ich verwenden könnte?«

»Müßte sich inzwischen bei euch im Büro befinden.«

»Gut.« Hebe blickte über die Menge hinweg zum Brautpaar, sah dann Janette an. »Ich bin eine unverbesserliche Romantikerin«, sagte sie. »Stimmt es wirklich, daß sie einander zum erstenmal bei der letztjährigen Kollektion begegneten und daß es Liebe auf den ersten Blick war?«

Janette lachte. »Ja.«

Hebe seufzte. Mit einem Lächeln sagte sie: »Ich glaube, ich habe einen Titel für meine Story.«

»Nämlich?«

Hebe sah sie an. »Ein Märchen wurde wahr.«

Lauren war verwirrt, da die Flitterwochen so gar nicht mehr ihren Erwartungen entsprachen. Der Anfang schien märchenhaft. Am Tag nach der Hochzeit flogen sie in Patricks Flugzeug nach Mykonos. Dort wartete schon der Hubschrauber, um sie zur »Fantasist« zu bringen, die vor der Insel ankerte. Es kam ihr vor wie in einem romantischen Film. Doch alles schien schiefzugehen, kaum daß sie den Lear-Jet in Devon bestiegen hatten.

Bald nach dem Start brachte der Steward eine Flasche Champagner und zwei Gläser. Er schenkte ein und zog sich wieder hinter den Vorhang zur Bordküche zurück.

Lauren nahm ein Glas, reichte Patrick das andere. »Auf uns.« Sie lächelte. »Ist es nicht wunderschön?«

Während sie einen Schluck nahm, stellte er das Glas ab, ohne auch nur daran zu nippen, und blickte zum Fenster hinaus.

»Was ist denn? Warum trinkst du denn nicht?«

Er drehte ärgerlich den Kopf zu ihr herum. »Schon beim Bankett habe ich von dieser Brühe mehr als genug in mich reinkippen müssen.« Er drückte auf einen Knopf. Sofort erschien der Steward. »Bringen Sie mir Whisky pur.«

»Sehr wohl, M'lord.« Wenig später servierte der Steward ein Glas Whisky auf einem kleinen Tablett.

Patrick warf einen flüchtigen Blick darauf. »Wie oft muß ich Ihnen noch sagen, daß ich eine volle Flasche haben will, wenn ich Whisky bestelle?« fauchte er.

»Sorry, M'lord«, entschuldigte sich der Steward. »Wird umgehend geschehen, M'lord.«

Patrick leerte sein Glas und füllte es sofort wieder aus der Flasche nach, die der Steward inzwischen gebracht hatte. Patrick trank, ohne Lauren eines Blickes zu würdigen.

»Was ist denn?« fragte sie verwirrt. »Habe ich irgendwas Verkehrtes gesagt oder getan?«

Bevor er antwortete, leerte er das Glas auf einen Zug und schenkte sich gleich wieder nach. »Nein«, lautete seine schroffe Antwort.

»Du wirkst nicht gerade glücklich«, sagte sie.

Er musterte sie giftig. »Was soll ich denn tun? Oben an der Decke einen Steptanz aufführen?«

»Nun, du könntest wenigstens so tun, als ob wir in die Flitterwochen reisen.«

»Mittelklassescheiß«, zischte er.

»Die Arrangements hast du getroffen«, sagte sie. »Ich habe nicht darum gebeten.«

Wieder leerte Patrick sein Glas und füllte es erneut.

Sie legte ihre Hand auf seinen Arm. »Bitte, hör auf zu trinken, Patrick«, sagte sie sanft.

Er starrte sie an. »Was bleibt mir denn sonst?« fragte er störrisch.

»Wir könnten doch nach hinten gehen und uns lieben. Ich wollte immer schon gern wissen, wie's ist, wenn man's in einem Flugzeug miteinander treibt.«

»Nun, ich kenne das«, erwiderte er. »Ist nicht so toll.«

»Aber ich hab's noch nie getan«, sagte sie. Sie lächelte und griff nach seiner Hand. »Ich werde ganz geil, wenn ich bloß daran denke.«

»Hör auf, so zu reden«, sagte er kalt und zog seine Hand zurück. »Vergiß nicht, wer du jetzt bist.«

»Ich weiß, wer ich bin«, erklärte sie, doch deutlich war herauszuhören, daß seine Bemerkung sie tief verletzte. »Ich bin Lauren. Wer sonst sollte ich deiner Meinung nach sein?«

»Lady Reardon«, erwiderte er fast hämisch. »Oder ist das zu viel erwartet?«

Sie starrte ihn an. Antworten konnte sie nicht. Das Würgen in ihrer Kehle war so stark, daß es ihr die Tränen in die Augen trieb. Hastig erhob sie sich und ging nach hinten zur Couch.

Während des restlichen Fluges wechselten sie kein Wort miteinander. Als die Maschine auf Mykonos landete, hatte Patrick fast zwei Whiskyflaschen geleert, und man mußte ihm vom Flugzeug in den Hubschrauber hinüberhelfen. Als sie an Bord der »Fantasist« eintrafen, blieb nichts anderes übrig, als ihn ins Bett zu stecken, damit er seinen Rausch ausschlafen konnte.

Lauren zog sich auch aus und kroch nackt zu ihm ins Bett. Sie legte ihm die Hand auf die Schulter, doch er regte sich nicht. Eine Stunde später hatte sie noch immer keinen Schlaf gefunden. Schließlich gab sie es auf, schluckte zwei Valiumtabletten und war im Nu eingeschlafen.

Zwei Wochen später ankerten sie vor Korfu. Lauren lag nackt auf dem Sonnendeck und wartete darauf, daß Patrick seine geschäftlichen Telefonate beendete, die er allmorgendlich führte.

Als er schließlich auftauchte, war sie gerade dabei, sich mit Sun Earth, wie Janette Harveys Tonerde getauft hatte, einzureiben. Janette arbeitete auch bereits an einem Design für die Verpackung dieses neuen Produktes, das sie Anfang des kommenden Jahres auf den Markt bringen wollte.

Ganz sparsam rieb sie sich damit ein. Gar kein Zweifel, daß das Zeug wirkte. Noch nie war ihr Körper so gleichmäßig und tief gebräunt gewesen.

»Ich habe mir einen Drink bestellt«, verkündete Patrick. »Möchtest du auch einen?«

»Nein, danke«, antwortete sie lächelnd. »Aber du kommst gerade zur richtigen Zeit, um mir den Rücken einzureiben.«

Sie rollte sich auf den Bauch, und er kniete neben ihr nieder. Lauren gab ihm die Sprühflasche mit Wasser. Patrick feuchtete erst ihren Rücken an und dann seine Hände. Anschließend begann er, ein Quantum Sun Earth dünn auf ihrer Haut zu verteilen. Ihn von der

Seite beobachtend, sah sie sein Lächeln. »Du siehst heute morgen recht zufrieden aus«, sagte sie.

»Bin ich auch. Endlich haben diese blöden Herren Direktoren zugegeben, daß ich was von der Sache verstehe.«

»Na großartig«, sagte sie. Mit seiner geschäftlichen Aktivität im eigenen Firmenbereich stieß Patrick auf Skepsis und Ressentiments.

»Und aus welchem Grund sind die Herren endlich zu der Einsicht gekommen?«

»Da spielt Verschiedenes mit, doch hauptsächlich dürfte es sich auf meine Vereinbarung mit Janette zurückführen lassen.«

»Das freut mich ganz besonders«, sagte sie, während sie auf den Rücken rollte, sich aufrichtete und ihn auf die Wange küßte. »Ich bin stolz auf dich.«

Er sah sie an. »Weißt du, welcher Einzelposten in unserer Produktionspalette den größten Gewinn abwirft? Janette Jeans. Über zwei Millionen Dollar netto in den Staaten, und dabei sind wir erst acht Monate auf dem Markt. Für das nächste Jahr ist mit sechs Millionen Dollar zu rechnen. Selbst unsere Experten mußten zugeben, daß ihre Idee, zehn Prozent Stretchmaterial in den Jeansstoff einzuweben, einfach brillant ist. Jetzt sitzen die Jeans noch besser, und sogar Fettärsche wirken attraktiv. Sozusagen als Krönung des Ganzen kam dann ihre Kollektion Anfang dieser Woche, und sie bewies Paris und der gesamten Modewelt, daß ihre letztjährige Kollektion kein zufälliger Glückstreffer war. Alle zeigten sich begeistert.«

»Ich hatte sie wohl nicht alle beisammen«, sagte Lauren. »Meine Gedanken waren ausschließlich bei der Hochzeit. Daß sie in die Zeit der Haute-Couture-Präsentation fiel, hatte ich total vergessen. Janette muß mich für ein richtiges Miststück halten.«

»Ich glaube, daß sie Verständnis dafür hat.«

»Wo war's denn diesmal? Wieder im Lido?«

»Nein, im Zirkus. Janette engagierte ein kleines Zirkusunternehmen, und in einem Zelt auf dem Montmartre fand die Show statt samt Zirkusdirektor, Clowns, Akrobaten, Löwen, Elefanten und allem Drum und Dran. Und dieses Mal waren es ausschließlich ihre eigenen Entwürfe, die gezeigt wurden, womit sie ein für allemal bewies, daß sie weder einen Philippe Fayard noch sonstwen als Helfer braucht. Sie kann sich sehr wohl den Spitzencouturiers wie St. Laurent, Givenchy, Bohan und so weiter zurechnen. Bereits in den ersten drei Tagen nach der Präsentation bekam sie Orders in Höhe von über einer Million Dollar herein.«

Lauren lachte glücklich. »Ich wette, daß dieser Schweinehund Carroll sich selbst in den Hintern tritt.«

Patrick stimmte in ihr Lachen ein. »Das will ich meinen.«

»Bwana.« Es war die Stimme des Negers. Rasch bedeckte Lauren sich mit einem Badetuch. Der Schwarze brachte auf einem Tablett ein geeistes Glas mit Orangensaft und Wodka.

Patrick nahm den Drink und blickte zu Lauren. »Na, möchtest du vielleicht nicht doch einen Drink?«

Sie schien sich noch fester in das Tuch zu hüllen. »Nein, danke.«

»Das wär's dann, Noah«, sagte Patrick.

»Ja, Bwana.« Der Afrikaner drehte sich um und ging wieder.

Patrick nippte an seinem Glas. »Ganz ausgezeichnet.« Er reichte Lauren das Glas. »Da, probier mal.«

Sie schüttelte den Kopf.

Er betrachtete sie. »Herrgott, du bist fast so schwarz wie er.«

Sie setzte sich auf, schlang das Tuch um ihre Schultern. »Ich wünschte, du würdest ihn entlassen«, sagte sie. »Irgendwie fühle ich mich in seiner Gegenwart unbehaglich.«

»Das liegt bloß an deinen amerikanischen Vorurteilen«, behauptete er mit einem Lachen. »Du kannst Farbige nicht ausstehen.«

»Das ist es nicht«, erwiderte sie hastig. »Aber Noah starrt mich dauernd an. Ich kann geradezu fühlen, wie er mich mit seinen Augen überall abtastet.«

»Was erwartest du denn, wenn du dauernd nackt durch die Gegend spazierst? Und was, glaubst du, macht der Rest der Crew? Genau das Gleiche. Nur tun sie's unauffälliger als er.«

»Wenigstens Unterwäsche sollte er tragen. Unter seinen engen Hosen zeichnet sich alles ganz deutlich ab.«

Das Lächeln verschwand aus Patricks Gesicht. »Du brauchst ja nicht hinzusehen.«

»Tu' ich ja auch nicht. Das fällt einem auf, ob man will oder nicht.«

Patrick stellte sein Glas ab und ließ, völlig überraschend, seine Hand zwischen ihre Schenkel gleiten. »Ich möchte dich haben«, sagte er.

»Dann halte keine Volksreden, sondern tu's«, erwiderte sie.

Sie lag auf dem Bett und sah zu, wie er sich auszog, als die Maschinen zu vibrieren begannen und die Jacht sich in Bewegung setzte. Lauren richtete sich auf und griff nach der kleinen Reisetasche, in der sie ihren Vorrat von Harveys »Speziellen« aufbewahrte.

»Wohin geht's diesmal?« fragte sie.

»Nach Hydra. Die Insel liegt etwa einhundertfünfzig Meilen von hier entfernt. Am Morgen werden wir dort sein. Sie soll übrigens sehr schön sein.«

»Für mich sehen alle griechischen Inseln gleich aus«, sagte sie, während sie noch immer in der Tasche mit den diversen Zellophanbeuteln herumkramte. »Und vom Sirtakitanzen habe ich Schwielen an den Füßen bekommen.«

»Du hast eben empfindliche Hühneraugen«, witzelte er. Und als sie darauf nicht reagierte: »Wonach suchst du eigentlich?«

»Harvey hat gesagt, er hätte eine neue Sorte Gras mit eingepackt. Da haben wir sie ja schon.« Sie hielt einen Beutel hoch. »Nummer sechzehn.«

»Und wie nennt er's?«

»Phantasiegras«, erwiderte sie und begann, einen Joint zu drehen. »Harvey meint, man wird davon fast auf die gleiche Weise high wie von Meskalin oder Peyote.«

»Phantasie«, wiederholte er. Das Wort schien ihn zu faszinieren. Er setzte sich auf den Bettrand und beobachtete, wie sie mit der Zunge das Zigarettenpapier befeuchtete. »Das sollten Flitterwochen immer sein, eine Zeit für Phantasie.«

»Ich beklage mich auch gar nicht.« Lauren zündete den Joint an, nahm zwei Züge und reichte ihn an Patrick weiter. »Probier mal.«

Er machte mehrere Züge. »Phantasierst du manchmal?« fragte er. »Ich meine, träumst du dir was zurecht? Zum Beispiel, daß du dir dein Möschen rasierst, so daß es ganz weich und rosa ist wie bei einem kleinen Mädchen.«

Sie kicherte. »Würdest du das gerne machen?«

Er nickte.

Sie hüpfte aus dem Bett und ging ins Bad. Wenig später kam sie zurück, das Schamhaar hatte sie mit Rasierschaum eingeseift, in der Hand hielt sie einen Rasierapparat. »Okay«, sagte sie. »Dann tu's.«

Einige Minuten später stand sie vor dem Spiegel, betrachtete sich und mußte lachen. »Mein Kitzler sieht aus wie eine kleine Zunge, die zwischen den Lippen hervorguckt.« Sie drehte sich zu ihm herum. »Magst du das?«

»Ich finde es wunderschön«, meinte er und reichte ihr den Joint. »Und was stellst du dir gern vor?«

Lauren rauchte und kicherte dann. »Das wird dir nicht gefallen.«

»Nun sag schon.«

»Wie du ohne deinen Bart aussiehst.« Sie kicherte wieder. »Komisch. Da bin ich mit dir verheiratet und weiß nicht mal, wie du wirklich aussiehst.«

Er schwieg, schien seine Gedanken zu sammeln. Und hatte offenbar Mühe, sie in Worte zu kleiden. »Ich sehe genauso aus«, erklärte er schließlich.

»Was heißt das – genauso?« Erneut kicherte sie.

»Genauso, wie ich immer ausgesehen habe.« Er begann zu lachen. »Ist komisch, nicht? Ich meine genauso.«

»Ist wirklich komisch.«

»Ich werde dir zeigen, was ich meine«, sagte er und ging ins Bad. Sie folgte ihm und beobachtete genau, wie er die eine Hälfte seines Bartes abrasierte. »Siehst du«, sagte er, während er den Rasierapparat aus der Hand legte. »Ich sehe genauso aus.«

»Patrick, du bist wirklich ein schöner Mann.«

»Hab's dir ja gesagt.« Er griff nach einem Handtuch, um sich das Gesicht abzuwischen.

»Du kannst doch jetzt nicht einfach aufhören«, sagte sie.

»Wieso nicht?«

»Na, willst du etwa mit einer rasierten und einer bärtigen Gesichtshälfte herumspazieren?« Sie kicherte. »Wäre albern.«

Er betrachtete sich im Spiegel und lachte. »Da hast du unbedingt recht.« Rasch seifte er die andere Gesichtshälfte ein und rasierte sie glatt. Dann fuhr er sich mit den Fingern nachdenklich über die Wangen. »Ein ganz sonderbares Gefühl ist das«, bekannte er. »Acht Jahre lang hatte ich diesen Bart. Ich wußte kaum noch, wie es ›ohne‹ ist.«

»Du siehst jünger aus.«

»Gefällt's dir wirklich?«

»Ja, wirklich. Ich habe nie gewußt, daß du ein so gutaussehender Mann bist. Jetzt werde ich mir Sorgen machen müssen, weil sämtliche Frauen hinter dir her sein werden.«

Wieder strich er sich übers Gesicht. »Es ist tatsächlich ein ganz merkwürdiges Gefühl.«

»Ist bei meiner Muschi nicht anders.« Sie kicherte. »Wie wär's, wenn wir die beiden Fremden miteinander bekannt machten?«

Ein paar Minuten später zog sie seinen Kopf hoch. »Ich halt's nicht länger aus«, sagte sie und versuchte, ihn über sich zu ziehen. »Ich möchte dich in mir spüren.«

Er rollte auf dem Bett so herum, daß sie sich halb schon über ihm befand. »Steig auf.«

»Ja«, sagte sie, während sie sich auf die Knie hochstützte. Mit der Hand führte sie sein Glied ein, ließ sich dann langsam auf ihm nieder. »Oh, das ist gut.« Langsam begann sie, sich auf ihm zu bewegen. »O Mann, ich kann's ganz toll spüren.«

»Schneller«, sagte er.

»Gefällt's dir so?« Sie preßte seine Arme aufs Bett. »Jetzt kannst du dich nicht bewegen.«

Erschöpft sank sie über ihm zusammen. Beide rangen sie angestrengt nach Luft. Nach einigen Sekunden schien er sich bewegen zu wollen. Sie hinderte ihn daran. »Laß ihn noch drin.«

»Ich möchte eine Zigarette«, sagte er. Sie löste sich von ihm, und er stieg aus dem Bett und ging zum Frisiertisch, um seine Zigaretten zu holen. Im Spiegel sah er sein Gesicht und starrte es einen Augenblick an. Dann drehte er sich herum und strich mit den Händen über seine Wangen. »Ach, Scheiße«, sagte er und blickte zu Lauren. »Was, zum Teufel, hat Harvey nur in dieses Gras getan? Ich habe mir ja wirklich den Bart abrasiert.«

»Und ich habe dich wirklich meine Muschi kahlrasieren lassen.«

Sie lachte, stieg aus dem Bett und trat auf ihn zu. Dann zog sie eine Zigarette aus seinem Päckchen, steckte sie an und reichte sie ihm. »Wir sollten das Phantasiegras öfter rauchen.«

Er zog an der Zigarette und lächelte. »Na, wenn sich das so weiterentwickelt, könnte es schon wirklich komisch werden. Ich meine, mit rasiertem Schädel würde ich mich denn doch etwas absonderlich ausnehmen.«

»Hast du keine besseren Phantasien auf Lager?« fragte sie mit einem Lächeln.

»Ich glaube schon«, versicherte er und erwiderte ihr Lächeln. »Ich kann mit etwas Besserem aufwarten.« Er musterte sie. »Wenn mich nicht alles täuscht, hast du die griechischen Inseln bis obenhin satt.«

Sie nickte.

Er griff zum Telefon, sprach mit der Brücke. »Hydra interessiert nicht mehr«, sagte er zum Kapitän. »Nehmen Sie Kurs auf Saint-Tropez.« Er legte auf und blickte zu ihr. »Nun, wie gefällt dir das als Phantasieprobe?«

Sie lachte. »Du kommst allmählich wirklich in Schwung.«

»Dachte ich mir, daß dir das gefallen würde.« Er lächelte. »In drei Tagen werden wir dort sein. Und gerade zurechtkommen, um an Janettes alljährlichem Supersonntagabend teilzunehmen. Was meinst du, was die für Augen macht, wenn wir so mir nichts, dir nichts bei ihr aufkreuzen?«

Es war fast drei Uhr früh, und die Party lief auf vollen Touren. Lauren hatte das Gefühl, daß ihr vor lauter Lärm der Kopf zu platzen drohte. Das Gras und den Schnee vertrug sie ja, aber der Champagner, den Patrick ihr laufend aufnötigte – das war einfach zu viel. Doch lachend überging er ihre Proteste und sorgte dafür, daß ihr Glas ständig nachgefüllt wurde. Inzwischen drehte sich alles in ihrem Kopf, und ein Gefühl der Übelkeit stieg in ihr auf. Sie begann in der Menge nach Patrick zu suchen. Lauren hatte nur einen Wunsch: zurück zur Jacht und schlafen.

Der August war in Saint-Tropez der Partymonat, und Janette hatte für ihre Party weder Kosten noch Mühen gescheut. Das riesige Büfett auf der Terrasse stammte von Félix, dem berühmten Koch des L'Escale. Auf den Tischen brannten Kerzen, und in den Baumästen im Garten hingen flackernde chinesische Lampions. Vor und während des Dinners spielten Los Paraguayos Flamenco, und anschließend spielten eine Rockgruppe und eine Popband abwechselnd zum Tanz.

Lächelnd unterhielt Janette sich mit einer Gruppe von Leuten, die sie buchstäblich umringten. Ihr Gesicht wirkte erhitzt, und gewiß brauchte ihr niemand zu sagen, daß ihre Party ein voller Erfolg war. Den Beweis dafür hatten ihr die Nachtschwärmer geliefert, die eigens aus Monte Carlo hergekommen waren, in ihren langen Abendkleidern und ihren Smokings. Nie und nimmer hätten sie die zweistündige Fahrt auf sich genommen, wenn sie die Party nicht als wichtig eingestuft hätten. Sogar Jack Nysberg, der Starfotograf von Vogue, war da und fotografierte, was das Zeug hielt – was sozusagen das amtliche Siegel der Anerkennung bedeutete.

Lauren berührte ihre Schwester am Arm.

Janette drehte ihr den Kopf zu. »Oui, chérie?«

»Hast du Patrick gesehen?« fragte Lauren.

Janette ließ ihren Blick durch den Raum schweifen. »Nein. Vielleicht ist er draußen auf der Terrasse. Soll ich jemanden losschikken, um ihn zu suchen?«

»Nein, danke. Ich werde ihn schon finden.«

»Gut.« Lächelnd wandte Janette sich wieder ihrem Hofstaat zu, während Lauren auf die Terrasse trat.

Patrick war nirgends zu sehen. Vom Swimming-pool klang schrilles Gelächter herüber, und sie ging in den Garten hinaus.

Bäume und Büsche umsäumten den Pool, und Lauren sah mehrere Pärchen, die sich dort miteinander amüsierten, wobei sie zu vergessen schienen, daß man sie beobachten konnte. Oder aber es war ihnen gleichgültig.

Ungefähr zwanzig nackte Männlein und Weiblein planschten vergnügt im Pool herum. Etwa die gleiche Anzahl stand am Rand und bog sich vor Gelächter. Keines dieser Gesichter gehörte Patrick.

Am anderen Ende des Pools stand noch eine weitere Gruppe, und dort, inmitten von einem knappen Dutzend Gäste, entdeckte sie ihn schließlich.

Lächelnd sah er sie an. »Ich habe auf dich gewartet«, sagte er mit schwerer Zunge und reichte ihr sein Glas hin. »Da, trink was und genieße die Show.«

Sie schüttelte den Kopf. »Ich habe genug zu trinken gehabt. Und ich glaube, du auch.«

»Sei keine Spielverderberin«, sagte er und schob sie vor sich. »Sieh wenigstens zu.«

Zuerst nahm Lauren nur die drei Mädchen wahr, die sich übereinander auf dem Boden gleichsam wälzten. Doch dann wurde ihr bewußt, daß da noch jemand war. Wenn sie ihn erst so spät sah, dann lag es wohl daran, daß er aufgrund seiner schwarzen Hautfarbe in dem Halbdunkel nur schwer zu erkennen war. Unter den nackten Mädchenleibern war zudem ohnehin nicht viel von ihm zu sehen.

»Wie kommt er hierher?« Ihr wütender Blick traf Patrick.

»Ich habe ihn herbeordert. Auch er hat ein Recht auf ein bißchen Spaß.«

Sie wollte fort, doch er hielt sie fest. »Schau doch nur«, sagte er lachend. Eines der Mädchen ließ sich auf Noah nieder. »Ich wette einhundert Pfund, daß sie ihn nicht in sich reinkriegt. Er ist zu groß für sie«, rief er.

»Halte dagegen«, sagte einer der Männer.

Patrick blickte zu Lauren. »Na, wie gefällt dir so was? Hättest du nicht Lust, dabei mitzumachen?«

Zornig riß sie sich von ihm los. »Ich möchte zurück zur Jacht. Mir ist nicht gut.«

Er starrte sie an. »Das Auto und der Chauffeur sind dort draußen. Fahr nur, wenn du willst. Ich bleibe jedenfalls hier. Zum erstenmal seit einem Monat komme ich richtig auf meine Kosten.«

Sie lief zum Haus zurück, unterdrückte die Tränen. Eigentlich wollte sie sich durch die Menge drängen, um zu den Parkplätzen zu gelangen. Doch als sie dann im Haus war, wurde ihr vom Lärm und der Wärme noch mehr übel. Sie merkte, daß sie es niemals bis zum Auto schaffen würde. Und so lief sie die Treppe hinauf, zu dem

Zimmer, in dem sie im vergangenen Jahr geschlafen hatte, und von dort gleich weiter ins Bad.

Lauren kniete sich rasch vor die Toilettenschüssel und erbrach sich, während unaufhörlich Krämpfe ihren Körper schüttelten. Endlich war es überstanden, und sie sank erschöpft zurück.

Nach einer Weile erhob sie sich, trat ans Waschbecken und betrachtete sich im Spiegel. Mit ihrem verschmierten Make-up und dem schweißnassen, blassen Gesicht sah sie fürchterlich aus. Sie drehte den Kaltwasserhahn auf und wusch sich das Gesicht. Anschließend drückte sie den feuchten Waschlappen gegen ihr Genick und spülte sich den Mund aus, um den furchtbaren Geschmack loszuwerden. Dann öffnete sie schlaff ihre Handtasche und begann sich neu zu schminken. Doch sie kam damit nur mühsam voran. Noch immer fühlte sie sich schwach und erschöpft. Das lag sicher an dem vielen Champagner, den sie getrunken hatte. Noch nie war ihr so übel gewesen. Selbst das Auftragen des Lippenstifts schien unendlich viel Kraft zu kosten.

Schließlich war sie mit dem Schminken fertig. Als sie das Bad verließ, zitterte sie vor Schwäche noch immer am ganzen Körper. Sie betrat das Schlafzimmer und sah das Bett. Ein paar Minuten der Ruhe, und sie würde sich bestimmt besser fühlen.

Sie setzte sich auf den Bettrand, zog die Schuhe aus und legte sich hin. Sogleich fühlte sie sich ein wenig besser. Sie schloß die Augen und spürte, wie das Zittern ihres Körpers langsam nachließ. Und dann war sie mit einem Male eingeschlafen.

Lauren erwachte vom Stimmengeräusch im Nebenzimmer. Es dauerte einen Moment, ehe sie wußte, wo sie sich überhaupt befand. Im Zimmer war es noch dunkel, doch hinter den Fenstern zeigte sich bereits das erste schwache Morgengrauen. Langsam stand sie auf und ging ins Bad. Dort wusch sie sich das Gesicht erneut mit kaltem Wasser und blickte anschließend in den Spiegel. Ihr Gesicht wirkte längst nicht mehr so blaß. Die Ruhe hatte ihr gutgetan.

Sie öffnete ihre Handtasche. Was sie jetzt brauchte, war ein Upper, um richtig in Schwung zu kommen. Dann fiel ihr ein, daß sie ihr Pillendöschen auf der Jacht gelassen hatte. Wieder hörte sie aus dem benachbarten Raum Stimmen. Janette war noch wach. Von ihr konnte sie bekommen, was sie brauchte.

Lauren zog ihre Schuhe an und ging zu Janettes Zimmer, aus dem ein seltsames Stimmengewirr drang. Sie klopfte an, doch niemand schien es zu hören. Zögernd öffnete sie die Tür einen Spaltbreit und sah hinein. Da die gegenüberliegende Wand des Schlafzimmers aus Spiegeln bestand, konnte Lauren praktisch den gesamten Raum überblicken. Lauren glaubte, ihren Augen nicht trauen zu können.

Patrick mit Noah. Und Stéphane sah zu.

Für einen Augenblick hatte Lauren das Gefühl, ohnmächtig zu werden. Doch dann war es ihr Zorn, der ihr unerwartete Kraft verlieh. Langsam schloß sie die Tür, lehnte sich dagegen und versuchte, Kontrolle über sich selbst zu gewinnen. Plötzlich begriff sie vieles. Patricks Wunsch, daß sie beim Liebesakt die dominierende Position einnahm. Seine Weigerung, sich von dem Afrikaner zu trennen. Alles fügte sich zu einem Bild zusammen. Und sie Närrin hatte die Wahrheit nicht schon früher erkannt.

Als Folge des Begreifens kam der Schmerz, und ihre Augen begannen sich mit Tränen zu füllen. Langsam stieg sie die Stufen hinab und ging zur Haustür.

Im selben Moment kam Janette herein. Überrascht sah sie Lauren an. »Ich komme gerade vom Frühstück im La Gorilla, sagte Janette. »Man sagte mir, du hättest relativ früh die Party verlassen und seist zur Jacht zurück.«

Plötzlich fühlte sich Lauren irgendwie beschämt und senkte den Blick. »Nein«, sagte sie.

»Wo bist du denn gewesen?«

»Ich bin in meinem alten Zimmer eingeschlafen«, erwiderte Lauren und starrte weiterhin auf den Boden.

»Oh!« rief Janette aus.

Lauren hob die Augen. »Weißt du, daß Patrick zusammen mit dem Neger und deiner Freundin in deinem Zimmer steckt?«

»Nein«, log Janette, ohne auch nur mit der Wimper zu zucken. Natürlich wußte Janette Bescheid, denn sie hatte das Ganze ja arrangiert. Sie wandte sich in Richtung Treppe. »Ich werde sie hinauswerfen.«

Laurens Stimme hielt sie zurück. »Spar dir die Mühe«, sagte ihre Schwester. »Es ändert doch nichts.«

»Was möchtest du dann, daß ich tue?« fragte Janette.

»Bring mich bitte zur Jacht«, sagte Lauren. »Ich werde packen und nach Hause zurückkehren.«

Schweigend gingen sie zum Auto und stiegen ein. Als sie vom Fahrweg in die schmale Straße zum Ort einbogen, war es fast schon heller Tag.

»Warum hast du mir nie gesagt, wie er ist?« wollte Lauren wissen.

»Er hatte versprochen, sich zu ändern«, erwiderte Janette, ohne ihre Augen von der Straße zu lösen. »Und er hat ja auch mit der Arbeit angefangen.«

Lauren begann zu weinen. »Trotzdem hättest du es mir sagen sollen. Ich komme mir einfach idiotisch vor. Alle wußten Bescheid, nur ich nicht. Und ich wette, die halten mich alle für das größte Rhinozeros aller Zeiten.«

»Sie sind alle auf dich neidisch«, versicherte Janette. »Und es gibt wohl keine einzige Frau, die nicht mit Kußhand mit dir tauschen würde, selbst jetzt.«

»Das begreife ich nicht«, sagte Lauren leise weinend.

»Wenn du erst einmal älter bist, wirst du's begreifen. Solche Dinge passieren dauernd. Männer sind sonderbare Tiere, und sie benehmen sich sonderbar. Aber so nach und nach werden sie dann so leidlich normal.«

»Er bestimmt nicht«, sagte Lauren mit Nachdruck. »Und das wird er niemals los.«

»Das würde in Europa jede zweite Frau in Kauf nehmen, wenn sie ihn nur kriegen könnte«, meinte Janette. Wieder musterte sie Lauren. »Patricks Vater und auch sein Großvater waren zu ihrer Zeit notorische Päderasten. Ihre Frauen wußten und akzeptierten das. Es hat sie nicht im mindesten daran gehindert, eine erfolgreiche Ehe zu führen und ihre Kinder großzuziehen.«

Lauren hörte allmählich auf zu weinen. Wortlos starrte sie durch die Windschutzscheibe auf die Straße.

»Vielleicht hat Patrick weniger seinen Vater gehaßt als vielmehr seinen Vater in sich selbst. Jedenfalls versuchte er, aus dem Verhaltensmuster auszubrechen.« Janette mußte kurz bremsen, weil eine Katze über die Straße lief. »Mit dem Entschluß, ihn zu heiraten, hast du dir ein Jahr Zeit gelassen. Ich finde, du solltest deshalb jetzt nicht alles so mir nichts, dir nichts übers Knie brechen.«

»Du meinst also, ich sollte nicht auf der Stelle die Scheidung einreichen?« fragte Lauren direkt.

Janette zögerte kurz, blickte ihre Schwester dann an. »So ist es.«

»Und warum?«

»Weil es eine gute Ehe sein könnte. Patrick entstammt einer der angesehensten und reichsten Adelsfamilien Englands. Und wenn seine Mutter eines Tages stirbt, wird er einer der reichsten Männer der Welt sein.«

»Wenn eine gute Ehe wirklich möglich wäre, warum hast du ihn dann nicht geheiratet? Er hat zuerst um deine Hand angehalten.«

Janette warf ihr einen kurzen Blick zu und sah dann wieder zur Straße, ehe sie eigentümlich heiser antwortete: »Weil ich ihm das nicht geben kann, was eine Ehe letzten Endes erfolgreich macht. Erben. Ich hatte als junges Mädchen einen Unfall und kann deshalb keine Kinder bekommen.«

Impulsiv strich Lauren ihrer Schwester über die Hand. »Das habe ich nicht gewußt, Janette. Tut mir leid.«

»C'est la vie.« Janette zuckte die Achseln. »Aber bei dir ist alles in Ordnung, du hast die Wahl. Und wenn du nur willst, kannst du's schaffen.«

Lauren erwiderte den Blick ihrer Schwester. »Mag sein, daß du mich für naiv hältst. Oder für dumm. Oder für beides. Aber das Geld und der Titel haben mir nie etwas bedeutet. Und sie tun's auch jetzt nicht.« Sie schwieg, während das Auto durch die engen Gassen des Ortes zum Hafen fuhr. »Ich bin vermutlich amerikanischer, als ich selbst geglaubt habe. Die Spiele, die ihr Europäer spielt, kann ich nicht mitspielen. Für mich ist eine Ehe ohne Liebe überhaupt keine Ehe.«

Lauren schaffte es, noch den Acht-Uhr-Flug von Nizza nach Paris zu erreichen. Drei Stunden später saß sie bereits in der Maschine nach Kalifornien. Doch erst sechs Wochen später, nachdem das Gericht von Santa Monica das Scheidungsurteil ausgesprochen hatte, entdeckte sie, daß sie seit zwei Monaten schwanger war.

Der Portier des Maxim öffnete den Schlag des Rolls-Royce und tippte gegen seine Mütze. »Bon jour, Madame«, grüßte er und eilte voraus, um ihr die Tür des Restaurants aufzuhalten. Sie trat ein und blieb stehen, während der Oberkellner auf sie zueilte.

»Madame de la Beauville.« Er verbeugte sich. »Monsieur Caramanlis erwartet Sie. Wenn Sie mir bitte folgen möchten.«

Das Maxim zur Mittagszeit unterschied sich wesentlich von dem Maxim um die Abendzeit. Zu Mittag saßen sämtliche wichtigen Stammgäste im vorderen Raum, während die Touristen und sonstige Gelegenheitsgäste in den hinteren Raum verfrachtet wurden, wo selbst die Tanzfläche mit Tischen vollgestellt war. Abends war es genau umgekehrt. Leute von Rang saßen dann im hinteren Raum in der Nähe des Orchesters, während die übrigen mit dem vorderen Raum vorlieb nehmen mußten.

Caramanlis gehörte zu den Stammgästen. Er saß allein an einem Tisch. Als er Janette kommen sah, stand er auf. Dann küßte er ihr die Hand und wies einladend auf einen Stuhl. Der Oberkellner, bei dem Caramanlis Champagner bestellte, hielt ihr den Stuhl.

Lächelnd nahm Janette Platz und musterte Caramanlis wortlos. Nach dem, was in der vergangenen Nacht zwischen ihnen vorgefallen war, hatte sie nicht erwartet, wieder von ihm zu hören.

Doch am Morgen wurde bereits um acht Uhr ein großer Blumenstrauß für sie abgegeben. Auf der Begleitkarte befand sich keinerlei Mitteilung, nur der handschriftliche Namenszug: Caramanlis.

Als Janette um genau zehn Uhr an ihrem Schreibtisch im Büro Platz nahm, trat Robert, ihr Sekretär, ein. Auch er brachte Rosen. Doch diesmal war außer der Karte noch ein samtbezogenes Schmucketui dabei.

Auf schwarzer Seide lag ein Kollier aus Smaragden und Brillanten. Wortlos starrte Janette darauf. Nach ein oder zwei Sekunden klappte sie das Etui zu und streckte die Hand nach der Karte aus.

»Gefällt es Madame etwa nicht?« Aus Roberts Stimme klang Fassungslosigkeit.

»Nein«, erwiderte sie kurz. »Ist mir zu griechisch.«

Diesmal enthielt die Karte ein paar Wörter. »Luncheon. Maxim. Ein Uhr.« Und noch das Initial. »C.«

Sie schüttelte den Kopf. Einen Augenblick lang fühlte sie sich versucht, das Kollier kommentarlos an Caramanlis zurückgehen zu lassen. Doch die Bedeutung einer solchen Geste würde ein derart grenzenloser Egozentriker kaum begreifen. Nein, nein, sie würde ihn beim Lunch treffen, schon um seinen Gesichtsausdruck zu beobachten, wenn sie ihm das Schmuckstück zurückgab.

»Hör auf, ein so blödes Gesicht zu machen«, sagte sie gereizt zu ihrem Sekretär. »Und stell die Rosen ins Wasser.«

»Ja, Madame.« Eilig strebte er in Richtung Tür.

»Noch etwas, Robert«, rief sie hinter ihm her, »ich will sie auf keinen Fall hier drinnen haben.«

Der Oberkellner stellte die gekühlten Champagnergläser auf den Tisch. In Caramanlis' Glas goß er eine Winzigkeit zur Probe. Doch Caramanlis sparte sich die Mühe. Er nickte nur. Der Oberkellner beugte sich vor, schenkte beide Gläser voll und verschwand.

Caramanlis hob ihr sein Glas entgegen. »Ich schulde dir eine Erklärung und ein Wort des . . .«

Sie ließ ihr Glas unberührt. »Du schuldest mir gar nichts«, sagte sie mit ruhiger Stimme, während sie das Schmucketui aus ihrer Handtasche nahm und ihm über den Tisch hinweg zuschob. »Schon gar nicht so hübsche kleine Aufmerksamkeiten.«

Er war so verdutzt, daß er fast ins Stottern geriet. »Aber – aber verstehst du nicht? Ich wollte damit doch nur demonstrieren, daß da nach gestern nacht kein Groll geblieben ist – keine hard feelings, wie die Amerikaner sagen.«

»Woher auch«, meinte sie sarkastisch. »Deiner war ja nie hard genug, als daß es bei mir irgendwelche feelings gegeben hätte.«

Seine Augen verschleierten sich. »Du Luder!« fauchte er.

Mit einem süßen Lächeln erhob sie sich. »Adieu, Monsieur Caramanlis«, sagte sie und ging.

Er drehte nicht den Kopf, um ihr nachzublicken. Deutlich spürte er, wie ihm brennende Röte ins Gesicht stieg, und er hielt den Kopf gesenkt und starrte auf das Schmucketui, das vor ihm auf dem Tisch lag. Die plötzliche Stille im Restaurant konnte nur bedeuten, daß die übrigen Gäste das Gespräch mitangehört hatten. Er hob sein Champagnerglas, hielt es mit leicht zitternder Hand, während in ihm der Zorn tobte.

Genau so abrupt, wie die Stille eingetreten war, endete sie. Ringsum unterhielt man sich wieder. Caramanlis kippte den Champagner auf einen Zug hinunter.

An Caramanlis' Tisch tauchte ein Kellner auf. Dezent entfernte er das zweite Champagnerglas und das nun überflüssige Gedeck. Gleich darauf erschien der Oberkellner. »Möchten Monsieur Caramanlis jetzt bestellen?« fragte er, als sei überhaupt nichts Ungewöhnliches vorgefallen.

»Ja. Gegrillte Dover-Seezunge, Zitrone, keine Butter, keine Kartoffeln, und einfacher grüner Salat mit nichts als Zitrone.«

Der Oberkellner entschwand, und Caramanlis nahm das Etui und steckte es in sein Jackett. Wieder spürte er, wie sich seine Lippen unwillkürlich aufeinanderpreßten. Diese »kleine Aufmerksamkeit«, wie dieses Luder das zu bezeichnen beliebte, hatte ihn nicht weniger als eine Viertelmillion Dollar gekostet. Und ihm war klar, daß nach Janettes Auftritt zur Cocktailzeit sich ganz Paris über ihn den Mund zerreißen und lachen würde.

Der Champagner schmeckte ihm plötzlich überhaupt nicht mehr, und er stellte das Glas ab. Dieses Weibsstück hatte sich zu viel herausgenommen. Sie würde ihn schon noch kennenlernen, wenn er ihr eine Lektion erteilte, die sie für den Rest ihres Lebens nicht mehr vergessen würde.

»Du wirst langsam alt, Jacques«, sagte sie, während sie ihn über den Schreibtisch hinweg ansah. »Früher hast du mich immer angetrieben, jetzt höre ich von dir nur noch: ›Sachte, sachte.‹ Großer Gott, wieso sollte es verkehrt sein, wenn wir sozusagen die Resultate unserer Arbeit sämtlich in eigenen Besitz übernehmen?«

Er erwiderte ihren Blick. Davon, daß ihn ihre Worte gekränkt hatten, war ihm nichts anzumerken. »Tut mir leid, daß du das so aufgefaßt hast, Janette. Aber ich habe keineswegs gesagt, es sei verkehrt, das alles in eigenem Besitz haben zu wollen. Ich habe dich nur gebeten, dir genau zu überlegen, ob es diesen Preis wert ist: zehn Millionen Dollar. So wie die Dinge jetzt liegen, machen wir – ohne irgendwelche Investitionen von unserer Seite – einen jährlichen Gewinn zwischen vier und fünf Millionen Dollar, in der Hauptsache aufgrund der Lizenzverträge und so weiter. Investieren mußte Kensington, in die Läden, ins Inventar, in die Fertigung, in die Verkaufsorganisation und in die Werbung. Von uns kamen nur der Name und die Entwürfe.«

»Mein Name und meine Entwürfe«, sagte Janette scharf.

»Richtig.« Er nickte. »Das ist unsere eigentliche Investition, und ich meine, wir sollten dabei bleiben und sie schützen. Schau doch nur, wieviel es uns kostet, allein Soie auf den Markt zu bringen. Fünfundzwanzig Millionen unserer eigenen schwerverdienten Francs. Und es wird drei Jahre dauern, bis wir auch nur auf einen nennenswerten Gewinn hoffen können. Dabei handelt es sich noch um eine recht erfolgreiche Verkaufsförderung.

Nimm auch unsere Couture, die ganz in unserem Besitz ist. Die Geschäfte gehen besser, als wir uns das je erträumten. Wir sind genauso erfolgreich wie irgendeiner der übrigen – Dior, St. Laurent, Givenchy. Doch die Betriebskosten fressen sämtliche Gewinne auf. Wir sind schon überglücklich, wenn wir alljährlich ohne Verlust abschließen.

Bei meinem Einwand geht es doch nicht nur um die zehn Millionen Dollar, die wir im Augenblick nicht haben, Janette. Ich denke an das, was uns dann erwarten würde. Noch mehr Geld wird nötig sein – für die diversen Dienstleistungen, die Kensington jetzt für uns besorgt. Das könnte durchaus weitere zehn Millionen Dollar bedeuten. Und mehr noch: Selbst wenn wir die zwanzig Millionen Dollar hätten – sind wir für eine solche Sache gerüstet? Was wissen wir über die Fertigung in Südamerika und in Asien? Oder darüber, wie man eine Kette von Boutiquen in Amerika betreibt? Nichts. Wir wären da die blutigsten Anfänger. Selbst Profis stoßen auf völlig unerwartete Schwierigkeiten. Denk doch nur an Agache-Willot, eines der erfolgreichsten Einzelhandelsunternehmen in Frankreich. Erst vor kurzem haben sie die Corvettes-Warenhäuser in den Staaten gekauft. Schien alles bestens zu laufen. Doch dann ging irgendwas schief. Fast im Handumdrehen machten sie einen Verlust von vierzig Millionen Dollar – und nun müssen sie damit rechnen, daß sie hier in Frankreich die Kontrolle über ihre eigene Gesellschaft an die Banken verlieren.« Er hielt inne, um Atem zu holen.

»Fertig?« fragte Janette kalt.

»Nein«, sagte er. »Noch nicht. Ich möchte, daß du mich bis zu Ende anhörst. Dann kannst du ja drüber befinden, ob ich nach deiner Meinung alt werde oder nicht.« Wieder schwieg er kurz, fuhr dann fort: »Und selbst wenn wir erfolgreich wären, was hätten wir gewonnen? Wir haben gehört, daß ihr Gewinn mehr als doppelt so hoch ist wie der unsere. Doch wir wissen weder, wie der Gewinn aufgeschlüsselt wird, noch woher er stammt. Vergiß nicht, daß die mit uns diese Vereinbarung trafen, weil sie in puncto Fertigung sozusagen völlig autark waren. Jede einzelne Produktionsphase betrieben sie in eigener Regie, und ich möchte geradezu wetten, daß dort die Hauptquelle ihres Profits sprudelt. Notfalls könnten sie den Einzelverkauf als solchen sogar mit Verlust betreiben, weil sich das durch die Gewinne aus der Produktion auffangen ließe. Nach meiner Einschätzung ergibt sich folgendes Bild: Übernehmen wir unsere Anteile für die zehn Millionen Dollar in eigene Regie *und* haben in allen von mir genannten Punkten Erfolg, so wirft das im Jahr äußerstenfalls zwei Millionen Dollar ab. Was auf nichts anderes hinausläuft, als daß es zehn Jahre dauern wird, bis wir auch nur die investierten zwanzig Millionen wieder herausgeholt haben. Ganz davon zu schweigen, was wir für die zwanzig Millionen zahlen müssen, falls es uns gelingt, sie irgendwo locker zu machen. Es ist durchaus möglich, daß die vier oder fünf Millionen Dollar, die wir jährlich an Gewinn haben, völlig aufgeschluckt werden durch ein Unternehmen, dem wir mangels Erfahrung womöglich nicht gewachsen sind. Agache-Willot ist es so ergangen. Es kann auch uns passieren.«

Er holte tief Luft. Noch immer beobachtete sie ihn stumm. »Ich bin dein Freund, Janette. Wir haben, Seite an Seite, viele Schlachten durchgestanden. Ich glaube nicht, daß ich dir meine Freundschaft oder meine Ergebenheit zu beweisen brauche. Voll Bewunderung habe ich jene mächtige Triebkraft in dir verfolgt, die dich aus einem Mädchen zu der starken und bedeutenden Frau werden ließ, die du heute bist und die hinter keinem in unserer Branche die zweite ist. Gerade weil ich dein Freund bin, nehme ich mir die Freiheit, dich zu warnen oder zu mahnen. Niemand auf dieser Welt kann alles haben. Lasse immer etwas für andere, wovon sie profitieren können, und du wirst deinerseits profitieren. Laß dich nicht von deinem Ego und deinem blinden Ehrgeiz zur Selbstzerstörung führen.«

Sie schwiegen beide, sehr lange, sahen einander nur an. Schließlich war sie es, die sprach. »Das war ja eine richtiggehende Rede.«

Er nickte langsam. »Ja, das war's wohl. Wo's hergekommen ist, weiß ich nicht. Kam mir selbst ganz unerwartet.«

»Mir auch«, sagte sie. Wieder schwiegen beide eine Weile. Dann sah sie ihm in die Augen. »War das dein Ernst? Was du gesagt hast über mein Ego und meinen blinden Ehrgeiz?«

Die Frage war ihm offenbar peinlich. »Ich weiß nicht. Aber ich glaube schon. Wüßte nicht, was es sonst sein könnte, das dich so antreibt. Wir machen doch wahrhaftig genügend Geld. Bis jetzt war alles, was wir getan haben, Selbstbehauptung gegenüber der Herausforderung – und eine Menge Vergnügen. Aber auf einmal ist das weg. Kein Spaß mehr.«

»Und wenn ich dir weitere zehn Prozent Firmenanteil überlassen würde?« fragte sie. Fünf Prozent besaß er bereits. »Wäre es dann Spaß?«

»Ich habe angenommen, daß du mich besser kennst, Janette«, sagte er und schüttelte langsam den Kopf. »Ich will nichts mehr. Ich habe alles, was ich brauche. Was ich gesagt habe, habe ich dir zuliebe gesagt – und nicht, um irgend etwas für mich herauszuholen.«

»Und was würdest du sagen, wenn ich dir erkläre, daß ich entgegen deinem Rat die Sache in Angriff nehme?«

Er sah sie an. »Ich würde sagen: ›Viel Glück, Janette!‹«

»Und das wäre alles?«

Schwerfällig erhob er sich. »Nein, Janette. Ich würde außerdem sagen, daß du für eine solche Sache jemanden brauchst, der weit fähiger und in solchen Dingen weitaus erfahrener ist als ich.«

Plötzlich stieg Wut in ihr auf. »Ich hatte recht!« fauchte sie. »Nicht nur, daß du alt wirst, Jacques. Du entwickelst dich auch zur Memme. Hast Angst zu kämpfen.«

Diesmal spiegelte sich auf seinem Gesicht wider, wie tief ihn ihre Worte verletzten. Auch in seiner Stimme war das zu hören. »Tut mir leid, daß du das so empfindest, Janette.« Er brach ab und ging rasch zur Tür. Den plötzlich wie verschleierten Ausdruck seiner Augen sollte sie nicht sehen.

An der Tür drehte er sich um und blickte zurück. Sie erwiderte seinen Blick in steinernem Schweigen. Traurig schüttelte er den Kopf. Wenn sie nur ein Wort sagen würde, ein einziges Wort. Er wollte nicht, daß es so endete. Doch sie verharrte im Schweigen. Es war zu Ende.

Ohne den Blick von ihr zu lösen, öffnete er die Tür. Sie erwiderte seinen Blick, als sei er ein Fremder. »Adieu, Janette«, sagte er. Und schloß hinter sich lautlos die Tür.

Sie starrte auf die geschlossene Tür. Verdammt sollte er sein! Was für ein Recht hatte er, über sie Gericht zu halten? Doch ihr Zorn verflog, und plötzlich war da so ein Impuls: hinter ihm herzurennen und ihn zurückzuholen. Aber das war ja genau das, was Männer immer wollten. Daß eine Frau hinter ihnen herrannte und sie anflehte, doch bitte zurückzukommen.

Nein, kam gar nicht in Frage. Sie würde warten. Und er würde zurückkommen. Würde sich alles durch den Kopf gehen lassen. Und am Morgen war er dann wieder in seinem Büro, als sei nicht das Geringste vorgefallen.

Doch dann klang etwas in ihren Ohren, in ihrer Erinnerung wider: die Endgültigkeit seines Abschieds – und sie wußte, daß es dazu nicht mehr kommen würde. Ein sonderbares Gefühl überkam sie. Eine Empfindung des absoluten Verlusts. Nein, er würde niemals mehr zurückkommen. In gewisser Hinsicht war er der einzige Freund, den sie jemals gehabt hatte. Stets war er verfügbar gewesen. Nun war sie wirklich allein.

Obwohl Lauren sich hinten in der Küche befand, war das Gehupe vor dem weißen Strandhaus am Pacific Coast Highway nicht zu überhören. Bevor sie zur Eingangstür ging, warf sie noch rasch einen Blick durch das Terrassenfenster zum Strand, wo Anitra nackt im Sand saß und mit zwei Welpen spielte. Unweit davon, unter einem Sonnenschirm, hockte Josefina, das Kindermädchen, eine Mexikanerin in den Vierzigern. Sie strickte, während sie gleichzeitig die Kleine im Auge behielt.

Lauren lief durch das Haus. Durch die Vordertür gelangte sie in den Vorhof und zum vorderen Tor. Sie öffnete es. Das Auto hatte direkt davor geparkt, und Harvey war bereits dabei, die Riemen zu lösen, mit denen das Surfbrett auf dem Wagendach festgeschnallt war. Was Harvey betraf, so hatte sich nicht viel geändert. Nur daß er jetzt statt eines VW einen Porsche 928 fuhr. Sein Ziel, mit einundzwanzig Millionär zu sein, hatte er nicht erreicht. Aber jetzt, mit dreiundzwanzig, schien er diesem Wunschtraum doch recht nahe. Ein Dealer – wie ursprünglich beabsichtigt – war er nicht geworden. Statt dessen ging alles höchst legal vor sich. Sun Earth war mächtig ins Laufen gekommen.

Harvey sah sie an, als sie auf ihn zuging. Braungebrannt wie sie war, wirkte Lauren in ihren superkurzen Shorts und dem Bikinioberteil gertenschlank. Weißblondes, langes Haar, von der Sonne gebleicht, und blaue Augen, gleichsam funkelnd im sonnengebräunten Gesicht. »Prächtig siehst du aus«, sagte er und küßte sie auf die Wange.

»Hough, Bleichgesicht«, erwiderte sie und hielt eine Hand hoch, mit der Innenfläche nach oben, ganz im Stil der Indianer. Er lachte, löste den letzten Riemen. »Es gibt Leute, die für ihren Lebensunterhalt nicht zu arbeiten brauchen«, sagte er. »Die können sich's leisten, den ganzen Tag am Strand herumzuliegen.«

»Die Geschichte hast du auch schon mal anders erzählt«, sagte sie. »Hat sich wirklich allerlei geändert.«

Vorsichtig hob er das Surfbrett vom Autodach. »Wie sieht's aus mit den Brandungswellen?«

»Nicht übel«, sagte sie. »Könnte echt sein, daß du voll auf deine Kosten kommst.«

»Na prima«, sagte er erfreut. »Ich kann's kaum erwarten. Ist schon so lange her.«

»Anderthalb Monate«, sagte sie.

Harvey trug das Surfbrett in den Hof. »Wie geht's Anitra?«

»Du wirst sie nicht wiedererkennen.« Lauren lachte. »Sie ist ungeheuer gewachsen, und sie kann sich gar nicht genug tun mit den beiden Dalmatinerwelpen, die du ihr geschenkt hast. Bisher hat sie wohl überhaupt noch nicht kapiert, daß die größer sind als sie selbst.«

Sie gingen außen ums Haus herum zur Terrasse. Harvey lehnte das Surfbrett gegen eine Wand und folgte ihr die Terrassenstufen hinauf. Er blickte erst zum Wasser hinunter und zur Sonne. Schließlich zog er sich das Hemd aus und lächelte Lauren an. »Ein herrlicher Ort für ein prächtiges Leben. Genau das, was ich mir als Junge erträumt habe. Ein idealer Platz, um zu surfen und zu rauchen.«

Lauren lachte.

Harvey ging an das Terrassengeländer vor und winkte Anitra zu, die im Sand spielte. »Hallo, Anitra!« rief er.

Das Kind beachtete ihn überhaupt nicht, sondern balgte weiter mit den jungen Hunden herum.

»Hallo, Anitra!« rief er erneut.

Wieder reagierte das kleine Mädchen nicht.

Leicht gekränkt blickte er Lauren an. »Hat man da noch Töne! Sie ignoriert mich einfach.«

»Sie ist eben eine Frau«, erklärte Lauren mit einem Lächeln. »Außerdem bist du schon seit einer halben Ewigkeit nicht hier gewesen, um sie zu besuchen.«

»Oh«, sagte Harvey und grinste dann. Er kramte in seiner Tragetasche und zog eine Schachtel hervor. Hoch schwenkte er sie über seinem Kopf und rief dem Kind zu: »Hallo, Anitra! Onkel Harvey ist da und hat dir was mitgebracht!«

Das Kind hob den Kopf und rannte sogleich auf seinen kleinen braunen Beinen durch den Sand auf ihn zu.

Mit einem triumphierenden Blick sah Harvey zu Lauren. »Sie ist wirklich echt Weib. Mit einem Geschenk sind sie ja immer rumzukriegen.«

Nach dem Dinner gingen sie ins Wohnzimmer und streckten sich auf dem mexikanischen Webteppich vor dem Kamin aus. Das Kind schlief bereits, und Josefina spülte in der Küche Geschirr.

Harvey rollte auf den Bauch und blickte durch die Fenster, die bis auf den Fußboden reichten, in Richtung Wasser. Deutlich hörte er das Tosen der Brandung, konnte jedoch nichts erkennen. »Da ist aber Nebel aufgekommen«, sagte er. »Unheimlich.«

»Daran gewöhnt man sich«, erwiderte sie lachend, während sie einen Kloben ins Feuer warf. Gleich darauf folgte ein zweiter, und ein Funkenregen sprühte hoch. »Obwohl es tagsüber recht warm war, kann es hier nachts ganz schön kalt werden. Schließlich haben wir bereits November.«

»Man merkt's«, sagte er, zog einen Beutel hervor und begann, einen Joint zu drehen.

»Gibt es irgendwelche Neuigkeiten?« fragte sie.

Er schüttelte den Kopf. »Nein, eigentlich nicht. Johnny ist so voll damit beschäftigt, diese Tonerde auszubuddeln, daß er überhaupt keine Zeit hat, irgendwas anzupflanzen. Über zwanzig Leute arbeiten jetzt für ihn, und seine Mutter erlaubt ihm nicht mal, Salat zu züchten. Bloß nichts tun, das bei den Bullen Verdacht erregen könnte, meint sie. Dafür läuft's bei ihnen jetzt viel zu gut. Ich kann von Glück sagen, wenn er bei seinen Nachbarn gutes Gras für mich beschafft.«

Er zündete den Joint an, machte zwei Züge, reichte ihn dann Lauren. »Ist gut«, sagte er zufrieden. »Probier mal.«

Sie folgte seiner Aufforderung. »Nicht übel«, meinte sie, während sie ihm den Joint zurückgab. »Aber mit einer ›Harvey Special‹ nicht zu vergleichen.«

Er grinste, zog wieder am Joint. »Die Zeit ist ein für allemal vorbei.«

»Schade«, sagte sie, »denn es war eine schöne Zeit.«

»Ja.« Er sah sie an. »Was wir da investiert haben, können wir sicher abschreiben. So ein Gras zu züchten, wie's uns vorschwebte, haben wir nicht hingekriegt.«

Sie lachte. »Vielleicht können wir's von der Steuer absetzen.«

Er stimmte in ihr Lachen ein. »Versuch macht klug. Könnte allerdings sein, daß die vom Finanzamt ziemlich sauer wären.« Er gab ihr wieder die Zigarette. Als er sich aufsetzte, verzog er unwillkürlich das Gesicht. »Ich glaube, ich habe mir heute tatsächlich einen Sonnenbrand geholt.«

Sie betrachtete ihn aufmerksam und lachte los. »Hast du wirklich. Das ist ja eine mittlere Katastrophe. Was mag das bloß für einen Eindruck machen, wenn der Präsident von Sun Earth am Montag krebsrot das Büro betritt? Wer soll da noch glauben, daß das Zeug wirkt?«

»Du hast schon recht«, räumte er ein. »Aber bei dem Spaß, den's mir draußen gemacht hat, habe ich's glatt vergessen.«

»Denk nächstes Mal dran«, warnte sie mit gespielter Strenge. »Alleroberstes Gebot: Arzt, heile dich selbst.«

»Ich werde jetzt was auftragen«, sagte er. »Dann verschwindet das Brennen rasch, und morgen fühle ich mich okay.« Er erhob sich und ging auf sein Zimmer. Wenige Minuten später war er wieder da. Sein Hemd hatte er bereits ausgezogen, und in der Hand hielt er eine Dose Sun Earth. »Würdest du mir bitte den Rücken einreiben«, sagte er. »Da hat's mich nämlich auch ganz schön erwischt.«

Während er sich, Lauren den Rücken zukehrend, auf den Fußboden setzte, betrachtete sie die bläuliche Keramikdose, die er ihr gereicht hatte. Sie besaß eine runde Form, genau in der Art, wie vor Jahrhunderten Mercator seine berühmte Erdkugel geschaffen hatte, und grün hoben sich die Kontinente vom Untergrund ab. Der goldgetönte Keramikpfropfen, der das Gefäß verschloß, stellte die Sonne dar, und die schwarzen Buchstaben darauf ließen auch für den Dümmsten keinen Zweifel an dem, was gemeint war: Sun Earth. Pour le Soleil. De Janette. Sie begann, es auf seinen Rücken aufzutragen. »Janette wußte schon, was sie tat«, meinte sie. »Die Verpackung, so hat sie gesagt, sei das Wichtigste.«

»Widerspricht ihr ja auch keiner. Übrigens, weißt du, daß Jacques nicht mehr bei ihr ist?«

»Nein, wußte ich nicht«, sagte sie verdutzt. »Ich habe ja seit Monaten kein Wort mehr mit ihr gesprochen. Was ist denn passiert?«

»Keine Ahnung. Ich hab's auch erst neulich erfahren, als ich anrief, um Arrangements für eine Reise nach drüben zu treffen, um mit ihr über unser neues Kosmetikprogramm zu sprechen. Jacques war nicht da, und man verband mich mit diesem neuen Knaben.«

»Wer ist er?«

»Weiß ich auch nicht. Ich habe nur gehört, daß es sich um so eine Art Senkrechtstarter handelt, der in Frankreich für Revlon gearbeitet hat. Der Kerl ist kalt wie Hundeschnauze. Ich kam gar nicht dazu, ihr zu sagen, daß wir – so wie Janette sich das gewünscht hat – drei Fundamentalschattierungen und -farben ausgearbeitet haben, die sich so miteinander vermischen lassen, daß sich damit jede gewünschte Make-up-Tönung erreichen läßt. Er schnitt mir einfach das Wort ab und erklärte, ihre Marktstudie habe ergeben, daß die Absatzmöglichkeiten dafür zu begrenzt seien, als daß sich die Sache lohne. Der Gedanke, sich das Make-up selbst zurechtzumischen, sei für die Frauen wenig attraktiv. Im übrigen planten sie bereits, im kommenden Jahr ihre eigene Make-up-Serie auf den Markt zu bringen.«

»Und mit Janette hast du überhaupt nicht gesprochen?«

»Nein. Er erklärte, sie sei auf irgend so einer Werbereise, und irgendwann im November werde sie auch in den Staaten sein und sich wahrscheinlich mit mir treffen, um über einen neuen Vertriebsvertrag zu sprechen.«

»Was ist mit dem, den du hast?«

»Nichts. Er war auf drei Jahre befristet und läuft Ende Dezember aus. Janettes neuer Mann meinte auch, vermutlich müsse für sie doppelt so viel herausspringen wie bisher, von wegen Kostensteigerung und so. Laut ihrer Marktstudie zahlen sie bei jeder von ihnen verkauften Dose noch drauf.«

»Und wenn du nicht bereit bist, ihnen mehr zuzugestehen, was dann?«

»Er hat mir praktisch ungeschminkt gesagt, daß sie dann mit ihrem eigenen Produkt herauskommen wollen. Kalt wie Hundeschnauze, kann ich nur wiederholen.«

»Können die das denn?« fragte sie.

»Und ob die das können«, erwiderte er. »Bringen praktisch unser Sun Earth als ihr Produkt auf den Markt, sofern sie nur am Mischungsverhältnis ein bißchen herumfummeln, so daß es nicht hundertprozentig identisch ist.«

»Aber der Name?« fragte sie. »Haben sie ein Recht, den zu verwenden? Janette war's ja, die ihn sich hat einfallen lassen.«

Harvey grinste. »Das können sie nicht. Ist nämlich ein eingetragenes Markenzeichen unserer Gesellschaft, und daran können sie nicht rühren.«

»Gut«, sagte sie. »Du scheinst dir da keine Sorgen zu machen.«

»Woher denn auch! Ganz im Gegenteil – ich hoffe, daß sie unseren Vertrag nicht erneuern. Nach dem Telefongespräch mit dem Franzosen rief ich Squibb an und traf mit denen eine Abmachung wegen der Kosmetika. Falls es mir gelingt, ihnen auch noch Sun Earth zuzuschanzen, so räumen sie mir noch bessere Konditionen ein.«

Sie verschloß die Keramikdose und stellte sie beiseite. »Wegen Jacques bin ich ein wenig traurig. Er war eigentlich immer da, soweit ich zurückdenken kann. Was mag da bloß vorgefallen sein?«

»Du kannst sie ja fragen, wenn du sie siehst. Wenn's stimmt, was die kalte Hundeschnauze von sich gegeben hat, so wird sie irgendwann in diesem Monat rüberkommen und von sich hören lassen. Was hast du eigentlich am Thanksgiving Day vor? Sind ja nur noch vierzehn Tage bis dahin.«

»Ich hab' den Eltern versprochen, sie zu besuchen. Die sind doch ganz verrückt wegen Anitra. Daß ich nicht gleich nebenan wohne, ist ihnen sowieso ein Greuel. Und was hast du vor?«

»Nichts. Meine Alten gondeln irgendwo in der Weltgeschichte herum. Nachdem Dad sich aus dem Berufsleben zurückgezogen hat, erfüllt er sich seinen alten Traum von einer Weltreise.«

»So etwas Ähnliches hat meine Mutter schon vermutet und mir deshalb aufgetragen, dich zu uns einzuladen.«

»Das ist ja sagenhaft. Soll das womöglich bedeuten, daß sie befunden hat, ich sei eine Respektsperson geworden?«

Lauren lachte. »Könnte schon sein. Aber auch bloß, weil sie dich nicht so gut kennt, wie ich dich kenne.«

Sie waren beim Nachtisch, als Johann über den Tisch hinweg plötzlich Lauren anblickte. »Ich hab' ja ganz vergessen, dir was zu sagen. Janette ist in der Stadt, im Beverly Hills Hotel. Wußtest du das?«

Lauren schüttelte den Kopf. »Sie hat mich nicht angerufen.«

»Komisch«, meinte Johann. »Sie schien zu wissen, daß du hier sein würdest. Ich lud sie zum Dinner ein, doch sie sagte, sie sei bereits anderweitig verabredet, doch werde sie gegen sechs zu einem Drink kommen. Sie möchte mit uns beiden sprechen. Ich frage mich, wie sie wissen konnte, daß du hier sein würdest.«

»Schon möglich, daß sie's von mir erfahren hat«, sagte Harvey. »Ich habe mich gestern im Hotel mit ihr getroffen.«

»Und was ist dabei herausgekommen?« fragte Lauren.

»Nicht viel. Vom ersten Januar an wird Sun Earth von Squibb vertrieben.«

»Also hast du den Vertrag mit ihr nicht verlängert?«

»Richtig.« Harvey lächelte. »Sie hat jetzt eine neue Methode. Geschäftliche Besprechungen überläßt sie ihrem neuen geschäftsführenden Direktor. Kaum hatten wir uns begrüßt, ging's auch schon zu seinem Zimmer. Und er war's dann, der mir die Forderungen auftischte. Ich erwiderte, danke, nein. Daraufhin sagte er zu mir, in dem Fall bliebe ihnen gar keine andere Wahl, als mit ihrem eigenen Produkt auf den Markt zu kommen. Okay, sagte ich. Dann gingen wir in Janettes Suite und setzten sie ins Bild. Sie schien ziemlich überrascht. Eine derart glatte Ablehnung von meiner Seite hatte sie offenbar überhaupt nicht einkalkuliert. Die bildeten sich wohl ein, sie hätten mich am ganz kurzen Zügel.«

Johann lachte. »Überrascht mich nicht weiter. Ich kenne ihren neuen geschäftsführenden Direktor. Er erzählt jedem, der's hören will, daß sie die ganze Welt in den Sack stecken werden.«

»Vielleicht die Welt.« Harvey grinste. »Aber nicht Sun Earth.«

»Wie sieht sie aus?« erkundigte Lauren sich interessiert.

»Phantastisch«, antwortete Harvey. »Aber du kennst Janette ja. Hat sie jemals anders ausgesehen?«

»Sie wüßte vermutlich gar nicht, wie sie das anstellen sollte«, meinte Lauren. »War sie allein?«

»Sie hatte eine Freundin bei sich. So ein dunkelhaariges französisches Modell. Ich hatte die noch nie gesehen, und da wir nicht miteinander bekannt gemacht wurden, weiß ich auch nicht, wie sie heißt. Bei unserem ersten Zusammentreffen war sie nicht zugegen.

Sie war erst da, als ich wieder mit diesem Herrn Direktor zurückkam.«

»Möchte bloß wissen, weshalb sie uns beide sprechen will?« Lauren blickte zu Johann.

Johann seinerseits warf Heidi einen kurzen Blick zu. Dann sah er wieder zu Lauren. »Ich habe da so eine Ahnung. Aber warten wir ab, was sie zu sagen hat.«

Um Punkt sechs Uhr läutete es an der Tür. Es war Janette, und sie war allein. Lauren und Harvey sahen auf den ersten Blick, daß sie angetörnt war. Johann und Heidi allerdings würden das garantiert nicht merken.

Man nahm im Wohnzimmer Platz und plauderte über dies und das.

Janette staunte darüber, wie sehr Anitra gewachsen sei. Für eine Dreijährige sei sie recht groß, meinte sie. Anitra sei fast schon vier, betonte Lauren, und im übrigen seien amerikanische Kinder größer als französische; müsse wohl irgendwie mit der Ernährung zusammenhängen. Außerdem sei Patrick ja auch nicht gerade der Kleinste.

Dann schnitt Lauren das Thema Jacques an. Janette wirkte ein wenig peinlich berührt, als sie erwiderte, Jacques sei das Geschäftsleben halt leid, und er habe sich wieder seiner ersten Liebe zugewandt, dem Schreiben. Soweit ihr bekannt sei, verfasse er allmonatlich einen Artikel für die französische Vogue-Ausgabe und arbeite überdies an einem Buch über die Geschichte der französischen Couture.

Heidi erkundigte sich höflich, ob sie bereits gespeist habe. Im Handumdrehen könne man ihr einen kleinen Imbiß auftischen. Vom Truthahn und den Beigaben sei noch eine Menge übrig. Nein, danke. Janette hatte Lunch gehabt. Sie warf einen Blick auf ihre Armbanduhr. Die Zeit fliege nur so, und sie habe noch eine weitere Verpflichtung. Es sei ihr Wunsch, eine ganz persönliche Angelegenheit mit ihnen zu besprechen.

»Gern«, sagte Johann und erhob sich. »Das können wir in der Bibliothek tun.« Er blickte zu Harvey. »Wenn Sie uns entschuldigen wollen.«

»Klar doch«, versicherte Harvey. »Inzwischen kann ich mir ja im Fernsehen den Sport angucken.«

In der Bibliothek nahm Johann hinter seinem Schreibtisch Platz. Heidi setzte sich auf einen Stuhl seitlich davon. Lauren und Janette fanden Plätze vor dem Schreibtisch. Johann nickte Janette zu. »Bitte, fange an.«

Sie zog einen Brief aus ihrer Handtasche. »Vor einigen Monaten erhielt ich von der Schweizer Credit-Bank in Genf diese Mitteilung.« Sie reichte das Schreiben Johann. »Ich möchte, daß du es dir durchliest.«

Johann holte seine Brille hervor und setzte sie auf. Er überflog die Zeilen, reichte das Blatt dann Heidi. »Wenn du fertig bist, gib's doch bitte Lauren.«

Sie schwiegen, bis Lauren mit dem Lesen fertig war. Lauren hob den Kopf. »Was hat das zu bedeuten?« fragte sie.

Janette sah sie an. »Nun, offenbar hat Mutter etwas höchst Wertvolles in diesen Schließfächern untergebracht, wo es sich dann all diese Jahre befand.«

»Weißt du, worum es sich handelt?« fragte Lauren.

»Nicht direkt«, sagte Janette. »Allerdings habe ich so meine Vermutungen.«

»Warum bist du dann nicht einfach hingereist und hast dich von deren Richtigkeit überzeugt?«

»Ich komme nicht an die Schließfächer heran, da ich keinen Schlüssel habe.«

»Wer hat ihn dann?«

Überraschenderweise war es Johann, der antwortete. »Ich.«

»Aber davon hast du nie etwas gesagt«, erklärte Lauren.

»Ich hielt es nicht für nötig«, erwiderte er. Aus seinem Schreibtisch holte er einen Aktenordner hervor, dem er eine Fotokopie des Briefes entnahm, den Tanya im Tresor für ihn hinterlassen hatte. Er reichte das Blatt Janette. »Ich glaube, damit ist alles erklärt.«

Janette überflog die Zeilen und gab die Fotokopie dann ihrer Schwester. Als Lauren sie gleichfalls gelesen hatte, blickte sie auf. »Aber ich weiß deshalb immer noch nicht, worum es sich handelt.«

»Um Gold«, sagte Janette. »Ein Vermögen aus Goldmünzen.«

»Und woher weißt du das?«

»Maurice hat's mir gesagt«, erwiderte Janette. »Zur Hälfte haben sie ihm gehört, doch vor Kriegsende ließ General von Brenner die Münzen von Mutter aus Frankreich herausschmuggeln und im Tresor einer Schweizer Bank deponieren.«

Johann musterte Janette. »Seit wann glaubst du, was er dir erzählt?«

»Aus welchem Grund sollte er lügen?« fragte sie zurück. »Er hat mir die ganze Geschichte erzählt. Wie ihn der General um die Firmen gebracht hat und alles auf Mutters Namen überschreiben ließ.«

Johann schüttelte traurig den Kopf. »Er lügt wie gedruckt. Alles, was Maurice heute besitzt, sogar seinen Titel, verdankt er dem General oder deiner Mutter.«

»Und warum hast du uns das alles nicht schon längst gesagt?« wollte Janette wissen.

»Du hast doch den Brief gelesen«, sagte Johann. »Ich hielt es nicht für erforderlich.«

»Hättest du das überhaupt jemals getan?« fragte Janette kalt. »Oder hattest du vielleicht die Absicht, dir alles unter den Nagel zu reißen?«

»Du Miststück!« Aus Heidis Stimme klang hemmungsloser Zorn. »Wäre Johann nicht gewesen, so hättest du nichts. Du wärst eine simple Hure, die irgendwo in Paris auf den Strich geht. Johann war's, der verhindert hat, daß Maurice deine Mutter betrog. Und Johann ist es auch gewesen, der dich all die Jahre beschützt hat, wo du aufgewachsen bist.«

Johann hob die Rechte. »Reg dich nicht auf, Liebes«, sagte er beschwichtigend. Er blickte zu Janette. »Und was erwartest du jetzt von mir?«

»Daß du mir den Schlüssel gibst!« fauchte sie.

»So einfach ist das nicht. Die Hälfte des Vermögens gehört schließlich deiner Schwester.«

»Maurice hatte recht«, zischte sie. »Es ist nichts vorhanden. Du hast dich auf unsere Kosten schamlos bereichert.«

Johann musterte sie. »Ich habe nicht mehr genommen, als mir zustand.«

»Mit dem Geld hast du mir wohl auch meinen Anteil an dem Weingut abgekauft. Wie?«

»Das stimmt überhaupt nicht!« legte Heidi los, und sie ließ sich auch durch Johanns beschwichtigende Gesten nicht zurückhalten. »Es ist an der Zeit, daß du ein paar Tatsachen lernst. Das Gold gehörte nicht deiner Mutter, sondern dem General. Deine Mutter hat es lediglich in der Bank deponiert. Und als die Witwe des Generals und seine Söhne nach Paris kamen, um ihre Ansprüche bezüglich des Weinguts, der Parfumfabrik und der Mineralwassergesellschaft gerichtlich geltend zu machen, da hat Johann sie mit seinem Anteil an den Goldmünzen abgefunden.« Ihr Blick suchte und fand Johann. »Zeige ihnen doch die Verzichtserklärung, die die Brenners unterzeichnet haben.«

Johann reichte Janette ein weiteres Papier.

»Woher soll ich wissen, daß es echt ist?«

Aus Laurens Stimme klang Fassungslosigkeit. »Du glaubst doch wohl nicht, daß Daddy dich anlügen würde, oder?«

»So ein Papierchen kann jeder aufsetzen«, sagte Janette verächtlich. »Das beweist doch überhaupt nichts, schließlich geht's hier um Millionen.«

»Das Geld interessiert mich nicht«, versicherte Lauren. »Aber das habe ich dir ja wohl noch nie klarmachen können.«

»Du mußt auch an dein Kind denken«, sagte Janette scharf.

»Um mein Kind kümmere ich mich schon«, erwiderte Lauren zornig. »Und mir gefällt nicht, was du sagst, noch was du tust . . .«

»Ich jedenfalls brauche das Geld«, erklärte Janette. »Und ich benötige es jetzt. Ich will es haben, selbst wenn ich zu diesem Zweck vor Gericht gehen muß und der ganzen Welt verkünden, daß Johann Schwebel zur Nazi-Besatzungstruppe in Frankreich gehörte – und daß er zusammen mit seinem vorgesetzten Offizier die wehrlosen Franzosen um ihre Besitztümer brachte.«

Lauren schüttelte den Kopf. »Ich will es einfach nicht glauben, was du da Furchtbares sagst.« Sie blickte zu Janette. »Mir will nicht in den Kopf, daß du bereit bist, so viele Leben zu ruinieren, bloß wegen des Geldes.«

Wortlos erwiderte Janette ihren Blick.

Lauren sah zu Johann. »Gib ihr den Schlüssel, Daddy. Wenn's das ist, was sie will, so soll sie's haben.«

»Das Geld gehört zur Hälfte dir, Kind«, wandte er ein.

»Mich interessiert es nicht.« Sie begann zu weinen. »Es klebt Schmutz, Blut und Haß dran, und ich will nichts davon.«

Johann blickte zu Heidi, die zustimmend nickte. »Lauren hat recht. Gib Janette den Schlüssel.«

Johann zögerte einen Moment. Seine Augen glitten von Gesicht zu Gesicht. »Nein, ich werd's nicht tun. Und es ist mir verdammt egal, was Janette will. Die Hälfte gehört Lauren und wird dort bleiben, bis Lauren in aller Ruhe ihre Entscheidung trifft.« Er blickte zu Janette. »Ich werde mich mit dir in der kommenden Woche in der Bank in Genf treffen, um dir deinen Anteil auszuhändigen. Ist das für dich akzeptabel?«

Janette nickte. »Muß wohl. Schließlich bleibt mir keine Wahl, oder?«

»Nein«, sagte Johann.

Heidi erhob sich, und aus ihrer Stimme klang Zorn. »Und jetzt mach, daß du aus meinem Haus kommst. Ich will dich nie wiedersehen.«

Auch Janette stand auf. Sie blickte zu Lauren. »Ich habe es genauso für dich getan wie für mich selbst.«

Lauren hob den Kopf. Mit dem Handrücken wischte sie sich die Tränen aus den Augen. »Wer's glaubt«, sagte sie sarkastisch. »In deinem ganzen Leben hast du noch nie was für jemanden getan, wenn dabei nicht auch was für dich herausschaute. Ich schließe mich Mutters Meinung an. Ich will dich niemals wiedersehen.«

»Aber . . .«, Janette stockte. Dies hatte sie nicht gewollt und nicht erwartet. Eigentlich hätte Lauren doch für sie Partei ergreifen müssen.

Laurens Stimme klang plötzlich sehr stark. Schon einmal hatte Janette sie so gehört. Als Lauren Patrick verließ. »Kein Wenn und kein Aber. Goodbye, Janette.«

Janette musterte die jüngere Schwester einen Augenblick. Dann wandte sie sich zur Tür. Lauren hatte es ernst gemeint, als sie sich von Patrick trennte. Und sie meinte es auch jetzt bitterernst.

Als sie in der Bank eintraf, wartete Johann bereits auf sie. Fröstelnd stieg sie aus dem Taxi und eilte ins Innere. Die nerzgefütterte Pelzkappe schützte ihr Gesicht vor dem Dezemberregen, der unablässig über Genf herniederzugehen schien.

An der Tür wurde sie von dem jungen Mann in Empfang genommen, der ihr seinerzeit die Mitteilung in Paris überbracht hatte. »Madame de la Beauville, sehr erfreut, Sie wiederzusehen.«

Verzweifelt kramte sie in ihrem Gedächtnis nach seinem Namen und fand ihn schließlich. »Monsieur Thierry.« Sie lächelte.

»Herr Schwebel wartet in meinem Büro«, sagte er. »Wenn Sie mir bitte folgen wollen.«

Er führte sie zu einem Büro im rückwärtigen Teil der Bank. Johann stand am Fenster und blickte hinaus in den Schneeregen. Als er sie eintreten hörte, drehte er sich um.

»Guten Morgen, Johann«, sagte sie.

Ohne ihren Gruß zu erwidern, meinte er schroff: »Ich würde dir raten, ein Schließfach zu mieten, bevor wir nach unten gehen.«

Sie musterte ihn kurz, blickte dann zu Thierry. »Das ist sicher eine gute Idee. Bitte, Monsieur Thierry.«

»Selbstverständlich, Madame«, sagte der junge Mann und holte aus seinem Schreibtisch die entsprechenden Formulare hervor. »Wenn Sie die Freundlichkeit hätten, dies auszufüllen. Wird Sie nur einen Augenblick in Anspruch nehmen.«

Während Janette sich hinsetzte und mit den Papieren beschäftigte, herrschte Schweigen. Anschließend überprüfte Thierry, ob alles in Ordnung war. »Ausgezeichnet.« Er drehte die Formulare herum. »Hier können Sie noch eintragen, wem im Falle Ihres Ablebens Zugang zu dem Schließfach gewährt werden soll. Wir brauchen dann allerdings zwei Zeugen, in deren Gegenwart Sie den oder die Namen niederschreiben sowie Ihre eigene Unterschrift leisten. Selbstverständlich unterliegt, gemäß den Schweizer Bankgesetzen, alles strengster Vertraulichkeit.«

Sie überlegte einen Augenblick. »Ja, von der Möglichkeit möchte ich Gebrauch machen.«

»Sehr wohl«, sagte Thierry. »Dann werde ich zwei Bankangestellte rufen, die als Zeugen fungieren können.«

»Ich werde draußen warten«, erklärte Johann.

»Wozu die Umstände?« fragte Janette den Banker. »Könnten nicht Monsieur Schwebel und Sie Zeugen sein?«

»Natürlich«, erwiderte Thierry. »Allerdings kann die Bank dann Vertraulichkeit nicht garantieren.« Er blickte zu Johann. »Bei allem schuldigen Respekt Herrn Schwebel gegenüber.«

»Das ist nicht von Belang.«

»Nun gut«, sagte der Banker. »Dann tragen Sie den Namen der betreffenden Person oder Personen ein und auch den jeweiligen Verwandtschaftsgrad. Und unterzeichnen Sie.« Er blickte zu Johann. »Wenn Sie die Freundlichkeit hätten, Madame de la Beauville während des Schreibens zu beobachten, Herr Schwebel.«

Johann stellte sich neben Janette hin. Rasch trug sie zwei Namen ein: Lauren Reardon, Schwester, und/oder Anitra Reardon, Nichte. Auf der freien Linie darunter unterschrieb sie. »Und hier jetzt bitte Sie, Herr Schwebel«, sagte Thierry.

Johann folgte der Aufforderung. Er erhob sich. »Wenn Sie mich einen Augenblick entschuldigen wollen. Ich will Ihnen nur ein Schließfach zuteilen lassen und komme sogleich mit dem entsprechenden Schlüssel zurück.«

Als Thierry hinaustrat, steckte sich Janette eine Zigarette an. Johann trat ans Fenster und blickte hinaus. Er sprach, ohne den Kopf zu wenden. »Immer, wenn ich glaube, dich durch und durch zu kennen, tust du irgendwas, das mich verblüfft.«

»Wenn du damit auf den Passus anspielen solltest, dann sei dir gesagt, daß ich nicht die Absicht habe, demnächst zu sterben.«

Der Banker kam zurück und händigte Janette einen Schlüssel aus. »Wenn Sie die Freundlichkeit hätten, mir jetzt zu folgen.«

Sie gingen hinunter in den Tresorraum. Rasch überprüfte Thierry die Nummer auf Johanns Schlüssel, steckte dann seinen eigenen Schlüssel ins Schloß und wartete darauf, daß Johann seinem Beispiel folgte. Sie drehten beide ihre Schlüssel, und die Tür schwang auf. Die gleiche Prozedur wiederholte sich bei Janettes neugemietetem Schließfach. Die beiden Tresore waren einander fast unmittelbar benachbart.

»Ich lasse Sie jetzt allein«, sagte Thierry. »Wenn Sie fertig sind, drücken Sie bitte auf den Knopf dort an der Wand, und ich werde im Handumdrehen zur Stelle sein, um Sie herauszulassen.«

»Danke«, sagte Johann. Er wartete, bis sich die Tresorraumtür hinter dem Banker schloß. Dann blickte er zu Janette und nickte. Rasch nahm er aus seinem Tresor Leinenbeutel voller Münzen und stellte sie auf den Holztisch, der sich direkt hinter ihm befand. Schließlich waren es dreiunddreißig. Er suchte weiter, fand im tiefen Fach endlich, wonach er tastete – einen Leinenbeutel, der etwas kleiner war als die übrigen. Kurz betrachtete er die Kennzeichnung, dann stellte er ihn zu den anderen. »Das wär's«, sagte er zu Janette.

Neugierig griff sie nach dem letzten Beutel und zog die Schnur auf, die ihn oben zusammenhielt. Sie stülpte ihn um, Goldmünzen fielen heraus. Unwillkürlich hielt sie den Atem an. Sie griff nach einer Münze, betrachtete sie. Eine solche Münze hatte sie noch nie gesehen. Das Geldstück war trotz seiner geringen Größe ziemlich schwer. »Was ist das?« fragte sie wie atemlos.

»Louisdor.«

»Mein Gott«, sagte sie fast tonlos. »Was mögen die wohl wert sein?«

»Die, die dir gehören, stellen beim jetzigen Goldpreis einen Gesamtwert von rund fünf Millionen Dollar dar.«

»Fünf Millionen«, sagte sie. Maurice hatte sie irregeführt. Von ihm war sie dazu getrieben worden, dies zu tun: weil sie auf eine Summe hoffte, mit der sie sich ihre Unabhängigkeit von Kensington zurückkaufen konnte. Doch es reichte nicht.

»Viel Geld«, sagte Johann. Mit einer Handbewegung wies er auf seinen offenen Tresor. »Möchtest du nachprüfen? Es befindet sich noch genauso viel Geld darin, wie hier auf dem Tisch liegt.«

Sie schüttelte den Kopf. »Nicht nötig. Ich vertraue dir.«

»Endlich«, sagte er trocken. Er drückte die Tür seines Tresors zu und richtete sich auf. »Du solltest deine Beutel in deinen Tresor stellen.«

Noch immer starrte sie auf das Geld. »Ja.«

»Soll ich dir dabei helfen?«

Sie sah ihn an. »Bitte.«

Gemeinsam verstauten sie die Beutel im Tresor. Schließlich lagen auf dem Tisch nur noch die Münzen, die sie daraufgeschüttet hatte. Sie tat sie in den Beutel zurück.

Er beobachtete sie. »Du brauchst meine Frage ja nicht zu beantworten, Janette, aber wieso glaubst du, dieses Geld so verzweifelt zu benötigen?«

»Ich wollte mir meine Freiheit von Kensington erkaufen«, erwiderte sie leise. Es hatte jetzt keinen Sinn mehr, ihm auch noch zu erklären, daß diese fünf Millionen bei weitem nicht reichten.

»Ja, warum denn nur, um alles auf der Welt?« fragte er ungläubig. »Du hast für dich doch geradezu phantastisch viel erreicht. Wenigstens vier Millionen jährlich.«

Sie blieb stumm.

»Ich brauche dir diesen Rat nicht zu geben«, sagte er, »aber ich will es trotzdem tun. Ich bin für dich über so viele Jahre hinweg verantwortlich gewesen, daß diese Gewohnheit noch immer in mir steckt. Gold steigt laufend in seinem Wert. Vor zwei Jahren hättest du für deinen Anteil nur eine Million bekommen. Der Wert hat sich inzwischen also verfünffacht. Meinen Informationen zufolge wollen die arabischen Ölstaaten ihre Petrodollar verstärkt in Gold anlegen. Das dürfte den Goldpreis in schwindelnde Höhen treiben. Vielleicht hat sich in nur einem weiteren Jahr der Wert deines Goldes abermals verfünffacht.«

Sie starrte ihn an, noch immer schweigend, während sie die letzten Münzen in den Beutel zurücktat und ihn wieder zuschnürte.

»Was ich mit alldem sagen will – behalte das Gold. Laß den Plan fallen, dich bei Kensington herauszukaufen. In ungefähr einem Jahr wird dein Gold möglicherweise fünfundzwanzig oder dreißig Millionen Dollar wert sein. Um einen solchen Gewinn zu erzielen, wenn du dich von Kensington freikaufst, da müßtest du vermutlich ein zweites Leben leben.«

Wortlos stellte sie den letzten Beutel in den Tresor, ließ die Tür zuklappen, holte ihren Schlüssel hervor. Dann blickte sie zu Johann. »Und wie weiß ich, wann ich's am günstigsten abstoße?«

»Die Zeit ist reif, wenn der Goldpreis über achthundert Dollar pro Unze klettert. Bei dieser Marge werde ich jedenfalls Laurens Anteil abstoßen.«

Sie nickte langsam. Was er sagte, war im Grunde dasselbe, was Jacques gesagt hatte. Es würde viele Jahre dauern, bis sie einen Gewinn erzielte, wenn sie von Kensington frei war. Und so viel Zeit – Zeit zum ständigen Kampf – hatte sie einfach nicht. Ja, Jacques' Ansicht war schon richtig: Wieso arbeiten, wenn's keinen Spaß machte?

Er streckte die Hand nach dem Knopf aus, drückte darauf. »Mein Hotel befindet sich gleich um die Ecke«, sagte er. »Wie wär's mit einer Tasse Kaffee?«

»Nein, danke«, erwiderte sie. »Ich bin heute morgen von Paris hergeflogen, und ich bin bereits für den Rückflug um zwei Uhr gebucht. Das kann ich gerade noch schaffen.«

Thierry erschien in der Tür. Er schloß das Gitter des Tresorraums auf. Sie folgten ihm die Treppe hinauf. Als sie sich bedankten, reagierte er mit einer Verbeugung und verabschiedete sich.

Sie traten auf die Straße hinaus. Schneeregen peitschte ihnen entgegen. Janette zog sich die Kapuze über den Kopf. Ein Taxi näherte sich, und Johann winkte es herbei. Dann öffnete er die Tür und ließ Janette einsteigen.

Sie blickte zu ihm zurück. »Tut mir leid, Johann«, sagte sie. »Aber – danke.«

»Es tut mir gleichfalls leid. Goodbye, Janette.« Ein oder zwei Sekunden sah er dem davonfahrenden Taxi nach. Dann gab er sich gleichsam einen Ruck. Schroff drehte er sich um und ging zu seinem Hotel. Sein Blick war irgendwie verschwommen, und er wußte nicht recht, ob der Schneeregen daran schuld war oder die Tränen. Nur eines sah er vor sich: ein verängstigtes kleines Mädchen, das sich in den Armen seiner Mutter zu verbergen versuchte, als sie damals das Haus des Generals in Warschau betraten.

Als sie in Paris eintraf, regnete es. Als sie das Flughafengebäude verließ, wartete René auf sie und hielt den Schlag des Rolls-Royce auf. Sie stieg ein, er schloß die Tür und setzte sich dann hinters Lenkrad. Lautlos setzte sich das große Auto in Bewegung. »Wohin, Madame?«

Sie warf einen Blick auf die Uhr. Es war kurz nach vier. »Zum Büro, René«, sagte sie.

»Oui, Madame.« Im Rückspiegel begegnete er ihrem Blick. »Hatten Sie einen guten Flug, Madame?« erkundigte er sich höflich.

»Ja, danke.« Sie nickte. Dann drückte sie auf den betreffenden Knopf, und die Trennscheibe zwischen ihnen glitt hoch. Sie war zu keiner Unterhaltung aufgelegt. Sich in die Polster zurücklehnend, schloß sie die Augen. Himmelherrgott, fühlte sie sich geschlaucht! Dauernd schien sie müde zu sein, dauernd hatte sie irgendwelche »Zeitsprünge« zu verkraften, indem sie sozusagen von Flugzeug zu Flugzeug hüpfte.

Irgendwie war das mal anders gewesen. Als sie noch Zeit gehabt hatte für sich selber. Doch das gab es nicht mehr. Zum erstenmal begann sie zu begreifen, wieviel von der alltäglichen Routine Jacques ihr erspart hatte. Der neue Mann war brillant. Unter ihm schienen das Büro und die Betriebe an schierer Effizienz enorm zu gewinnen. Nur in einem Punkt stimmte es irgendwie nicht. Die Leute, mit denen sie zu tun hatte, die bedeutenden Einkäufer und Direktoren, die früher bereit gewesen waren, mit Jacques zu sprechen, sie wollten jetzt sämtlich mit ihr verhandeln. Und die Tage waren nie lang genug, um sich ihrer aller anzunehmen.

»Wir sind da, Madame.« Die Stimme des Chauffeurs, der durch die geöffnete Autotür zu ihr sprach, ließ sie hochschrecken. Sie war eingeschlafen. Lächelnd stieg sie aus.

»Danke, René. Holen Sie mich bitte um sieben wieder ab.« Sie trat unter den Regenschirm, den der Pförtner für sie bereithielt. Dann stieg sie die wenigen Stufen empor, trat ein und fuhr dann mit dem Fahrstuhl zu ihrem Büro hoch.

»Hatten Sie einen guten Flug, Madame?« erkundigte sich oben Robert, als er ihr aus dem Mantel half.

»Ganz ausgezeichnet, danke.« Sie trat hinter ihren Schreibtisch. »Liegen die endgültigen Entwürfe bereits vor?«

»Müßten sich auf dem Wege hierher befinden, Madame«, beteuerte er. »Ich werde das unverzüglich klären.«

»Danke«, sagte sie und setzte sich.

»Auf Ihrem Schreibtisch befinden sich etliche Telefonnotizzettel, Madame«, erklärte Robert.

»Irgendwas von Wichtigkeit dabei, Robert?« fragte sie.

»Nein, Madame, das kann alles bis morgen warten.«

»Sehr schön. Ich brauche die Zeit auch, um die Entwürfe durchzugehen.«

Als die Designer mit ihren letzten Entwürfen kamen, arbeitete sie mit ihnen bis sechs Uhr.

Als sie dann wieder allein war, lehnte sie sich in den Stuhl zurück. Jacques hatte recht. So richtig Spaß machte es nicht mehr. Daß sie nicht genügend Geld hatte, um sich aus Kensington herauszukaufen – nun, die Sache paßte ihr nach wie vor nicht in den Kram. Doch das hatte zwei Seiten. Wie würde sie wohl dastehen, wenn sie das Geld hätte? Dann würde wohl in der Tat vieles für sie schwerer werden.

Robert trat ein. »Monsieur le Marquis ist draußen.«

Sie blickte auf ihre Zettel, auf den Terminkalender. Nirgends fand sich sein Name. »Hat er angerufen?«

»Nein, Madame. Aber er sagt, er müsse Sie unbedingt sehen. Es sei überaus wichtig.«

Sie überlegte einen Augenblick. »Führen Sie ihn herein.«

Als Maurice in den Raum trat, lächelte er breit. Janette blieb sitzen, und er kam um den Schreibtisch herum und küßte sie auf die Wange. »Bon jour, Janette.«

Sie deutete auf den Stuhl vor dem Schreibtisch. »Bon jour«, sagte sie müde.

Er setzte sich und musterte sie, noch immer lächelnd. Ein wenig beugte er den Kopf vor, als er fragte: »Nun?«

Sie erwiderte seinen Blick. »Was – nun?«

Sein Lächeln wurde noch breiter. »Spann deinen lieben Papa nicht auf die Folter«, sagte er. »Die Spannung bringt mich fast um. Ich weiß, daß du heute vormittag um elf mit Johann in der Genfer Bank zusammengetroffen bist. Und daß ihr um ein Uhr wieder herausgekommen seid und er dich zu einem Taxi brachte, das dich zum Flughafen fuhr.«

Sie musterte ihn ungläubig. »Du hast mich beschatten lassen?«

»Natürlich.« Er lächelte. »Hättest du in meiner Lage nicht dasselbe getan? Schließlich bist du bereits Anfang dieser Woche aus Kalifornien zurückgekommen und hast mich überhaupt nicht angerufen. Und ich weiß, daß du am Donnerstag davor Johann und Lauren gesehen hast. Nun komm schon. Die Spannung bringt mich wirklich um. Sag deinem Partner, wie viele Millionen wir miteinander teilen.«

Sie sah ihn sehr lange an. Und vor ihrem inneren Auge entstand unwillkürlich das Bild der schimmernden Goldmünzen in der Bank. Dort lag die Freiheit, wenn auch nicht die Freiheit von Kensington. Welchen Grund hätte es wohl für sie gegeben, ein oder zwei lausige Millionen mit ihm zu teilen, nach allem, was er ihr in der Kindheit angetan hatte? Wäre er nicht gewesen, hätte sie dann nicht vielleicht sein können wie Lauren – wie eine glückliche Lauren mit ihrem eigenen Kind?

Eine Welle von Haß stieg in ihr auf und bestärkte sie in ihrem Entschluß. »Nichts.«

Maurice starrte sie ungläubig an. »Nichts?«

»Ganz recht«, sagte sie kalt. »Da war nichts. Ich weiß ja nicht, wo du deine Information herhattest. Jedenfalls traf sie nicht zu. Ich kann's mir also nicht leisten, mich bei Kensington herauszukaufen. Es war zwar ein wunderschöner Traum, aber damit ist's jetzt vorbei.«

»Ich glaub' dir kein Wort.« Seine Stimme wurde lauter. »Da muß was gewesen sein. Du lügst!«

»Sicher war da was«, sagte sie. »Papiere, die der General meiner Mutter gab, damit sie diese für ihn aufbewahrte. Papiere, aus denen hervorgeht, was er gekauft und ihr gegeben hat. Einschließlich deines Titels, den er für dich kaufte, damit du meine Mutter heiratetest.«

»Das stimmt alles nicht!« Er schrie es fast. »Da war nur Bargeld.«

Sie lachte. Die Auskünfte, die sie von Johann erhalten hatte, trafen zu, das wußte sie. »Der General war nun mal ein Deutscher. Und Deutsche, du weißt es, legen über alles ausführliche Aktenvermerke an, selbst wenn die Sache sich für sie als nachteilig erweisen könnte. Das wissen wir noch von den Kriegsverbrecherprozessen.«

»Stimmt nicht!« schrie Maurice mit schriller Stimme. »Du lügst und versuchst, mir Sand in die Augen zu streuen! Da war Geld, und du willst es dir unter den Nagel reißen.«

Plötzlich spülte all der Haß hoch, den sie gegen ihn empfand. Was immer sie ihm antun mochte, es war nichts im Vergleich zu dem, was er ihr angetan hatte. »Vielleicht«, sagte sie und weidete sich daran, wie er zusammenzuckte. »Aber das wirst du nie erfahren, nicht wahr? Und es gibt nichts, was du dagegen tun könntest.« Sie erhob sich. »Verlasse jetzt das Zimmer!«

»Nichts!?« kreischte er, während er plötzlich aufsprang und sie zu packen versuchte.

Sie war für ihn zu schnell. Rasch wich sie zurück und griff nach dem langen, spitzen Brieföffner. Abrupt blieb er vor ihr stehen. Die Spitze des Öffners zielte auf seine Kehle, auf den Punkt zwischen Adamsapfel und Kinn. Haßerfüllt sahen sie einander an.

»Nur zu, Maurice!« fauchte Janette. »Gib mir eine Chance, zu Ende zu bringen, was meine Mutter begonnen hat!«

Er holte tief Luft und trat einen Schritt zurück, als im selben Augenblick hinter ihm die Tür aufflog. »So kommst du mir nicht davon«, sagte er schrill, obwohl er seine Stimme zu kontrollieren versuchte. »Der General wollte mich reinlegen, und er ist tot. Deine Mutter wollte mich reinlegen, und auch sie ist tot. Nein, damit kommst du nicht durch.«

Sie hob den Kopf und sah im Türrahmen Robert mit zwei Angestellten stehen. Plötzlich fühlte Janette sich total erschöpft. »Raus mit dir, Maurice!« sagte sie mit schwacher Stimme. »Ehe ich dich hinauswerfen lasse.«

Jetzt erst bemerkte Maurice den Mann hinter sich. Sein Blick wanderte hin und her. »Damit ist die Sache noch nicht zu Ende«, sagte er, und seine Stimme klang plötzlich ruhig. »Eines Tages, wenn du's am wenigsten erwartest, wirst du zahlen. Denke an meine Worte.« Er ging hinaus.

»Sind Sie in Ordnung, Madame?« erkundigte Robert sich besorgt, als Janette sich in ihren Schreibtischsessel sinken ließ.

»Ja doch, ja«, erwiderte sie und blickte zu den bleichen Gesichtern im Türrahmen. »Schert euch wieder an eure Plätze!« fauchte sie. »Es ist noch nicht sieben Uhr.«

Im Nu waren die Männer verschwunden. Sie blickte zu Robert. »Tür zu!« befahl sie. »Und dann einen Cognac für mich.«

»Ja, Madame.« Wenig später stand er mit einem Cognacglas vor ihr. Mit einem Schluck leerte sie es zur Hälfte.

»Kann ich sonst noch etwas für Sie tun, Madame?«

Der Alkohol brannte ihr in der Kehle. »Nein, danke«, sagte sie. »Laß mich nur einen Augenblick allein. Damit ich wieder richtig zu mir finde.«

Sie sah, wie sich die Tür hinter ihm schloß. Dann stützte sie die Ellbogen auf die Schreibtischplatte, legte den Kopf in die Hände.

Die Winterkälte war unerträglich gewesen. Doch die Sommerhitze Ende Juli und Anfang August in Paris, während der Kollektion, war nicht weniger unerträglich. Das galt besonders für den großen Empfangsraum im Rathaus, der natürlich nicht klimatisiert war.

In dem Raum, der für höchstenfalls einhundert Personen gedacht war, drängte sich mehr als die doppelte Menge. Der Champagner war nicht kalt, und die Hors d'œuvres glichen in der Hitze einem breiigen Etwas. Was die Fotografen und die Reporter betraf, so drängten sie zu einer Plattform am Ende des Raums. Ein allgemeiner Seufzer der Erleichterung begrüßte das Erscheinen eines Mannes dort. Er trug einen schwarzen Anzug. Die Zeremonie schien tatsächlich zu beginnen. Bald würden sie alle diese Folterkammer verlassen können.

Er sprach in das Mikrophon. »Messieurs et Mesdames.« Doch kein Laut kam aus den Lautsprechern. Er tippte mit dem Finger gegen das Mikrophon. Noch immer nichts. Schulterzuckend gab er auf. Diesmal schrie er fast in den Saal. »Messieurs et Mesdames, der Bürgermeister von Paris.« Applaus kam auf, während der Bürgermeister den Saal betrat.

»Meine Damen und Herren«, sagte er, und seine Stimme trug auch ohne Mikrophon. »Ich weiß, daß Sie es alle eilig haben. Viele von Ihnen müssen zu Dinners oder haben sonstige Verpflichtungen, wir werden uns also so kurz wie möglich fassen. Zunächst einmal möchte ich Ihnen danken, weil Sie sich die Zeit genommen haben, hier zu erscheinen zu Ehren jener Frau, die so viel dazu beigetragen hat, den Namen von Paris hochzuhalten als bedeutendster Stadt in der Welt der Mode. Eine junge Frau, die in dieser Stadt geboren wurde und hier aufwuchs, die in ihrer Branche zur absoluten Spitze gelangte, die zu dem kleinen Kreis der großen Couturiers der Welt gehört. Eine Frau in der erhabenen Tradition von Coco Chanel und Elsa Schiaparelli, eine Frau, deren Siegel in der Modewelt noch für viele Jahre unverkennbar sein wird. Und so möchte ich Sie bitten, miteinzustimmen in den Beifall für die diesjährige Empfängerin der Médaille d'Honneur der Stadt Paris – eine Frau, die sich so viele Verdienste um die Kultur und die Couture der Welt erworben hat, eine der bedeutendsten Repräsentantinnen der Pariser Industrie, eine Dame von ganz besonderem Charme. Meine Damen und meine Herren, darf ich Sie bitten, Ihre Aufmerksamkeit Madame Janette Marie de la Beauville zu widmen!«

Wieder schwang die Tür auf, und Janette trat auf die Plattform und stellte sich mit einem Lächeln neben das Stadtoberhaupt.

Ein Bediensteter erschien und brachte den Orden, der – mit dem üblichen rot-weiß-blauen Band – auf einer Art Samtkissen lag. Der Bürgermeister nahm ihn, hob ihn hoch über Janettes Kopf, verhielt so sekundenlang, damit die Fotografen voll auf ihre Kosten kommen konnten. Schließlich legte er die Schärpe sorgfältig über ihre Schulter, ohne auch nur ein einziges Haar ihrer Frisur in Unordnung zu bringen. Er war wirklich ein Profi.

»Madame Janette«, sagte er und wandte sein Gesicht den Anwesenden zu, damit die Fotografen die gewünschten Bilder schießen konnten. »Ich nenne Sie Madame Janette, weil ich weiß, daß all Ihre Freunde und Kollegen Sie so anreden. Es ist mir eine große Ehre, Ihnen diese Medaille zu überreichen, die gleichsam die Wertschätzung all dessen verkörpert, was Sie für Paris und für Frankreich getan haben. Ihr Name wird unsere Historie schmücken mit der Schönheit, welche Sie für uns alle kreiert haben.« Er beugte sich vor und küßte sie auf beide Wangen. »Machen Sie's kurz«, flüsterte er ihr ins Ohr. »Die schwitzen wie die Schweine, und der ganze Saal stinkt.«

Janette lächelte ihn an. »Monsieur le Maire.« Sie blickte zu den Versammelten, lächelte wieder. »Mesdames et Messieurs.« Sie schwieg sekundenlang, lachte dann laut. »Auch ich werde mich kurz fassen.« Wieder eine Pause. Beide Hände hob sie an ihre Lippen, warf den Anwesenden gleichsam eine doppelte Kußhand zu, breitete dann die Arme. »Ich danke euch. Und ich liebe euch alle. Ich danke euch.«

Die Fotografen entfesselten nun ein wahres Blitzlichtfeuer. Janette zusammen mit dem Bürgermeister. Doch die Leute drängten bereits aus dem Saal. Es war vorbei. Und als dann auch die Fotografen nicht mehr knipsten, küßte der Bürgermeister Janette die Hand und entfernte sich. Auch für ihn war die Sache »vorbei«.

Janette sank in den Hintersitz des Rolls-Royce. »Meinen Glückwunsch, Madame«, sagte René. »Es ist eine wunderschöne Medaille.«

Plötzlich wurde ihr bewußt, daß sie noch immer die Schärpe trug, die ihr der Bürgermeister umgelegt hatte. Hastig befreite sie sich davon und sah sich die Medaille näher an. »Ja, ist sie tatsächlich«, sagte sie nachdenklich. »Vielen Dank.«

»Und wohin jetzt, Madame?« fragte er.

Überrascht hob sie den Kopf. Wie blöde. Natürlich hätte ihre Publicity-Abteilung im unmittelbaren Anschluß ein Dinner arrangieren müssen. Das hatten die tatsächlich versiebt. Wenn sie nicht selbst daran dachte, so geschah nichts. Wäre Jacques noch da gewesen, so hätte dergleichen nicht passieren können. »Nach Hause«, sagte sie, und ihre Stimme klang gereizt. »Wohin sonst?«

Nachdem sie in eine Art Morgenrock geschlüpft war, speiste sie zu Abend und verfolgte dabei gleichzeitig alle drei Fernsehprogramme. Die Ordensverleihung war in keinem ein Thema. Und damit hatte sich's dann wohl. Gleich morgen würde sie sich einen neuen Publicity-Direktor suchen.

Kurz nach elf schaltete sie ab. Vor lauter Ärger fand sie keinen Schlaf. Rastlos ging sie in ihrem Schlafzimmer hin und her. Schließlich hob sie den Telefonhörer ab und rief René an. »Kommen Sie mit dem Mini, René«, sagte sie. »Ich möchte eine kleine Spritztour unternehmen.«

»Soll ich Sie fahren, Madame?«

»Nein. Ich fahre selbst.«

Sie schlüpfte in ein Baumwollhemd und ein Paar Jeans, zog sich dann einen Kaschmir-Sweater über. Sodann nahm sie mehrere tausend Francs aus einer Schublade und steckte sie in die Taschen ihrer Jeans. Bevor sie den Raum verließ, blickte sie noch kurz in den Spiegel. Und sie lächelte unwillkürlich. Wer sie in diesem Aufzug sah, konnte kaum auf den Gedanken kommen, daß sie sich um die Haute Couture große Verdienste erworben hatte. Sie ging nach unten. René hatte das Auto unmittelbar vor der Tür geparkt. Sie stieg ein und fuhr los.

Zwei Stunden später saß sie allein an einem Tisch in einer Lesben-Bar auf dem linken Seineufer und nippte an einem Brandy. An der Theke hockten zwei Mädchen und schlürften einen Drink in sich hinein, eine weitere tanzte mit der Kellnerin, die so müde war, daß sie kaum die Füße heben konnte.

Janette winkte dem Barmann. Er näherte sich, schwerfällig, geradezu fußlahm.

»Ja, Janette?« fragte er.

»Was ist in dieser Stadt los?« fragte sie. »Dies ist schon das dritte Lokal, in das ich innerhalb von zwei Stunden gezogen bin. Und überall ist es genauso wie hier – zéro.«

»Es ist August, und es ist heiß«, sagte der Barmann müde. »Unsere Talente sind sämtlich in Richtung Süden gezogen.«

»Scheiße«, meinte Janette. »Dann kann ich ja auch wieder nach Hause fahren.«

»Ja, in der Tat«, stimmte der Barmann ihr zu. Er lächelte und ließ dabei zwei Goldzähne sehen. »Ich mache jetzt sowieso den Laden dicht. Es lohnt sich einfach nicht, das Lokal noch weiter offenzuhalten.«

Janette legte einen Hundert-Francs-Schein auf den Tisch. »Gute Nacht«, sagte sie.

»Jaah«, sagte die Kellnerin und schob die Rechnung unter ihren Kittel. Sie sah Janette nach, als diese das Lokal verließ, und watschelte zur Theke zurück. »Bitte austrinken, meine Damen«, sagte sie. »Wir machen für heute die Schotten dicht.«

Als Janette mit ihrem Mini vor dem Trottoir ihres Hauses ausstieg, tauchten zwei Männer aus dem Schatten des Hauses nebenan.

»Madame Janette de la Beauville?« fragte einer von ihnen.

»Ja«, erwiderte sie nach einer kurzen Pause. Und dann überfiel sie urplötzlich kalte Furcht, und sie rannte die Stufen zur Tür hinauf.

Doch das kurze Zögern war schon zu viel gewesen. Einer der Männer packte sie beim Arm und riß sie zurück. Sie starrte ihn an und versuchte sein Gesicht in der Dunkelheit zu erkennen. »Wenn ihr Geld wollt«, sagte sie mit vor Angst heiserer Stimme, »dann will ich euch alles geben, was ich dabei habe.«

»Das Geld interessiert uns nicht«, sagte einer der Männer mit einem fremdartigen und irgendwie belustigten Tonfall. »Wir haben für dich eine Botschaft von einem alten Freund.«

Es waren die letzten Worte, die sie bewußt wahrnahm. Eine Faust landete in ihrem Gesicht.

Danach glich alles einem Nebelgespinst aus Schmerz. Sie hörte das Stöhnen und Ächzen, wieder und wieder, ohne sich darüber klar zu sein, daß es ihr eigenes Stöhnen und Ächzen war. Unaufhörlich trafen Schläge ihren Körper. Sie versuchte um Hilfe zu schreien; doch ihre Stimme erstickte in ihrer Kehle. Nie verlor sie völlig das Bewußtsein, nie war sie völlig bei Bewußtsein. Und ihre einzige Reaktion bei jedem Schlag war eine Art Stöhnlaut. Doch genauso plötzlich, wie die Folter begonnen hatte, hörte sie auf.

Die Männer beugten sich über sie. Sie bekam es kaum mit. »Das wär's dann wohl«, sagte der eine Mann. Und sie erinnerte sich an den fremdartigen Akzent und an die Hand, die in der Brusttasche ihres Hemdes tastete. Dort ist das Geld nicht, wollte sie ihm sagen. Doch er zog seine Hand zurück und lachte wieder: »Adieu, Janette.«

Nach mehreren Sekunden versuchte sie, sich zu bewegen. Doch die Schmerzen waren höllisch, und sie schrie, aber kein Laut war zu hören. Langsam begann sie, die Stufen emporzukriechen. Es schien Jahre zu dauern, bis sie zur Tür gelangte. Doch endlich hatte sie es geschafft. Weitere tausend Jahre vergingen, bevor sie sich aufrichtete und auf die Klingel drückte. Und dann verfloß noch eine Million Jahre, ehe sich die Tür auch öffnete.

Sie vernahm das Entsetzen in der Stimme des Butlers. »Madame!« Und dann stürzte sie kopfüber in die Nacht.

Es war etwa sechs Wochen später, und in ihrem dunklen Raum beobachtete sie im Fernseher einen blöden Film. Es klopfte an der Tür, und der Butler trat ein.

»Ja?« fragte sie.

»Monsieur Jacques ist hier, Madame.«

»Schicken Sie ihn fort. Ich will niemanden sehen«, sagte sie scharf.

»Du kannst ihn nicht fortschicken«, verkündete Jacques. »Er ist bereits hier.«

Hastig drückte sie auf die Fernbedienung in ihrer Hand, und das Flimmern des Fernsehers erlosch. Der Butler ging hinaus, schloß die Tür hinter sich. Jacques näherte sich ihr. Hastig manövrierte sie den Rollstuhl von ihm fort.

»Ich möchte nicht, daß du mich so siehst«, sagte sie mit rauher, gleichsam dem Gebrauch entwöhnter Stimme. »Ich biete nicht gerade einen angenehmen Anblick.«

»Interessiert mich nicht weiter«, erklärte er und trat vor sie. »Weißt du, welchen Tag wir haben?«

Sie drehte den Kopf zur Seite, damit er sie nicht betrachten konnte.

»Es ist ein Tag wie jeder andere. Was für einen Unterschied macht das schon?«

»Einen großen Unterschied«, sagte er. »Es ist dein Geburtstag. Ich habe dir Blumen mitgebracht.«

»Ich bin jetzt also vierzig *und* häßlich«, erklärte sie verbittert.

»Für mich wirst du nie häßlich sein«, versicherte er. »Im übrigen ist es nur eine Sache der Zeit. Die Ärzte vollbringen heutzutage wahre Wunder.«

»Nun, bei mir werden sie wohl ganz tief in ihre Wunderkiste greifen müssen«, sagte sie.

»Du besitzt das Vertrauen, Janette«, erklärte er. »Und sie werden die Möglichkeiten finden. Du mußt den Willen zur Heilung haben, bevor sie dich heilen.«

Sie schwieg.

»Du bist doch keine Memme, Janette«, sagte er. »Noch nie hattest du Angst vor einem Kampf.«

Fast lautlos begann sie zu weinen. »Das war nur, weil ich nie wirklich wußte, was Angst war. Aber als die beiden Männer auf mich einschlugen, hatte ich Angst wie noch nie in meinem Leben. Ich fürchtete ganz einfach, sie würden nie mehr aufhören. Denn wenn sie aufhörten und ich nichts mehr spürte, dann war ich tot.«

Sacht nahm er ihre Hand. »Wer hat dir dies angetan, Janette?« fragte er leise. »Ich weiß, die Polizei hat noch nichts herausfinden können, aber – war es Maurice? Denn wenn er es war, dann genügt ein Wort von dir, und ich bringe ihn um.«

Sie schüttelte den Kopf. »Es war nicht Maurice.«

»Wie willst du das wissen?«

»Weil ich weiß, wer dahintersteckt.« Und sie erinnerte sich an die Karte, die man ihr in die Bluse gesteckt hatte, als sie glaubte, daß man nach ihrem Geld suchte. Als sie dann daheim war, lag die Karte auf ihrer Frisierkommode, und die Zofe meinte, sie sei aus ihrer Bluse gefallen, während sie sich zum Duschen entkleidete. Es war eine ganz einfache Karte mit einem aufgedruckten Namen. Nico Caramanlis.

»Das spielt jetzt keine Rolle«, sagte sie. »Es ist vorbei, und ich will's vergessen.«

Er schwieg einen Augenblick. Dann erhob er sich und trat ans Fenster. Mit einem Ruck riß er den Vorhang zurück und ließ das Sonnenlicht herein. Sofort hob sie ihre Hände vors Gesicht.

Er kam zurück, kniete vor ihr nieder. Sacht umschlang er ihre Handgelenke und zog die Hände von ihrem Gesicht fort. »Laß das Tageslicht herein, Janette«, sagte er zärtlich und blickte ihr in die Augen. »Du kannst doch nicht den Rest deines Lebens im Dunkeln verbringen.«

Ihr Blick forschte in seinen Augen.

»Du hast noch so viel zu geben«, sagte er.

Janette fing wieder an zu weinen. Lautlos rollten die Tränen über ihre Wangen.

Er zog sie langsam an sich und preßte sie dicht gegen seine Brust. »Ich wäre schon früher gekommen, hätte ich nur was geahnt«, sagte er. »Aber ich war in China, und erst vor drei Tagen habe ich eine französische Zeitung zu Gesicht bekommen. Da wußte ich sofort, daß ich nach Hause kommen mußte. Denn, siehst du, Janette, auch ich hatte mich versteckt.«

»Jacques«, flüsterte sie. »Jacques.«

Sacht küßte er sie auf die Stirn. »Ja«, sagte er, »ich bin wieder da. Und wir werden wieder Spaß haben und wieder lachen und uns wieder lieben.«

»Ja, Jacques«, flüsterte sie. »Sag's mir nur.«

Er blickte zu ihr hinab, und seine Augen füllten sich mit Tränen. »Ich werde es dir immer und immer wieder sagen, Janette. Ich werde niemals aufhören damit.«